韩警官

卓牧闲 著

I 风雨欲来

江苏凤凰文艺出版社
JIANGSU PHOENIX LITERATURE AND
ART PUBLISHING, LTD

目 录

第一章　新官上任三把火　001

第二章　保卫科要创收　021

第三章　便民市场　044

第四章　扬眉吐气　065

第五章　扶上马送一程　085

第六章　公安特派员　102

第七章　新官又上任　119

第八章　“欺负老实人”　144

第九章　律师配秘书　166

第十章　好事连连　185

风雨欲来

第十一章　打击非法经营　200

第十二章　启程　221

第十三章　回家　241

第十四章　“拜山头”　258

第十五章　打拐行动　279

第十六章　“最讨厌的人民警察”　299

第十七章　法律和人情　319

第十八章　踏破铁鞋无觅处　338

第十九章　重心转移　359

第一章·新官上任三把火

“小博，快起来，再不起来不及了。”韩博正在睡梦中，这个梦境似乎关系到他的未来，他还在贪婪地追溯梦里的自己，一个留着短发，穿着细花短袖的孕妇走进房间，将他的梦打断，催促道：“快去洗脸刷牙吃饭，把毕业证派遣证收拾好。报到不能迟到，不然单位领导对你印象不好。”

大姐韩芳，初中毕业，镇幼儿园民办教师，今年春节刚结婚。

姐夫李泰鹏，他父亲死得早，兄弟好几个，家庭条件困难。说是娶，其实是入赘，结婚之后一直住在这边，他俩新房就客厅对面……

韩芳从抽屉里取出一叠证件，生怕弄错似的挨个翻开检查。

1996 年 7 月 21 日，日历上画了好几个圈，韩博想起今天是个非常重要的日子。要去县丝织总厂报到，户口、粮油关系和组织关系全转到厂里，一切办妥就有一份正式工作，就能成为一个真正的城里人。

分配得不算好，但也不算特别坏。没能留在省会江城，没能分配到南港那样的地级市，也没被分到边远山区。

至于一个化工专业本科生进丝织厂能做什么，这不是自己可以操心的事。国家统一分配，组织人事部门说了算，好坏给安排个工作，不管对口不对口，不管你喜欢不喜欢。

对于单位同样如此，不管新分配去的大学生是不是有能力有素质都要接收。其中有些还是不错的，比如医生、老师等，基本能对上口。

其他的就很难保证了，镇里有一个早几届的大学生，还是研究生，全镇高中学子持续五六年的榜样，能把物理公式从马路这头写到那头，结果就是分配不出去，学得太尖端，最后分到邻乡初中当物理教师。

县丝织总厂不是镇里的小厂，是全县为数不多的国企。几千号职工，厂长级别同镇党委书记一样的。

进城，以后就在县城工作生活。十年寒窗苦，终于熬出头，终于真正实现了鲤鱼跳龙门。韩博心中一热，手忙脚乱穿上姐姐专门准备的新衣服。

“坐汽车去倒是快，可出了车站你就要走，丝织厂在四里闸，半个小时不一定能走到。天这么热，人也吃不消。你姐夫送你去，路上小心点，不要把包里东西弄丢了……”

父亲是木匠，有门手艺，说到底还是农民。母亲斗大字不识一箩筐，要不是父亲出去外搞装修，带着一帮徒弟没人洗衣做饭，她一辈子走不出思岗县。韩芳上学不刻苦，没考上中专中师，又怕念高中，结果只能在幼儿园当民办教师，也是农村户口。

弟弟争气，从一年级就开始拿奖状，一直拿到高中，没复读就考上大学本科。过去五年，考上大学的全镇加起来不超过二十个，韩博算是韩家的骄傲，远近闻名。现在毕业了，分配到县里上班。靠自己努力改变命运，真正的光宗耀祖。

父母在外打工，有些事韩芳不能不管不问，她收拾起韩博换下的衣服，靠在门边窃笑道：“小博，丝织厂女职工多，我不是反对你处对象，二十好几也该处了，但要注意影响。你是党员干部，不是普通工人，作风不好会影响前途的。”

“放心吧，你弟我出了名的作风正派，不会乱搞男女关系。”

一个学化工的在纺织厂能有什么前途，不过人不能太贪心，能进城，能有份工作已经很不错了，韩博从善如流。

“知弟莫若姐，知道你是正人君子，就是提醒一下。”

韩芳干脆放下衣服，拉来一张椅子坐到他身边，“其实你上大学这几年，好多人要帮你介绍。当时不知道你会被分到哪儿，我和妈一个也没答应。现在分配了，有正式工作，不能再拖。

你自谈也好，单位领导介绍也罢，总要讲究个门当户对。农村户口不行，再漂亮都不行，那会害了你们将来的孩子，户口随母亲，这你知道的。普通工人，要是家在县城可以考虑，最好是干部……”

农民歧视农民，听上去似乎有些讽刺。

其实真不能怪她，城乡差距太大，农村真穷，农民真苦，化肥农药连年涨，粮价却一成不变，三提五统等乱七八糟的收费一分不会少，搞得农民年年丰产不丰收。若非被逼无奈，父亲人到中年也不至于背井离乡出去搞装修。

现在看来父亲这一步算走对了，带几个徒弟在东海市干得红红火火，从最开始一年赚两三万，到现在一年赚十来万。没种地那么苦，收入却是之前的几十倍，书记镇长都羡慕。

韩博去丝织厂一个月才能拿几百，可要是说不去上班，一起出去做木匠，全家人非得失望死。在他们看来，丝织厂干部一样是干部，老韩家几十年就出这一个党员干部，岂能放着干部不做去做木匠。对于前途，韩博真有些迷茫，暗叹一口气，对着镜子刮胡子听姐姐继续唠叨。

“如果单位今天安排宿舍，你不要回来，让你姐夫回来，帮你把行李铺盖送过去。开水瓶，洗脸盆，厂里发最好。不发我们自己买，买新的……”

在农村，万元户了不得。父亲搞装修能赚钱，韩家不是万元户，是几十万元户！

春节小两口结婚，摆了二十六桌，招待亲朋好友的烟是玉溪，酒是剑南春，喜糖是从东海市批发的巧克力和大白兔。陪嫁的嫁妆中，一辆崭新的钱江 125 和一辆崭新的春兰 50 踏板轻骑最显眼，小两口一人一辆，全镇轰动。

用邓老人家的话说，韩家属于先富起来的人。姐姐既羡慕城里人，又有些瞧不起城里人，或许她羡慕的只是一个户口。

“知道了，我会小心的，你自己也小心点，挺着个大肚子，不能再骑摩托，最好不要坐。”

“嫌我烦？”

“怎么会呢，你是我姐，我亲姐。等安顿下来，等分到一个大宿舍，我接你去县里享福，陪你逛逛人民公园，多少年没去了，不知道是不是原来那样子。”

外面传来一阵引擎声，姐夫李泰鹏去市场买菜回来了。他其实是韩博父亲的小徒弟，十四岁开始学木匠，十四岁之后待在韩家的时间比在他自己家多，名副其实的知根知底。过去五六年，一直在东海干。他同姐姐刚结婚，父亲母亲不想小两口长期分居，结婚之后没让他去。现在姐姐怀孕了，更不会让他去。

值得一提的是，招他这个女婿与韩博有很大关系。养儿防老，父母既希望儿子有出息，又担心老了去城里不习惯不方便。招个女婿就不一样了，老了之后在老家有人照顾，去城里一样有人管。

“小博，在菜场遇到砖瓦厂王厂长，问你什么时候有空，他要请你吃饭。”李泰鹏摘下头盔，甩甩二八开的小分头，同样一身出客的新衣服，看上去很精神很帅气，难怪姐姐能同意这桩包办婚姻。

“王厂长要请小博吃饭？”王厂长是镇里有头有脸的大人物，韩芳将信将疑。

“多个朋友多条路。”

“一个篱笆三个桩，一个好汉三个帮。不管当兵出去的，提干出去的，还是考学出去的，只要是我们丝河镇的人，只要王厂长知道都会请客吃饭。所以他朋友满天下，去哪儿都有熟人，想办个什么事也比别人容易。”前段时间在王厂长家干过活，李泰鹏对这些情况比较熟悉。

“当领导就是不一样，小博，学着点。爸在电话里也说过，在外面走的人，要放得开，别舍不得花钱。”

在省城上三年半大学，去另一个城市实习半年，暑假要么参加校团委和学生会组织的一些活动，要么去同学家玩，每年就春节回来十几二十天。

猛然间踏入社会，开始全新的生活，韩博真有些不习惯。

思岗县在江省东部，东临黄海，是南港市九个区县中最北边的一个。虽同属东部沿海，经济并不发达，名副其实的农业县，九十多万人主要以种植水稻、小麦、棉花或养蚕为生。

丝河镇距县城二十六公里，同样位于全县的最北部。砂石公路，两侧全是梧桐树，坐在摩托车上风大，正值清晨，凉风习习，格外惬意。

韩博还在回想今早做的梦。或许这段时间整天想工作，想那几个放弃国家分配去南方寻梦的同学，想得脑子里一片混乱，所以做一些莫名其妙的梦，有了现在这种难以言喻的感觉。

韩博一连做了几个深呼吸，试图让自己清醒。从出来到现在一声不吭，李泰鹏以为他有些紧张，好奇地问：“小博，在想什么？”

“啊，哦，在想小时候的事，小时候家里穷，一年去不了几次县里。其实去也没什么事，又没亲戚在那儿，可就是想去。我想，我姐也想，爸就骑自行车带我们去。姐坐后面，我坐前面杠上。

到了县里，一下车，整个腿全麻了。稍微动动，像无数针在扎，那滋味儿真难受，没半个小时缓不过来。去的时候麻一次，回来的时候麻一次，简直活受罪，但依然很高兴。”

“怎么不跟你姐换着坐？”

“她个儿高，坐前面挡视线，爸看不见路。”

李泰鹏也坐过自行车前杠，腿也麻过，不禁哈哈大笑起来。

马路上空空如也，一路没见着几辆机动车，自行车都很少，郎舅俩扯着嗓子说说笑笑，不知不觉开进城里，顺着人民路一直来到国营丝织总厂大门口。

高大的门楼比县委县政府气派，快八点了，叮叮当当全是铃铛声，女职工或骑自行车，或三三两两步行上班。

两个小伙子，一辆崭新的摩托车，在这个女人的世界回头率高达99%。一个个朝这边指指点点窃窃私语，时不时传来一阵银铃般的哄笑。

韩博被看得有些不好意思，掏出派遣证和人事局的介绍信，门卫早知道要分来一个大学生，热情得无以加复，一路将二人送到办公大楼。

麻雀虽小五脏俱全，虽然只是县里的企业，但历史悠久，同国字头的企业一样该有的部门全有。党委书记、党委副书记、办公室主任、宣传科长、工会主席、团委书记、保卫科长、计生办主任的办公室全在三楼。不过现在改革了，实行厂长负责制，厂长兼任党委书记，副厂长兼任副书记，厂办主任兼任党办主任。

丁副书记也就是丁副厂长，四十多岁，白衬衫，打领带，黑色行李箱放在角落里，放在老板桌上的公文包鼓鼓的，一看便知道要出差。

一千多职工全指着他们这些领导，韩博不敢耽误他的宝贵时间，先在姐夫提醒下给他和刚进来的厂办钱主任敬上一根烟，然后微笑着进行了一番自我介绍。

本科生、学士学位、学生党员、学生会体育部副部长，品学兼优。要是早几年，是直接进县委县政府的，怎么会分到丝织总厂。人刚到，档案关系早到了。丁书记对这些情况并非一无所知，真为韩博惋惜。

“小韩同志，你分配到我们厂，我们是欢迎的。只是专业不是很对口，在工作安排上，可能有些不尽人意，估计你应该有一定的心理准备。”

“我听领导的，领导安排做什么，我就做什么，不懂可以学。”第一天报到就能见到副厂长，人家很给面子，韩博态度诚恳。

“老钱，看看，大学生就是大学生，政治觉悟就是高，不像去年分来的几个中专生，挑三拣四的。”

“小韩是学生党员，学生会干部，觉悟当然高。”钱主任竖起大拇指，为强调这一点，又重重点了下头。

既然分配到丝织厂，工作就不会对口，再糟糕又能糟糕到哪儿去，反正他们不好开除自己，韩博倒没什么感觉，流露出满是期待的神情。

丁书记磕了磕烟灰，招呼他坐到沙发上，不缓不慢地说：“小韩同志，考虑到你是学生党员，政治觉悟高，厂里决定安排你到保卫科担任副科长，同时兼任经济民警分队长。”

李泰鹏在农村一直在门户上干活，跟老丈人去东海之后依然是干活，哪进过这么大的单位，哪知道一个正儿八经的大学生，居然会被分配来看大门。他还是觉得韩博一来就当副科长，兼任民警分队长，感觉很了不起，韩博在他心目中的形象又高大许多。

大中专小中专要安排，安置过来的退伍兵不能拒之门外，七大姑八大姨要接收，这栋楼里人满为患。大学生又怎样，觉悟高有什么用，什么不会，只能这么安排。

厂办钱主任笑眯眯地盯着他看，事实证明多虑了，韩博没流露出哪怕一丝不高兴的神情。丁副厂长清了清嗓子，接着道：“小韩同志，保卫工作很重要。国外有个加拿大，我们有个大家拿。许多职工法制意识淡薄，总想占单位便宜，厂里每年都会丢失许多面料，损失数以万计。

“她们不多拿，蚂蚁搬家似的一次一点点。说是拿回家做两件小衣服。低头不见抬头见，有的还沾亲带故，老同志拉不下脸。厂里呢，也下不了决心跟她们上纲上线。

“你刚参加工作，没那么多顾忌。而且经济民警分队正式挂牌之后，同公安一样穿警服，能起到一定威慑作用。总之，厂里对你期望很高，希望你能够排除万难，狠狠杀一杀这股歪风邪气。”

本以为会安排到宣传科之类的部门混吃等死，没想到一来就“委以重任”。

韩博感觉很好笑，愁眉苦脸地说：“丁书记、钱主任，作为一个党员，我当然服从组织和领导的安排，也非常愿意做点实事。关键厂里全是女同志，她们要是把面料藏在衣服里，我一个男同志怎么办，难道搜她们身？”

“这个不用担心，今年正好分来一个转业军人的家属。姓杨，三十多岁，觉悟高，也是党员。学习刻苦，刚拿到函授中专文凭，你不能动手她可以，必要时可抓几个典型。”

靠山吃山，靠水吃水。在砖瓦厂上班盖房子不用买砖头，在运输公司上班坐汽车不用打票，在丝织厂拿点面料回去做几件小衣服很正常，这不是让韩博去得罪人吗？女人喜欢胡搅蛮缠，尤其丝织厂这种单位，搞不好就给你泼脏水，说你耍流氓，说你有作风问题。

一个干部，要是作风有问题，如果名声臭大街，前途就彻底完了。李泰鹏心急如焚，一个劲儿地给韩博使眼色。

领导的言外之意姐夫没听出来，韩博听出来了。只是一个工作安排，没指望自己制止歪风邪气，不然绝对不会说必要时可以抓几个典型。

既来之则安之，先安顿下来，将来的事将来再说。

韩博点点头，继续说道：“丁书记、钱主任，既然保卫科有女同志，我就没什么好担心的了。我想知道的是，什么时候正式上班，厂里有没有宿舍。您二位知道的，我家在农村，离单位比较远，上下班不太方便。”

没挑三拣四，没觉得怀才不遇。

这样的大学生不多，丁书记很满意，接过敬上的第二根香烟，微笑着说：“报到了就算考勤，今天开始正式上班。宿舍现成的，钱主任等会儿安排人带你去。另外厂里正在集资建房，已经封顶了，再过两三个月交钥匙。

“小区在人民路上，单元楼，两室一厅，一家一户的那种。干部职工一视同仁，260元一平，一套大概两万左右。当时考虑的是一步到位，有十几套暂时没人要。如果你想来一套，直接去二楼基建科。”

思岗县是小县城，没大城市那种商品房，就算有开发商开发也没人买。人民路，就是最繁华的地段了。

工作怎么样放一边，一上班就能买套房子，这个很让人心动。十年寒窗，不就是为了进城。在县城里有自己的房子，爸妈知道一定会高兴。

“谢谢二位领导，两万左右，凑凑应该能凑出来。”

因为房子，全家人曾伤透脑筋。以前韩家不在镇上，在离镇六七里的一个村里，交通不便。有了钱，自然想要一个更好的生活环境，于是求爷爷告奶奶在镇上买宅基地。好不容易把手续批下来，镇政府所在的丝河村村民又不让建，只能挨家挨户送礼，请他们吃饭，说好话，磕磕绊绊搞了一年才破土动工，才在镇上盖了一栋二层小洋楼。

韩博高兴，李泰鹏更高兴。两万多买套房子，虽然有点儿贵，但这么一来就等于分家了。老丈人不止一次说过，等儿子在城里安顿下来，有属于自己的房子，镇上的楼房就归女儿女婿。

姐夫走了又来了，送来三万现金和行李铺盖。钱放在身上不安全，韩博直接去二楼基建科交房款。

中层干部工资奖金和乱七八糟的补贴加起来一个月不过五百多，这是调整之后的工资水平。前些年一个月才几十，为交房款谁家不是东拼西凑。许多职工实在凑不出来，感觉房子太贵不值干脆不要。一个刚参加工作的大学生，竟然一下子捧出两万多，基建科长真有些难以置信。

韩博拿着收据回宿舍，保卫科杨大姐正在帮着打扫。这是一栋四层建筑，布局同学校差不多。中间是楼道，两侧是房间，房间前一条长长的走廊，男女厕所在走廊尽头。女职工在三楼和四楼，有家有口的住二楼，一楼是男同志或女干部。

干部一人一间，房间不大不小。中间拉一道帘子隔开，外面当客厅，里面当卧室。吃饭在食堂，打开水在食堂，洗澡在食堂边上的浴室，水电费全免，条件不错。职工七八个人一间，睡上下铺，同学校宿舍差不多。

住宿舍的女职工不少，正式职工不多。全是从各乡镇招的合同工或临时工，干几个月开几个月工资，其他什么不管。

同工不同酬，在这里体现得淋漓尽致。

临时工一个月两百多，合同工三百左右。正式职工虽然同样三百多，但退休之后有工资，小病全报，大病能报销一部分。干部四百以上，养老金水涨船高，大病小病全报。

杨大姐是随丈夫转业回来的军属，属于正式职工。到底是从部队回来的人，手脚勤快，才一会儿就把房间打扫得干干净净，搞得韩博很不好意思。

"杨大姐，歇会儿吧，先喝口水。"

"没什么，这些活儿我干惯了。韩科长，不怕你笑话，在部队我就是打杂的，打扫卫生，食堂帮厨，养猪种菜，什么都干。"

有人靠上学改变命运，有人靠当兵鲤鱼跳龙门。她走得是另一条路，嫁给同村一个当兵的，丈夫在部队提干，她在家当了几年军嫂，够条件之后转户口随军。在部队待了几年，又同丈夫一起回原籍。

"部队没安排个好点的工作？"韩博打开一直没顾上喝的汽水，硬塞进她手里。

当军嫂不容易，丈夫不在家那些年，里里外外全靠她一个人，杨小梅很爽快很泼辣，若无其事地笑道："铁打的营盘，流水的兵，符合随军条件的人多了。走一拨又来一拨，哪有那么多工作安排。打打杂，一个月开点工资，还是领导照顾。"

"现在苦尽甘来了，爱人在哪个单位？"

"工作不好，在永阳乡当组织干事，又远待遇又低。去年下半年到现在，总共就发过两次工资，拖欠好几个月。"

丝河镇是全县最北边的一个乡镇，永阳乡在西南角，比丝河镇更远，迄今没通公共汽车。永阳人要来县里，要么骑自行车，要么去邻近的保如镇坐汽车，确实很不方便。

工资待遇低很正常，丝河镇有几个厂，镇干部和教师工资还经常发不出来。一穷二白的永阳乡日子更不好过，或许她爱人现在工资都没她高。

杨小梅喝了两口汽水，一脸羡慕地说："大学生就是好，一参加工作就是副科长。我家老钱学历不高，安置时吃大亏。这日子，不知要到什么时候才能熬出头。"

"副科长又不是副科级，叫着好听，跟有没有学历没关系。刚才交房款时听基建科的人说，我们厂最年轻的副科长 17 岁，吓我一跳。"

"销售科副科长，我听说过，平时不怎么来上班，他有一个亲戚在东海市的外贸公司当经理，能帮厂里拉业务。要是有这关系，我也能当副科长。"

没业务厂里就没效益，没效益就发不出工资。涉及切身利益，对于17岁的副科长，杨小梅同大多职工一样，没意见。

韩博笑了笑，一边铺凉席一边问："杨大姐，说说我们科的事，刚才没见着姜科长，你比我早来几天，他为人怎么样，好不好相处。"

"姜科长同我家老钱一样当过兵，挺好说话的。今天去公安局开会，为经济民警分队挂牌的事。明天量身高，量好尺寸去公安局服务公司买警服。想想挺好笑的，我家老钱刚脱下军服，我倒要穿上警服。"

经济民警不是保安，是公安系统的一个正式警种。业务归当地公安局指导，人事关系在所属企事业单位，最高领导机关是公安部第二局第七处。有警官证，银行、油田、邮政和水电站等单位的经济民警真配枪，工资待遇普遍比公安高。韩博从未想过穿警服当警察，可不知为什么竟有些期待，潜意识中似乎觉得警察才应该是自己的职业。

"我们保卫科有多少经济民警？"韩博沉思了片刻，又问道。

"包括韩科长你在内，一共二十一人，办公室有《经济民警管理工作规定》，不足二十一人不批准建分队，民警年龄不得超过四十，队长要求是党员干部。姜科长年龄超过四十，不能兼任分队长。韩科长你人没到，分队长就内定是你了。说是二十一人，真正在总厂的没几个。三个缫丝分厂九个，印染分厂三个，服装分厂三个。你们两位领导不算，这边就四个人，全是这几年安置过来的退伍兵……"这是保卫科近期最重要的一件工作，杨小梅说起来如数家珍。

思岗县丝织总厂不只是丝织，主管单位是县茧丝绸公司，拥有一条从缫丝、织造、印染到缝制的产业链。全县茧农只能把蚕茧卖给县茧丝绸公司，县茧丝绸公司再卖给丝织总厂深加工。

县里许多企业纷纷倒闭，丝织总厂是越干越红火。产品出口，设备进口，车间里那些小圆织机和剑杆织机，不是来自日本就是来自意大利。

下面乡镇有三个缫丝分厂，总厂主要是织造，印染分厂和服装分厂在城南。

保卫科工作说繁重也繁重，要防火防盗，确保总厂及几个分厂的安全。说轻松也轻松，只要守好总厂和分厂的门，有时间去车棚转转，防止有人偷职工的自行车。科长和副科长是干部，用不着整天在大门盯着，只要时不时查查岗。

至于经济民警分队，是上面要求设立的。换上警服显得正式点，说起来好听点。人依然是那些人，要干的依然是那些事。

了解完大概情况，收拾好宿舍，离下班时间还早，韩博干脆锁上门，同杨小梅在厂区转转，熟悉熟悉环境。

车间机器声嘈杂，温度很高，挡车工热得满头大汗。几个保勤工和接头工坐在车间外的树荫下乘凉抽烟，机器不坏丝头不断他们没事做。

不过墙上刷着“严禁烟火”几个大字，车间和仓库周围是不允许抽烟的。如果上纲上线，一人要罚十块，一天工资没了。他们不认识韩博，但认识杨小梅，一看见保卫科的人急忙掐烟头。

转到仓库门前，几个工人正在往卡车上装货。

“韩科长，是韩科长吗？”一个三十多岁、衣着讲究的男人，从车后面走过来，一脸热情的笑容。

“韩博，副科长，请问您是？”

“车队张庆民，韩科长，刚听基建科小孙说你要了一套房，3 栋 1 单元 102 是吧？”

“有这事，住一楼方便。”

“我家 101，门对门，过几月就是邻居了。”

“这么巧！”韩博有些意外，紧握着他的手，一脸不可思议。

新房即将到手，遇到未来几十年的邻居，张庆民格外兴奋，拍着他的手笑道：“韩科长到底是大学生，有文化就是不一样。刚开始集资时你知道那些人怎么说，花那么多钱，买那么贵的房，当然要住楼上，越高越好。”

“站得高看得远，上下楼能锻炼身体，他们说得也不错。”

“等拿到钥匙，他们爬几次就知道后悔了。”房主见面自然要聊房子，张庆民又回头笑问道，“杨大姐，你家有没有要一套？”

“张队长，您别笑话我啦。我爱人在部队工资不高，提干前那几年只有一点津贴，工资都没有，我又挣不到几个钱，上有老下有小，哪儿买得起。先在宿舍将就，等将来宽裕了再说。”

“慢慢来，不着急。”

原来是车队队长，实权派，在厂里比科长都牛。

说说笑笑，走到办公楼前，门口停着四辆轿车，两辆黑色桑塔纳，一辆皇冠，一辆丰田公爵王。

摸着车门，韩博突然有一股会开的感觉，冒出一股想开的冲动。系安全带，松手刹，踩离合器，挂挡，松离合器，缓缓加油门……脑海中不由自主地闪现出驾驶程序，在梦里好像梦见过，很简单，比开姐夫的钱江125简单。怎么会这样，难道昨晚梦到的那些全真的?

韩博越想越诡异，鬼使神差地冒出句："张队长，你开哪辆车，可不可以让我试试，你坐副驾驶，我不开快。"

"我开2号车，就这边的桑塔纳，韩科长学过开车？"

"学过几天。"

"行，我坐副驾驶。"

邻居的要求不算过分，想当初刚学会开车，一样手痒，总想摸摸方向盘。反正没下班，厂区主干道没人，张庆民毫不犹豫掏出钥匙。

韩博调整好座椅，系上安全带，拧钥匙孔点火，手握方向盘……动作自然，一气呵成，感觉不到半点生疏。只是不带方向助力，起步时方向盘有点重，在厂里转了两圈，越开越熟练。回办公楼前时，为方便下次出行，没有把车开回原来的三辆车中间的空车位，而是停在旁边。韩博看着两个后视镜，一把就倒进去，停得很正，无可挑剔。

"韩科长，你不是刚学，你是老司机吧？"

韩博心中掀起滔天巨浪，故作镇定地说："学过，没少开，就是没证。"

厂里有六辆轿车，一辆面包车和两辆货车，有三辆轿车是人家抵债抵给厂里的，其中公爵王不仅是抵债车而且是走私车，方向盘在右。

车队只有六个司机，要紧着送货或采购车间急需的东西。车多司机少，好不容易分配来一个会开车的干部，以后遇到厂领导急用车家里又正好没人时，完全可以请他顶一顶。

张庆民劝韩博赶紧办一个证。考试太麻烦，直接去靠办驾驶证创收的邻市公安局交警队办。身份证复印件，几张照片，八百六十块钱，几天到手。车队打申请，找领导签字，办驾驶证的费用由厂里出。八百六，对普通职工来说是几个月的工资，对韩博这个“富二代”却算不上什么。

韩博现在考虑的不是驾驶证，是昨夜梦到的那些事情和画面。如果梦境全部成真，现在能回忆起来的三件事必须认真对待。

父亲会上当受骗，做一个两百多万的装修工程，结果工程款被总承包的人卷跑了，欠下一屁股债。从丝河镇带出去的木匠要工钱，东海市几个熟悉的材料商要材料费，没钱给人家，只能东躲西藏，韩家就此衰落。

丝织厂不会倒闭但会改制，要是不想方设法调走，过几年私人老板会赶你走，只能重拾书本认真学习去考公务员。太诡异，太骇人听闻了。现在虽然有一个公务员暂行条例，但实施方案等细则还没有出台，干部组织人事部门安排，没有考不考这回事。

最后一件事同样与丝织厂有关。一个女工下小夜班，深夜十二点多从厂里回家，经过刘坝桥附近时遇到两个流氓。他们竟将女工残忍奸杀，尸体扔进刘坝河，几天之后才被发现，公安局抓了两年才抓到凶手。

事有轻重缓急。

两百多万的工程，不是一两句话或一两天能决定的，打个电话问问就知道有没有这回事。如果有，要提醒父亲不能上当，实在不行去一趟东海。其实不用去，姐姐过两个月产子，他和妈妈一定会回来。丝织厂三五年内不会改制，工作调动的事不着急。女工的事宁可信其有不可信其无。作为保卫科副科长兼经济民警分队长，有责任有义务保护自己的同事。

问题没凭没据，难不成跟人说我梦到了！不行，人命关天，一定要想方设法防患于未然，实在不行来个新官上任三把火。

“韩科长，韩科长，下班了，我去大门口盯会儿，你去不去？”

韩博缓过神，连忙道：“走，去看看。”

车间热，女工们一身汗，要去浴室洗澡换衣服，然后去车棚取自行车。有的家里没人做饭，会在食堂吃完晚饭再走，大门口暂时没什么人。

保卫科共两个干部，副科长一样是领导。值班的小顾和小颜上午见过，远远跑过来打招呼。

“韩科长，宿舍没有电视，晚上来这里看，有电风扇，凉快。”

“韩科长，渴不渴，我这儿刚晾了一缸茶。”

“不渴，出来时刚喝过。”

退伍兵，很精干，传达室墙上挂着几根橡胶警棍，带几个不值班的蹲坑，对付两个流氓应该没多大问题。

韩博在门口站了一会儿，回头问：“小顾，有没有看见姜科长。”

“没有，应该开完会直接回家了。”

“把门关上，等会儿我有几句话要同下班的职工说。”顾不上是否喧宾夺主，韩博指了指刚安装没多久的伸缩门。

第一天上班就要讲话，姜科长会不会有想法，别人怎么看保卫科。这是丝织厂，保卫科没地位，就是一看门的，哪有说话资格。小顾愣住了，杨小梅也感觉不合适。

小颜脑袋一根筋，按下开关，刚打开的伸缩门又吱吱呀呀关上了。

几个厂办干部骑着自行车迎面而来，韩博意识到彻底关上不合适，又回头道：“留一道空隙，可以让一个人过。”

“好咧。”

早上厂办钱主任介绍过，小伙子不错，第一天上班就查岗，干部们纷纷下车打招呼。不一会儿，女职工三三两两的过来了，干部可以走，男同志可以走，女同志要等会儿。

她们吃午饭的时候听说过，保卫科来了一个大学生。刚才洗澡时又听说，刚分配来的韩副科长既年轻家里又有钱，两万多房款说交就交。现在被拦住不让走，也倒没什么怨言，反而嬉笑着开起他的玩笑。

“韩科长，你这是做什么，唐伯虎点秋香？”

“看我们小慧怎么样，今年十九，没谈过对象。”

韩博不是戴着瓶底厚眼镜的书呆子，他既是学生党员，又是学生会干部，在大学也是风云人物，比这更大的场面都见过，毫不怯场。

“同志们，感谢大家对我个人问题的关心，介绍对象的事回头再说，耽误大家几分钟的宝贵时间，正式认识一下。同时呢，给大家提个醒。”

韩博指了指墙上的一条标语，抑扬顿挫地说：“看见没有，高高兴兴上班来，平平安安回家去。我就说两点，一是交通安全，路上不要骑那么快。上一天班，身心俱疲，注意力和反应能力都会受影响。万一摔着磕着，要受多大罪？为了自己，为了家人，宁慢三分不争一秒；过十字路口，更不能急，一停二看三通过。”

新官上任三把火，真把自己当干部。不过人家也是一番好意，也是一种关心，她们打铃的打铃，鼓掌的鼓掌，好不热闹，到底有没有听进去就两说了。

“二是人身安全！”

韩博脸色一正，别看才二十出头，真有那么几分官威。

“社会治安形势不是很好，各种刑事犯罪时有发生。正因为如此，上级要求我厂建立经济民警分队。我们可以保证大家在厂里的安全，无法保证大家在上下班路上的安全，尤其夜班。

“你们全是女同志，天越来越热，衣服穿得越来越少。许多不法之徒看见女同志穿短袖和裙子，就会产生犯罪的冲动，大家一定要有防范意识。如果爱人或家人有精力有时间，最好请他们接送一下。

“不过三更半夜，接送也很困难，毕竟他们第二天也要工作，不能影响睡眠，还是建议大家尽可能结伴而行。另外可以协调一下，这一路走的几十个人，不妨排个班。今天你爱人负责把我们送回家，明天我爱人再把你们送回家。总之，安全第一。”

“韩科长，你人真好，谁要是嫁给你，你肯定天天接送，绝对安全。”

“韩科长是大学生，有情调。哪像你男人，不但不体贴，喝醉了还动手。”

“你男人好，八棍子打不出一个屁！”

韩博意识到白说了，这帮女人经常上夜班，总是一个人走，胆子一个比一个大，根本听不进去。没办法，只有开门放人。

“小韩，进入状态很快嘛。”

韩博正准备去食堂吃饭，一个五十岁左右的干部，推着自行车走到大门口，车把上挂着一个包，衬衫口袋里别着一支钢笔。

“姜科长回来啦，韩副科长刚才还念叨您呢。”杨小梅连忙接过车把，让两位领导说话。

原来是顶头上司，韩博掏出烟，敬上一根，又给小顾和小颜一人一根。

玉溪，二十几一包，在供应科、销售科和基建科不新鲜，在保卫科很少见。姜国平常抽红梅，出去办事才抽红塔山，接过香烟时愣了一下，感觉眼前这个大学生不简单。

“姜科长，以后我就是您的兵。晚上有没有时间，我想请您和科里不值班的同志一起吃顿饭。”

姜国平没因为刚才的事不高兴，反而笑道：“想一块儿了，不过不是你请，是我请，为你接风。”韩博的档案漂亮，人事局给厂办打过好几个电话，提醒厂里不要以大专生或中专生对待。这样的人，在丝织厂待不久，说不定几天就会被调走。

“这怎么好意思，尊敬领导，应该我请。”

“今天我请，下次你请。”

姜国平拍拍他胳膊，直言不讳地说：“其实，我在对面看了一会儿。丁书记和钱主任肯定跟你说过面料失窃的事，我以为你会来个新官上任三把火，同小杨一起挨个检查。没想到你说的是安全问题。夏天容易出事，有必要提醒，增强她们的防范意识。今天在公安局开会，内保大队和治安大队的同志也提到我们厂女工多，夜班多，想想确实让人挺不放心的。”

“初来乍到就自作主张，姜科长，我承认错误。”

“没错为什么要承认错误。小韩，我们保卫科不是其他科室，我姜国平是转业军人，小杨是军属，另外几个同志是复员军人，没有那些钩心斗角的事。年轻人，就应该有闯劲儿，该管就管，该说就要说。”

保卫科是纺织厂最没地位、最没油水的部门。办公条件最差，职工待遇最低，遇到没人上货卸货的时候还要去干活，办公经费为零。什么都没有的部门，有什么好争的。既然没什么好争的，自然不会有钩心斗角。

晚饭安排在丝绸宾馆，丝织总厂的三产，位于厂区西门，厂办关副主任兼任宾馆经理。

一楼大餐厅，二楼包厢，包厢里可以唱卡拉 OK，三楼四楼客房，一年产值上亿，接待任务繁重，十几个包厢全满了。

“姜科长、韩科长，实在不好意思，今天真安排不了，只能委屈你们坐大厅。”关经理一脸歉意，发烟打招呼。

不管怎么样也是中层干部，保卫科一年到头请不了几次客。姜国平很没面子，不快地问：“真满了？”

“满了，一个不剩。”

生怕他不信，关经理从总台拿来一份订餐表，凑到灯光下说：“省纺公司领导考察，王厂长接待，在一号厅；春茧流失太多，损失很大，夏茧秋茧不能再流失。丝绸公司王经理、供应科胡科长、缫丝二厂古厂长和三厂桂厂长，分别在二、三、四号厅请三个乡镇领导。收茧资金一天没着落，陈厂长一天睡不着觉，同戴科长在五号厅请银行领导。李工来了几个朋友，有一位是省纺织服装检测技术研究所的专家，他们在六号厅……”

省纺公司有真丝和真丝面料出口配额，必须热情接待。蚕茧是丝织总厂的主要原材料，如果在县里收不够蚕茧，就要去外地采购高价茧。丝绸公司说是从老百姓手里收购，然后再卖给丝织总厂，其实收购款是丝织总厂出的，收茧的人都要从三个缫丝分厂抽调。他们过一手，扒一层皮，赚几百万的差价。而定价太高，丝织总厂会亏损，他们只能跟茧农压价。

外地缫丝厂没丝绸公司这一道环节，一公斤收购价高五六块，只要茧农把茧送过去，他们就收，有些人甚至偷偷摸摸跑到思岗县来收购。

对丝绸公司而言，没茧就没钱；对丝织总厂来说，没茧就没原料。每到蚕茧收购时，丝绸公司和丝织总厂都要请各乡镇干部和公安干警严防死守。大小路口设卡，二十四小时不离人。

茧农被逮住，让他们原路返回，把蚕茧卖给丝绸公司的收购站；贩卖蚕茧的要是被逮住，就是非法经营，公安工商和税务要罚得他倾家荡产。

总之，在丝织总厂，只有与茧丝绸打交道的部门才有地位。保卫科就是看大门的，没资格往楼上凑。不能为企业创造效益，靠边站很正常。

韩博拉拉姜国平的袖子，若无其事地笑道：“姜科长，一顿饭而已，在哪儿吃一样。大厅挺好的，就我们一桌，清静。”

“大厅就大厅吧，关经理，我们四个人，你看着安排。”

“为韩科长接风，我知道，我安排。先上几个凉菜，你先喝着，等会儿我过来敬酒。”

保卫科两个干部，剩下的不全是职工，也有合同工，他们是没资格来的。吴永亮人高马大，二十四岁，是复员军人，正式职工，也是总厂的班长，经济民警分队正式挂牌后依然是班长。手下有三个兵，比另外几个分厂的班长多一个。杨小梅是正式职工，上了一个多月的班，没有和姜国平在一起吃过饭。她的丈夫在乡镇，她一个人在厂里。杨小梅是党员，接下来要担任副分队长，算半个领导。她拿起酒瓶，给两位科长斟酒。

“姜科长，永亮，不好意思，我不能喝，酒精过敏，一喝浑身起红疙瘩，就要去医院。”

“酒精过敏？”

“不是偷奸耍滑，是确实不能喝。”

“要么来一瓶啤酒。”

姜国平转身要叫服务员，韩博连忙拉住：“姜科长，啤酒一样含酒精，喝了也过敏，我以茶代酒，以饮料带酒。”

“人若不喝酒，白来世上走，可惜了。永亮，再去拿两瓶饮料。”

提起喝酒，杨小梅扑哧笑了：“韩科长，你幸好分配到我们厂，要是分配到下面的乡镇，不会喝酒真不行。永阳乡经济不怎么样，乡领导一个比一个能喝。我家老钱酒量算不错的，一到那儿就被他们灌倒了。”

姜国平乐了，端起杯子笑道：“乡里那些干部能喝，半斤酒，漱漱口，一斤酒，照样走。他们有句顺口溜，能喝八两喝一斤，这样的同志可放心；能喝一斤喝八两，这样的同志要培养；能喝白酒喝啤酒，这样的同志要调走；能喝啤酒喝饮料，这样的同志不能要！”

“幸好我分到了丝织总厂。来，姜科长，我敬你。”

四个凉菜，四个炒菜，两个炖菜，一个汤，六十块钱的标准，对保卫科而言已经很奢侈了。

酒过三巡，菜过五味，姜国平说起正事。

"小韩，其实厂里刚开始没打算安排你来保卫科，最初准备让你去销售科。专业对不对口不重要，重要的是你会英语，好像英语六级是吧？"

"是的，前年就过了。"

"厂里全靠外贸订单，需要你这样的人才。结果因为'严打'，上面要求我们这样的国营大单位建立经济民警分队。楼里年轻干部那么多，党员也不少，可以随便调个人来当分队长。关键公安局见我们厂效益好，想安排个人进来。现在效益好不等于今后一样好，再说闲人已经够多了。厂里宁可招十个临时工也不愿招一个合同工，宁可招十个合同工也不愿意招一个正式工，更不用说干部。在蚕茧收购上，我们又需要公安局帮忙，不能因为一个干部编制撕破脸。最后想到你，一个萝卜一个坑，由你这个组织人事部门打过好几次电话的人占这个坑，他们的人就进不来。"

"韩科长，你运气真不好，要是去销售科，你就发了！走南闯北坐飞机，出差有补助，请客吃饭费用全报。联系上业务有提成，最多的一年拿好几万。"原来有隐情，顶头上司生不逢时，吴永亮打心眼里替他惋惜。

"运气是不好，一年赚几万，什么概念！"杨小梅穷怕了，一脸深以为然。

韩博去东海做木匠，一年也会好几万。他这些年没为钱操心过，现在参加工作，老爸给了一张五万的存折。房款交了两万多，还有两万多的"零花钱"，倒没感觉运气有什么不好。

姜国平轻叹了一口气，接着道："你有张良计，我有过墙梯。厂领导自以为这事就这么结束了，今天我去开会，把名单提交上去，人家发现分队长没戏，直接在名单上填了一个指导员。

姓高，叫高长兴，司法警察学校毕业的，今年 28 岁，之前在治安大队干，一直没编制，好像是公安局牛副政委的亲戚。明天带着档案来上班，厂里接收最好，不接收人家也不会走。"

指导员？搞得真像那么回事。韩博忍俊不禁地笑问："厂领导知道吗？"

"知道，我在公安局给丁书记和钱主任打了电话，他们找出《经济民警管理工作规定》一看，上面提到中队和分队可配备指导员，由建警单位根据本单位干部的实际情况配备，在政治、经济上享受干部待遇。对他们的任免，要事先征得主管公安机关同意。”

韩博想离开这儿，他却想往这儿钻。不过话又说回来，刚参加工作的普通公安干警，一个月工资才三百出头，到丝织总厂当经济民警分队指导员，一个月能拿近五百。何况他连编制都没有，连正式干警都算不上，到这来能解决编制，拥有一个国企干部身份。

韩博又问道：“他来了，是我管他，还是他管我？”

“按照规定，指导员应当支持和配合分队长加强队务管理，做思想政治工作。保卫科领导经济民警分队，你是副科长，当然你领导他。再说这是丝织总厂，不是公安局，大事小事厂里说了算。”

“希望不难相处。对于分队的工作，姜科长，您有什么指示。”

正牌大学生，姿态放这么低，姜国平对韩博更有好感了，接过香烟笑道：“保卫科就我们两个干部，有什么指示不指示的。你年轻，有文化，是党员，在大学就干过学生会干部，保卫科的事对你来说是小儿科。

“孩子大了，没个像样的房子找不到对象。你家在丝河，只能要厂里的房子。我家在城南，有两万多能盖一个小二层。黄沙、石子、木材、砖头全买了，一直想推倒重盖，抽不开身。你来得正好，明天经济民警分队挂牌，后天陪你去几个分厂转一圈，等熟悉完情况，我就跟厂里请一个半月假，回去把房子盖起来。相处这么多年，厂领导全知道，谁家没点事，他们不会说什么。”

“老虎不在家，猴子称大王。姜科长，你一请假，我就说了算了？”

姜国平哈哈大笑：“保卫科，又不是供应科，更不是财务科。用不着等我请假，你现在就说了算。”

“行，等会儿我结账。”韩博放下杯子，又回头道，“杨大姐，永亮，你俩作证，刚才姜科长是说我现在就可以说了算。”

“姜科长，你是说过。”杨小梅连连点头确认。

大学生，太会做人了，遇到这样的副科长，哪个领导不喜欢。姜国平拍了下桌子，爽朗地笑道：“好，今天就让你结账。等楼房盖好，请你们去我家聚聚。这边的菜就是好看，论味道，真不如你嫂子做的家常菜。”

第二章·保卫科要创收

夜幕降临，厂区周围成了一个夜市。

有个体户，有附近几个厂的职工家属，有丝织总厂下班后的职工。水果，各种夏衣，拖鞋凉鞋，生活日用品，书刊杂志，四大天王的磁带……应有尽有，眼花缭乱。渴了能买到冷饮，饿了有小吃摊。

想一展歌喉，可以唱露天卡拉OK。两块钱一首，几份歌单在围观的人们手中传来传去，老板忙得焦头烂额，生意好得令人发指。做这生意要“大投资”，一台25寸彩电必不可少，VCD机更不能缺，要有音响，要准备足够的光盘，还要准备几十张板凳。

正在唱歌的是一对中年男女，黄梅戏，夫妻双双把家还。抑扬顿挫，声情并茂，堪称专业水准。年轻人不爱听，摩拳擦掌急着接话筒。上了年纪的人喜欢，阵阵喝彩，高喊再来一首，再来一首。

杨小梅很羡慕，不是羡慕人家唱得好，是羡慕那对一个点歌一个收钱的小两口，嘟囔道：“一首歌两块，一晚上能赚多少钱！真是富了海边的，发了摆摊的，苦了上班的，穷了靠边的。”

“不赚钱下海做什么，杨大姐，你也可以下海，你也可以做生意。”

“我没本钱，我也不敢。”

韩博笑了笑，注意力转移到街角几个小年轻身上。他们穿得花里胡哨，脚踩拖鞋，嘴上叼着烟，目光在行人尤其漂亮姑娘身上打转。吃饭时姜科长说过，城西派出所没几个人，经济民警分队明天挂牌后，厂里的传达室成为人民西路警务室，协助城西派出所维护丝织总厂这一片的社会治安。

“永亮，认不认识对面那几个？”

“穿短裤的那个认识，家在附近，初中毕业，一直在家待业，整天游手好闲。另外几个看着面熟，经常过来，家不在城西这一片，应该是下面乡镇的无业青年。”

“认识的那个有没有前科？”韩博站在梧桐树下，不动声色观察。

吴永亮印象深刻，不假思索地说：“有，小偷小摸，被城西派出所抓过几次。运气好，没赶上‘严打’。要是搁现在，少说判他三五年。”

今天三月，某个市里一位领导竟然在家被杀害了。没过几天，几个歹徒持刀闯入西南省份一个县公安局刑侦副局长家，将副局长及其妻子捆绑起来，用布堵嘴蒙眼，抢走一支手枪和几千现金……

治安形势严峻，是要严厉打击犯罪分子的嚣张气焰。

韩博权衡了一番，抬头道：“永亮，杨大姐，明天换完装，把印染分厂和服装分厂两个班长留下来开个会。一起研究研究，根据实际情况调整一下值班时间，要保证每天下午 7 点到 12 点，总厂这边有 4 个人在岗。一个守大门，三个在大门和西门之间巡逻。宾馆里不是客户就是领导，要保证客人和领导的安全。顺便兼顾夜市，确保我厂职工及人民群众的生命财产安全。”

夜市的治安不容乐观，无业游民、小偷小摸寻衅滋事，甚至把行人骗到巷子里敲诈勒索。摊主卖伪劣产品引起纠纷，三轮车、自行车和摩托车太多，你刮到我，我碰到你，因为一点鸡毛蒜皮的事从吵架升级到动手……

城西派出所太远，经常有人跑到传达室找保卫科。但按照现在的值班表，夜班就一个人守在大门，哪儿都去不了，就算能离开，一个人也不顶事。等派出所民警和联防队员赶到，那些人早已逃之夭夭。

夜市在厂门口，许多受害者是本厂职工，保卫科该管，作为班长，吴永亮也想管，可摇头苦笑道：“韩科长，保卫科职工是复员军人，不是现役军人。县里十个人只有小颜没成家，谁家没点儿事，没加班费谁愿意加班？”

“我们科没加班费？”

“没有，值夜班就管一顿饭。”

想想也是，在厂领导和大多职工看来，保卫科就是吃闲饭的，不用干活拿那么多工资还想怎样。韩博沉思了片刻，胸有成竹地说：“经费不难解决，别人能创收我们也能，明天换装后上街疏导交通，马路中央不许摆摊。路牙那边是我们的服务公司，这边是厂区，全是我们的地方。保卫科不是派出所，没权收治安联防费，但可以收卫生费。一个摊位两块钱，又不多，还帮他们维持治安，好好做做工作，应该能收上来。不交可以，去其他地方摆，别在我们门口。”

马路中央归环卫打扫，路牙两边是丝织总厂的卫生包干区，摆摊搞得一塌糊涂，厂里清洁工每天早上都怨声载道。吴永亮越想越觉得有道理，不禁笑道：“两边加起来五六十个摊位，跟农村赶集时一样，小摊两块，大摊三块，卡拉 OK 摊占地大又扰民，一晚上八块。一晚上至少能收 120，刨去刮风下雨，一个月至少能创收 2400。给几个清洁工 400，剩下 2000 一半发加班费，一半留着当经费。到年底，我们保卫科也能有自己的小金库，也可以聚聚餐，发点儿福利。”

杨小梅欲言又止地问：“韩科长，永亮，这算不算乱收费？”

“在你家门口做生意，把你家门前搞得乱七八糟的，把你家人搞得鸡犬不宁，你答不答应？”

“当然不答应。”

“这就对了，周瑜打黄盖，一个愿打一个愿挨。想在这儿摆就交钱，不想交钱走人。”韩博顿了顿，又补充道，“本厂职工及家属的摊位一样要收，至少看上去一视同仁。跟他们私下里说清楚，让他们带头交，回头再悄悄退给他们。”

“要是他们说出去呢。”

“那他们以后就别摆了，治理整顿，一个摊位不许摆。厂门口清静了，治安好了，厂领导高兴，我们也不用加班。”

搞好了一个人一个月能增加一二百收入，副科长有魄力，吴永亮岂能错过这个机会，拍着胸脯保证道：“韩科长，这事交给我，你回去休息，我今晚就做工作，争取明天开张。只要有经费，我们就能维持好厂区周边治安，那些游手好闲之徒，那些不稳定分子，通通让他们滚蛋。”

韩博满意地笑道：“行，下面工作你做，上面工作我来。明天一上班，我就向姜科长汇报，然后一起去找钱主任，争取明天天黑前把尚方宝剑拿到手。”

其他企业的保卫人员，夜里要打着手电里里外外转转，防止毛贼翻墙进去偷东西。

丝织总厂不用，效益好，产品供不应求，职工几年如一日三班倒。车间有人，仓库有人，办公楼有人，外贼一般不敢进来，失窃点儿什么东西基本上全是内贼干的。

尽管如此，韩博仍里里外外转了一圈。去办公楼，同值夜班的生产科许副科长聊了一会儿。和许副科长一起去车间认识了一下几个值夜班的车间主任和副主任，直到12点小夜班和大夜班交班，给没见过的上下班工人讲了一下交通安全和人身安全才回宿舍。

白天想得太多，晚上休息得太晚，一觉睡得格外香甜。

清晨，宣传科同往常一样转播中央人民广播电台的新闻。一楼没水房，水池和水龙头安在花坛边，几个干部肩搭毛巾，手捧牙缸，站在门口排队洗漱聊天。

杨小梅起得早，已经从食堂吃完早饭回来了。打了个招呼，跨上自行车去大门口换岗。科里对她比较照顾，只有白班，不给她安排夜班。

韩博洗完漱，端起搪瓷盘准备去食堂，身后传来一阵摩托车引擎声。回头一看，韩博惊问道："姐，姐夫，你们怎么来了？"

"不放心，我来看看。"

韩博急忙将韩芳扶下车，埋怨道："我又不是三岁小孩，有什么不放心的。不是不让你坐摩托车，万一出事怎么办。"

"她非要来，我要是不送，她自己开轻骑来，更不放心了。"生怕小舅子责怪，李泰鹏忙不迭推卸责任。

"怎么进来的？"

"昨天来过，门卫认识，挺客气的，不用登记，让我们直接进。"

"先进屋，吃饭没有，没吃我去食堂打。"

"吃过了。"

韩芳瞄了一眼宿舍，拉着他的袖子兴奋地说："小博，其实我是来看房子的。咱家在一楼是吧，我想去认个门。泰鹏反正闲着没事干，现在能装修，就让他开始装。爸昨晚在电话说了，缺什么材料，他托人从东海往家带。"

"装修？"

"新房子一样要装修，不装修怎么住？"

韩家没分家，在韩芳心中，县城的房子一样是自己的房子。

装好了，将来星期天带孩子到县城玩，中午有吃饭地方，下午不用急着回家。放暑假可以来住一夏天，跟城里人过一样的日子。她眉开眼笑，从笑容中能感受到她此刻的心情。

在思岗县，装修离老百姓太遥远。在大多数人的意识中，装修是宾馆酒店的事。厂里那么多人要房子，没一家想过装修，顶多买几件新家具。韩家是靠装修吃饭的，天天给别人装，哪能不给自己家装。不仅要装修，而且要装好，装出档次。

有条件自然要住舒服一点儿，又不是厂领导，用不着低调。韩博想了想，欣然笑道："装就装，你们在宿舍歇会儿，去百货大楼转转也行。我先去食堂吃饭，吃完饭上班，等忙完手头上的事去基建科问问。已经封顶了，我们家在一层，应该没多大问题，中午休息时一起去看看。"

"我们去周围逛逛，中午再来，在门卫那儿等你。"

宿舍没电视，坐一上午能把人坐傻，韩博也不强留，打发走姐姐、姐夫，吃完早饭来到保卫科，勤杂工已打扫完卫生，送来两瓶开水。

两张办公桌，四把椅子，一张旧沙发，一个茶几，一个文件柜和一个报架。

办公桌上一部内线电话，拨分机号能打进来，但拨不出去。报架上报纸不少，加起来有八九种，不过全是四五天前的，其他办公室的人看完才会轮到保卫科。估计是放在这儿装装样子，上厕所还不用到处找手纸。

左边这张办公桌是昨天从楼下搬来的，好歹是副科长，不能没办公的地方。只是桌上空荡荡的，什么也没有，对面姜科长桌子上的文件不少。

熟悉情况，就包括看文件。有厂办的，有县政法委的，有县综治办的，有县公安局的，有城西镇的……全是红头文件。落款时间最近的这十几份，全是关于"严打"。

"严打"是党委政府和公安机关的事，还是先学习《经济民警管理工作规定》。

刚看到第三章第十三条，经济民警应当遵守和执行公安人员八大纪律十项注意，维护社会主义法制，做遵纪守法的模范，外面传来一声响亮的"报告"。

“请进。”

以为是来参加挂牌的班长，没想到跃入眼帘的是一个公安干警。二十七八岁，一米七五左右，国字脸，皮肤有点儿黑，头戴帽子，身着警服，腰杆挺得笔直，右臂夹着一个档案袋。

“高，高指导员，坐，快请坐！”

丝织总厂分来一个大学生，应该是他，高长兴摘下帽子，不无拘束地问：“你是韩科长吧。”

“韩博，保卫科副科长。姜科长应该快到了，你先坐，我给你倒杯水。”

二十出头的顶头上司，人家是大学生，学生党员，一毕业就是国家干部，不服气不行，高长兴放下档案袋，拦住他：“韩科长，不用倒水，我不渴。”

这时候，一个丫头风风火火跑过来，扶着门槛笑道：“韩科长，如果公安局……原来到了！高长兴同志是吧，丁书记不在，钱主任正在忙，领导让你去工会，走廊西边第二间，刘主席正在等你。”

“我就是，我这就去。”涉及个人前途，高长兴一分钟不敢耽误，急忙拿起档案袋去了。

小丫头没和他一起去，反而走进来关上门，一脸鄙夷地说：“公安局解决不了编制，就跑我们丝织总厂来，当我们这儿是什么地方。”

昨天见过，厂办李素红，父亲在缫丝二厂，母亲是总厂四车间挡车工，如假包换的丝织总厂子弟，职业中学一毕业直接进厂。

韩博好奇地问：“小红，是不是有什么内幕消息？”

厂里大学生不多，像他这么帅，这么有钱，这么有前途的更少。

钱主任昨天说有机会帮着介绍，想到办公室同事开的那些玩笑，李素红芳心一颤，凑到他耳边说：“公安局解决不了，我们厂一样解决不了。领导说现在是厂长负责制，以后不再接收人事局和民政局安排过来的人，韩科长你是最后一个。”

姜科长昨晚也说过，吃大锅饭没前途，厂领导在内部搞改革，要在车间推行绩效工资，要把三个缫丝分厂承包给个人。同时在跟县里及丝绸公司讨价还价，要对车间主任以上干部施行聘任制。

韩博并没有感到奇怪，反而很欣赏厂领导的做法。全县那么多企业，倒的倒黄的黄，丝织总厂能一枝独秀，很大程度上与这届厂领导班子有关。有魄力，敢改革，会变通，尤其侯厂长，堪称改革开放的弄潮儿。

“解决不了是什么意思？”关系到自己的指导员，韩博忍不住打听起来。

国家分配来的跟被硬塞进来是完全不一样的，虽然同样刚进厂，但在大多职工心目中他属于丝织总厂的人，发工资时大学四年算工龄。

高长兴完全属于外人，羡慕丝织总厂待遇好的外人，李素红窃笑道：“领导说按规定办，按照规定提拔干部要先考察，要和本人谈话，考察工作能力和组织能力，向职工了解本人道德行为，生活作风问题，征求群众意见，然后再党委集体研究决定。他刚来，谁知道有没有工作和组织能力。职工对他不了解，群众意见这一关过不去。同我一样，先从普通职工干起，提拔的事明年再说。等到了明年，政策不知道又变成什么样。”

丝织总厂是县里的龙头企业，一年给政府创造多少效益，给国家创多少外汇，带动全县多少农民养蚕致富！

侯厂长比丝河镇砖瓦厂的王厂长厉害多了，一直以为是正科级，昨晚才知道人家早就不是正科，已享受副处级政治待遇好几年了。全国人大代表，车牌号是县委的。想见书记县长直接去县委县政府，乡镇一级领导看见他要客客气气的。如果不是正值“严打”，公安局哪有资格往丝织总厂塞人。可怜的高长兴，乘兴而来，估计要败兴而归。

上班时间，小丫头不敢再磨洋工，零距离接触了一下意中人，意犹未尽走了。他前脚刚走，姜国平拿着一鼓囊囊的信封走进来。

“小韩，买警服的经费批下来了。本打算管车队要辆车，去公安局把警服拉回来，结果司机全出去了。钱主任听张庆民说你会开车，让你准备几张照片，把身份证拿楼下复印，厂里帮你办证。”

姜国平放下钱，又从口袋里掏出一把车钥匙，满脸兴高采烈。

韩博不解地问：“姜科长，这是做什么？”

“7 号车钥匙，你开，又不是不会。东西挺多的，不去辆车不方便。警服一人两套，二十一个人就是四十二套。帽子，皮鞋，武装带，几根电警棍，还有经济民警分队的牌子，一车拉回来多好。”

“我现在没证！”

“在县里开怕什么，没人查你有没有证。就算查到又怎样，警服一穿就是自己人。开慢点，我帮你盯着，只要不出事就行。”副手会开车，以后用车方便多了，姜国平很高兴。

“可是，我只会开小车。”

“7 号车就是小车，面包车，卡车要送货，你想开都没得开。”

厂办没正式送过来通知之前高长兴不算保卫科的人，姜国平一心把经济民警分队的事忙完好请假回家盖楼房，工会那边到底谈得怎么样他才懒得去管。

昌河面包，车况不错，开上三四分钟就熟练了。县城不大，公安局不远，路上没什么车，一会儿便到了。

保安服务公司不大，在公安局西门，总共三个柜台。经济民警的帽徽、警服、警衔同公安一样，只是臂章有所不同，是“经济”两个字，不是“公安”。

人家早准备妥当，就等丝织总厂送钱来。一套夏常服一百多，一套冬常服好几百，不是一两点贵，好在单位掏钱，不用个人掏腰包。全部装上车，韩博又向营业员要了两副手铐。

公安要多少钱，厂领导就批多少，一分没得多。手铐钱自己先掏，保安服务公司开发票，等有机会再找厂里报销。

“95 式警衔真没 92 式好看，一条杠两条杠三条杠，搞得像少先队的小队长中队长大队长。”姜国平穿了十几年军装，对穿不穿警服真没什么感觉，竟吐槽起刚换两年的警衔。

“姜科长，我是什么警衔？”韩博拉上侧门，爬上驾驶座好奇地问。

提起这个，姜国平眉飞色舞：“昨天开会时，他们打算授予你一级警员，一杠三星，比学员和二级警员高一点儿。虽然没什么用，但多条杠好看，我就跟他们摆事实讲道理。”

“你怎么讲的。”

“我问他们，警衔是不是跟着职务走，他们说不完全是。不完全是就表示差不多，我们思岗县国营丝织总厂至少能对应正科级单位，厂长高配副处，中层干部对应副科，副科都低了，跟我一起转业的好几个都是书记镇长。你是保卫科副科长，兼任经济民警分队长，手下二十几个兵，派出所才几个人，至少是正股。我问他们派出所所长一般什么警衔，他们说有三级警司，有二级警司，也有一级警司，但不多。我说高不成低不就，取个中间的，所以你的警衔就是两杠两星，二级警司。”

韩博扑哧一笑：“警衔能讨价还价？”

“经济民警又不是公安民警，我们没当回事，他们一样没当回事。回去换上警服拍张照片，过几天把警官证办了。”

姜国平对车的兴趣远大于经济民警分队，拍着储物箱感叹道：“你会开车，许多事就好办了。去几个分厂开车就走，不用跟我一样要么骑半天自行车，要么去汽车站坐中巴。最怕坐中巴车，现在承包给私人，在县里转来转去，不带满客不走，时间全被他们耽误了。”

厂里规定，保卫科每月至少要去各分厂查四次岗。县城两个分厂近，查十次都没问题。下面三个乡镇的缫丝分厂太远，查四次就等于要往乡镇跑十个来回。姜国平请假后，这些事全搁韩博身上，他沉吟道：“开车没问题，关键车要烧油，我们开多了，厂里会不会有意见？”

“送货开卡车，领导坐轿车，这面包车没人用，开没什么问题，不过你说得对，开多了，烧油多了，领导肯定会有想法。”

“领导这么抠门！”

“就这么抠门，不然能跟那个高……高长兴扯皮？一个干部，在职期间工资多一两百没什么，就怕生病，就怕退休。将心比心，领导有领导的难处，退休干部职工太多，负担太大，去年光医药费就两百多万。”

“如果我们自己解决油钱呢？”

“那就没人说了，不过为单位办事哪能自己掏钱。”

“姜科长，我不会自己掏钱，我是这么想的……”

韩博将收夜市卫生打扫费的事简单提了提，姜国平乐了：“小韩，其实我想过，想得比你更全面。之所以没干，一是我当这么多年保卫科长，抬头不见低头见，个个认识，实在拉不下脸。二是人言可畏，要是我牵头，别人以为我姜国平得了红眼病，看人家发了，自己也想捞。这把年纪了，多一事不如少一事，再干几年退休，图个耳根子清静，不会被人在背后戳脊梁骨。”

“你是说不能干？”

“我不能，你可以。你刚参加工作，老家在丝河，没那么多顾忌。并且谁都知道你家条件好，一来就买房。不像我干一辈子，积蓄加起来只够盖一栋二层楼。别人不会认为你想捞钱，会以为你想干一点事。”

推心置腹，韩博打心里庆幸自己能够遇上这样好的顶头上司。

昨晚姜国平回家跟一个从丝河镇嫁过来的邻居打听过，韩博的父亲在东海市搞工程，一年赚的钱顶人家干一辈子。姜国平对白抽他的好烟没任何心理压力，又点上一根玉溪。

“按你那样搞不行，厂里的地皮，厂里要有收益。不收钱没关系，一收钱厂领导就会有想法。所以要给厂里一点好处，比如承担几个勤杂工的工资。工商也要考虑到，他们好打发，一个月两三百块钱，相当于工商管理费。这么一来，等于把夜市变成农贸市场，合理合法收钱。你说的收费标准也不科学，市口好的要多收，市口不好的少收。为抢占一个好市口好位置，那帮个体户没少打架。同厂里说定，跟工商协调好之后，把他们召集到一起开个会。在纸上画几十个摊位，让他们自己选，有人抢的摊位比出价，谁出钱多给谁，定下来一年不换……”

小看天下英雄了，人家考虑得比自己更全面。有钱才能调动手下的积极性，才能树立起威信。有了威信，有了积极性，才能带他们去蹲坑抓流氓，才能避免一起有可能发生的惨剧。

韩博打定主意，扶着方向盘说道：“姜科长，我听你的，就按你的章程办。只是嘴上无毛办事不牢，我去跟钱主任说估计他不一定能同意。还有城西工商所，我一个人都不认识。”

这不是为他自己，是为保卫科，为大家伙。他愿意冲锋陷阵，姜国平求之不得，大手一挥：“厂里和工商所的工作，我和你一起去做。先跟钱主任说，同钱主任说定再去工商所，不会耽误你们晚上的事。我要盖房子你知道的，其他工作只能由你牵头。”

思岗是个小县城，一到晚上八点，街上空荡荡的，看不见几个人影，买包烟都找不到地方。丝织总厂门口的夜市，是本厂和周边几个单位职工家属及一些个体户自发组织起来的，是整个县城晚上最热闹的地方。从另一方面反映出丝织总厂效益好，来这儿做买卖能赚到钱，厂领导一直引以为傲，甚至还有点儿“迷信”，感觉人多热闹，单位才能红红火火。并且职工没什么娱乐生活，有个夜市在门口，晚上出来逛逛，心情好了能安心工作。总之，厂里对夜市是持支持态度的。

不过夜市也存在许多问题，为争一个好位置，摊主经常吵架乃至动手。人多了，游手好闲之徒就往这儿钻，小偷小摸，寻衅滋事，坑蒙拐骗，敲诈勒索之类的事时有发生，严重影响到厂区周边治安。

卫生问题更让人头疼，尤其是几个大排档和烤肉串，炒菜炒得乌烟瘴气，地面搞得污水横流一片狼藉。屡教不改，阳奉阴违，说到底卫生包干区终究不是厂区，在围墙外面，他们有恃无恐。

韩博初生牛犊不怕虎，要治理整顿夜市。有姜国平这个老滑头当参谋，没什么不放心的。厂里一分钱不用掏，还能省两个勤杂工工资，何乐而不为？钱主任没有任何意见，鼓励他甩开膀子干。

城西工商所就指着丝织总厂的工商管理费发工资，厂办主任亲自打电话，保卫科长和副科长亲自登门，夜市这点事真算不上什么。不谈定额，只要解决一个职工工资，每天晚上到传达室上班，全权代表工商部门维护市场秩序。

“姜科长，个体户应该交纳工商管理费，他们有权为什么不自己收。”回来的路上，韩博不解地问。

姜国平抱着杯子，嘿嘿地笑道：“去他们那儿登记过有证的才算个体户，小商小贩谁会去登记。这跟农民进城卖菜是一回事，进菜市场要交管理费，在马路边上没人管。其实他们想管想收，关键他们没几个人，没派出所那么大威慑力，老百姓不怕他们。我家庭困难，我这是养家糊口。要钱没有，要命有一条。你没收我东西，我带家人去你所里闹，去你家里闹。你不给我活路，我就不让你安生。前年夏天来过一次，一分钱没收到，之后再也没来过。”

“我们的工作应该没那么难做。”

“这肯定，首先这是我们的地盘，不让你待你就干不成。做生意讲究扎堆，人越多买卖越好。整个县城就我们这儿一个夜市，大晚上去其他地方卖给谁啊；其次，我们有经济民警分队，我们是人民西路警务室，有兵，有威慑力。”

姜国平喝了一口茶，又调侃道：“小韩，你现在了不得，牵头公安、工商和保卫部门联合执法，公安、保卫、工商和卫生工作一肩挑，相当于综治办主任，只是没组织部门任命。”

下午 6 点，工商所的人来报到。加上今天刚到的高长兴，可不是公安、工商和丝织总厂保卫部门联合执法吗？

韩博第二天上班就整这么多事，想想是挺好笑的。事情办得顺利，有汽车去哪儿都方便，再次回到单位才 9 点半，上楼时顺便去了一趟基建科。

装修，绝对是一件新鲜事。一个个拉着韩博问长问短，打听大概要花多少钱，大概会装成什么样子。消息传播速度惊人，楼里要房子的干部职工一会儿全来了。

基建科路科长拍板，提前给 3 号楼 1 单元 102 安装门窗交钥匙。工程队他打招呼，李泰鹏随时可以进场施工。先装，装个样板房，装好之后看效果，也看看装成电视里那样要花多少钱。

“韩科长，工钱真跟材料费差不多？”

“一半一半，差不多，不过我家不用花工钱。我爸是木匠，我姐夫也是木匠，连我妈都会一点儿。”

“家里有几个手艺人就是好，二车间王大兵一家是瓦匠，他家盖楼房就上梁时请几个人去帮忙，省好几千。”

“严打”是全国政法系统的大事，设立经济民警分队和治理整顿夜市是保卫科现阶段的大事。对许多干部职工而言，房子才是他们的大事。财务科几个大姐意犹未尽，一直追到三楼。

高长兴不明所以，暗想大学生就是高人一等。同样刚来，不但能当干部，能担任副科长兼经济民警分队长，而且如此受厂里人欢迎。

两张办公桌，正副科长一人一张，自己只能坐在沙发上，像个来办事的外人。在公安局是临时工，到丝织总厂又是边缘人，心里很不是滋味，韩博跟他打招呼都没反应过来。

“姜科长，韩科长，刚才你们不在，我来正式宣布下。厂党委研究决定，高长兴同志调到你们保卫科担任经济民警分队指导员。考虑到干部提拔暂时有困难，先以职工身份参加工作，在政治上享受干部待遇……”工会刘主席敲敲门，代表厂领导宣布对于高长兴的安排，抑扬顿挫，热情洋溢。

政治上享受干部待遇，就是有资格看一些普通职工看不到的文件，有机会参加一些普通职工不用参加的会议。相比之下，高长兴更愿意在经济上享受干部待遇。他笑得很勉强，能够想象到他此刻有多么失落。

“小高，坐，进了保卫科就是自己人，用不着拘束。借花献佛，韩科长的好烟，点一根。”

“姜科长，韩科长，抽我的。”

“烟酒不分家，别这么客气。说起来烟酒真不是好嗜好，要学习韩科长，烟酒不沾。”

干部就是干部，职工就是职工，何况人家不光是干部，还是科长和副科长。高长兴态度很端正，接过烟，诚恳地说：“姜科长，韩科长，我刚来，什么不懂，请二位领导多批评多帮助……”

“小高，你在公安局干那么多年，保卫科工作对你来说轻车熟路，没什么懂不懂的。我明后天请假回家盖房子，科里工作韩科长负责。他兼任经济民警分队长，你是分队指导员。你们是搭档，都是年轻人，有共同语言，好好沟通沟通。”

保卫科在厂里就是一看门的，姜国平从来没把自己当领导，不习惯说那些场面话，简单说了几句，就捧着茶杯起身去厂办打电话，请公安局内保大队和城西派出所的人下午两点准时过来，一起给经济民警分队和人民西路警务室挂牌。却自始至终没提给高长兴接风的事，亲疏远近可见一斑。今后要在一个锅里搅马勺，韩博接下来有一件大事需要高长兴这样的老警察帮忙，是应该好好聊聊。

坐在办公桌旁边对话显得有些居高临下，韩博干脆坐到高长兴身边，笑着问道：“以后怎么称呼，老高，还是高指？”

“韩科长怎么顺口怎么称呼。”

“高指吧，你们公安好像习惯这么称呼。”

“行。”

“虽然一样刚来，但你在公安局干那么多年，工作经验比我丰富，对县里情况比我熟悉，经济民警分队的事需要你多操心……”韩博同样没说场面话，从工作一直聊到家庭，比他更像一个指导员。

“我爱人在水产公司，孩子四岁。不怕韩科长笑话，来丝织总厂实在是没办法。在公安局六年多，依然是个临时工，不为自己打算，也要替老婆孩子想想。”

生活所迫，都不容易。韩博关上办公室门，不解地问：“你是中专生，毕业那么早，怎么会没编制，怎么会一直拖到现在？”

往事不堪回首，高长兴苦笑着解释道：“我是大中专，定向委培的大中专，不是统招生。按规定哪个单位委托培养回哪个单位，不在统一分配之内。区里委培的，当年为这个名额没少求人。结果还没毕业，县里就开始撤区建乡并镇。委托培养单位没了，就这么悬着，一直悬到现在。”

真够倒霉的，居然会遇上这样的事。韩博想了想又问道：“公安局就不能想想办法，你是警校毕业的，专业对口，有优势。”

“警校跟警校不一样，省警校属于公安系统，我上的司法警官学校属于司法系统，公安局要紧着本系统内的大中专生来，要优先安置转业军人。没那么多政法专项编制。县里没钱，又给不了多少事业编制。8 年前公开招聘的 90 多名户籍警，到现在仍是合同制民警。交警队、刑警队和基层派出所，政法专项编制只占四分之一，剩下的要么是事业编，要么是合同制，要么像我这样的临时工。”

“你有警衔警号。”

“局里统一采购的，在县里可以执法，出了县人家不认。说起来真没经济民警正规，至少经济民警在省厅有备案，警号是公安部监制的，走到哪儿人家不会当你是假警察。”

他有一个警察梦，费过一番心思，上过警校，为此努力过很多年，结果却干不了公安。

韩博暗叹了一口气，微笑着劝慰道：“不管怎么样，调过来之后工资待遇比之前高。先干着，将来有机会再调回去。”

丝织总厂该大方的时候大方，该小气的时候小气。定在下午两点挂牌，在人家吃过午饭之后，又距晚饭时间还早，用不着花钱请人吃饭。

知道丝织总厂不把挂牌当回事，县公安局只来了一个内保大队教导员，城西派出所来了一个副所长。

厂领导都没露面，保卫科的人就这么换上了警服，将“思岗县国营丝织总厂经济民警分队”和“思岗县公安局城西派出所人民西路警务室”两块小牌子，挂在传达室门口。

牌子其实不小，两米多高，但大门口密密麻麻排了好几个，“思岗县国营丝织总厂”“中国共产党思岗县国营丝织总厂委员会”“思岗县国营丝织总厂人民武装部”“思岗县国营丝织总厂工会委员会”，就差人大和政协。

挂完牌，让宣传科干事站在大门口集体合影，然后去小会议室开会，把厂办李素红请过来帮忙端茶倒水。

内保大队教导员宣读分队长及分队指导员任命，照本宣科读了一遍《经济民警管理条例》。姜国平以建警单位领导身份讲了几句，准备一个多月的挂牌仪式就这么结束了。

大会开完开小会，新鲜出炉的二级警司韩博主持会议，与会人员只有指导员高长兴、副分队长杨小梅以及吴永亮等三个班长。

韩博换上警服，比之前更帅。

意中人侃侃而谈，李素红看得心荡神摇，竟然坐在一边不想走了。

“这是我草拟的一份文件，姜科长看过，几处不妥的地方作了修改。厂办李素红同志帮我们打印出来了，红头的。我们进行一下分工，我和指导员先去工商所，然后去城西派出所，请他们盖一下公章。

“杨大姐给三个缫丝分厂打电话，让三个班长安排好工作立即各带一个人过来。有摩托车开摩托车，没摩托车坐中巴，车费科里报。5点集合，不许迟到。永亮继续做本厂职工及家属工作。信生和松仁把警服拿回去，安排一下，也是各带一个人，5点集合。”

要帮工商所养一个人，还要承担两个勤杂工的工资，小金库别想了。但来总厂值小夜班，一个月增加一百块钱收入还是有保证的。

刚穿上警服，就能变相涨一百块钱的工资，同志们的积极性很高。

上班第二天就要治理整顿夜市，堪称雷厉风行。厂领导乐见其成，下面人拥护，威信一下子树立起来了，难怪人家年纪轻轻能当领导，自己是有名无实的指导员。高长兴不敢再小看这个没工作经验的顶头上司，跟他一起爬上面包车，发现他一专多能，竟然会驾驶。

在江城念大学时见识过卫生、公安、环卫和工商四部门针对流动商贩联合执法，韩博清楚这种事必须快刀斩乱麻，将车拐上人民路，用商量的语气说："五个分厂十个人，总厂四个，加上你我十六个，算上工商的同志十七个。高指，我感觉人手还是太少，你能不能想想办法，请原单位的同志帮帮忙，来十几二十个人，帮我们撑撑场面。"

老同事们晚上来一两个小时，又不会影响工作，高长兴权衡一番，说道："行，盖完章我们去局里。以单位名义请求协助，问题应该不大。"

韩博苦笑着提醒道："指导员，人家来就是出警，肯定要以保卫科和经济民警分队名义请求协助。关键厂里只给我们政策，没给我们经费。让人家大晚上过来，这个实在难以启齿啊。"

经济民警分队是接受县公安局指导的警察分队，向县局求助很正常。大晚上来人帮着维持秩序，水总要给人家喝一口。何况在县局那些人眼里，丝织总厂富得流油。

高长兴摸了一把脸，不无自嘲地说："韩科长放心，我在局里干了六七年，没功劳也有苦劳。现在调进新单位，遇到点难处，娘家不能坐视不理。"

"也是，让你干活却不给你解决编制，这是他们欠你的。"

"不光我一个，是我自作自受，没什么好叫屈的。"

能硬塞进丝织总厂的人，在公安局哪能没点儿人脉关系，何况现在依然是警察。他们去工商所和城西派出所盖完章，马不停蹄赶往县公安局，牛副政委亲自接待，刚参加完挂牌仪式的内保大队教导员作陪，给治安大队和巡警队打了几个电话，出警的事就这么敲定了。

晚上有大行动，下面乡镇三个缫丝分厂的六个人来得很快。他们从来没见过副科长和指导员，正式认识了一下。换了警服后，高长兴带他们在主干道上走走队列。

经济民警也是警察，穿上警服就要有点警察的样子。

中午在丝织总厂食堂吃饭时听说晚上有大行动，韩芳决定留下来看看弟弟有多威风，竟同李泰鹏在宿舍等了一下午。韩博忙得焦头烂额，还要回宿舍招呼他们。

“治理整顿，没什么好看的，回去吧，再不走天黑了。”

“晚上走凉快，没事，我让泰鹏开慢点。”

韩芳一边上下打量着，一边啧啧称赞：“穿警服显精神，爸妈要是看见你穿这身，一定笑得合不拢嘴。星期天休息，我们回一趟村，就穿警服，让大伯、二伯和舅舅他们看看。”

“显摆？”

“显摆怎么了，富贵不还乡如锦衣夜行。我不是党员，觉悟没你高，就是想显摆显摆，就是想让小兰她们看看我有一个当副科长兼警察队长的弟弟。”

不是一家人不进一家门，李泰鹏嘿嘿笑道：“顺便去我大哥二哥那儿转转。”

在县城，警察真算不上一个好职业。

工作时间长且不规律，口子窄升迁机会少，工资待遇低且经常拖欠，“皇粮”不够只能找“杂粮”吃。名声不好，老百姓在背后戳脊梁骨。

在农村，对农民而言，警察很了不起。

官本位思想根深蒂固，认为穿警服有枪，有枪就有权，有权就威风八面，就能光宗耀祖。

“好吧，有时间一起回趟村。等会儿你们站远点，看热闹的人不少，万一挤到碰到不得了，千万别不当回事。”韩博不知道该怎么解释，也不忍让姐姐、姐夫失望。作为全家最不赚钱的人，如果连这点儿虚荣心都不能让她们满足，感觉挺对不起她们的。

“韩科长，你现在到底是公安还是我们厂干部？”

“人靠衣装马靠鞍，本来就帅，穿制服更帅。”

再次拦住白班的两百多个女工，大门口更热闹了。今天阵仗比昨天大，保卫科在分厂的职工来了十几个人，姜科长坐在传达室里看文件，韩科长和站在外面的人全换上警服，他身边站着一个不认识的，臂章是公安。

杨小梅出嫁前是村里妇女主任，作为保卫科唯一的职工兼分队唯一的女民警，她非常清楚自己应该扮演什么角色。板着脸，在人群中穿梭巡视，目光看向车篮里或挂在车把上的包。

大门关上不让走，周围十几个穿警服的，几个爱占小便宜的女工心里直打鼓，生怕男民警搜包，女民警搜身。想扔，扔不掉，想送回去，不敢乱动。

心里没鬼的女工嬉笑打闹，又开起韩科长的玩笑。

“韩科长，差点儿没认出你，怎么全成公安了，今天是不是又讲安全？”

“昨天回去问过了，我爱人没时间，白班没事，下小夜班真怕。明天换班，韩科长，要不你送送我们。小慧最远，我到家她还有两三里。小慧，过来，躲什么躲。韩科长，好好看看，这么水灵的姑娘去哪儿找？”

“我们组的小芸也不错，死丫头跑哪儿去了，姐给你介绍对象呢。”

“吴姐，你别胡说！”

“刚才洗澡时谁说喜欢韩科长，喜欢就是喜欢，说出来怕什么。”

“那叫表白。”

“来来来，表白。”

几个丫头长得是挺水灵，被一帮小媳妇戏弄得面红耳赤。

那个梳马尾辫的小芸，在她们的起哄下竟鼓起勇气，喊了一声：“韩科长，我喜欢你！”喊完之后急忙躲到别人身后，赢得一阵喝彩。

李素红积极要求参加晚上的行动，下班之后没回家，顿时气得牙痒痒，一个劲暗骂这帮不要脸的女人。

“同志们，玩笑等会儿再开，请大家静一静，说几事。”

韩博指了指一脸严肃的高长兴，郑重介绍道：“这位是从县公安局刚调到我们厂的经济民警分队指导员高长兴同志。高指导员是一位老公安，从警七年，参与破获六十多起刑事案件，抓获各类刑事犯罪嫌疑人数十名。‘严打’期间，公安机关警力紧张，为什么在这个关键时刻调高长兴同志来我厂，大家心里应该有数。”

几个包里和身上藏了面料的女工吓傻了，双腿不由自主地颤抖。

厂里正在想方设法推行缫丝分厂承包、车间主任聘任和绩效工资等改革。稳定压倒一切，要是因为一点儿真丝面料把职工送进拘留所，她们在厂里的其他亲属或已退休的亲属必然会闹。

不是姑息养奸，是要以大局为重，同时要兼顾人情。

韩博锐利的目光在几个形迹可疑的职工身上扫了一下，接着说：“刚才，杨小梅同志去浴室看了看，发现一些同志不爱护环境卫生，东西乱扔。还有一些同志粗心大意，要么储物柜没锁，要么换下来的衣服没拿。车间同样如此，丢三落四，这个习惯不好。

“现在，请大家全回浴室和车间看看，收拾好再下班。这是第一次，希望也是最后一次。我理解大家，请大家也理解我。时间不早了，去看看吧，动作快点。”

浴室干干净净，环境卫生没任何问题，丢三落四更不可能。

谁都不是傻子，谁都能听出他的言外之意。往家拿面料的不是一个两个，今天没拿，以前拿过，万一有人被抓现行，把自己咬出来怎么办？

刚才玩笑开得最凶的一个女工反应过来，急忙道：“愣着做什么，不想下班啊，走，回去看看！”

身上藏有面料的几个女工终于松了口气，忙不迭推着自行车往回走。

等了十几分钟，不该被带出厂的东西全回到原来的位置，女工们再次来到大门前，门依然关着。韩博像换了一个人，笑容满面，再次强调安全，不过这次没人敢开玩笑。

傍晚，厂里变得有些冷清，大门口却熙熙攘攘，热闹非凡。

十几个服装摊开始支架子，接电瓶，拉电线，挂点灯；卖生活日用品的摊子简单，拿块布往地上一铺，摆上货物，搬张小凳子坐在里面开始叫卖；几个大排档已经开张了，几十张折叠桌上满人。

对面劳动服务公司是厂里的三产，刚改革开放时红过几年。许多人停薪留职下海做生意，什么都卖，什么都倒腾，楼下门市部，楼上办公室，后面是仓库。最火时经理十几个。现在全黄了，只能把楼下门面租给人开店。

摊主们早注意到丝织总厂保卫科的人变成了警察，也注意到来了一个公安和一个工商管理员。那又怎样，做生意要紧，大不了发根烟，请他们喝几瓶饮料。

跟厂里有关系的摊主心里有数，吴永亮早说好了，带头交钱回头退一半，另一半当保证金。口风严，年底全退。口风不严，不仅保证金拿不回，以后摊也别想摆了。

“姜科长，韩科长，先点上，我去拿饮料。”

“饮料别拿，我们不渴，韩科长也不抽烟。”姜国平掏出一次性打火机，笑骂道：“老吴，你上班没精打采，出摊儿一身劲，这可不行。”

“怎么可能，我爱岗敬业。韩科长，别信姜科长的，在单位我是优秀职工，出了单位一样是优秀职工，你看我表现。”老吴探头看了看隔壁几个摊，一个劲儿做鬼脸，一副心照不宣的样子。

算算时间，公安局的援兵快到了。韩博拍了拍他的胳膊，诚恳地说：“吴师傅，你是老前辈。听姜科长说当选过两次市劳模。赚钱重要，本职工作一样重要。晚上早点休息，第二天上班才有精神。嫂子看摊儿，我们再帮你盯着点，能有什么事？”

“对对对，韩科长批评得对，保证不超过10点，10点准时回家睡觉。”

正说着，七八辆警车从人民中路开过来。

那几个游手好闲的无业游民看到突然来这么多警察，做贼心虚，他们扭头想往巷子里跑。吴永亮早有准备，八个经济民警早埋伏在巷子里，不一会儿就把他们全揪出来了。

警察抓人，看热闹的越来越多，几个摊主顾不上做生意，同行人们一起挤过来看。

“报告韩科长，这几个家伙形迹可疑。”

“交给派出所的同志。”

几个公安干警在高长兴的陪同下迎面而来，敬礼握手，相互介绍，治安大队副大队长亲自带队，治安民警、巡警和交警来了三十多个。他们客套了一番后，直奔主题。

“同志们，让一让，人民西路综合治理，没什么好看的。”

交警疏导交通，治安民警和巡警疏散围观的行人。经济民警分成两队，北侧韩博负责，南侧杨小梅带队。在工商所老沈和派出所一个联防队配合下，由东往西，挨个给摊主现场派发治理整顿通知书。

通知是派出所、工商所和保卫科联合下发的，下面盖着三个大红印戳。

“警察同志，我不识字。”

本以为是抓小偷的，竟是冲摊位来的。周围全是警察，想走走不了，两个卖水果的小贩装不认识字。

“不认识没关系，我给你念。”

小颜凑到他身边，指着通知抑扬顿挫地念道：“为维护社会治安，交通安全，市场秩序和环境卫生，根据《中华人民共和国道路交通安全法》《工商管理条例》《思岗县城区门前三包责任制管理办法》等相关规定，公安、工商和保卫部门联合执法，对人民西路主次干道及丝织总厂周边的‘六乱’进行联合整治……

“希望广大城乡居民遵守交通秩序，注意环境卫生。要求流动商贩合法经营，共同维护城区治安交通及卫生环境。”

“什么意思，不让摆？”一个商贩凑过来忐忑不安地问。

韩博递给他一份通知，严肃地说：“你们把我们厂门口搞得乌烟瘴气，把人民西路堵得水泄不通，影响交通，破坏卫生环境。”

“小本生意，同志，我们也是为了生活。”

“是啊，我在这卖水果已经两年了，知道占道经营不好，可不做点小生意吃什么喝什么？”

“警察同志，这些卖得本来就便宜，一晚上也就赚十来块钱。不是我们不想去市场，他们收费高，根本不够本。”

搞这么大阵仗，以为要取缔，一个个争先恐后诉苦哀求。

“大家有难处，我们能理解，但夜市确实带来了一系列治安、交通和卫生问题，而且扰乱了市场秩序。你们天天出摊，出了好几年，应该非常清楚这儿发生过多少次交通事故，发生过多少次治安乃至刑事案件。”韩博指了指地面，严肃地说，“卫生问题更严重，你们赚完钱回家睡觉，把地面搞得一片狼藉，我们要给你们擦屁股。年复一年，日复一日。我们理解你们，你们能理解我们吗？”

“警察同志，这件事是我们不对，从今天开始，收摊时保证打扫得干干净净。”

“保证，你们保证过多少次？”

韩博回头看了一眼工商所的老沈，继续说：“现在不光是卫生的问题，也不光是丝织总厂一家的事。无证经营就是非法经营，就是扰乱市场秩序，工商部门是要依法查处的。有些同志不是城区居民，在这儿摆摊做生意，在附近租房子，却没去城西派出所办理暂住证。违反流动人口管理方面的规定，给社会治安带来一系列隐患。严打期间，同样要查处。”

“我是本县人，我家就在红光。”

“红光乡的人在城区租房一样要办理暂住证。按照相关规定，只要是卖食品的，还要办理卫生许可证和健康证。你们谁有，估计一个都没有，可以说人民西路夜市，已成为城区占道经营、非法经营甚至违法经营的重灾区！”

吓唬得差不多了，韩博话锋一转：“作为丝织总厂保卫科副科长兼经济民警分队长，我的态度是坚决取缔。但考虑到你们的实际困难，考虑到方便人民群众，本着‘疏堵结合’的原则，向上级请示将夜市作为一个临时便民市场，同时加强对夜市的监管。”

吴永亮拍了拍手，扯着嗓子招呼道：“耽误你们一个小时，去厂里大会议室开个会。把钱包和贵重物品带上，外面这么多民警，摊位不会有问题。”

“抓紧时间，别磨蹭了，想继续摆就去开会。不去没关系，收摊走人，以后来一次抓一次！”姜国平待人和气，是个好好先生，一下子成为许多摊贩的焦点。大家把他团团围住，发烟打招呼，请他出面求情。

“姜科长，你不帮我们说话就没人帮我们说话了。他是副科长，他要听你的！”

“才来几天，厂里事不管管厂外的事，狗拿耗子，他以为他是谁啊，他眼里有你这个领导吗？”

“老余，别瞎说。”姜国平摆摆手，慢条斯理地解释，“韩科长不光是保卫科副科长，也是经济民警分队长，接受厂里和公安局双重领导，既是企业干部也人民警察，配合韩科长工作的分队指导员就是从公安局调来的。”

一个摊贩小心翼翼地问：“姜科长，疏堵结合到底什么意思，他到底想怎么样？”

“其实他也是为你们好，厂里不会由着你们再把门口搞得乌七八糟，公安不会再忽视夜市存在的治安问题，工商部门更不会允许你们再无证经营。疏堵结合就是把这些问题全解决掉，跟农贸市场一样管理。他对上下有个交代，你们呢，能够安心做生意。尤其治安搞好之后，晚上过来的人会比现在更多，你们的生意会更好。”

“跟农贸市场一样管理，不就是要收钱吗？”

“以后会有四五个民警在这儿维持治安和交通，会安排专人打扫你们留下的战场，多多少少要收点，但应该不会多。先进去听听，实在接受不了再想办法，大不了收摊换地方。”

第三章·便民市场

丝织总厂大会议室，灯火通明。

韩博坐在主席台中央，高长兴和杨小梅坐在左边，老沈和李素红坐在右边。李素红负责做记录，态度很认真。

六十多个大小商贩坐在台下，要交钱，脸色自然不好看，会场更无纪律可言，抽烟、交头接耳，整个会议室乌烟瘴气，嘈杂声不断。

为了看上去更直观，吴永亮把二车间的黑板借来了，支在主席台的左边，借助尺板画上人民西路主次干道地图，在路两侧画出几十个摊位，由东往西标号，一目了然。

“情况基本上就这样，对号入座，不用再为争一个位置吵架动手，确定下来之后一年不变。这个摊位费不会进我韩博的腰包，同税务一样取之于民用之于民。”

“人民警察为人民，人民警察就应该维护社会治安，凭什么让我们交费。”

“你们工资国家发，你们这是乱收费。”

韩博拍了拍桌子，起身道：“警察跟警察不一样，我们属于经济警察，直接上级是丝织总厂，主要职责是维护企业治安，没有维持夜市秩序的义务。这个钱不是白收的，交上来之后我们会增派警力，每天晚上在夜市巡逻。而且这是企业的地皮，可以把这个费用当成占地费。总之，想继续摆交钱，不想交钱走人！”

高长兴走到黑板前，指着黑板上的地图补充道：“大家进来时应该注意到，大门口多了两块牌子，其中一块是县公安局城西派出所人民西路警务室。东起三河巷，西至四里闸，全是我警务室治安管辖范围。临时便民市场设立后，流动商贩只允许在摊位内经营。在三河巷与四里闸范围内经营，又不在临时便民市场之内的，我分队将会联合公安、工商和卫生部门坚决予以取缔。”

人民西路不全是丝织总厂地皮，不少人确实动过摆远点的心思，但高长兴这番话意味着惹不起同样躲不起，把摊子摆在夜市三五十米外勉强能做点生意，要是摆得更远，黑灯瞎火的地方就没人了。

“我们不是光拿钱不办事，比如工商这一块，就帮大家协调解决了，没有后顾之忧。我们会实打实地维护夜市治安，增加警力，每晚巡逻，一喊就到。甚至可以为大家提供一个仓库。桌椅板凳，每天拉来拉去是不是很麻烦。收摊时可以放进劳动服务公司仓库，第二天下午出摊时直接去搬。再就是水和电，自来水可以去服务公司接，电同样如此。不过这是要收费的，具体怎么收回头再研究。”

表现的时候到了，四车间保勤工老吴举起手：“韩科长，我要北边 12 号摊，管理费多少，是按月交还是按天交？”

“杨大姐，12 号摊定价多少？”

“按月交 90 块，按天交每晚 4 块。”

“算下来一晚 3 块，能省 1 块是 1 块，90 就 90。韩科长，我身上没这么多，你们让我先去出摊，11 点半收摊保证交到传达室。”

“行，今天交钱，明天换位置。”

12 号摊是最好的位置，现在占着的这位急了，猛地站起身：“等一等，韩科长，凡事有个先来后到，我在那儿摆三年多，凭什么说让就要我让，这不公平！”

“老吴是丝织厂职工，人家当然自己人帮自己人。”一个摊贩阴阳怪气地说。

“钱麻子，你说什么，我吴长贵是要掏真金白银的，一个月 90 块！”

“你 90，我出 100！”

老吴同志这个头一开一发不可收拾，十几个早盯上人家摊位的摊贩争先恐后表态，为了抢一个好摊位，几人当场把钱拍到桌子上。反应过来的摊主急了，为守住各自地盘，掏钱的掏钱，吵架的吵架，要不是会议室里站着几个经济民警，真会大打出手。

你死我活的阶级斗争变成了人民群众内部矛盾，收钱的一方变成了调解方。要公平给你们公平，一个摊位一个摊位来，比出价，谁出钱多归谁。

竞争非常激烈，最好的十几个摊位，竟拍出一百五至一百八不等的高价。租一间门面才多少钱，由此可见他们一晚上能赚多少。

今晚先这么摆，明天按今晚商定的位置调整。该守住的阵地基本上守住了，调整幅度不是很大。保卫科收钱，公安干警收队，夜市再次热闹起来，同整顿前没什么区别。

没闹出乱子，姜国平可以放心大胆地回家，推出自行车，似笑非笑地问：“多少？”

韩博回头看了看四周，笑道：“账面上五千多，要退一千八百六，刨去两个勤杂工和老沈的工资，大概能剩一千八。”

“一千八，不少了。杨小梅随军前当过村干部，能写会算，钱交给她保管。加班费夜班费怎么发，你看着办。”

“我看着办？”

“这种事用不着发扬民主，快刀斩乱麻，差不多就定下来。我没时间，你看着办。记得跟下面的人说清楚，收了费更不能在夜市白吃白占。发现一个，处理一个，毫不手软，决不留情。”

“这我考虑到了，高长兴是指导员，让他从明天开始严肃纪律，加强政治思想工作。”

韩博陪着他往大门口走去，接着说：“姜科长，我感觉现在警力配置不是很合理，乡镇治安比城区好，三个缫丝分厂却同城区两个分厂的人一样多。我打算各抽调一个人上来，再调整一下执勤表，保证每人每周能休息一天。”

“你看着安排，调人时记得跟三个分厂厂长说一声。”三个班长全在这儿，他全认识，威信也树立起来了，又有高长兴那个老公安当副手，姜国平没什么不放心的，一心回家盖楼房，不想再管这些事。

姜国平第二天一早就来单位跟领导请假。

盖房子是件大事，他儿子谈了个姑娘，对方说没楼房不结婚，这事不能再拖了。厂领导非常理解，请一个半月同意了两个月。姜国平一刻不想耽误，打了个招呼便兴冲冲地回去搭棚子。按照流程，要把棚子先搭起来，把家当搬进棚子里，然后自已动手拆，拆完找瓦工和木工重新盖。

个人盖房没承包一说，算工，哪天来多少人，几个大工几个小工，记在本子上最后算工钱。还要管一顿午饭，烟酒不能少，桌上不能没有肉。下午要买点儿馒头、烧饼或米饼之类的给人家填肚子。缺什么建筑材料要赶快去买，要盯着干活的人。总之，接下来的一个多月，他没时间来单位了。

韩博没什么工作可主持的。上级有什么事把文件发到厂办，厂办再转到保卫科。在办公室坐大半天，电话压根儿没响过。要不是工会刘主席过来介绍对象，财务科黄大姐过来讨论装修，真会闷死。

高长兴昨晚在夜市执勤到十二点多，本应该下午两点上班，可能刚调到新单位想好好表现，十点半就来了。

“熬那么晚，怎么不多睡会儿。”

“在公安局天天加班，经常十天半个月不着家，习惯了。”

虽然没能提干，但终究有了一份正式的工作，工资比之前多，上下班时间比之前正常，家里人高兴，高长兴心情不错，精神状态明显好很多。

饭前开个会。高长兴刚坐下，杨小梅就进来了。

“十一点食堂开饭，还有半个小时，我们抓紧。”

韩博招呼二人坐下，正式谈起工作：“先说内部分工。杨大姐，从今天开始你兼任分队内勤，负责考勤和财务。传达室不是两间吗，值班的人又不能睡大觉，把里面的床搬出来，作为分队办公室。我管厂办找了两张办公桌，你一张高指一张，以后在那儿办公。高指负责分队工作，警容风纪，政治学习，队列训练，只要是《经济民警管理规定》上要求的，只要我们有条件做到的，全要管全要做。”

他这是摆明只抓重点，分队具体工作一概不管。

话又说回来，保卫部门不是公安机关。要不是昨晚治理整顿夜市，经济民警分队真没什么事，会清闲到不知道该怎么打发时间。

高长兴点点头，没有异议。

杨小梅不想当领导，只想值夜班，欲言又止。

她家庭困难，韩博早考虑到了，微笑着说：“杨大姐，你白天要执勤，又要兼顾分队的其他工作，这也是一种加班。作为副分队长，相当于‘以工代干’，也应该有职务补贴，不然当这个副分队长做什么。姜科长走时我请示过，科里这边每月给你一百块钱加班费，五十块钱职务补贴。”

435加150就是585，厂里普通干部也就这么多，比当乡干部的丈夫多了近200，杨小梅喜笑颜开，一个劲儿地道谢。

“这是你应得的，不用谢。”

韩博示意她坐下，侧身笑道：“指导员，科里这边你一样150，考虑到抽调警力等于给几个分厂班长增加压力，所以不管来不来夜市执勤，六个班长一人补贴50。”

单位工资加科里补贴共五百多，公安局正式干警才三四百，且经常拖欠。高长兴没什么不满足的，点头憨笑。

“剩下1200，科里留300，下去查岗时可以给7号车加点油，来个人可以吃顿饭什么的。另外900作为夜市执勤的加班费，一个班4个人，一人7块5，正好900。”

杨小梅忍不住问：“韩科长，你和姜科长呢？”

“姜科长说工作是干警干的，这笔钱也是为干警收的，他就不参与了。科长不参与，我这个副科长能参与吗，当然不能。”

“这怎么行，他要盖房子，明年儿子要结婚，手头上也不宽裕。”

“科里不是留了300吗，我能下去查几次岗，加100块钱油顶天了。至于来人，保卫科从来没有过接待任务，以前没请过，以后一样可以不请。剩下200，找个借口补贴一下，房子上梁，儿子结婚，将来抱孙子，机会多的是。”

“可是，韩科长你呢？”

“我没你们那么大负担，现在工资够花了，没必要，真没必要。”

一来就要房，要完房又要装修，姐夫有摩托车，姐姐穿得很时髦，他家庭条件好，全厂几乎都知道。杨小梅反应过来，不禁苦笑道：“一两百块钱对韩科长来说算不上什么，对我们这些拿死工资的真能顶大用。”

“靠父母不算本事，不说这些了，说正事。”

韩博把桌上剩下的半包玉溪往高长兴手中一塞，继续道：“早上我给缫丝分厂的三位厂长打电话，为各抽调一个民警的事。结果人家非常支持，恨不得我把人全调回来。”

“为什么？”高长兴不好意思往口袋里塞，拿出一根又把烟放回桌子上。

“我当时也很纳闷儿，后来问财务黄大姐才知道，全县冒出五六个私人办的缫丝厂，其中两个老板是从我们厂跳出去的。私人企业没那么多负担，生丝价格比我们有优势，竞争激烈，所以厂里要把缫丝厂承包出去。但在他们看来经济民警就是吃闲饭的，多一个人将来要多发一份工资。不过人家有人家的道理，外面那些工地，好多单位，只找一个五六十岁的人看大门，二十四小时，工资比我们低。”

分厂领导这么看，总厂领导一样会这么看。

杨小梅很不是滋味儿，愁眉苦脸地说：“我算明白了，没文化没技术真不行，万一将来总厂也承包给私人，估计又要求爷爷告奶奶找工作。”

“人说百无一用是书生，其实最没用的是我这样的警校毕业生，没一技之长，干不成公安什么都不是。”高长兴深有同感，一脸沮丧。

“干保卫这一行同样是青春饭，应该居安思危。不光我们，其他同志一样。虽说上班时间长，但上班期间基本上没什么事，完全可以学点儿东西。我带头，自学法律，参加明年的律师资格考试。你们可以报名参加自学考试，文凭国家承认，喜欢什么专业报什么专业，将来有机会调动时能顶大用，反正不能把时间荒废掉。”有危机感就对了，能一起共事是缘分，韩博醒着他们。

“我想报个会计中专，函授报得也是会计。”

“我想学驾驶，就是去驾校太贵太占时间。”

“学会计挺好，学驾驶也不错。高指，你不用担心学费和时间，开车其实很简单的，我可以教你，交规你懂，学会之后直接去办个证。八百多，能省一大半。不过要学开大车就另当别论了，我也不会。”

没能提干，只能“以工代干”，同他没任何关系。

人家一毕业就是国家干部，去政府机关是平调。如果不是上级要求丝织总厂建立经济民警分队，他这会儿应该坐在二楼销售科，月收入能上千甚至几千。

能遇上这样的顶头上司，有什么好抱怨的。

高长兴正准备开口道谢，韩博又说道：“学习重要，本职工作一样重要，现在主要有两项工作，一是夜市执勤，要负起责任。二是夜班职工上下班路上的安全，经济环境不好，许多青年游手好闲，带来一系列治安隐患。天气越来越热，他们夜里睡不着，就会出来瞎逛。我们那么多职工走夜路，很危险。前天讲过，昨天又讲过，没一个人能听进去。作为保卫人员，我们不能没有防范意识。”

女同志不是男同志，而且治安问题确实严峻，杨小梅禁不住问：“怎么防范？”

“或许在厂领导看来，职工出了厂门就不关厂里事。我们不能这么看，也不能给领导留下没事找事的印象。我打算从今晚开始，组织夜市执勤的民警，在几个容易出事的地方暗中保护。夜市十一半左右收摊，上下班就半个多小时，两不耽误。”

“城区容易出事的地方就几个，汽车站的外来人员多，南河广场周围有舞厅和电影院，刘坝桥附近有几个游戏厅和桌球厅，中山路转盘过路的夜车多，再就是我们厂门口的夜市。”不愧在公安局干过六七年，高长兴对城区治安情况了若指掌，并且把刘坝桥算进去了。

要对付的是两个流氓，治理整顿夜市就是为了对付那两个有可能存在的流氓，夜市总共才四个人执勤，一个地方去一个人起不了多大用。

韩博想了想，一锤定音地说：“我开7号车巡逻，每晚半小时，等下班的到了家，上班的进了厂门就收兵。”

“厂里能同意？”

“车钥匙在我这儿，大半夜，谁知道我开出去过。就算知道又怎么样，我去分厂查岗，理所当然，只要不拿发票去报油钱就不会有人管。”

“行，我熟悉情况，我陪你一起巡逻。”

“大半夜路上没什么人，正好可以学车。”

“我呢？”杨小梅急切地问。

目的达到，韩博一身轻松，起身笑道：“你白天要执勤，就不用参加了。高指，吃完饭后，你和杨大姐、永亮一起排下执勤表。我去小区看看，我姐夫在那里装修，不知道饭怎么解决的，下午上班再一起去几个分厂转转。”

治理整顿夜市，对保卫科和被治理的摊主是一件大事，对厂里算不上什么事。

由于行动是下班之后进行的，许多干部职工甚至不知道。在他们眼中唯一的变化是多了十几个看门的，以后上卸货忙不过来，可以理直气壮喊保卫科的人帮忙。

为应付可能发生的突然事件，经济民警实行轮流集中住宿制度，各警队应当经常保持一半以上的队员集中住宿。

三个缫丝分厂太远，集中不过来，只能各抽调一个人。印染分厂和服装分厂在城区，两个班六个人全过来。

重新排执勤表，不再定人定岗，今天在总厂执勤，明天可能去印染分厂值夜班，下下周可能要去下面乡镇。一星期轮换一次，保证总厂这边随时有 6 个人。

早上出操，走队列，打军体拳，上下班高峰期上岗，下午点名，晚上夜市执勤。甚至按规定成立党小组，严格组织生活，时不时搞搞政治学习，增强党员的组织观念和党性修养，发挥党员的先锋模范和党组织的战斗堡垒作用。

高长兴和杨小梅干得有声有色，韩博无须为分队的事操心。

保卫干部，不能不懂法。反正艺多不压身，有的是时间，去司法局报名、买书、参加律师资格考试。不是法律专业没关系，只要是高等院校本科以上学历就可以报名。

法制建设任重道远，律师不吃香，全县报名的总共就两个。司法局领导非常重视，建议今年参加，用不着等到明年，还特别给厂领导打电话，请厂里这段时间不要让他分心。

会驾驶，现在又要参加律师资格考试，一专多能，多面手！

其他单位没什么官司，丝织总厂官司很多。两千多万货款在外面没收回，时间最久的能追溯到八年前，如果厂里有律师，用得着去求人吗？

丁书记当即拍板，乡镇三个缫丝分厂查不查岗无所谓，让韩博一心一意准备律师资格考试，报名费、书本费和去考试的费用厂里报销。考到律师资格奖励 500 元，今年没考过明年继续。

钱主任更是要求三楼各科室和住宿舍的干部，不许再去保卫科串门，不许打扰小韩同志学习，搞得像高考似的。

领导如此重视，真有压力。

为不辜负领导期望，韩博管厂办要了一间宿舍，把一起报名参加考试的乡镇司法所干部方如明请到厂里一起准备，人家是法律专科毕业的，不懂的可以问。头悬梁锥刺股，丝织总厂一下子多出两个学霸。

但人命关天，学习归学习，夜里巡逻不能耽误。每到深夜十一点，韩博便开着面包车来到厂门口，先同方如明一起转转，散散心，然后带夜班民警去几个容易出事的地方暗中保护上下班职工。

商贩正在收摊，高长兴、吴永亮和小颜等五六个人，正在帮几个摊主收拾东西。劳动服务公司东门口冒出几排停车位，刚转到保卫科不久的两个勤杂工竟然在创收。不知从哪儿找来两个“治安联防”的红袖套戴在胳膊上，拉着两根长绳给人看自行车和摩托车。

工商管理员老沈坐在传达室里同杨小梅一起数钱盘点，桌上一堆零钱和一堆工商所小票的存根，数得不亦乐乎。

吴永亮兴冲冲跑过来，指着给人找零钱的勤杂工，献宝似的问：“韩科长，感觉怎么样？”

“收停车费，谁想出来的。”韩博忍俊不禁地问。

“集体智慧，百货大楼停自行车收费，人民公园停自行车收费，人民医院和电影院门口停车一样收费。他们能收，我们为什么不能收。收一点是一点，留着发奖金多好。而且有专人看，不会再发生失窃。”

“要是人家不停呢？”

“交通不能被堵塞，其他地方不许停，只能停那儿。自行车两毛，摩托车五毛，又不多。好多人怕丢车，还专门找看车的。”

吴永亮朝方如明笑了笑，接着道：“大摊位和老摊位全交过钱，一些过来卖菜卖瓜的农民和一些小流动商贩没交钱，这对交过钱的合法摊主不公平。老沈负责这一块，视摊位大小和生意好坏收一至两块。我们不乱收费，给票，工商所的票。不交钱没收秤，没秤的扣东西。不过这钱只有六成归科里，四成要归工商所，相当于公安罚款返还。”

管理是什么，管理就是收费。

韩博赫然发现自己打开了一个潘多拉盒子，这帮手下尝到甜头，为收更多钱简直无所不用其极。

正不知道该怎么说他们，杨小梅跑出来汇报道："韩科长，停车费虽然才两毛五毛，但人来人往，人多车多，一晚上能收四五百辆的钱，保守估计一个月能创收两千多！"

科里有钱个人才有钱，她越干越有劲儿，一脸兴高采烈。

表面上合理合法，韩博这几天正在学习法律，仔细推敲起来到底合不合法真两说。方如明似笑非笑，韩博有些尴尬，提醒道："杨大姐，适可而止，不能太过分。"

"韩科长，我们也没办法。"

杨小梅把二人请进传达室，愤愤不平地诉起苦："厂办昨天下通知，以后只管一个值班人员夜宵。食堂要承包给个人，多一个人吃饭，食堂老板会管厂里多要一个人的饭钱。职工是为厂里上夜班，能够给厂里创造效益。我们不能给厂里带来直接效益，所以厂里不愿意管饭。每天熬到十二点多，不吃东西同志们会饿的。这笔经费从哪儿来，只能自己想办法。在夜市吃太贵，食堂味道不好，我们从今天开始自己做，一个人两块五标准，既能吃饱又能吃好。"

"这么大事，我怎么不知道。"

"你要准备律师考试，钱主任不让我们烦你。"

"那夜里的饭谁做，在哪儿做？"

"我们自己啊，在宿舍做，中午去买的电饭锅、煤气灶和餐具。我盘完点就回去动手，你们巡逻回来正好能吃上饭。"

一如既往地精打细算，考虑得很周到很全面，韩博点点头又摇摇头："好多干部在宿舍自己做，不过这会影响你休息。"

"十二点不算晚，看电视还看到十二点呢。再说我们上班又不是去车间挡车，大不了第二天中午安排一下，多睡一会儿午觉。"

"既然你们全想好了，就这么办，记得等会儿添双筷子。"

"知道，我们准备了方助理的饭，你们学习辛苦，学到大半夜哪能不吃饭。"

"这怎么好意思呢？"

“有什么不好意思的，方助理，你跟我韩科长是同学，你是我们经济民警分队的客人，应该热情接待，一顿夜宵算什么。”

来丝织总厂复习真来对了，办公室清净，宿舍安静，一天几顿不用操心。最重要的是有学习氛围，两个人一起学，比一个人学有劲儿。

方如明很羡慕身边这位比自己小一岁的“同学”，单位好，工作清闲，工资待遇高且有保证，领导重视，手里有权。哪像基层司法所，要普法送法，要调解纠纷，要协助镇里征收各种税费，要协助计生办干部大半夜去抓大肚子，忙得焦头烂额，最后工资还没保证。

夜深了，小城的灯光像远飞的萤火虫，忽闪忽闪越来越昏暗。韩博靠在驾驶座上，借助昏暗的灯光，辨认刚从汽车站前骑车经过的几个人是不是本厂的职工。

高长兴眯着双眼，注意力集中在正同几个拉活的摩托车和汽车司机说话的光头身上。那家伙他抓过，涉嫌打架斗殴，故意伤人，事主想大事化小，不愿意出面指证，最后只能罚点款把他放了。

“四车间王霞，一个人走夜路，穿这么少，一点儿防范意识没有。”小颜眼尖，又认出一个从城东镇方向过来的本厂女工。

“姑娘，一个人走怕不怕，哥送你。”“妹妹，渴不渴，我请你吃冷饮。别骑那么快，我又不是坏人。”女工身穿短袖连衣裙，一头披肩长发，骑得飞快，头发和衣角迎风飞扬，在昏暗的夜色中显得格外靓丽。引得一帮拉活的黑车司机搭讪，有两个竟肆意吹起口哨。

“这帮流氓。”昨天刚从缫丝二厂调到总厂的小单一肚子火，真想下去教训那几个家伙。

韩博抬起胳膊看了一眼手表，问道：“永亮，你眼尖，东路的人差不多过去了吧。”

“我看过几个车间的夜班表，差不多，王霞应该是最后一个。”

“高指，我把车开过去，警告一下他们。”

点着引擎，确认路上没车没人，韩博猛打方向盘，横穿马路，把车一直开到刚才起哄的几个家伙面前。

“做什么，有你这样开车的吗？”

光头吓了一跳，大灯太亮，看不清车上什么人，拍起车窗，嘴上骂骂咧咧。十几个拉活的黑车司机以为是来抢生意的，不约而同围了上来。

哗啦一声，侧门大开。

吴永亮、小颜、小单和小丁跳下车，紧接着，驾驶座和副驾驶的门开了，韩博和高长兴出现在他们面前。

警察，一下子冒出六个警察！

其中一个很面熟，光头傻眼了。黑车司机噤若寒蝉，不敢再起哄，下意识往回退了几步。

“刚才谁叫得最凶？”高长兴举起手电照了照，不怒而威。

“警察同志，我们什么都没干，就是开几句玩笑。真的，借我几个胆也不敢顶风作案。”

“玩笑可以随便开吗？”高长兴同韩博对视了一眼，用手电照着一辆看上去很旧的摩托车，“这车是谁的？”

“我的。”光头认出他了，老老实实承认，心里七上八下。

“驾驶证，行驶证。”

“高警官，这车是我刚买，花八百买的。行驶证有，驾驶证没来得及办。我没工作您知道的，我……我就是想拉点儿活，混口饭吃。”

“花钱买的？”

“真的，他们可以给我作证。张哥，你介绍的，你是中间人，帮我说句话。”

一个二十多岁的家伙抱着头盔确认道：“警察同志，这个我可以证明，八百，不过他还欠人两百。”

不在治安大队干，也不是交警，没权扣他的车，高长兴回头问：“队长，你说该怎么办。”

韩博板起脸，冷冷地问：“没驾驶证敢出来拉客，出交通事故怎么办？这事先放一放，说刚才的事。一个姑娘，骑车过去，你们做了些什么？知不知道刑法（79 年刑法）第一百六十条是什么罪？”

这个罪名他们都知道，一个黑车司机忐忑不安地说：“知道，流……流氓罪。”

“既然知道，为什么知法犯法，寻衅滋事，侮辱妇女，破坏公共秩序？”

“警察同志，我错了，我们再也不敢了。”

“给你们一次改过自新机会，再有下次，被抓到现行，别怪我们上纲上线。还有你，赶紧去考驾驶证，没驾驶证不许上路，更不许带客。”

“是，我明天就去报名，明天就去考。”这个警察比姓高的好说话，光头终于松了口气。

“记住刚才的话，再寻衅滋事，侮辱妇女或进行其他流氓活动，别怪我们不客气！”

“警察同志，您放心，我们改过自新，重新做人。”

经济民警不是治安民警，更不是交警刑警，只能警告。韩博再次瞪了他们几眼，拉开车门收队。

汽车跑得比自行车快，赶到南河广场，从东南两个方向过来上大夜班的女工越来越多，三五成群，没落单不会出事，直接加速开到刘坝桥附近的一颗树荫下等下班女工。

车间换班需要一会儿，几个人坐在车上聊起天。

“保护她们上下班，她们却一无所知。韩科长，指导员，我们这算学雷锋做好事吧。”

半个月了，天天如此，没发生过什么大事。刚开始几天，他们很积极。时间一长，感觉有些小题大做。好在就半个多小时，虽然有点儿想法，倒没什么怨言，就当夜里出来纳凉。

韩博打了个哈欠，瓮声说：“不能算，人雷锋做的是分外事，我们干的分内事。”

吴永亮掏出烟，推开车窗，嘿嘿笑道：“我感觉应该算，严格意义上看好厂门才是分内事，出了厂门就不关我们事。”

“是啊，出了门就是公安的事。”

提起公安，高长兴想起下午的电话，苦笑着说：“韩科长，有件事我忘了汇报。警官证没办下来，估计要重拍照片。”

“为什么？”有没有警官证无所谓，韩博心不在焉。

“问题出在警衔上，我们县之前没正式经警，《经济民警工作管理规定》里也没提警衔。内保大队以为跟事业编和地方编警察一样，随便佩戴个警衔显正式点。照片和材料交上去才知道经警有经警的肩章，一个齿轮和一把枪的那种，不能跟公安一样授衔，闹出一个大笑话。”

“要收回去？”

“厂里花钱买的，收不收无所谓，只是不能佩戴。内保大队让我们什么时候去一趟，他们买了几十副肩章，不要厂里再花钱，让我们拿回来换上。”

没警衔就不像警察，吴永亮嘀咕道：“临时工能穿警服佩警衔，我们这些正牌经济民警却不能佩警衔，这算什么事。”

“才佩戴半个月就要换，朝令夕改，太儿戏。”

“不换，拿回来也不换。”

只要是人，多多少少会有点儿虚荣心。

部下不爽，韩博也不爽，不无自嘲地说：“我姐一直想让我穿警服回老家显摆显摆，换上肩章不伦不类，只会被人笑话，看来显摆不成了。”

干部与职工是不一样的，与临时工更不一样。

尤其丝织总厂的干部，如果不是提拔只是平调，别说平调去公安局，就算平调到县委县政府都不一定愿意。

县里没钱，这两年政府部门和城区教师工资很难保证。丝织总厂效益好，工资奖金从没拖欠过。要是把加班费和各种补助算上，同级干部收入比政府部门高两百多。销售科收入更夸张，书记县长都没他们高。

真是身在福中不知福，高长兴忍不住打趣道：“韩科长，你跟我不一样，你是国家干部，真喜欢穿警服，可以想办法调公安局去。”

以前没什么感觉，现在突然发现自己好像就应该干警察。无师自通会开车，直觉灵敏，反正父母没指望他赚钱，只希望他当干部，工资多点少点无所谓。

韩博越想越有道理，不禁笑问道：“真可以调？”

“事在人为。”

“我知道事在人为，关键在县里我认识的最大领导就丁书记和钱主任。”

“韩科长，我开玩笑的，你别当真。在丝织厂挺好，干吗去受那份罪。就算调也是往县委县政府调，乡镇不能去，给你提副科都不能去。”吴永亮的父亲是乡干部，最有发言权，深以为然地说，“是不能去，全县那么多乡镇，有几个不欠一屁股债的。一到年底，书记镇长就出去躲债，不敢在家待。”

“公安局一样惨，政法专项编制的正式干警工资70%发放，事业编和地方编全靠返还。基层派出所局里只给缩过水的基本工资，办案经费办公经费一分没有，二十几个派出所光电费就欠40多万。”

他的话音刚落，两个白色人影出现在视线里。在刘坝桥头东张西望，鬼鬼祟祟。

车早已歇火，车灯早就关了，停的位置比较隐蔽，他们没注意到。在桥头附近来来回回转了几圈，像是在观察，最后蹲在农资公司与一个门市部之间的巷子口。

应该是他们，那两个流氓！等了半个多月，终于等到了，韩博强按捺住激动，低声道：“永亮，把烟掐掉，前面两个人可疑。”

“谁，在哪儿？”

“斜对面，巷子口，”高长兴同样留意到了，自言自语地说，“二中和职中放假，最近的居民区离这一里多，游戏厅台球厅关了门，周围没什么人。三更半夜，他们来这做什么。”

“撬农资公司仓库？”小颜脱口而出。

高长兴摇摇头：“农机配件，化肥农药，就算撬开也拉不走。”

韩博深吸了一口气，淡淡地说：“先盯着，要是敢打我们厂职工主意，就给他们点颜色瞧瞧。”

下小夜班的女工三三两两、叽叽喳喳擦肩而过，两个家伙躲到巷子里，消失在视线中。怕被人看见，行迹更可疑。

韩博没当过兵，更没抓过人，高长兴接过指挥权，回头道：“要是那两个小子等会儿撬门溜锁或从事其他犯罪活动，我们分两组，一组对付一个。小颜小单跟我一组，其他人跟永亮一组。谁跑得快，谁离他们近，谁冲上去扑倒他。另外两个人抓手，防止他们带有凶器，防止他们狗急跳墙。一组一副手铐，逮到就铐上。如果发现我们之后不跑，负隅顽抗，三个对付一个，下手要有分寸。如果敢亮出凶器，就用警棍招呼，我们要注意安全，下手一样要有分寸，千万别打头。”

“韩科长，指导员，放心吧，只要他们敢作案，保证把他们拿下。”

“小毛贼，我一个能对付他们两个！”

出来转了半个多月，终于逮到大显身手的机会，小伙子们摩拳擦掌，士气高昂。

安全比什么都重要，韩博不敢有一丝大意，严肃告诫道：“指导员抓捕经验丰富，全听指导员的，不许大意，不许搞个人英雄主义。”

韩科长虽然不怎么管分队的事，但韩科长才是真正的领导。要是没韩科长，班长哪有补助，夜市执勤哪有加班工资，更不用说奖金。威信树立起来了，话就好使，一个个点头称是，保证一切行动听指挥。

下班女工不断从刘坝桥而过，两个身影不断冒出来探探，见人多就缩回去。渐渐地，路上人越来越少，最早经过的已消失在马路尽头。

马路上空空荡荡的，看样子女工结伴而行他们没找到下手机会。

他们今天不下手，明天可以下手，这么耗下去什么时候是个头，只有千日抓贼没千日防贼的道理，韩博不禁后悔起之前的提醒。

“永亮，刚才过去多少？”

“七八十个应该有，我没注意数。”

“这个不好统计。拦路抢劫，估计他们没这个胆，应该是撬门溜锁，想撬农资公司门市部。”

“出来了，又出来了，鬼鬼祟祟，一看就知道不是好人。”

下班女工全走了，高长兴侧身问：“韩科长，现在怎么办，是继续盯还是过去盘问。如果支支吾吾，前言不搭后语，就把他们直接扭送城西派出所。”

“再等十五分钟。”做那么多事就是为逮这两个流氓，韩博不想打草惊蛇。

“行。”

时间一分一秒过去了，俩小子仍在桥头转悠。他们等得有些心焦，正打算下去盘问时，一个女工骑着自行车从人民西路拐入刘坝路。

“怎么就一个人，怎么搞这么晚？”

小颜话音刚落，刚蹲下的两个家伙猛然站起身，回头看了看四周，确认马路上没其他人，竟拔腿往迎面而来的女工跑去。

果然是冲着女工来的。

韩博火冒三丈，伸手准备拧钥匙，打算把车开过去抓人，高长兴一把抓住他胳膊：“韩科长，再等等。”

抓人要有证据，如果图财就是拦路抢劫，图色就是强奸未遂。要是动手太快他们会避重就轻，会像汽车站前的那些黑车司机一样说是开玩笑。

韩博反应过来，松开钥匙，紧盯着那俩混蛋一声不吭。

突然蹿出两个人，女工吓得一声惊叫。双手紧握车龙头，双脚拼命蹬，试图绕过他们赶快走。

矮个子流氓一把没抓住，没控制住重心差点儿摔跟头，嘴里骂了一句脏话，回头就追。高个子流氓动作快，一把揪住车龙头。女工骑得快，连人带车啪嗒一声摔倒了。

高个子流氓不敢在马路中央停留，右臂搂着女工脖子，左手捂着女工的嘴，把人往路边拖。矮个子流氓捡起从车篮里甩出老远的包，扶起自行车往路边跑，动作一气呵成，显然是有预谋的作案。

很快，前后不过十来秒。

“行动！”

不能再等了，高长兴猛地推开车门，撒腿往桥头跑去，吴永亮等人紧随而上，边跑边喊道：“住手！”

韩博反应过来，立即打着引擎，打开大灯，开着侧门没关的面包车追了过去。

突然冒出这么多警察，两个流氓大吃一惊，一个松开女工往巷子里逃窜，一个干脆跨上自行车往人民路方向跑。

两条腿的人好对付，两个轮子的四个轮子来。韩博猛踩油门，直接挂三裆，追上矮个子流氓，打方向盘将其逼到路边。

“束手就擒，你跑不掉的！”

刚警告完，吴永亮三人紧追过来，手电灯光随着动作直晃，嘴上喊道：“站住，不许跑，再跑开枪了！”

开枪？

矮个子流氓吓蒙了，一不留神竟撞到路牙上，一下子摔得鼻青眼肿。吴永亮手疾眼快，扑上来将其死死摁住，韩博停车走下来时，他双手已被戴上了手铐。

“让你拦路抢劫，让你耍流氓！”吴永亮啪啪就是几个大耳光。

“永亮，差不多了。”

韩博接过手电照了下矮个子凶手的脸，十八九岁，额头摔破了，血直流，整个人吓得瑟瑟发抖，要不是俩经济民警架着，估计站都站不稳。

“押上车，看好他，顺便审审，我去看看职工。”

“指导员那边呢？”

“应该跑不掉，你们先看好这个。”

“韩科长，他们有刀，他们抢钱还要流氓，他们说我喊就杀我！”跑到桥边，二车间女工纪小娟吓得魂不守舍，一看见韩博便号啕大哭起来。

“别怕，有我们在，不会有事的。看见没有，已经逮住一个，另一个也跑不掉。有没有受伤，胳膊怎么了？”

“摔破了，擦破点儿皮，韩科长，要不是你们，我……我……”

“保卫科是做什么的，就是保护你们的。”韩博拍拍她的肩膀，慢声细语地说，“没事了，不用怕，等会儿跟我们一起去派出所，跟公安说一下来龙去脉，然后安排人送你回家。”

高长兴他们押着高个子流氓从巷子里走出来，气喘吁吁地问：“韩科长，人没事吧？”

“擦破点儿皮，没多大事。”

“那个呢？”

“抓住了，在车上。”

“韩科长，他们持刀拦路抢劫，强奸未遂，严打期间，顶风作案，不用送派出所，直接联系刑警队，让刑警队派人过来勘查现场。”

“行，你看着安排。”

“小颜，人交给我，你骑自行车去厂里给公安局打电话，跟派出所也说一声，动作快点，我们在这儿等。”

“是！”

抓了两个罪犯，救了一个女工，谁敢再说保卫科是吃闲饭的，小颜热血沸腾，跑过去扶起自行车飞快地往厂里蹬。

两个落网的嫌疑人分开看押，防止他们串供。吴永亮在车上审，高长兴在桥头审，韩博安抚纪小娟。

等了大约十来分钟，值夜班的生产科副科长和几个车间主任到了，一起赶来的杨小梅接过韩博的工作，搂着纪小娟心有余悸地说：“这叫不听老人言，吃亏在眼前。韩科长提醒过多少次，上夜班最好让家人接送一下，你们不当回事。要不是韩科长留个心眼，每天带人夜里出来暗中保护，后果不堪设想。”

“我说怎么这么巧，原来你们天天在外面巡逻。”许科长恍然大悟，几个车间主任感慨万千。

韩博轻叹一口气，凝重地说：“夜班职工上下班路线不一，科里人手又不足，只能在城区几个容易出事的地方转转。今天运气好，碰上了。万一运气不好，万一出事时我们在汽车站，没碰上怎么办？关键还是要有防范意识，要么有家人接送，要么上夜班住厂，不然迟早又会出事。”

“韩科长说得对，要防范，要拿出一套防范措施。”

出这么大事，自然要向厂领导汇报，公安没到，丁书记、钱主任和工会刘主席竟然先到了。先安抚职工，再表扬保卫科，然后去看落网的嫌疑人。

“敢动我们的职工。这是现在的，要是搁以前，信不信我一枪崩了你！”钱主任火气大，竟给了高个子嫌疑人几脚。

他不是说大话，公安重建机构之前，社会治安是靠民兵维护的。丝织总厂武装部有民兵营，有军火库，手枪、步枪、机枪、连高射机枪都有。经常打靶，现在厂里还有江省军区编纂的步枪、机枪打飞机教程。

丁书记回头看了看，紧握着韩博的手笑道：“小韩，干得漂亮。同志们很辛苦，立这么大功，按道理应该表彰，应该发点儿奖金。考虑你们现在富得流油，有自己的小金库，奖金你们自己发，厂里只表彰。”

“丁书记，用不着这样，这是我们应该做的。”

“觉悟很高嘛。”

似乎感觉光表彰不够，丁书记指了指面包车：“7号车从现在开始正式归你们保卫科用，你们现在是经济民警，完全可以去公安局申请个警车牌照。送汽修厂喷个漆，喷成警车的样子，再装个警灯，以后工作起来会更方便更有威慑力。”

不能怪公安出警慢，城西派出所离得远又没警车，值班民警老夏和一个联防队员骑自行车骑得满头大汗。刑警大队是“严打”的主力，干警个个有任务，有的人同时负责几起案件，大半夜能找到人已经很不错了。

丁书记曾干过好几年县政府办公室副主任，以前是副科级，现在是正科级干部。刑警大队副大队长朱永民急忙上前敬礼问好，等了他们近半个小时。

要不是保卫科有战斗力，天知道会出多大事，这两个落网的小混蛋逃到什么地方去了。

丁书记才不管他们有没有难处，不快地问：“上级对‘严打’是怎么要求的，破大案、追逃犯、抓现行、打团伙、禁毒品。现行怎么抓，就是出来巡逻。你们倒好，有巡警队不出来巡逻，巡警不巡，设巡警队做什么？”

“丁书记，我是刑警，巡警的事我管不上。”

“刑警一样，你说你们，整天在干什么。治安恶化到如此地步，犯罪分子如此猖狂。竟敢拦路持刀抢劫，竟敢耍流氓耍强奸我们的女职工。这是在城区，在你们眼皮底下，不是在边远农村！”

“丁书记批评得是，我们工作没做好，我检讨。”正科级领导，全县最有钱的企业党委副书记，同书记县长能说上话，不能得罪，朱永民态度端正，虚心接受批评。

钱主任点上一根香烟，补充道：“我们保卫科抓到了现行，人可以交给你们，但必须严办。案子办到哪一步，要及时跟我们通气。跟你说也没用，明天跟你们局长打电话。”

大半夜爬起来出警，一到现场就被劈头盖脸训了一顿，朱永民有苦说不出。好在三位厂领导不想浪费时间，再次安抚了一下纪小娟，钻进轿车回去休息了。

送走厂领导，高长兴掏出香烟打招呼：“朱大队，你怎么亲自来了？”

“你小子看我笑话？”

“你是我老上级，我哪儿敢。介绍一下，我们保卫科韩副科长，副分队长杨小梅同志。”

全县就丝织总厂和几个银行设立经济民警，银行保卫人员少，建立的是小队。丝织总厂保卫科人多，建立分队。

朱永民早有耳闻，主动伸出右手：“韩科长，久仰大名，只是没想到这么年轻。刑警大队朱永民，认识韩科长很高兴。长兴在我们大队干过，现在调到丝织总厂，请韩科长多批评多照顾。”

“朱大队言重了，高指导员比我有经验，我们配合得很默契，批评照顾真谈不上。朱大队，这么晚惊动你，不好意思。”

“分内事，没什么不好意思，到底什么情况，听丁书记口气好像挺严重。”

审讯结果出来了，韩博用手电照着高个子嫌犯，介绍道：“这个姓景，叫景晓俊，二十一岁，家在进鸿乡，没正式工作，长期在县里游手好闲。车里那个叫汤贵山，十九岁，张甸镇人，学过几天瓦工，嫌苦嫌累，一样在县城游手好闲。二人打桌球时认识的，然后一直在一起鬼混。今晚 9 时许，二人在一个非法录像厅看过录像，据他们交代看的是黄色录像，色心大起。景晓俊提出找个女人玩玩，汤贵山没意见，二人一拍即合，来到刘坝桥，想打我厂夜班女工主意，还想顺便搞点钱花……”

第四章・扬眉吐气

人落网了，现在要扩大战果，朱永民问："录像厅在什么位置？"

"兴达路老水泥厂宿舍，具体位置老夏同志刚问过。他想请我们协助，打算带一个嫌犯去认下门，然后再把嫌犯移交给你们。"

城西派出所下手挺快，竟然想到请他们协助。

不过想想也是，丝织总厂保卫科有车有人，经济民警分队比联防队有战斗力，带他们去，一个干警就能把事办了。

查抄录像厅轮不到刑警队，朱永民只能退而求其次："然后呢？"

韩博把事情经过简单介绍一遍，抓的是现行，人证物证俱在，两个嫌犯对犯罪事实供认不讳，刑警队要做的只剩后续工作。

将高个子嫌犯塞进警车，先押回去慢慢审，看有没有其他犯罪事实。矮个子嫌犯暂时带不走，城西派出所查完黑录像厅自然会送过去。被害人受到惊吓，去刑警队不太合适，一起去厂里作笔录。

治理整顿夜市时城西派出所帮过忙，派出所有事保卫科不能袖手旁观，高长兴才学几天车，驾驶技术不熟练，其他人不会开，韩博只好当司机陪他们走一趟。

只能坐 8 个人的面包车，竟然坐了 12 个，吴永亮挤得像个肉饼，好在不算远，一会儿就到了。几个人守在窗外，其他人跟派出所民警老夏一起叫门，冲进去找到录像机，找到黄色录像带。开非法录像厅，涉嫌传播黄色音像，说不准有未成年人来看过，人自然是要带回所里的。

回去时实在坐不下，只能跑两趟，一直折腾到凌晨三点，帮派出所把矮个子嫌犯送到刑警队才回宿舍休息。

消息传得很快，第二天一早，整个世界都变了。走进食堂，干部职工不约而同围了上来。

“韩科长，要不是你有先见之明，这次要出大事。二车间纪小娟有没有受伤，今天来不来上班？”

“韩科长，你们太厉害了，抓现行，一抓就是两个，比公安厉害！”

“韩科长，你太了不起了，早上才知道你们天天夜里十二点巡逻，暗中护送我们上下班。以后我们上夜班让家里人接送，没人接送就睡厂里。”

保卫科一直被视为吃闲饭的，一直是厂里的边缘人，从未受到过如此欢迎。

被尊重的感觉真好，韩博心里暖洋洋的，招呼她们坐下，微笑着说：“保护单位和职工的财产及人身安全，是我们保卫科的职责。但我们的人手和精力终究有限，需要大家尽可能配合。你们通过这件事吸取教训，我很高兴。至于昨晚的案子，公安机关正在侦办，我只能透露一点儿。二车间职工纪小娟，胳膊擦破了皮，受了点儿惊吓，没多大事。两个嫌犯是我们县人，一个二十出头，一个十九。严打期间，顶风作案，情节严重，影响恶劣，估计要判个三五年。”

“韩科长，听说他们有刀，抓他们时你们怕不怕？”一个女工好奇地问。

“他有刀，我们有警棍。他们两个人，我们六个人。而且我们穿警服，我们是经济民警。邪不压正，我们怎可能怕他。犯罪分子做贼心虚，看见警察就怕，就想跑。”

“他们跑，你们追上的？”

“他们分头跑，我和永亮他们抓住一个，高指导员和小颜他们抓住一个。”

“惊心动魄！”

“对我们来说算不上什么，对纪小娟同志真是惊心动魄。大家想想，两个犯罪分子拦路抢劫，抢到包之后想实施侮辱，侮辱完之后呢？他们没蒙面，纪小娟会指认出他们，为逃脱法律制裁，极可能痛下杀手。”韩博敲了敲桌子，正色道，“据他们交代，萌生出耍流氓和抢劫的坏心思后，第一个想到的就是我们厂的夜班女工。他们能这么想，其他犯罪分子也会这么想。所以说大家要有防范意识，以后上夜班时一定要注意。”

“韩科长，你放心，我们不会再一个人走夜路了。”

“我回去就让我爱人接送，再忙也要他接送。”

“对了，小娟昨夜下班怎么没跟其他人一起走，她有顺路的。”

“车胎扎个钉子，打半天气不管用，只能管三车间一个职工借车，一来二去把时间给耽误了。”昨晚差点儿收兵，提起这事韩博一样心有余悸。

保卫科是吃闲饭的，宣传科的处境同样好不到哪儿去。

回到办公室，刚准备和方如明一起学习《民法通则》，宣传科长和宣传科干事到了。翻开小本子，帮保卫科整理事迹材料。这是政治任务，也是丝织总厂党委的成绩，材料整理好上报县政法委，必须配合。

事无巨细，问了近一个小时，记了十几页。

送走他们，方如明调侃道：“韩科长，你现在是英雄了。或许过不了几天，县政法系统就要学习你们的先进事迹。”

“就抓两个嫌犯，如果这算先进事迹，公安局多了去了。”

“你们跟公安局不一样，他们抓犯罪分子是应该的。”

“经济民警一样是警察，一样有义务维护社会治安。”

“你们分队刚建立，就干出成绩，上级肯定会宣传的。”

韩博翻开《民法通则》，唉声叹气地说：“我不要宣传，只要能考过。一点儿基础都没有，临时抱佛脚，真担心考得一塌糊涂。”

“去年考卷你看过，没那么难，按现在这进度，应该没多大问题。”

正聊着，城西派出所徐所长到了，高长兴陪他一起上来的。保卫科同派出所关系密切，必须热情接待。

查抄一个黑录像厅，战果不小，徐所长却高兴不起来，接过香烟，唉声叹气地说：“韩科长，严打期间出这么大事，局领导对我们所的工作不满意，要求加强治安巡逻。所里情况你知道的，辖区那么大，把联防队算上总共十几个人，车就一辆边三轮，巡得过来吗？”

厂里每年给公安局几万赞助费，给派出所五千联防费，结果本厂职工竟然在厂附近被拦路抢劫，差点被歹徒强奸，厂领导肯定给公安局领导打过电话。

突发事件先不说，就厂门口的夜市，存在治安问题几年，视而不见，一直没认真整治过。

“徐所，公安保卫是一家，有什么事你尽管开口，只要我们能做到的，一定配合。”九月份要考试，韩博没时间听他诉苦。

徐所长也不矫情，直言不讳地说：“韩科长果然爽快人，我是这么想的，人民西路警务室牌子挂了，作用没全部发挥出来。我打算安排一个联防队员，每晚来警务室值班，接受所里和经济民警分队双重管理。按照局领导指示，同分队执勤民警一起在人民西路主次干道巡逻。”

把经济民警分队当联防队使，天底下有这样的好事吗？

韩博一脸为难地说：“徐所，你们警力紧张，我们的保卫力量同样不宽裕。一个总厂，五个分厂，再加上厂门口的夜市，总共才二十二个。其中三个分厂在下面三个乡镇，算下来城区只有十六个人。上半夜可以配合，下半夜不行，不然会影响本职工作，分队的思想工作也不好做。”

你们十六个人负责几个厂，我们十几号人负责一个镇，而且是治安形势最严峻的城乡结合部。你们工资奖金比我们高且有保证，我们几年没足额发放过。办案经费一分没有，全靠自己想办法，明知有一个逃犯躲在邻省，却没钱去抓。

你们虽然没经费，但你们没办案压力。抓个现行是成绩，抓不到没人指责。现在伙同工商部门，守着夜市这颗摇钱树，一个月创收几千。不像我们收点治安联防费，罚点儿款，搞得怨声载道，个个在背后戳脊梁骨……

徐所长越想越憋屈，恨不得来一句我们换着干。

老单位战友遇到困难，高长兴不能坐视不理，微笑着说：“韩科长，主要是上半夜容易出问题，顶多到深夜一点。上半夜我们本来就要巡逻，只是把巡逻范围稍微扩大一下。”

“是啊，主要是上半夜。”厂领导要忙大事，姜国平在家盖房子，丝织总厂保卫科他一个人说了算，徐所长紧盯着他，满是期待。

“徐所，高指，你们考虑的是社会治安，我不但要考虑到社会治安，还要考虑到单位。单位给保卫科发工资，保卫科放着本职工作不好好干，去给派出所干活，在领导看来这是不务正业。”

“社会治安好了，企业治安才会好，这是相辅相成的。韩科长，帮帮忙，帮我们做做厂领导工作。”

厂里正在改制，处处精打细算，连几个执勤人员的夜宵都不管，天知道改制会不会改到保卫科。从这个角度上来看，保卫科不应该蹚这摊浑水。

高长兴能够理解顶头上司的难处，可是徐所长的忙又不能不忙，想了想之后抬头道："科长，昨晚丁书记说把7号车给我们保卫科用，让我们申请一块警车牌照，装一个警灯。我刚才查过《经济民警管理工作规定》，上面只提到枪支没提到警车。"

"什么意思？"

"因为警衔的事，局里刚闹出一个大笑话，吃一堑长一智，估计警车牌照不太好申请。如果由徐所出面就简单了，以派出所名义申请，两家一起用，其实还是我们用。晚上在人民西路开几个来回，把警灯打开停在夜市附近，能起到威慑作用，看谁敢再打我们厂职工和夜市的主意。"

派出所缺钱缺车更缺人，当务之急是找几个人上街巡逻，不然局里这一关不好过。

徐所长掐灭烟头，拍着桌子保证道："又不是申请装备警车，只是一块车牌。这事包给我，最多一个星期，连牌照带手续全办下来。"

保卫科有没有警车真无所谓，挂上警车牌照装上警灯去哪儿反而不方便。但领导开了这个口，下面的人热血沸腾，想坐警车威风一下，如果办不下来会影响士气，进而影响他们的积极性。

抓获两个犯罪嫌疑人，就忘了自己是谁了。既然有劲儿没地方使，就让他们扩大巡逻范围，延长巡逻时间。

韩博微微点了下头："行，只要能把车牌问题解决掉，厂里工作我来做。"

"韩科长，就这么说定了，联防队员今天就让他来报到，以后常驻警务室。"

"工资呢？"

"韩科长，你财大气粗，帮我们解决一下。我挑一个会开车的，今年刚退伍，党员，在部队当过班长，年年优秀士兵，政治、军事素质顶呱呱。服从命令听指挥，你让他干什么他就干什么，不会有二话。"

韩博哈哈笑道："徐所，我们保卫科最不缺的就是优秀士兵，好意心领了。"

"韩科长，实不相瞒，人是镇里没地方安置塞到我们所里的。治安联防费收不上来，水电费和电话费欠好几万，不是经费紧张是快破产了。你们守着夜市，能帮工商所解决一个职工工资，为什么不能帮我们解决一个联防队员工资，两三百块钱，又不用开多。”要人家帮忙，又要人发工资，这事确实不地道，徐所长一脸尴尬。

收停车费名不正言不顺，有公安参与就不一样了。

人家说到这个份上，实在没法拒绝，韩博有条件地答应道：“徐所，现在可以解决，但将来不敢保证。一些大城市开始设立专门的市容执法队伍，一些地方开始搞市场建设服务中心。夜市影响市容，又属于市场的范畴。现在没人管，不等于将来没人管。”

“将来的事将来再说，我们公安、保卫和工商先把这个临时便民市场管理起来，到时候谁想接管谁就要给我们一个交代，至少要帮我们安置几个人是不是。”

抓获两个犯罪分子，注定消停不了。

徐所长走了一小会儿，纪小娟一家就到了，提着水果，千恩万谢。保卫科是自己单位的部门，如果救她的是派出所或刑警队，或许会送来一面锦旗。

这种事不能忘了厂领导，请钱主任和工会刘主席接待。

下午两点，厂里开干部职工大会。钱主任通报昨夜发生的事，表扬保卫科尤其昨晚参与抓捕的干部职工，戴大红花，上台领奖状，搞得很隆重。

丁书记提出几点要求，上大夜班的，没人送不许进厂。下小夜班的，没人接不许出门。安全同工资奖金挂钩，该扣的扣，该罚的罚。保卫科要严格管理，在门口准备一个签字本，接送的人要签字，不识字的可以盖私章或摁手印。

财务科去银行取钱或存钱，要有保卫科人员护送；销售科拿货款尤其现金回单位，坐哪一班车，几点到汽车站，要事先跟保卫科通报，由保卫科安排人去车站接；全厂干部职工若发现什么可疑情况，要第一时间向保卫科报告……对安全问题前所未有的重视。

保卫科地位水涨船高，正式脱离吃闲饭的行列。

韩博得知被分配到丝织总厂时，多少有点儿想法。但上班快一个月，对县里的情况越来越了解，发现这不是发配，而是组织人事部门的照顾。全县那么多单位，有哪个单位能像丝织总厂一样按月发工资。用方如明的话说，自己可能是县里今年分配情况最好的一个大学生。

韩博梦境中的事连续得到证实，他知道这样的好景不长，必须早作打算。

抓到两个犯罪分子，避免一起惨剧，韩博不再操心那些乱七八糟的事，一心一意学法律，为调到其他单位做准备。而法律条文太多，需要死记硬背，必须劳逸结合。他要么去丝织厂小区看看姐夫装修得怎么样，要么去夜市转转。在夜市，摊主一个比一个热情，究竟心里怎么想的就两说了。

管人家收钱，不会讨人喜欢，韩博有这个心理准备。转了一圈，没再发现形迹可疑的游手好闲之徒，便走进传达室，掏出 200 卡开始打电话。

门卫这部程控电话不是打不出去，是他们不会打。

厂里节约电话费，韩博不想占单位便宜，先敲击 200，听到提示音敲击密码，然后敲击区号和电话号码，跟发电报似的，一点儿不能错。

“哎哟喂，大博士，您终于想起给我打电话了。”

“博士”是上大学时的绰号，因名字中有个“博”而得名，电话那头是大学同学兼室友马志功，韩博半靠在椅子上笑道：“老马同志，我在边远农村，不像您在大城市，不像您家有电话。想打个电话要走半天山路，再坐半天牛车，条件艰苦，没办法。”

“南港是山区吗，思岗县有山吗？净信口开河，真当我地理是英语老师教的。”马志功笑骂了一句，好奇地问，“工作怎么样，有没有落听。”

“落听了，国企保卫科副科长兼经济民警分队长，单位效益马马虎虎，工资奖金各种津贴加起来五百出头，比上不足比下有余。”

“保卫科副科长兼经警分队长，不错。前些年大裁军，一个团政委分到我妈单位，保卫处副处长都没混上，跟你同行，经警大队教导员，一直干到现在。”

“你妈那是国字头的国企，我这是县里的国企。”

“兄弟，这年头，能混个工作不错了。大学生即将面临不分配，上学要交几千学费，毕业要自谋出路。再说工不工作对你重要吗？大不了跟你爸一起去搞工程。”

“你怎么样？”

“一家几代石化人，献了青春献终生，献完终生献子孙。我倒想跟老冯他们一起去特区闯闯，我爷爷跟我爸坚决不同意，差点儿跟我拼命。只能子承父业，老老实实进石化。”

“什么岗位。”

“江城石油化工二厂技术科。不说这些了，说说博士后，一到毕业就生离死别，散了一对儿又一对儿。她虽然没毕业，你们跟散也差不多。有没有联系，到底怎么想的？”

“前几天联系过，她接电话不太方便，没说几句，不过实习前她会来一趟。”

“博士后”是韩博女友李晓蕾的绰号，博士的皇后简称“博士后”，同校同学，晚一届，不一个专业。朝夕相处两年多，一下子分开，心里挺不是滋味儿，韩博带着几分黯然。

那丫头是挺水灵，可人家在首都，将来是要回首都工作的。

马志功不看好这对鸳鸯，直言不讳地说：“大一娇，大二俏，大三拉警报，大四没人要。最后一年你可以放心，再往后自求多福吧。”

现在结婚要考虑的因素太多，比如对方工作、户籍、家庭条件，有没有经济负担。尤其工作和户籍，不知道多少对有情人因为这个没能终成眷属。

不是人们太现实，是现实迫使人不得不现实。韩博不光要为自己活，也要为家人活。如果为追求爱情不当这个干部，父母和姐姐姐夫会失望死。她同样是家人的骄傲和希望，一样要顾及家人的感受，毕业之后只能回首都，只能在首都成家立业。

梦想不是那么容易实现的，钱不是万能的。就算不当这个干部，就算有点儿钱，也很难获得首都户口，成为一个首都人民。

从开始谈那天起，二人就有这个思想准备，只是心照不宣没说出来罢了。

韩博叹了一口气，故作轻松地问：“我们的事你别管，说你的事，什么时候结婚，好提前请假去喝你们的喜酒。”

今年是同学结婚嫁人的高峰期，高中复读过的已经二十五六，大龄青年，就等着毕业。马志功高中复读过两年，今年二十五岁，对象等了他好几年，不能再拖，今天就是因为这个打电话的。

“元旦，放在节假日，不用专门请假。实在抽不开身没关系，把红包捎来就行。一辈子就结这么一次婚，打土豪的机会不能错过。两个月工资吧，凑个整。”

“你怎么不去抢？按老周结婚标准，不能搞特殊化。”

马志功乐了，在电话那头振振有词：“他跟你什么关系，我跟你又是什么关系？这不是搞特殊化，这是要区别对待。再说我离学校近，能帮你看住博士后。你哪天来江城，还能给你们提供幽会场所。严打期间，去旅馆开房不安全。”

“我们很纯洁，没你想得那么下作……”

跟马志功说完，韩博联系了远在东海市搞装修的父母。

梦境再一次得到证实，父亲确认是在谈一个两百多万的工程。

儿子出息了，国家干部。从儿子正式参加工作起，韩保国就同绝大多数父母一样，把儿子当作全家的未来和“主心骨”。韩博之前从来不问装修的事，现在询问说明他不仅出息了，而且真正懂事了，韩保国深感慰藉。

“小博，你说得对，我们可以少赚点，但不能赔。好日子才开始，我再干几年就跟你妈回去享福，给你和你姐带孩子。”

韩保国在东海市打拼七八年，刚开始蹲在马路边等活儿，主要给家庭装修。他的手艺好，人实在，爱琢磨，电视上看见什么花样，就能装出什么花样，水电木瓦油，样样在行。收费合理，装修完剩下点儿材料，总想方设法给主家做个鞋柜或几张小凳子什么的。他带着一帮徒弟和丝河镇的十几个木匠漆匠，一年做二三十家，口碑越来越好，自从几年前狠心买了一个 BP 机，再也没蹲过马路，活儿全靠熟人介绍的。

现在钱好赚，他舍不得回来。但装修工程风险大，这次没上当，不等于下次不会上当受骗。

韩博认为，照着目前经济的发现，越来越多的人会住进新房子，住进新房子会想到装修。市场很大，这个行业有前途。韩博不能去不等于不能出主意，他透过窗口看着马路对面的劳动服务公司，握着电话笑道：“爸，其实你可以开个公司，从游击队变成正规军。在装饰材料市场附近租几间办公室，装气派点儿。再去你装过的那些人家拍几张照片，搞个相册，或者干脆挂在墙上。其他不做，专做家庭装修，跟人家签三包合同，几年之内保修。哪里掉漆，哪里漏水，随叫随到。看见哪个地方建住宅楼，就去同开发商谈，把我们的宣传资料摆到住宅区里，守在小区里面揽活儿。第一家当样板房，给人家点儿优惠，只要能做一家就能做十家二十家……”

韩保国心想几年大学没白上，居然能想到这么多，照儿子说的干，活儿一定会比现在多。他有些心动，唉声叹气地说：“小博，人往高处走，谁不想开公司当大老板，谁不想多赚点儿钱？你是国家干部，你知道的，开公司没那么容易。游击队干完活拿钱，正规军不一样，正规军要跟工商税务打交道。我小学毕业，你姐夫小学没上完，写个字歪歪扭扭，普通话说不好。你姐倒是初中毕业，可她是个女的，马上又要生孩子。开装修公司要报账，要交税，这些谁会，没人，干不成！”

韩博半开玩笑地说：“我去。”

“瞎说，想都不能想！我为什么省吃俭用供你上大学，你为什么辛苦考大学，不就是为了当个国家干部。好不容易当上了，就应该踏踏实实干。”生怕儿子耐不住寂寞，韩保国语重心长地说，“小博，我当木匠还要先当学徒，给师傅白干几年才能出师，出师干几年干出口碑才能收徒。当干部跟做木匠一个道理，要沉得住气，要定得下心。小兵他舅舅你见过的，人家从生产队记工员干起，生产队副队长，队长，大队治保主任，大队支书，在大队干七八年才提干。然后是木楼乡宣传委员，再调到玉湖镇当副镇长，一步一个脚印，现在不就当上镇党委书记了。”

在韩保国心目中，镇党委书记是很大的领导。

一个村的，对人家履历了若指掌。每年春节要请人吃饭，没什么事需要人家帮忙，只是为了面子，为彰显家里有一个当镇党委书记的远房亲戚。

韩博感觉很好笑，韩保国的思想工作仍在继续：“你条件比他好，大学生，学历高，一参加工作就是副科长，直接分配在县里。我们家不缺钱，你用不着贪污受贿，好好表现，踏踏实实干几年，自然而然就升了。还有件事，差点儿忘了跟你说。你姐马上生孩子，不管男孩女孩，洗三酒要摆。借这个机会请一下你们单位领导，去镇上不方便，在县里请。不收人情，就是认识一下，我跟小兵他舅打过电话，他说到时候来帮着陪人……”

“我姐生孩子，请我们单位领导，这合适吗？”

“都说了，认识一下。如果你当兵，我去部队探亲，不一样要认识部队领导，拜托人家照顾照顾。”

可怜天下父母心，韩博实在不知道说什么才好，干脆回到原来话题：“请领导的事我尽量，爸，开装修公司没人可以请人，请个会计。再买台电脑，请个会用电脑画效果图的人。舍不得孩子套不着狼，只有大投资才会有大收益。”

又来了，心思全在这上面，看来不开个公司韩博不会老老实实在家当干部。请两个人，一年工资万把块钱，买台电脑万把块，租房子装修万把块钱，这一下要投资四五万。韩保国咬咬牙，一锤定音：“开公司的事我听你的，当干部的事你听我的，行了吧？”

“行。”

父亲言出必行，他说干就会干，韩博终于松了口气。

儿子思想有问题，韩保国终究不放心，又开始动之以情晓之以理：“小博，你年轻，有大好前途，不能只想着钱。你知道你考上大学，当上国家干部，端上铁饭碗，我跟你妈有多高兴，亲戚邻居有多羡慕。什么叫望子成龙，这就是望子成龙！

“你爷爷奶奶死得早，要是活到现在，看见韩家出了个状元，比我们更高兴。有你在，我们干活有劲儿，走出去脸上有光。要是你不当干部，人家还是瞧不起我们，木匠，赚多少钱还是个木匠，你说是不是……”

支离破碎的梦境中，能想起的三件大事办成两件，只剩下如何调离丝织总厂。跟父亲约定，他开公司，他当干部，要么不调，调自然要往政府部门调。

韩博是理科生，写文章搞材料不如那些笔杆子。县委县政府别想了，就算缺秘书也不会找一个学化学工程的。他思来想去，只有政法系统。但检察院和法院文字性工作太多，同样不能考虑。司法局没权没地位，老百姓甚至不知道司法局是做什么的。当干部不能没权没地位，哪怕从来没想过要滥用权力，但有权和没权是不一样的。

公安局，只有去公安局！韩博潜意识中自己就应该干警察，而且同现在的工作对口。

前几年有一部电影叫《保卫处长》，主角是一个保卫干部，喜欢公安工作，最后调到派出所。由此可见，保卫干部调去当公安干部，经济民警调去当公安民警，并非没有先例。

韩博打定主意，先把律师资格考到手。

懂点儿法，将来调动时能有大用。公安局有个法制科，需要懂法律的人才。不是警校毕业的，没当过兵，没有多少工作经验，只能另辟蹊径从法律方面着手。

要在两个月内学完别人两年的课程，只有全身心投入。韩博白天在办公室，下班回宿舍，两耳不闻窗外事，一心只读法律书。以至于三楼多了五六个人，三楼小会议室变成了体改办都不知道。

侯厂长出国考察归来，设立体制改革办公室，亲自兼任体制改革领导小组组长。县体改办主任带队进驻，指导协助丝织总厂进行体制改革。

盘活资产，减员增效，放下包袱，轻装前进……涉及太多人的切身利益，谁也不想成为被减掉的一员，一时间人心惶惶。

看了一晚《国际公法》，韩博头昏脑涨，放下书正准备出去透透气，高长兴、杨小梅和一个不认识的人敲门走了进来。进来前，高长兴特意把烟掐掉了。

杨小梅带上房门，侧身笑道："韩科长，不好意思，打扰一下，这是我家老钱。好不容易来一趟，我给你介绍介绍。"

"原来是钱干事，快请坐，看我这儿乱的。"

桌子和椅子上全是书，高长兴帮着收拾。妻子的领导一样是领导，钱朋连忙道："韩科长，别客气，晚上来认个门，当面表示感谢，感谢韩科长对我家小梅的照顾。"

"自己人，说这些太见外，孩子呢？"

"在老家，我就是为孩子上学的事来的，下半年在县里上，小梅接送。"

他们两口子不容易，当兵时两地分居。好不容易熬到够条件随军，在部队待了两三年又转业。回到老家一个在县城，一个在边远乡镇，又当起牛郎织女。

韩博握了握手，关切地问："办得怎么样？"

钱朋会心地笑道："挺顺利。"

"顺利就好，不顺利找厂领导，职工子女上不了学，不找他们找谁。"

杨小梅和高长兴对视了一眼，忧心忡忡地说："韩科长，领导现在顾不上我们这些小事。整天忙着改制，整天忙着减员增效，搞不好我跟指导员马上要下岗。"

"改制？"

"你整天学习不知道，86 年之后招收的合同制工人厂里按照规定缴纳养老保险，原来的老职工和我们这些新职工一直没缴纳。现在'老人老办法，新人新办法'，工龄够的厂里补缴，工龄不够的买断。有人要转岗，有人要竞争上岗。"

"小颜他们呢？"

"临时工什么都不管，体改办正在调档案查材料，要清退一部分人。三个缫丝分厂马上承包出去，职工要竞争上岗，没竞争上的要么提前退休，要么买断工龄，自谋出路。临时工给三个月工资，直接走人。"

"我们保卫科也要改？"

"分厂承包给私人，多一个人要多发一份工资，私人老板不会再要保卫科派去的人。吴大姐说这次侯厂长下狠心，办公楼里要减一大半人，武装部、计生办、团委、宣传科全要撤销。下面车间不会再有班组长和副主任，只有一两个带班的。"

"干部怎么办？"

"为保证茧源，县里要扩桑，农业局要在没蚕桑的乡镇设立蚕桑指导站，丝绸公司要在下面乡镇建几十个蚕茧收购站。有些干部要调到农业局，去下面乡镇指导扩桑。有些干部会调到丝绸公司，去下面乡镇收购蚕茧。"

改革的力度挺大，不过从企业发展角度看，该下点儿决心。

韩博又问道："保卫科撤不撤？"

高长兴苦笑道："保卫科不撤，人可能要撤，有传言厂里想让转岗出来又不愿意下乡的干部看门，把科里的临时工全清退掉。剩下几个职工能转岗的转岗，转不了岗的买断工龄。"

"经济民警分队怎么办？"

"设立分队是公安局要求的，减员增效是县委县政府要求的。胳膊拧不过大腿，说摘牌就摘牌。"

高长兴和杨小梅不会挡车，不会接头，不会修机器，转岗机会不大。别人在丝织总厂多年，买断工龄能获得一笔补偿，他俩进厂没几天，没工龄可买断，能获得多少补偿可想而知。

科长不在，遇到即将失业这么大的事，当然要来找副科长。当官不为民做主，不如回家卖红薯。副科长大小也是个官，要为他们负责，韩博沉思了片刻，抬头问："楼里晚上有没有厂领导？"

"丁书记应该在，我见办公室的灯亮着。"

"你们坐会儿，我去问问。"

丁书记果然在单位，厂办钱主任也在，正做一个分厂干部的思想工作。在门口等了一会儿，分厂干部垂头丧气地出来了。丁书记早注意到他，喊了一声"小韩"，直接让他进去。

"小韩，还有几天考？"丁书记笑容满面，热情洋溢，似乎刚才跟人谈得很愉快，谈的不是转岗的事。

"四天。"

"准备得怎么样，有几分把握？"

"二位领导，我从来没考过，心里真没底。"

对这个小伙子，丁书记印象一直不错，接过烟笑道："今年考不过有明年，全厂这么多年轻干部，就你最爱学习最肯钻，早晚能考上。"

"谢谢丁书记鼓励，我一定努力。"

做了一天干部职工的思想工作，丁书记身心俱疲，不想浪费时间，直接问道："这么晚过来，一定有事，说吧，趁钱主任在，看厂里能不能帮你解决。"

"二位领导，我想问问改制的事，我们保卫科改不改，怎么改？谣言满天飞，科里人心惶惶，不问问工作不太好做。"

在所有科室中，保卫科算最安生的一个。从厂体改办设立到现在，没人跑厂办打听，没人跟着起哄。

丁书记不知道他今晚才知道厂里有大动作，竟以为他做过许多工作，实在压不住才过来问的。还想如果都跟韩博一样顾全大局，他至于天天接访似的跟干部职工磨嘴皮吗？

丁书记端起杯子喝了一小口水，严肃地说："小韩同志，现在是市场经济，不能再政企不分，企业负担太重，会失去竞争力。保卫科确实在改革范围之内，但次序上会作为最后一个。"

钱主任冷不丁地问："小韩，你知道为什么吗？"

韩博沉吟道："现在已经人心惶惶，随着力度不断加大，各项措施不断落实，一些干部职工可能会闹事甚至上访。关键时刻，我们保卫科要发挥作用。"

"不错，安排你当保卫科副科长是对了。"丁书记满意地拍拍他胳膊，接着道，"关于保卫科职工怎么安排，侯厂长同政法委协调过。公安局巡警队缺人，保卫科职工全是政治觉悟高、军事素质过硬的退伍兵，可以全部划过去。小伙子们不是喜欢当公安吗，厂里考虑到了，想方设法为他们创造条件。"

思岗县公安局原来没巡警队，去年南港市搞110报警台，让人们报警打110，结果不光市区的市民打，几个县城的打，连下面乡镇都有人打。

南港市离思岗县70多公里，市公安局不可能出警，一接到报警电话便转到县公安局。

经费不足，警力紧张，派出所没人没车，出警总不及时，有时要等一两个小时才到。老百姓向上面反映110形同虚设，一直反映到公安厅，上面压下来，县公安局必须拿出行动，于是找县里要经费，要建巡警队专门接出警。县里没钱，让公安局自己想办法。公安局能有什么办法，只能找临时工。

穿警服当警察，刚开始公开招聘时很火，一下子招四十多个。月工资三百，要住集体宿舍，像现役部队一样管理，工资低，工作时间长，不自由，且看不到任何转正的希望，同去保安公司当保安差不多，只是衣服好看点。结果两个月不到，跑了二十几个。

保卫科经济民警是想当公安，不过人家想当的是真警察，至少搞个事业编，不是临时工。编制解决不了，工资缩水一大截，这个工作不好做。

尽管不抱太大希望，韩博仍带着几分侥幸问："丁书记，编制呢，同志们过去能不能解决编制？"

"地方编，将来有机会转。刚来的小高现在是职工，可以帮他争取一个事业编制。来厂一个多月，厂里帮他办成在公安局几年没办成的事，他的工作应该比较好做。”

地方编是思岗县独创的一种说法，其实就临时工。地方编警察不算警察，事业编警察一样不是正式警察，高长兴是想提干的，结果打了个五折。解决一个干部编制这么难吗，韩博百思不得其解。

“杨小梅虽然一样是职工，但想解决事业编比较困难，一是文化程度不够，函授文凭拿不出手，二是没公安工作经验。你们把夜市搞得红红火火，完全可以同工商部门协商，把临时便民市场变成正式市场。市场办主任，正适合她。那些不愿意去公安局工作的同志，可以留下来同她一起管理好这个市场。”

一帮部下为创收无所不用其极，领导为甩包袱一样无所不用其极。

不过话又说回来，包括停车费在内，夜市一个月能创收好几千。三五个人，工资才多少钱。最难的工作保卫科已经做了，现成的桃子，城西工商所肯定愿意接手。如果工商能给杨小梅解决编制，她守在夜市比转岗强。

大势所趋，这是最好的结果，比那些有可能下岗的职工强多了。

韩博暗叹了一口气，又问道：“姜科长和我呢？”

“老姜是老干部老同志，不用为他担心。你是未来的大律师，一样不用为自己担心。”

梦境中的未来同现在的完全不一样。或许是梦中的自己，不知道纪小娟会出事，没有整顿夜市，没通过收费调动经济民警的积极性，没想过干好保卫科副科长，没有报名参加律师资格考试。

总之，上班以来所做的一切让领导另眼相待，感觉他有能力，有上进心，值得单位好好培养。

踏破铁鞋无觅处，得来全不费工夫。

这是一个可以调走的机会，只是没想到来得这么快，韩博打定主意，鼓起勇气说：“丁书记，钱主任，打官司需要足够的法律实践，别说我现在没考到律师证，就算考到也不能成为称职的律师。我不懂生产经营，不懂进出口贸易。英语虽然六级，其实是哑巴英语。外国人说什么听不懂，我说什么他们一样不明白。无论出于单位利益，还是从我个人角度出发，留在厂里都不是一个好选择。”

这个觉悟真高！丁书记以为听错了，不禁同钱主任对视了一眼。

“二位领导放心，我会站好最后一班岗，配合厂里做好科里职工的思想工作。”

“小韩，你，你想下海？”

“这倒没有，穿两个月的警服，我发现自己喜欢上了警察这个职业，我……我想请二位领导帮帮忙，看能不能把我调到公安局。”

本来就是国家干部，干过保卫科副科长兼经济民警分队长，抓过现行，事迹材料送到了政法委，“严打”先进个人有他一个。侯厂长出面，调过去没多大问题，关键公安局又苦又累又没钱，不是个什么好单位。人往高处走水往低处流，他倒好，居然反其道而行。

不过丁书记也年轻过，也曾有过警察梦，多少能够理解一些，语重心长地说：“小韩，有理想是好事，想调公安局也不难，但这件事你要慎重考虑。调过去之后，再想调出来就没那么容易了。”

“小韩，丁书记说得对，要慎重考虑，不要脑袋一热犯糊涂。”公安局有什么好的，不仅没钱，想升职比其他政府部门难，钱主任不忍他“误入歧途”。

“丁书记，钱主任，我知道您二位是为我好，但我真喜欢当警察，喜欢警察这个职业。经济民警干不成，就干公安民警，不是脑袋发热，是经过深思熟虑的。”

他家庭条件不错，不用跟别人一样为五斗米折腰，可以去追求梦想。他的话有一番道理，有律师资格不一定能成为好律师。几百万乃至上千万的官司，谁敢交给一个初出茅庐的小伙子。

不懂技术，不会财务，不懂生产经营，再优秀对丝织总厂能有什么用?

厂里干部转岗工作不太好做，完全可以顺水推舟树立一个典型。为体制改革大局，侯厂长一定会支持，县委县政府肯定会重视……

丁书记权衡了一番利弊，答应道：“小韩，既然这是经过深思熟虑的决定，我们支持。调动的事厂里帮你想办法。老姜房子盖得差不多了，明天让他回来上班，最后一班岗不用你站，一心一意准备律考。”

不用请客送礼，不用到处求人，就把事情办了，看来机遇很重要，同时要把握住。不过这只是自己的机遇，对那些即将转岗甚至下岗的职工而言，这简直是一场灾难。

回到宿舍，夜宵做好了。

包括工商管理员老沈在内的十来个人，围坐在用几张书桌拼成的大饭桌边等他。第一次同杨小梅爱人一起吃饭，高长兴掏钱买酒和饮料，老沈在夜市买了几个卤菜，吴永亮和小颜买了几个大西瓜。

桌上摆满满的，有荤有素，有酒、饮料和水果，跟聚餐似的很丰盛，但谁也没胃口。

“老钱，韩科长不能喝酒，倒饮料。”

不知道他在楼上谈得怎么样，杨小梅忐忑不安，将电风扇搬过来对着他吹，桌上挤不下，她端起饭碗坐在床边。

两个勤杂工本来就是临时工，干活儿的人到哪儿都有饭吃，他们倒不是很担心。工商所老沈虽然不是丝织总厂的人，但保卫科改不改制直接关系到夜市，如果保卫科散了，夜市黄了，又要回所里过那种干一年拿半年工资的苦日子。吴永亮和小颜的心情更沉重，一个个欲言又止。

最难受的是钱朋，当乡干部当得像讨饭的，工资拖欠几个月，教师能闹事干部不能闹，日子过得紧巴巴的。爱人进了一个好单位，遇上一个好领导，一个月拿五百多，高兴得一个星期没睡好。结果好景不长，才拿两个月的高工资，就要面临转岗甚至下岗。

不跟他们说清楚，这顿饭谁也吃不下去。韩博深吸一口气，简单介绍了一下厂里对保卫科人员的安排。

“政企不能不分，企业不能再背那么重的包袱，这些高调我不想唱，就说几句心里话。共事近两个月，配合默契，相处融洽，说散就散，真有些舍不得。但天下没有不散的筵席，这不是我们能左右的……”

“韩科长，我服从组织安排，不给单位添乱，保证站好最后一班岗。”

高长兴打听过，厂里之所以不给提干，一是考虑负担太大，二是组织人事部门卡得太死，厂里报上去也不一定能批。做人要知足，不能太贪心。能解决事业编制，回公安局就有晋升机会，将来有政法专项编制就能转正。现在就是在排队，有一个编制解决一个，至少有个盼头。

高长兴本来就是公安，来厂里只是过渡一下的，小颜跟他不一样，难受到极点，哽咽地问：“韩科长，你说我们去巡警队有没有前途。”

事关人家一辈子，韩博不能信口雌黄，放下杯子分析道：“改革开放以来，社会形势发生翻天覆地的变化，报纸上说全国流动人口超过一个亿。治安形势严峻，各种刑事犯罪有抬头趋势，所以今年要‘严打’。但以公安机关现在的警力，很难确保社会治安。我认为随着经济不断地发展，公安队伍不断扩大。如果去巡警队，好好干，转正希望不是没有。如果从经济利益出发，我建议你出去闯闯。外面的世界很精彩，我父亲是一个木匠，小学毕业，种地不赚钱，在门户上干也赚不到几个钱。要供我和我姐上学，经济压力大，实在没办法，于是去东海市打工，现在干得很好。”

这年头，干个体户比上班有前途，小华脱口而出：“韩科长，我打算在夜市搞个摊位，卖服装。”

“行啊，不过做生意有赚有赔，要慎重考虑。”

“韩科长，现在的问题是夜市。我人微言轻，能不能把它变成正式市场，恐怕要你们这些领导多做一些工作。”老沈忧心忡忡，酒杯举到嘴边又放了下来。

“夜市也算一个安置的去处，涉及我们保卫科职工的未来，姜科长明天上班后肯定会想办法。杨大姐，我建议你做两手准备，如果工商部门愿意接收，能够把夜市变成自收自支的事业单位，那市场办主任还是能干的。如果只接手不解决编制，就找民政部门想想办法。”

“只能这样了，哎呀，你说好日子才过几天，就改制。”

韩博能理解她的心情，慢声细语地劝慰道：“相比其他企业，我们厂的领导算不错的。干部转岗，工作虽然不是很好，要转到下面乡镇去，至少有个工作。车间职工影响其实不是很大，前几年跳出去好多干部，现在全成了私人老板。开缫丝厂，办丝织厂，办服装厂，好多退休职工全去他们那儿了，现在要分流出来的职工不愁找不到工作。

“政工部门干部职工没一技之长，厂里正在想方设法。打算下海做生意，服务公司那些门面优先租赁。要是能凑出一笔钱，甚至可以转让。不光劳动服务公司，小区门口那些铺面一样优先租给本厂干部职工。”

这不是帮厂里说好话，这是一番公道话。铸铁厂、农机厂、木工机械厂等倒闭。干部没地方去，在家待岗。职工直接下岗，根本没买断工龄这回事，人家日子一样过。

他们自己现在没地，公公婆婆有地，大不了回老家种地，杨小梅点点头，没再说什么。

“韩科长，你和姜科长呢？”高长兴忍不住问。

韩博嘿嘿笑道：“姜科长是老干部，厂里会有安排。我可能……可能要跟你一起去公安局，我主动要求的。”

“调公安局？”吴永亮将信将疑，一脸惊愕。

“有许多同志可能要去，我这个分队长当然要去。不过能不能去成，去了之后能不能继续跟你们在一块，就两说了。”

高长兴愣了好一会儿才愁眉苦脸地说：“韩科长，你，你怎么当真了？你跟我们不同，你有更好的选择，没必要跟我们一起去。”

“我喜欢当警察，你是老公安，基层机关全干过。如果真能调过去，你要照顾着点儿我啊。”

“公安局又苦又累，工资又不高。”

“我知道，我是农村出来的，八九岁放学回家干活，农忙时什么没干过。吃得苦没杨大姐多，但不会比你们少。”

榜样的力量是无穷的。话音刚落，吴永亮猛拍了下桌子：“韩科长，我跟你一起去，熬三四年，能转正最好，转不了正再想办法。”

“我也去，不管有没有编制，至少能穿警服佩戴警衔换公安臂章。”

第五章·扶上马送一程

姜科长回来了，在最热的两个月盖房子，晒得黝黑黝黑，整个人瘦了一圈，手上全老茧。离律师资格考试只剩三天，姐姐预产期也就在这几天。韩博同姜科长简单交流了一下情况，不再过问科里的事，一心一意准备律考。

考点在南港市，几十公里，来回不方便。他和方如明合计了一下，提前一天去，以至于父母从东海回来都没顾得上去汽车站接。

考完试回到厂里，才知道已经升级当舅舅了。大胖小子，七斤八两，姐夫给厂里打过三次电话。

丁书记简单问了问考试情况，拿出一份文件，微笑着说：“小韩，工作调动的事基本上定下来了，这些年全是党政部门往我们厂调，你是第一个从厂里往外调的干部。作为娘家人，我们要送一程。你有学历，有闯劲儿，到新单位好好干，前途不可限量。将来走上领导岗位，我们脸上也有光。这是关于举办全县第六期青年干部培训班的通知，培训时间两个星期，下周一早上8点报到，地点在县委党校。”

韩博糊涂了，接过通知问：“丁书记，这是……”

“公安局正科级单位，派出所所长才正股。你是我们丝织总厂保卫科副科长兼经警分队长，管的人比所长多，怎么能去当一个小民警。厂党委推荐你去青干班学习，回来定个正股级，然后再调过去。”

正股级在其他单位算不上什么，在公安局只有所队主官才可以。

单位领导能考虑到这些，哪怕对他们而言只是举手之劳，但这样的机遇不是什么人都能有的，韩博感动不已，一脸尴尬地说：“丁书记，我才参加工作两个月，我怕我不够条件。”

“大学四年算工龄，学生党员，学生会干部，要是进团委，别说正股，副科正科都没问题。再说你的工作成绩有目共睹，治理整顿夜市，抓现行，县政法委郭书记都知道。过几天开‘严打’表彰大会，你是先进个人。推荐去上青干班，提正股，条件足够。”

锦上添花不如雪中送炭，丁书记很高兴能帮助一个年轻干部成长，能够树立一个顾全大局、积极转岗的干部典型。

钱主任补充道：“小韩，不管到什么时候，不管单位改制将来改成什么样，这里永远是你娘家，我们永远是你娘家人。有什么想法，遇到什么困难，随时回来跟我们说，看我们能不能帮上忙。”

“丁书记，钱主任，您二位帮我很多了，真不知道怎么感谢。”

“说感谢太见外，就这样。你姐姐刚生了个大胖小子，赶紧回家看看，坐中巴不方便，开7号车回去，记得带几颗红蛋。”

“没问题，那我就先走了。”

“走吧，路上开慢点。”

走出副书记办公室，姜国平迎上来，一边陪着他下楼，一边笑道：“夜市问题解决了，比想象中更顺利。工商所求之不得，本打算报到镇里，结果工商局知道了。工商局正在筹建市场建设服务中心，直接把夜市收归服务中心。”

好事连连，韩博不禁笑问道：“这么说杨大姐要调到工商局？”

“不是工商局，是思岗县市场建设服务中心人民西路便民市场管理办公室。报告交到县编办，过几天就会成为一个自收自支的正股级事业单位。我跟厂办协调过，劳动服务公司传达室租给便民市场作办公室。

“小杨最了解情况，担任市场办主任。老沈是驻市场的工商管理员，派出所那个联防队员是驻市场的治安员。两个勤杂工签劳动合同，由临时工变成合同工。小古家庭困难，不能跟你们一起去公安局，打算留下帮小杨。”

六个人，顶多三千块钱工资。说是自收自支，多出来的几千肯定是要上交的。不管怎么样，五个人的饭碗问题解决了。

早知道韩博不会在厂里久留，只是没想到这么快，共事两个月，真正相处的时间只有几天。要不是他家有事，姜国平非要拉着他好好聊聊，晚上还要一起吃顿饭。

韩博开车回到丝河镇，通往镇区的马路堵得水泄不通。放眼望去，人山人海，道路两侧全是摊位，每个货摊前都围满人，挑拣货物，讨价还价，热闹非凡。几个联防队员在桥头看自行车，两个民警坐在一张大凳上，手里握着对讲机，看见装着警灯悬挂警车牌照的7号车，以为来了什么领导连忙起身相迎。

韩博想起来了，今天是丝河镇庙会。

小时候最喜欢逛庙会，买许多小吃零食，小玩意儿，边走边吃，又玩又乐。

“陈所长，黄叔叔，是我，韩博。”

丝河镇派出所陈所长，他爱人是镇中学数学老师，考上大学时请过。丝河镇派出所民警老黄，长相“很公安”，看上去很吓人。谁家小孩不听话，家长就说黄公安来了。长辈兼未来的同事，韩博急忙推开车门，掏出香烟打招呼。

丝河镇不小，二十几个行政村，四万多人口。镇区不大，从南到北一条街，十分钟能走个来回。

镇上谁家孩子有出息，谁家孩子不学好，陈所长了若指掌，接过香烟哈哈大笑道：“吓我一跳，原来是韩老板家老二。怎么开警车，是不是分到我们局里了？”

老黄早上遇到过老韩，装修老板从东海回来，自然要聊聊。同老韩聊天，话题离不开小韩，对他的情况很了解，回头笑道：“陈所，小韩出息了，丝织总厂保卫科副科长兼经警分队长，局里给他配了一个指导员，手下几十个兵。”

前段时间局里通报嘉奖过丝织总厂经警分队，陈所长反应过来，好奇地问：“韩博，你们抓了两个现行，拦路持刀抢劫的？”

“运气好，瞎猫碰着死耗子。”

“别谦虚，运气好能好几次？抓到两个现行，协助城西派出所破获一个盗窃团伙，捣毁一个黑录像厅，徐进良沾你们光沾大了。来，我给你留个电话，以后碰到涉及我们丝河的案子，给我打电话，家乡人，应该多配合。”

协助城西派出所捣毁一个黑录像厅是搂草打兔子，协助城西派出所破获一个盗窃团伙是真正的瞎猫碰着死耗子。

治理整顿夜市时抓获的四个小混混，以为公安机关掌握他们的犯罪证据，城西派出所民警分开来审，果然没干好事。偷过几十辆自行车，撬过长河市场几个商户的店铺，敲诈勒索过逛夜市的行人，新账老账一起算，检察院已经批捕。

今年公安破案压力大，丝河镇不比县城，辖区治安不错，没那么多案子。陈所长病急乱投医，掏出钢笔和本子写下电话号码，又在号码后面注上名字。

韩博接过刚撕下的纸片，嘿嘿笑道：“陈所，黄叔叔，我这个副科长干不了几天，估计马上要调公安局，您二位是长辈也是前辈，以后请多关照。”

“调公安局？”

“嗯。”

“丝织总厂效益多好，全县工资最高，为什么调公安局？”

“我主动要求的。”

“你小子，身在福中不知福。不过话又说回来，两个月破好几起案，是干公安的料。”

镇里很少来警车，围观的人越来越多。今天是庙会，等会儿要进去转一圈，现在说这些不太合适，陈所长拍拍他的胳膊：“你爸妈回来了，你姐刚生产，先回家。车停这儿，我让人帮你看着。如果晚上不回县城，去所里坐坐，好好聊聊。”

到一个新单位，有老同志提醒更好。韩博又发了两根烟，这才将车停到路边。

人挤人，全是人，六百多米走了十几分钟。

快到家门口，韩博停住脚步，注意力被农机站门口的大台子吸引住了。

现场销售体育彩票，洗脸盆里堆满即买即撕的彩票，特等奖桑塔纳2000，一等奖普通桑塔纳，二等奖奥拓，三等奖幸福250摩托车，四等奖熊猫彩电……

前些年供销社搞有奖销售，老百姓被忽悠得不轻，对摸奖这种事不是很感兴趣，确切地说是不相信。围观的人不少，看小轿车，平时很难见到，掏钱买的人不多。韩博有预感，特等奖就在这次的彩票里。

“大哥，小博回来了！”

“保国，菊花，小博到家了！”

街上全是人，家里一样全是人。

每年庙会，外公外婆，七大姑八大姨都会来这里吃饭。今年姐姐生孩子，要送月子礼，都来了。

“婆爷爷（外公），婆奶奶（外婆），身体怎么样，走过来的还是小舅送你们来的？”

“我们很好，你舅舅送我们来的。上楼吧，小芳生了，大胖小子，七斤几两。”最有本事的外孙子回来了，二老高兴得合不拢嘴。

韩博正准备挨个打招呼，父亲跑下楼，喜笑颜开地问：“考得怎么样？”

“怎么样过几天才知道。”

“能不能考上无所谓，反正你是国家干部，有正式工作，又不会真去当律师，怎么回来的？”

“开车回来的，人太多，开不进来，停在桥头请派出所的人看着。”

“什么车？”

李泰鹏前段时间在县里装修新房，每天中午去丝织总厂食堂吃饭，天天看见 7 号车，拉材料时坐过几次，得意地说：“爸，小博是副科长兼民警队长，开警车，跟公安局一样的警车。”

“先去抱抱孩子，抱完带我们去看看。”

书记镇长都坐不上汽车，儿子一参加工作就开警车，韩保国乐得心花怒放。

小家伙很可爱，白白净净的，头发很黑，小手肉嘟嘟的。

姐姐躺在床上一脸幸福，母亲守着她和孩子寸步不离，李泰鹏的母亲虽然暂时插不上手，但来日方长，亲家过几天要回东海赚钱，她抱孙子带孙子的机会多的是。

“怎么不在医院多住几天？”韩芳精神不错，笑着说，“我在医院生，好多人还在家生呢，没什么事。”

“正好赶上庙会，住医院来回不方便。”母亲当外婆了，喜悦之情溢于言表。

韩博凑过去拨弄着小手问：“名字有没有取？”

“你文化程度最高，你是舅舅，等你回来取！”

姐姐理所当然，父亲深以为然，姐夫没有任何意见，一脸期待。

取名字容易，关键小家伙姓什么？姐夫没心没肺，他根本不在乎这些，父母肯定想让孩子姓韩。他们结婚时没说清楚，韩博被难住了。

家庭条件不好，儿子能娶上媳妇，过上这么好的日子不容易。韩家又有一个国家干部，孙子在韩家比在李家有前途。再说有好几个孙子，李家没断香火。李泰鹏的母亲抬头道：“姓韩吧，在镇上过日子，姓韩好。”

韩保国拍了下手，哈哈笑道：“姓韩，外孙当孙子养！亲家母，大家都在，等会儿吃饭时请他们做个见证。儿子女婿我一视同仁，我活着不许分家。我死了，他们要是分家，家产一人一半。”

在农村，孩子跟谁的姓是一件大事。孙子跟别人家的姓，她回村里会被人笑话的。对含辛茹苦把几个儿子拉扯大的她而言，做出这个决定不容易。何况姐夫从十几岁开始赚钱，赚到的钱全在这边。不像自己，只花钱不赚钱，对家里没任何贡献。韩博觉得应该表个态，搂着姐夫的肩膀笑问道：“姐夫，你有没有意见？”

“我听爸的，听小芳的，你们说什么是什么，我没意见。”家产一人一半，县里的房子有他一间，傻子才会有意见。

农村亲戚没那么讲究，早上买好菜，女人们一起动手，几大桌子菜一会儿就准备好了。大舅和二姑父贪杯，喝醉了。把他俩送进房间睡觉，所有人一起收拾完，出去逛庙会了。

老韩同志拆开一条玉溪，往包里装了四盒。生怕熟人太多不够发，想想又拿了两盒。衣衫塞进裤子，不然人家看不见BP机。

李泰鹏最喜欢帮老丈人拿包，跟老丈人一起显摆。如假包换的暴发户做派，又不能让他俩失望，韩博只能硬着头皮同他们一起“游街”。

“老王，我保国啊，来一根儿，抱孙子了，喜烟。”

“吴支书好，我儿子小博，还记得吗？毕业了，正式参加工作，分在县里，丝织总厂保卫科副科长。”

有一个出息的儿子，又抱上孙子，看到熟人羡慕的表情，老韩比接到一个大活儿都高兴。走一路散一路香烟，风光无限。

“爸，今天是个好日子，我们也碰碰运气？”在卖彩票的摊位前，韩博停下脚步问。

因为他想买一盆，一盆里有十几捆，一捆一百张，一百张两百块，全买下来要两三千。韩博身上就两百多现金，只能管他要。

“行，我买，你们撕。”老韩高兴，毫不犹豫从女婿手中接过包，掏出一张百元大钞。

“爸，睿睿刚来到人世，能给我们带来好运，再来几张。”

“两百？”显摆归显摆，摸奖是摸奖，把钱花在这种不靠谱的事上，韩保国有些舍不得。

韩博不给他犹豫的机会，当着一帮看热闹的人抢过包，踮起脚趾着最左边一堆彩票，说：“同志，麻烦您算算，那一盆多少钱，我全要了。我姐生了个儿子，我当舅舅了，高兴，能中奖最好，中不上当给体育事业做贡献。”

销售彩票是有任务的，工作人员乐了，热情招呼：“没问题，同志们，请让一让，给这位小伙子让个路。”

“看见没有，这才是老板，刚才那小子装大款，买了两百就跑了。”

“好像是韩保国的儿子，韩保国搞工程有钱。”

听到这种称赞，老韩有些飘飘然，可是那一大盆彩票要多少钱，包里有四千多，给孙子摆宴用的。这小子，不当家不知柴米贵，早知道不叫他一起出来。

“一共三千四百八。”工作人员生怕搞错，几个人一起数了又数，用计算器摁了又摁。

一下子撕这么多需要一点儿时间，他们又从里面搬出三张塑料凳，让三位大款坐下来慢慢撕。碰上有钱人不容易，多少抱着这一盆撕完不服气，再撕几盆的想法。

中大奖那是做梦，老韩很心疼，决定回去跟儿子算账。钱没了，不能再丢面子，搓搓手，说：“小博，泰鹏，你们手脚快，眼神好，多撕点儿，我撕一张算一张。”

三千多换一大堆纸片，至少要中台彩电吧！老韩从学徒起就被告诫要老实做人，踏实干活，李泰鹏更心疼，捧着一捆彩票双手颤抖。

韩博不管那么多，手脚麻利，动作灵活，撕完一张扔一张，撕完一捆拆一捆。不像老爸和姐夫一张一张仔仔细细看，生怕第一眼看错。不一会儿，身边堆满一大堆不值钱的奖品。

“赔了，撕六捆，就中这些，不合算。”

“不是还有那么多吗，不到最后，谁也说不准。”

“韩老板有钱，撕着玩，中不中无所谓。”

围观的人议论纷纷，工作人员不断打气：“同志，别着急，慢慢撕，大奖在后头。特等奖豪华桑塔纳轿车，一等奖普通桑塔纳轿车，二等奖一样小轿车，撕到就归你，当场开回家。”

“聪明的看一眼，傻子看到晚，想撕掏钱买，舍不得掏钱去其他地方转转，有什么好看的？”

“走走走，往前走。自行车，谁让你把自行车推进来的？”

韩家人如此大手笔，看热闹的人越来越多。陈所长和老黄巡到这儿，担心人多出事，板起脸疏散起人群。刚劝走一部分，韩博的动作突然停下，紧盯着“特等奖”三个字，激动得无以复加。

“同志，是不是撕累了？”

“不是撕累了，是撕到了。爸，姐夫，我就说睿睿能带来好运，看见没，这辆豪华桑塔纳归我们了！”

彩票跟骗人的差不多，天底下哪有这样的好事，韩保国摆摆手：“别开玩笑，赶快撕，撕完带我去县里看房子。”

“特等奖，没跟你开玩笑。”

工作人员凑过来一看，目瞪口呆。陈所长挤进来一看，不禁脱口而出：“他奶奶的，真是越有钱的人越有钱，运气越好。韩老板，韩博，你们要请客。”

“陈所长，真……真中了？”老韩将信将疑。

“真中了。”

“几等奖？”

“特等奖，不信你自己看。”

韩保国揉揉双眼，再三确定没看错，顿时欣喜若狂，干脆捧起没撕的彩票，一边给围观的人发，一边哈哈大笑：“孙子一出世就能中大奖，这财运，长大肯定能当大老板。不撕了，来来来，一人一张，给大家发喜烟。”

特等奖桑塔纳2000，销售价十九万五千，个人所得税好几万。想上路还要交购置税、车船使用税、上牌费、保险和养路费，得花很多钱。如果不要车，折成现金，差不多能拿到手十二万左右。

老韩在东海待六七年，见过大世面，不用小韩提醒，毫不犹豫拒绝了彩票销售人员关于给十二万现金的提议。一是不划算，二来拿钱事多。

前些年镇里有个养河蚌取珍珠的万元户，镇里村里一遇到事就去找他拉赞助，选人家当县人大代表，天天在广播里表扬。现在人家养河蚌不挣钱了，亏了十几万，日子不好过，镇里村里不管不问，一个个像不认识他一样。

前车之鉴摆在那里，韩保国不想搬石头砸自己脚。前年盖房子，去年装修，春节女儿结婚，两个月前儿子买房又装修，现在抱孙子要摆酒席，有多少钱也不够花。等会儿就去借贷款，有钱也要装没钱的样子，借钱交个人所得税，看谁好意思来拉赞助，总不能拆一个轮子走。

销售人员占不到便宜，只能准备手续。个人所得税是税务部门收，有陈所长作保，中奖的老板不会偷税漏税，工作人员没什么不放心的，登记完身份证，让老韩在一堆文件上签字，痛痛快快交出钥匙和车辆发票。

特等奖，价值近二十万的小轿车，居然被人给中了。一传十十传百，人们不约而同往这边聚集。

这是在镇上，又是庙会，不足两公里长的街上，聚集着不下四万人，不采取措施会出大事。陈所长用对讲机将另外三个民警和十几个联防队员叫来，维持秩序，疏通交通，硬是疏导出一条机动车道，让韩博把崭新的桑塔纳 2000 开回家。

有人想看热闹，有人要烟，有脸皮厚的要红包，居然一直跟到通往韩家的水利站巷口。

小韩是他爱人的学生，也是未来的同事，前途不可限量。陈所长留下两个联防队员守巷口。叫韩博去桥头开警车，打开警灯警笛，老黄等民警继续疏导交通，把 7 号车开过来堵在巷口。亮出手铐警棍，严阵以待，没人再敢死皮赖脸要这要那。

“韩老板，韩博，你们可把我折腾惨了，搞一身汗，还要帮你家看门。”

“万分感谢，陈所长，你们歇会儿，我去拿饮料。晚上在这里吃饭，谁都不许走。”财运来了挡不住，韩保国心花怒放，又回头看了一眼自己家的小轿车。

这年头红眼病太多，李泰鹏和派出所的人一起守巷口，不认识的一个不让进。

外公外婆出来了，七大姑八大姨围着轿车转，连正在坐月子不能见风的韩芳，也忍不住趴在二楼窗口往下望。

韩博给高长兴打电话，请他去交警队搞一张临时牌照，再联系一个保险业务员，一起坐中巴车送过来，顺便把7号车开回单位。

忙完来到巷口，税务所的人已闻讯而至。

"百分之二十，正好三万九。韩老板，韩科长，交给我们跟交给县局一个样，家乡人，帮帮忙，别交给县里，让我们完成任务。"

"小博，这些事我不懂，你跟顾所长说。"

丝河镇有人养鸡，有人养蚕，有人出去干建筑，离小康有一定差距，但算不上穷。农民的日子马马虎虎过得去，政府没钱，干部太多，加上教师三四百个，前些年因为盖办公楼，学校、敬老院和修路欠下一屁股债，那点夏提留秋统筹给干部教师开工资都不够，更不用说还债。

老韩担心他们打着收税幌子骗赞助，直接把皮球踢给儿子。儿子是经济民警队长，骗他就是骗警察，就是骗政府。

个人所得税属于地税，交给镇税务所跟交给县地税局是没什么区别。

韩博笑道："顾所长放心，个人所得税，交给谁不是交。不过您得宽限我们几天，几件事凑一块，没这么多钱，我爸打算管信用社借点贷款。"

"韩科长，别跟我们这些穷人哭穷，三五万，你爸拿得出来。"近四万地税，平时去哪儿收，顾所长担心夜长梦多，被县局"打劫"。

"顾所长，我是真没有！"老韩扳着手指，一件件算起家里这几年办的大事，最后拍拍腰间的BP机："这个又是好几千，我是走家串户干装潢的，不是开银行印钞票的。我小舅子去找信贷员了，宽限几天，借到钱立马交，只交给你，没二话。"

韩博不失时机提醒道："爸，借四万不够，要多借点。"

"不够？"

"车虽然不是买的，上牌时车管所一样会管我们要车辆购置税发票，怎么计算我不知道，估计要两万左右。另外要交车船使用税、保险和养路费，没七万下不来。"

“这么多？”

“想上路，一分不能少。”

“失算失算，早知道这样不如拿钱呢！”儿子会开汽车，女婿可以去学，七万能拥有一辆全办下来要二十多万的小汽车，韩保国一点儿不觉得贵，只是当着外人，必须哭穷，一脸追悔莫及。

“手续办了，想退退不回去，实在不行我想想办法，管单位同事借点儿。”老爸挺会演戏，韩博强忍着笑，跟着唉声叹气。

李泰鹏傻乎乎冒出句：“爸，小博，结婚收的钱我一分没动，存在信用社，我去拿折子。”

“结婚收的那点儿钱管屁用，没你事，回去带孩子。”正哭穷，你居然说有钱，韩保国气得牙痒痒。

李泰鹏不明所以，老丈人发了话，他只好灰溜溜地走了。

几年办这么多事，在县里又是买房又是装修，一时半会儿拿不出来很正常，顾所长终于信了，没再逼这对父子立即交个人所得税。

镇干部不出意外地接踵而至，接过烟看看汽车，再看看为没钱交税而头疼的韩父子，实在开不了拉赞助的口，竟幸灾乐祸地开起玩笑。

“韩老板，你要是凑不出来，我帮你凑。给你十万，车归我，倾家荡产，借高利贷我也要把这个税交了，干部没干头，学个驾驶证，辞职去搞出租。”

“王镇长，别逗老韩了，他十二万没要能要你的十万？”

“此一时彼一时，那会儿十二万，手续一办就没十二万了，你现在把车退回去，看人家要不要。”

别说七万，我十七万都捧得出来。老韩嘴上跟他们敷衍着，心中想着马上开装潢公司，这小轿车能撑门面，顶大用。别人开不放心，只有让女婿开。可这么一来他要去东海，女儿怎么办，孙子怎么办。

至于儿子，他是国家干部，不能开这么好的车，再说他有警车。

围观道喜的人太多，韩保国不得不散的烟由玉溪将为红梅。

高长兴来得很快，坐保险公司业务员的摩托车来的。

7号车开不出去，只能等商贩们天黑收摊。在治安大队干好几年，他没少同丝河镇派出所打交道，把临时牌照往桑塔纳里一放，便坐到巷口同陈所长、老黄等人聊起天。

保险业务员计算保单，收钱，挤到南边桥头开摩托车先回县里。保险合同明天送到丝织总厂保卫科。高长兴介绍过来的人，没什么不放心的。

逼捐可以躲过去，请客躲不掉。派出所帮了大忙，一定是要请的。村干部跟土匪似的，想不请都不行。在农村，只要家里有点儿事都要喊一下村干部。韩家是外来户，不是丝河村人，有事更要请，何况他们一开口就要请客。既然请他们，不能不请一直在周围转悠的镇干部。

镇中心小学近在咫尺，等会儿要借用人家的大食堂，锅碗瓢勺，也要请。水利站、税务所、交通站、姐姐单位的幼儿园，只要沾上边儿的，都要叫一下。

好在农村请客没那么讲究，无非鸡鸭鱼肉。

亲戚全在，全家总动员，十六桌没费什么事，一直闹腾到十点多才消停。

"爸，你没喝多吧？"

"我又不傻，我能跟他们喝，酒瓶里是水，你小姑灌的。"

刚才见老爸敬了一圈又一圈，真担心他被一帮干部灌倒，原来是水，韩博松下口气。李泰鹏没去食堂帮忙，也没去吃饭，一直守着车，生怕"红眼病"搞破坏。

韩博正准备问他晚饭怎么解决的，刚在街上巡了一圈的陈所长来了。好多商贩晚上没走，打算明天接着做生意，一下子多几百个外来人员，不转一圈不放心。

吃饭时高长兴跟他们坐一桌，也跟他们去转了一圈，正同老黄站在7号车边抽烟说话。

"韩老板，这会儿没人，我跟你家小博说会儿话，小高，老黄，你们也过来。"

"你们聊，刚才招待不周，我进去拿烟拿凳子。"

"理解，人太多，你招待过来吗，有多少家当也不够他们搞。"

"爸，你跟小博陪陈所长，凳子香烟我去拿。"李泰鹏很会办事，当徒弟的第一件事就是要伺候好师傅。

几个人围坐在车边，招待烟标准由红梅又变成玉溪，不是一人一根，是一人一盒，听装雪碧拿来一箱。李泰鹏仍感觉缺点儿什么，又去街上买来几斤瓜子，搞得像开茶话会。

直到此时，韩保国才知道儿子主动要求调往公安局的事。

调到公安局等于从头开始，不一定能待在县里，有可能被安排到下面乡镇。从县里到乡镇，一时半会儿难以接受。

"按你说的这些情况，早调确实比晚调好，主动要求调比组织人事部门要求转岗好。但丝织总厂那么火，年产值上亿，利润上千万，为什么要改制？"对于丝织厂为什么改制，陈所长百思不得其解。

"长兴，你了解情况，你说。"前些天一直忙于准备律考，韩博也说不出来。

"一级压一级，中央要求的。"

动员大会高长兴参加过好几次，解释道："《关于1996年国有企业改革工作的实施意见》提出城市改革试点要与企业改革结合起来，抓好国有企业和企业集团的改革和发展工作。

"5月，总书记在东海考察，再次强调要向现代企业转型，要国有企业建议产权清晰、权责明确、政企分开、管理科学的现代企业制度。要把国有企业建成自主经营、自负盈亏、自我发展、自我约束的法人实体和市场竞争主体。丝织总厂是全县最大的国企，在整个南港市排得上号，被作为全市改革的试点。"

国家大事离基层民警遥远，老黄笑道："小博，不管怎么说，你们领导对你还是很不错的，争取一个青干班培训名额，提正股。要是在公安局，等着吧，我干几十年，估计到退休也混不上。"

"正股？"韩保国一脸茫然。

"你儿子要升官了，马上跟陈所长一个级别，安排到乡镇不是派出所所长就是指导员，留在局机关至少是副大队长，学历高，又年轻，前途无量。"

"真的？"

"你以为呢。小博，好好干，等走上领导岗位，叔也沾沾你的光。"

现在管一个厂的治安，还是副的。要是当派出所所长，能管一个乡镇的治安。这是升官，老韩喜形于色："陈所长，黄公安，我家小博刚参加工作，什么不懂。我谁都不认识，就认识你们，帮帮忙，该提醒就提醒，该批评就批评。"

陈所长乐了，摆手道："老韩，你儿子用不着人提醒，严打立过功，全局嘉奖，我们要跟他学习。"

"陈所，黄叔叔，我爸没说错，保卫工作与公安工作是有区别的，要是没有岗前培训，就是什么都不懂。你们看着我长大的，是我的长辈，一定要多帮助。"

韩博很谦虚，难怪丝织总厂领导那么器重。陈所长想能帮就帮，或许过不了几年就需要他帮忙，连忙说："党校学习不紧张，一天几堂课。如果你愿意，每天下课回镇上，去我们所里熟悉工作流程。你参加过律师资格考试，法律方面你懂，主要是办案程序，公安文书写作，还有一些台账，很简单的。"

"行，我明天就开始去所里实习。"

"实习不重要，重要的是工作安排。小高，你跟小博是搭档，你要发挥作用，请牛副政委帮帮忙，该说话的时候说说话。"

"陈所，我舅舅在局里说了不算。"要是舅舅真有权，至于干六七年编制都没解决吗，高长兴倍感无奈。

"正股级干部工作安排，要拿到局党委会上议，你舅舅是局党委委员，有发言权。"

人事安排局长政委说了算，高长兴不敢瞎承诺，想起舅舅昨天提过的一件事，不禁笑道："陈所，其实韩科长根本不用为工作安排操心。你们在乡镇不知县里已经传得沸沸扬扬，侯厂长马上要调到县里，局里能让韩科长坐冷板凳？"

公安局没地位，张局长虽然是县长助理，但县长助理不属于实质性岗位，只是排名时在前。侯厂长早是副处级领导，公认的最有能力的干部，就算这个消息是空穴来风，当不成常务副县长，公安局也要给侯厂长面子，妥善安排丝织总厂调出来的干部。

陈所长反应过来，连连点头道："小高说得对，有侯厂长，不用我们担心，我们是杞人忧天了。"

儿子有"天然靠山"，要当跟派出所所长一样大的领导！老韩已经搞不清这是几喜临门了，送走陈所长和老黄，紧握着高长兴手说："高指导员，辛苦你了，让你跑这一趟，搞这么晚才能回去。你跟我家小博是好兄弟，以后多帮衬着点儿。"

“韩叔叔，韩科长是干部，我是兵，他提携我差不多。”高长兴举起另一只手中的一袋红鸡蛋，回头笑道：“韩科长，要是没什么事，我先回去了。”

“别急着走，真有事，我想请你帮帮忙。”

“说帮忙太见外，什么事？”

韩博指了指桑塔纳：“我爸在东海搞装修，有辆车会方便点儿，我打算上东海牌照。星期天车管所不上班，星期一星期二我没时间，你能不能和小郑请两天假，送我爸妈去东海，顺便把牌照上了。”

“以为多大的事呢，这么好的车，我正想过过手瘾。”

小郑是城西派出所的联防队员，在部队开过几年车，老驾驶员。三个缫丝分厂承包出去了，分厂经警全回到总厂，保卫科一下子多出六个人，姜科长又在，请两天假没问题。东海不算远，两个人换着开，大半天就能到，高长兴毫不犹豫地答应下来。

“就这么说定了，等会儿我跟姜科长打电话。”

“行，”高长兴想了想，问道，“车上完牌之后呢，韩叔叔不会开车，难道停那儿？”

“不停那儿，先开回来。我教我姐夫开，等他学会去办个证，等睿睿满月，带我姐和睿睿去东海。到时候我妈带孩子，我姐学会计，姐夫给我爸开车。”

中了特等奖，儿子考虑得很周到，老韩没任何意见。

高长兴反倒有些奇怪，不禁问：“老家怎么办，装修这么好的小洋楼，不能没人。”

“门窗锁好，我小姨和二姑在镇里上班，请她们时不时过来看看，住这儿也行。值钱东西就两台彩电和一台冰箱，门窗锁好，不会有问题。”

办公地点找好了，马上要开装修公司，现在又有一辆小轿车，大部队往东海转移，确实是眼前最好的选择，韩保国扶着车门说：“要是车能放下，我想带一台彩电过去，省得小芳和泰鹏过去再买。”

“后备厢这么大，一台电视机能放下。”高长兴打开后备厢看看，又好奇地问，“韩叔叔，韩老师和泰鹏过去有地方住吗？”

“租一套房子。拖家带口的，不能再住工地。”

韩博认为，随着经济的发现，未来的房价肯定会暴涨，尤其是大城市的房价。已经有好多人炒股发了财，韩家赚点儿钱不容易，不能冒那个险，买房子没问题，又能住人又能增值。

韩博回头看了看李泰鹏，笑道：“爸，既然我们有这个条件，就要为睿睿打算。等将来手上宽裕了，就在东海买房子。那边开发商多，到处在盖楼。听说买一些新建小区的房子，再加一点钱能转户口。不为别的，就为睿睿，帮他把户口安到东海去，在那儿上学，将来就是大城市的人，高考都比在我们江省沾光。差不多的成绩，能上重点大学。”

“哎呀，这我真没想过。小博，你说得对，我们可以把家安到东海去。睿睿将来有前途，又不会影响你的前程。要是回县里搞装修，不管我有没有赚到钱，别人都可能说闲话，说你以权谋私，帮我揽的活儿。”

有了孙子，就等于有了新的奋斗目标，老韩越想越有道理，越想越激动，顿时雄心万丈。

人比人气死人。自己在生存线上挣扎，人家在这儿有一栋漂亮的小洋楼，在县里有一套精装修的两居室。现在又把目光转向东海市，要在东海置办家业。高长兴暗叹了一口气，笑问道：“韩科长，这么一来你要一个人留在县里。”

“我姐夫和姐不走，我一样是一个人留在县里。这两个月你知道的，全待在单位，一次没回来过。”

“这倒是，逢年过节聚聚，走不走真没什么区别。”

买体育彩票中特等奖在整个南港市都是一件大事。

第二天下午，几个记者同市体委干部一起赶到丝河镇，要采访中大奖的老韩同志。宣传宣传，以后体育彩票会更好销售。

结果镇干部带他们去，韩家已人去楼空。

早上交个人所得税，中午摆宴，午饭吃完一家人全走了，几个亲戚在帮着收拾，说他们去了东海。

中个奖搞得跟干过什么坏事似的，居然东躲西藏。几个记者兴冲冲跑过来一无所获，满腹牢骚。市体委干部曾在基层挂过职，见识过什么叫“人怕出名猪怕壮”，能理解韩家的苦衷，笑而不语，打道回府。

其实老韩没走，至少当天没走。镇上不能待，待在县里的新家。

高长兴的保密工作做得不错，刚拿到钥匙的新邻居几乎都知道丝河镇有人买彩票中特等奖，都怀着羡慕妒忌的心情议论，却不知道特等奖得主就在小区。高长兴和小郑送老韩老两口从东海回来，小区多了一辆豪华桑塔纳，由于悬挂东海牌照，谁又没往特等奖上面想。

韩家恢复了平静。白天姐夫、姐姐一起带小睿睿，早晚学车。小家伙吃了睡，睡了吃，一点儿不闹，很好带。韩博早上去党校学习，下午去丝河镇派出所实习，来回路上教姐夫开车。

驾驶不难学，李泰鹏太喜欢这辆车，做梦都在踩离合器、挂挡，有专职教练指点，有条件实践，上手速度比高长兴快。

上周四下午党校没课，专门带他去邻市办了个驾证。

姐姐在家坐月坐腻了，提出去南港逛逛。坐月子总关在家里，总躺在床上，能把人憋坏了。老人不在身边，韩博答应了。来回 140 多公里，来回都是李泰鹏开的。

“去年就不该买摩托车和轻骑，两辆车一万多，浪费。”韩芳喝完豆浆，坐在餐桌边唉声叹气。

“过几天我们去东海，车放这儿日晒雨淋，送到镇上不放心。小博，你说怎么办？”李泰鹏给小家伙换好尿布，抱在怀里晃。

“好办。”韩博擦擦嘴，起身笑道，“昨天去厂里拿东西时随口提了提，永亮想要摩托车，杨大姐想要轻骑。永亮自己开，杨大姐打算给她爱人开，有轻骑，钱干事上下班就方便了，就能同她们母子俩天天在一起。”

“卖给他们？”

“嗯，便宜点儿。”

不管跑多少公里，终究是二手车，与其便宜别人，不如便宜弟弟的同事，韩芳没意见，李泰鹏更不会反对。

第六章·公安特派员

吃完早饭，步行上班，小区离厂不远，十来分钟便到了。

最近半个月，韩博被厂里树立成顾全大局、积极主动要求转岗的正面典型。一些不愿意去农业局、不愿意被调到下面乡镇的干部，看他的眼神全变了。从大门到丁书记办公室的这一路上，打招呼竟没有人回应。

这年头，政治觉悟越高，表现越好，别人越当你是另类。韩博没想过表现，只是想换个工作。在此之前，压根儿不知道会被树立成典型。他也没法解释，解释也没有人信。韩博先回办公室同姜国平打了个招呼，然后来到丁书记办公室，打听工作调动进展。

“小韩，坐。”丁书记心情不错，放下一叠文件笑道，“我就说嘛，是金子在哪儿都发光。司法局昨天来电话，你律师资格考试通过了。并且组织部门对你的评价很高，培训期间表现不错，自我鉴定写得很好，唯一一个第六期青干班‘优秀学员’。”

律考只能算勉强通过，没办法同拿高分的方如明比。至于能够成为第六期青干班“优秀学员”，并非学习有多认真，也不是自我鉴定写得有多好，完全因为第一次参加这样的培训，单位和家里又没什么事，从开班到结业典礼全程参与，一课没落。

同期的二十四个学员，大多来自乡镇。不是有这样的事就是有那样的事，今天你请假，明天他干脆不来，最夸张时教室里只剩四个人。从不请假，从不旷课的，必须是“优秀学员”。

值得一提的是，人家是在组织部挂过号的后备干部，不管培训期间有没有请假旷课，现在全成了副科级，县管干部。细想起来，这个“优秀学员”应该是安慰奖。

“丁书记，您别表扬我了，我会骄傲的。”

“该表扬就要表扬，该骄傲就应该骄傲，培训费的发票有没有带，我这儿有单子，贴上给你签个字，拿到财务科去报销。”

“丁书记，我来厂里上班不过几个月，没为厂里创过效益，净沾厂里的便宜。驾驶证是厂里办的，律考费是厂里出的。欠厂里太多，实在不好意思再……”党校培训是要交钱的，培训费五百六，通知上写得清清楚楚，去报名时自己交的。领导帮这么大忙，韩博没想过报销。

多好的小伙子，如果都像他一样，丝织总厂用得着改制吗。丁书记突然有些后悔起之前的决定，有些舍不得放他走，不过现在说什么都晚了，回到桌边翻出一份文件：“小韩，还是那句话，丝织总厂是你的娘家，有时间常回来看看。”

是人事局的介绍信，拿着它直接去公安局报到。韩博激动不已，接过介绍信，诚恳地说：“丁书记，谢谢您的关心和照顾，我一定会常回来的，不管到什么地方，到什么时候，都不会忘记我是从丝织总厂出去的人。”

“我知道，你有情有义，是性情中人。”丁书记拍拍他的胳膊，又从抽屉里翻出 7 号车钥匙，半开玩笑地说：“这是嫁妆，开走吧。手续挂在城西派出所，连过户都不用。”

“这怎么行？”

“有什么不行的，反正每年要给公安局几万赞助费，与其让他们开口，不如让你去做个顺水人情。不光是为你，也是为保卫科那些要调到巡警队的职工。”

一下子塞十几个人过去，多多少少要有点儿表示。韩博反应过来，接过钥匙苦笑道：“丁书记，我不知道该怎么感谢，我……”

“你带了个好头，厂里应该感谢你。不说了，介绍信上规定三天内报到，调到一个新单位，早去比晚去好。小高的手续一起办下来了，你们先去打前站。保卫科的其他同志，最迟下个月底过去，你们是他们的老领导，有机会帮助就帮助一下。”

保卫科人员的转岗工作厂领导考虑得如此周到，相信车间工人也会有一个妥善的安置，韩博很庆幸能分到丝织总厂。

丁书记亲自送下楼，在厂子里的领导和保卫科全体人员热烈欢送……

李素红心如刀绞，泪水在眼眶里打转。车开出大门，高长兴探头看看后视镜，笑道："韩科长，那丫头喜欢你，挺漂亮的，为什么不考虑。"

"我有女朋友。"

"上大学时谈的？"

"同校同学，月底过来，到时候一起吃顿饭。"

"什么地方的人，长什么样，有没有照片？"

"一言难尽。说工作的事，你有没有打听到什么消息。"韩博目前确实有女朋友，关系能维系多久就难说了，他不想聊这个话题。

当下要面对的是工作，韩博调过去和高长兴回原单位是完全不一样的。韩博是干部身份，要占一个政法专项编制，县里又不多给一个行政编制，几个已担任队长多年但编制一直没能解决的老同志一肚子意见。

现在的问题是韩博不仅占人家编制，而且是正股级。局里的领导和下面的所队长全正股级，全是干了七八年以上的老同志。突然调去一个年轻的正股级，一个萝卜一个坑，局里怎么安排？

高长兴欲言又止地说："韩科长，你要有心理准备，我舅舅说留在机关的可能性不大。"

"去派出所？"

"也可能是刑警队、交警队或看守所指导员，肯定是领导，不会让你当普通民警。"

即使领导，也领导不了几个人。其他队还好一些，派出所的人员最少。丝河镇派出所总共才四个人。在丝织总厂是副科长，但跟一把手没什么区别，手下二十几个人，落差不小，要有这个心理准备。

韩博想了想，忍不住笑问道："为什么不可能是巡警队？"

"厂里一下子要调去十几个人。永亮他们只听你的，安排你去巡警队，那巡警队不又成经警分队了。"

"这倒是，如果我是领导，我也不会这么安排。对了，你呢，你去哪儿？"

"我的岗位定下来了，调令没到吉主任就找我谈过话，说起来还是沾厂里光，接替老林担任巡警队长，继续以工代干。”

他去丝织总厂只是过渡了一下，虽然没能提干，但总算解决了事业编制。公安局警力紧张，事业编警察一样能担任所队长。在局里干那么多年，有能力有关系，完全可以被委以重任。加之保卫科要调去那么多人，他最熟悉吴永亮他们的情况。在公安局领导心目中他本来就是局里的人，让他担任巡警队长理所当然。

部下混得比自己好，韩博乐了，打趣道："那你以后得罩着我。"

"罩着你，算了吧，你是干部。"

公安局在县委党校隔壁，两排三层旧楼，院子不大，只能停十几辆车。

门卫是两个保安，户籍科在传达室旁边。治安大队、内保大队和国保大队在前面的一楼办公，二楼是局办公室、政治处和装备财务科等科室，局领导在三楼。

中间一条走道通往后院，楼梯在走道边上。高长兴跟几个熟悉的战友打了个招呼，轻车熟路来到政治处。

"说曹操曹操到，小韩，小高，进来。"

上周三在县委参加"严打"表彰大会时见过，吉主任一眼便认出了他，非常热情，让一个政工民警去倒水。

"吉主任，别这么客气，我是您的兵，我是来报到的。"

"报到更要热情接待，小高，去请一下政委，他没上楼，就在隔壁。"

"是！"

"吉主任，这是我的介绍信。"

"好好好，你先坐。"

领导越客气越不会有好事，韩博忐忑不安，不知道领导会怎么安排接下来的工作。他将介绍信交到吉主任手里，袁政委进来了，同样满面笑容。

好歹干过两个月的经警分队长，公安的各项条令条例韩博全学过，立正敬礼汇报，中规中矩。

年轻干部见多了，他这样的袁政委头一次见。工作两个月，正股级，火箭式提拔。

别人升这么快闲言碎语不会少，他几乎没反对声。有文化，有能力，有魄力，有干劲，爱学习……在原单位口碑好得令人发指。

丝织总厂好不容易干出点儿经济建设以外的成绩，厂党委尤其宣传科像打了鸡血似的不断往县委送材料，想不出名都不行。同拟任副科的二十几个干部一起参加全县第六期青干班培训，律师资格考试通过。这样的同志应该去县委县政府，要么去县团委，来公安局做什么。

这里是论资排辈的地方，年轻干部不吃香。想晋升副科或副主任，比解决一个政法专项编制都难，年轻干部在这儿没前途。他的自身条件过硬，但是派出所所长不敢要，刑警队长担心会影响老同志的积极性。留在局里更麻烦，会刺激到一大批没功劳也有苦劳，迄今仍没解决编制的老同志。

为他的工作安排，领导们这两天伤透脑筋。袁政委清清嗓子，不紧不慢地说："韩博同志，调过来之前，你是我们公安正式编制配置人员，工作时间不长，但成绩不少。有文化，有能力，前段时候通过律师资格考试，局里对你的情况很了解，需要你这样的高素质人才，这样的年轻干部。"

该表态的时候一定要表态，韩博急忙道："袁政委，吉主任，我主动要求调公安局是真的喜欢公安工作，喜欢从事警察职业。提正股是主动要求调动之后的事，我事先并不知情。二位领导不用为难，我坚决服从组织安排，哪怕当一个普通交警，我无怨无悔。"

丝织总厂党委成立时间比公安局早，党委工作很正规，丝织总厂干部对应的行政级别组织人事部门认可。完全可以直接给他提正股，却推荐他去青干班培训。这是让他进入组织部门视线，把他送进组织部门重点培养的后备干部队伍。也是想以此告诉我们公安局，正股就是正股，有级别就要有职务，别整那些没用的。

塞过去一个没编制的，立马还来一个正股级干部。

袁政委暗叹了一口气，说道："小韩，先别急着表态，等我把话说完，你们之前有过训练，调到我们公安局，一定能够迅速进入状态，不用再去警校参加什么培训。如果非要说有什么欠缺，只缺基层工作经验。"

缺基层工作经验，就是去乡镇呗。韩博决心当警察，便有这个心理准备："报告二位领导，我是党员，坚决服从组织安排。"

"好，党员，关键时刻就要发挥先锋模范作用。"

袁政委与吉主任对视一眼，一脸严肃地说：“张局在省厅开会，对你的工作安排非常重视，先后打过三次电话。局党委研究决定，任命你为良庄乡公安特派员，接替生病住院的李顺承同志，全权负责良庄乡公安工作。”

公安特派员是老皇历了！骑着自行车，腰里挎把手枪，一个人管一个乡，威风凛凛，人人敬佩。

可是时代变了，再小的乡也有十几个行政村，一个人管得过来吗？

韩博欲言又止，吉主任解释道：“按规定，两万人以上乡镇应该建所，由于警力、经费和编制方面的原因，加之县里正在推行撤乡并镇，良庄乡一直没建。事实上不光良庄，全县仍有六个乡没派出所，公安工作一直由公安特派员负责。”

县里居然有六个乡没派出所，头一次听说。如果之前没有公安特派员，可以叫苦，关键之前有，人家一直干到生病住院。一个人管一个乡的治安，韩博不敢轻易表态。

“由于没建所，户籍管理暂时没移交过来，户口簿上依然加盖乡人民政府户口专用章，所以户籍这一块你不用管。刑事案件有负责那一片的刑警四中队，主要是治安。具体要做哪些工作，等办完手续去一下治安大队，程仁友同志在家，你们打过交道，好好沟通一下。”

刚说过，坚决服从组织安排，不能自己打自己嘴。特派员就特派员吧，至少是“一把手”。

韩博想了想，又问道：“政委，经费呢？”

“什么经费？”

“办案经费。”

“小韩，我刚才说对你了解不是开玩笑。你治理整顿人民西路夜市，把夜市变成自收自支的正股级事业单位，一个月创收好几千；在党校培训期间也没闲着，天天去丝河派出所熟悉公安工作。有能力，有魄力，又注重调查研究，非常清楚我们公安机关经费有多紧张，现阶段只能自筹。”

“自筹？”

“先管乡里要，能要多少要多少，不足部分依法创收。跟其他所队一样，返还10%。”

县里按人头给公安局钱，政法专项编制的正式干警都拿不全，到局里只剩70%，事业编和合同制民警只有40%，地方编一分没有，办案经费更不用说了。

皇粮不够吃，只能吃杂粮，大环境如此，没办法，韩博只能做好了依法创收的心理准备。

“政委，吉主任，厂里给了一辆车，就是手续挂在城西派出所的那辆，我能不能带到良庄去？”服从归服从，该争取的依然要争取，韩博掏出车钥匙，一脸期待。

一辆车说给就给，丝织总厂领导看来对他是真重视。

工作安排不尽人意，张局回来之后还要给侯厂长和丁书记打招呼，一辆车就给他用吧，反正是他从原单位带来的。

袁政委同意了，旋即脸色一正：“小韩，良庄乡情况比较复杂，1984年重建机构，局里干警大多从各单位抽调，乡镇公安特派员大多从乡干部中直接任命，李顺承同志就是那一批任命的，干了十几年。他与其他乡镇的特派员不同，四年前进入乡党委班子，是乡党委成员，副科级。

“既是公安民警也是乡领导，在处理一些事情上，会不由自主地倾向于乡政府。比如经常参加一些具有争议的非警务活动，在对违反治安管理行为进行处罚时，不上报县局，罚金直接交给乡财政。一些被处理过的人对他及良庄乡治安联防队的意见很大，举报信寄到县委。

“你上任之后，要尽快扭转我们公安干警在人民群众心目中的形象。联防队要整顿，同时要处理好与乡党委政府之间的关系。毕竟公安特派员也好，派出所也罢，都要在乡党委政府领导下开展工作……”

吉主任拿出一沓文件，补充道：“乡里对违反治安管理行为进行裁决并非没有法律依据，根据治安管理处罚条例，在农村，没有公安派出所的地方，可以由公安机关委托乡镇人民政府裁决。你有律师资格，精通法律，要把这些关系理顺，要在不影响团结的前提下把治安裁决权收回来。”

良庄乡位于思岗县最西边，与安乐市新庵县接壤，距县城48公里，被称之为思岗县的“西伯利亚”。

天高皇帝远，乡财政紧张，竟打起治安罚款的主意。

罚金一分没落到公安局，反而要替他们背黑锅，从吉主任提供的材料上看，良庄乡联防队存在许多问题，不仅罚款不给收据，甚至跑到新庵县去抓赌。别说没有执法权，就算有执法权也不能跑到另一个地级市公安机关的辖区执法，哪怕抓的是本乡人，同良庄仅一河之隔。

整顿联防队的任务很艰巨。

因为治安联防队是“群众性的自防自治组织”，直接上级是乡综治办，公安只有指导权。良庄乡不是丝河镇，从材料上看乡领导很强势，他们本来就手握领导权，公安的主动性更小了。

“政委，吉主任，我太年轻，怕胜任不了。”没有金刚钻，不揽瓷器活儿。韩博不是反悔，是不敢轻易答应。

良庄人文底蕴深厚，恢复高考以来，全县十个状元中至少有两个来自良庄。考不上大学去参军，去部队考军校，只要出去的极少有人回来。恢复高考之前，也走出去过不少干部。职务最高的已经是省部级，在部队的有好几个师团级。

良庄乡党委书记卢惠生是全县年龄最大、学历最低的乡镇一把手。从生产队长到乡党委书记，乡村两级机构的职务他几乎全干过，脾气直，作风硬，这把年纪又不像别人一样想进步。为留下一个好名声，宁可被一票否决，评不上先进，也不愿意像其他乡镇一样集资摊派，该收的收，不该收的坚决不收，是一个敢把市里摊派顶回去的狠角色。

换作别人，乌纱帽不知道掉过多少回了。但他不会，有那么多老干部罩着，官声又好，老百姓拥护，至少在良庄谁也不敢动他。县里不愿意摸老虎屁股，撤乡并镇这么大的事只能搁置。他仗着老资格，有人撑腰，搞一言堂，独立王国!

韩博不是有魄力吗，去良庄闯闯，能糊弄住老卢，在老卢眼皮底下站稳脚跟，局里就会真正接受他。要是被老卢收拾得狼狈不堪，灰溜溜地跑回来，他在公安局也就这样了。现阶段只能这么安排，袁政委不会给他反悔的机会，再次拍拍他的胳膊，亲切无比地说：“韩博同志，这是局党委研究决定的，好好干，我们对你有信心。”

“政委……”

“就这样了。吉主任，帮小韩办手续，今天熟悉一下情况，明天你亲自送小韩去上任。”

要去最边远的乡镇，在全县最难缠的乡党委书记手下干，落实局里的意图。但局领导在其他方面还是很照顾的，从原单位带来的7号车，归他使用。并配发一部寻呼机，大屏幕，自己掏钱买要一千多。

根据警衔条例，首次授衔按照职务等级编制授予。虽然参加工作几个月，但在丝织总厂的职务等级政治处认，二级警司，上报省厅。局里怎么上报的，省厅一般不会驳回。如果从学校毕业和从社会上招考录用的，本科生最多授予三级警司（95式警衔）。

全新的夏常服、冬常服、帽子、皮鞋、领带，吉主任甚至让人去巡警队找来一条最新款的武装带，带子上的大包小包六七个，系在身上像巡警。

治理整顿人民西路夜市时同程仁友打过交道，他很热情，给了一串良庄乡前任公安特派员的办公室和文件柜钥匙，简单介绍上任之后具体要做些什么工作。

受理群众报警，及时出警，保护现场，协助刑警队侦破辖区内的各类刑事案件和缉捕辖区内的涉案人员；主动参与查处治安案件，查禁“黄、赌、毒”等社会丑恶现象，调解治安纠纷。

管理被依法判处管制、剥夺政治权利、缓刑、假释、监外执行的罪犯及劳教所、教养所外的执行人员。建立被监督管理罪犯档案，落实监督管理的具体措施，对发现有违反监管规定的教育、处罚；对违法犯罪行为的，及时向局里通报，以便及时打击、处理……

总之，除了户籍之外什么都要管，整个一辖区超大的管段民警（片警）。

在丝河镇派出所实习过半个多月，到底应该做些什么韩博心里有数，只是刚报到要谦虚一些。

一点就通，记忆力超好，程仁友很佩服，又手把手教他寻呼机和对讲机怎么使用。

“良乡距丁湖七八里，理论上能喊到丁湖派出所，再通过丁湖派出所喊刑警中队。不过现在的通讯条件复杂，如果下村，遇到恶劣天气，估计会受一定的影响。好在村村有电话，你有 BP 机，有什么事基本能联系上。”

“程大，枪呢，刚才好像没给我子弹。”

“给子弹也没用，锈了，没击锤，没撞针。”程仁友拿起五四式手枪，使劲儿拉了几次套筒，纹丝不动。

韩博惊愕地问：“这是把废枪？”

“看见没有，锈得坑坑洼洼的，像从土里挖出来的，早报废了。佩好枪麻烦，万一搞丢了，领导的日子不好过，你的日子更不好过。佩它多好，关键时刻能起到威慑作用，丢了又不会危害社会。亮明身份，就算拿把假枪犯罪分子都会信以为真。不亮明身份，你拿真枪别人都以为是假的。”

韩博接过枪苦笑道：“一上班就配枪，我说领导怎么这么放心，原来是样子货。”

程仁友调侃道：“韩特派，我感觉这枪挺好的，亚光磨砂面，历史悠久，说不定是一把功臣手枪。”

“是挺好的，找不着砖头可以扔出去砸人。”

程仁友接过香烟，劝慰道：“良庄有点儿远，交通不便，条件艰苦。卢书记雷厉风行，在他手下干确实有点儿压力，但良庄治安还是不错的。就算出点儿什么事，领导也不会说什么，毕竟就你一个人，精力终究是有限的。况且不会让你永远待在那儿，良庄和丁湖一合并，你就解放了。”

“你别安慰我了。我原单位同事小单是良庄人，我对良庄并非一无所知。良庄是全县为数不多的无外债乡镇，干部教师和退休人员的工资基本能够按时发放，农民的负担相对其他乡镇不算很重。丁湖负债累累，镇村两级加起来的外债超过 3000 万，干部教师的工资已经拖欠了两年多。

“撤乡并镇，把良庄并入丁湖，这跟让一个漂亮姑娘嫁给穷光蛋有什么区别？良庄人不傻，良庄的干部群众不会答应。别说卢书记作风强硬不会同意，就算他同意，下面的人也不会同意。这个特派员有得干，想回县里等着吧。”

他没说错，良庄并入丁湖的阻力很大。

按照规定，农村户籍管理去年六月就要移交给公安机关。县编办不同意在良庄设派出所，局里只能让丁湖镇派出所去接管，结果良庄人不同意，认为这是撤乡并镇的前奏。

老干部上访，说良庄人办个户口本要去丁湖，不仅来回不便，而且严重伤害了良庄群众的感情。乡里更是扣着户籍资料不给，移交工作只能搁置，以至于全县户口本上就良庄的依然加盖乡人民政府专用章。

程仁友回头看了看门外，确认没什么人，念叨着说："先去干几个月，等你们的老领导上任，请他帮帮忙，工作调动还不是他一句话的事，直接去县法制办，去县政法委都不是难事。"

韩博沉思了片刻，摇摇头："程大，我不打算再麻烦厂领导。袁政委说得对，我确实缺乏基层工作经验。公安特派员，一人管一个乡的治安，多锻炼人。"

"有志气，那就好好干，你有我的呼机号，遇到什么事呼我。"

"以后少不了麻烦你，等哪天有时间叫上长兴，我们好好聚聚。"

"去吧，先上楼见见几位在家的局领导，不管有没有工作汇报，先混个熟脸，完了跟吉主任请个假，明天要上任，要准备准备。"

正式调到公安局之前，请厂领导吃饭别人会说闲话，尤其在这个"减员增效""干部转岗"的关键时候。但韩博现在不再是丝织总厂的人，新工作在别人看来实在算不上多好，请一下领导和同事，纯属人情往来。

在程仁友的指点下拜访完在家的局领导，又去外面办公的刑警、交警大队转了一圈。想到今后有可能要与看守所打交道，又拉着高长兴去了趟看守所。把暂时不用穿的衣服送回家，顺便取点儿现金，赶到丝绸宾馆已是下班时间。

姜科长很帮忙，将在家的厂领导全请到了。借口是庆祝买体育彩票中奖，反正他们迟早会知道的，现在名正言顺地请他们吃顿饭。

"小韩啊小韩，你的口风太严了，过半个月才让我们知道。车呢，怎么不开出来让我们参观参观？"

"车在家，我姐夫开。钱主任，您坐。"

"丝河镇，姓韩的，我怎么就联想不到呢。"钱主任接过香烟，指着隔壁笑道，"侯厂长在家，今晚有应酬。不过他说了，我们先吃，那边完了他再过来，要问问你小子的运气怎么这么好。"

“侯厂长也在？”

“这几天全在。服务员，再准备一个位置。”

普通老百姓感觉中一辆价值近二十万的车不得了。厂领导天天坐轿车，出过国，见过大世面，开几句玩笑就过去了。

酒过三巡，菜过五味，丁书记谈起他的新工作。

“小韩，卢惠生出了名的霸道，当村支书时跟乡长拍桌子，当乡党委书记敢跟县长叫板，说一不二。你小心点儿，千万别跟他对着干。那家伙吃软不吃硬，要是跟他硬来，他真能让你下不了台。”

“丁书记，局里态度明确，不该出警的时候不能出警。我从农村出来的，知道农村的工作有多难做，一旦什么工作推行不下去，乡镇领导就会想到公安。乡领导的话要听，原则性的错误又不能犯，真不知道该怎么应对。”

公安局长要听县领导的，派出所所长要听乡镇领导的。想起袁政委说过的那番话，韩博头痛不已。

“不难解决。”丁书记放下筷子，若无其事地说，“给自己找点儿事做，一个乡那么多村，就你一个人，事情少不了。天天在外面忙，不在他眼皮底下转，问到就说有案子。能躲则躲，能拖则拖，实在拖不过去再出警。到现场别动手，以宣传教育为主。其实他不会真让你动手，就是想把你叫过去吓唬老百姓。”

韩博苦笑道：“我担心关系搞不好，经费没着落。”

“关系搞好，把他当爷爷伺候，一样不会有经费。”

“丁书记，您这话什么意思？”

“良庄无外债不等于有钱，只是日子比那些负债累累的乡镇好过一点儿。良庄之所以没有外债，主要有两个原因，一是卢惠生死猪不怕开水烫，乱七八糟的征收任务能完成就完成，完成不了拉倒，上面怪罪他扛。其他乡镇呢，为完成任务，层层包干，收不上来先贷款，垫付各种税费，结果钱垫上去了，下面却没征收上来。

“有些乡镇更糟糕，竟然层层加码给提成，想以此调动村干部的积极性。村干部为拿提成，征收不上来想方设法借。银行贷不到款，就跟私人借高利贷，结果还不上，天天要躲债。有些乡镇为给教师和退休干部发工资，居然要求乡镇干部以个人名义向银行贷款，少的三五千，多的七八万。

“良庄乡没提成，没这么多事。凭良心说，老卢这个乡党委书记是称职的，至少对得起全乡干部群众。再就是沾建筑站的光，良庄建筑站效益不错，一年给乡政府四五百万。不过好景不长，现在的人脑子活，凭什么我辛辛苦苦赚钱给你们发工资。我把话撂这儿，最多两年，良庄建筑站那些项目经理全成为私人老板。这口粮一断，老卢就算有天大的本事，也要戴上欠债乡的帽子。你想想，他现在就在勉强维持，这个月想下个月的干部教师工资从哪儿出。自己人都管不下去，哪有经费给你。小韩，相信我，别抱太大希望，离他远点儿，不给他发疯的机会。”

良庄乡要是跟丝织总厂一样财大气粗，怎么会去打治安罚款的主意。韩博早就猜到良庄乡财政不是很宽裕，只是没想到会紧张到如此程度，没想到无外债的光环下危机重重。

农民负担太重，乡村两级财政有问题，这是普遍现象。这些是大领导操心的事，当务之急是站稳脚跟，把联防队从乡综治办手里收编过来。要是第一炮打不响，以后在公安局没法混。

今天请客未尝没有求援的意思，韩博愁眉苦脸地说：“良庄乡没钱，公安局更没钱。一个警察考虑的不是案子，首先是经费。不怕各位领导笑话，我真后悔了。”

钱主任糊涂了，不解地问：“小韩，你缺钱？”

“我个人不缺钱，工资拿不全无所谓，局里也没给我布置创收任务。关键是联防队，我想管，人家就会向我要工资。我要是不管，他们闹出事我就要承担责任。”

“收治安联防费，一户一二十块，下面乡镇不全是这么干的吗？”

“余厂长，联防队有两种，一种是乡镇综治办自己搞的，在南方一些发达地区，村里都有自己的联防队。一种是乡镇委托派出所搞的，比如城西镇治安联防队。良庄没派出所，治安联防队听乡里的。另外治安联防费本来就不太好收，就算好收，乡里收上来也不会给我，至少不会全给我。没钱，什么都干不成。指挥不动他们，出了事还要替他们背黑锅。”

丁书记忍不住笑问道："小韩，宴无好宴，你该不会想跟我们化缘吧？"

"怎么可能，丁书记，我欠厂里的太多了，哪能干出这种事。"

"到底是厂里出去的，知道为厂里考虑。现在改革了，别说你不会开口，就算开口也没有。"

余副厂长沉吟道："可以找丝绸公司化化缘，丁湖、良庄几个乡镇每年流失多少蚕茧，全被新庵的贩子收走了。小韩在那儿当公安特派员，相当于自己人把守西大门，赞助点经费，堵住蚕茧外流，花点儿钱值。"

"这是条思路，不过我们打电话没用，要侯厂出面。"

"是不是在背后说我坏话？"侯厂长端着杯子笑容满面地走进包厢，他四十多岁，温文尔雅，像个学者不像企业家。韩博在丝织总厂工作期间，只远远见过一次，韩博有些激动。

"小韩，我知道你，在保卫科干得不错。听说中奖了，特等奖，来，我们一起沾沾小韩的好运气。喝了这杯酒，明天一起去买彩票，谁中谁请客。"

"侯厂长好，侯厂长您坐。"

领导谈笑风生，一点儿架子没有，甚至将左手搭在自己的肩膀上，动作自然，韩博受宠若惊，急忙拉开特别给他预留的椅子。

"侯厂，我要是中特等奖，请一个月，一天两顿。"

"小韩，听见没有，李工吃了上顿想下顿，看来你明天还得来。"

"来来来，只要各位领导赏光，我天天回来。"

"玩笑不开了，请假过来的，隔壁那几位还在等。"侯厂长放下杯子，扶着韩博的肩膀说，"小韩，公安局是个锻炼人的单位，警察是一个需要奉献的职业，也是一个高危职业。不但时刻面临生命危险，还要面对各种诱惑。你是从我们厂出去的干部，是我同组织人事部门、政法委及公安局协调把你调过去的，要好好干，不要给我们丢脸。"

侯厂长是恢复高考之后的第一批大学生，同李工谈技术能谈一个下午，车间那些进口机器全会操作。英语好得跟外商交流不用翻译。销售科前年分配过来一个大专生，英语专业，自认为很了不起，结果翻译了一份传真，侯厂长改了二十多处。

他是真有能力，趁着改革开放的弄潮儿，把一个小企业搞这么大搞这么好。南方有家大公司想请他去当总经理，年薪四十万，上过报纸，结果他没去。直到县里推行厂长负责制，工资才涨到四千多，是一位真正值得尊敬的领导。

“是！”韩博起身敬礼，态度诚恳。

“坐下，别紧张，这里又没外人。”侯厂长拍拍他胳膊，接着道，“刚在外面听了两句，公安经费紧张，不光我们思岗，全国一样。你们局领导不是刻意为难你，不要有什么想法。丝绸公司的电话我帮你打，只要能堵住蚕茧外流，一年五六万应该不成问题。你有朝气，有理想，家庭条件又不错，有经费之后绝不能在经济上犯错误。”

“侯厂长放心，我一定廉洁自律，绝不让您失望，更不能给您丢脸。”

为企业改革大局，树立他为积极转岗的典型，帮他实现梦想，调到公安局。在厂里干部职工看来没什么，但在全县政法系统工作的同志心目中，他无疑是自己的亲信。与其被人误会，不如坐实这种关系。并且小伙子确实不错，值得培养，尤其学习那股劲儿，真像自己当年。

去良庄当公安特派员，公安局有难处，但不能这么安排一个刚调过去的同志。有文化有学历还有律师资格，这样的干部应该安排在法制科，哪怕担任副科长。

侯厂长对公安局论资排辈的做法多少有些不满，所以更希望韩博能够干出一番事业，语重心长地说：“小韩，你不是警校出身，又没当过兵，有丁书记和钱主任他们帮忙，有我们丝织总厂这个跳板，起点比别人高一些，但只是暂时的。想在公安战线干出一点儿名堂，就要加强学习。你不是刚考到律师资格吗，完全可以趁热打铁参加自学考试。先报个法律，你本来就是本科，英语免考，公共课免考，其他专业课对一个有律师资格的人而言并不难。我们江省与其他省不同，一年可以考四次，再拿个法律本科，就是双学位。如果有毅力，自学刑事侦查，刑事科学技术，有专业报专业，没专业能学点儿东西，将来路子不就宽了吗？”

“谢谢侯厂长的提醒，我一定加强学习，在保证不影响本职工作的情况下，争取一年拿一个学位。”初次见面能说这些，全是金玉良言，韩博感动不已。

要调去公安局的不止他一个，侯厂长端起酒杯，到另外一桌给高长兴、杨小梅和吴永亮等人敬酒，祝他们在新的岗位上工作愉快。

保卫科一直不受待见，从来没受到过这么高的礼遇。何况厂长要当常务副县长的事尽人皆知，有老领导在，调到公安局之后解决编制，当一个真警察并非没有可能，他们一比一个激动。

能跟未来的副县长说上话，杨小梅更激动，喝完之后回敬，领导随意，她干！在丁书记等人的鼓励下，巾帼不让须眉，一连干了三杯。她不是为了自己，是为她的爱人钱朋，这样的机会太少，一定要把握住。

侯厂长继续陪南方一个大省进出口公司的客人，丁书记等厂领导又纷纷起身去隔壁几个包厢敬酒。

来丝绸宾馆吃饭的全是关系户，他们去，人家来，你来敬我，我去回敬，好不热闹。

公安特派员，正股级干部，在老百姓看来好大的官。在丝织总厂，连去给人敬酒的资格都没有。

姜国平一直是边缘人，丝绸宾馆极少来，用不着敬来敬去。曾经的搭档，马上就要各奔东西了，趁这个机会好好联络感情。

“长兴，你们走了之后夜市就没几个人了，巡警队去哪儿不是巡？晚上多往这边走走，帮帮小杨。”

“姜科长，夜市治安尽管放心，之前没巡是警力不足，以后警力充沛了，城区几个容易出事的地方我们会经常巡逻。再说夜市是什么地方，我们的根据地，其他地方搞不好，根据地一定要搞好。”

“行，走一个。”

侯厂长又是帮曾经的副手找经费，又是提醒他加强学习，“将来路子宽”什么意思，就是有前途！起点高，基础好，又有未来的常务副县长提携，先在基层干几年，然后调到县委县政府，再杀回公安局干个副局长并非没有可能。

姜国平很珍惜这段共事的缘分，大忙帮不上，只能帮小忙，他放下杯子说：“小韩，良庄乡武装部长牛青山是我战友。同年兵，一起参军的，比我早三年转业。不管有权没权，大小也是个乡党委委员，等会儿我给他打个电话，有个熟人总比没有好。”

“姜科长，太感谢了，良庄我一个熟人都没有，正需要熟悉情况的领导帮助。”

“举手之劳，用不着谢，再说我们什么关系。”

“韩科长，我就是良庄人，怎么没熟人？”小单拍拍胸脯，得意地笑道，“乡领导就认识牛部长，当年是他送我参军的，村干部认识好几个。良庄村支书是我大伯，我给他打电话，你到了良庄就等于到了家。联防队员一个村一个，我们村的叫张树荣，跟我一批入伍的，他农村户口，只能进联防队。我城镇户口，被安置到了丝织厂。”

“你怎么不早说？”踏破铁鞋无觅处，得来全不费工夫，韩博乐了。

“你又没问。”

干公安这一行，地方上有没有熟人是完全不一样的。

姜国平敲敲桌子，不容置疑地说：“小单，放你一星期假，明天一早回良庄，等韩科长熟悉完情况再回来。反正现在有的是人，多你一个不多，少你一个不少。”

第七章·新官又上任

有“娘家”跟没“娘家”完全不一样，领导同事帮了大忙。散席的时候侯厂长用大哥大给丝绸公司的王经理打电话，得知“自己人”出任良庄乡公安特派员，可以帮丝绸系统把守西大门，王经理非常高兴，一口答应一年赞助六万，走蚕茧收购经费的账。

钱可以去丝绸公司拿，也可以从丝织总厂财务科直接支取。

两家本来就是穿一条裤子，往来账目一年几千万，这边出六万，那边就少给六万，很简单的一件事。余副厂长分管财务，一锤定音，让明天早上来财务科拿现金支票。

丝绸公司王经理不仅给钱，还给办公场所。乡镇有许多股级单位，也就是人们常说的“七站八所”。有“条条管理”的，有“块块管理”的，人家头上要么是乡党委政府，要么是县里的局委办。正在筹建的良庄乡“蚕桑指导站”是丝绸公司的派出机构，牌子没人家硬，许多干部不买账。

在所有站所中，派出所是最具威慑力的。良庄没有派出所，但有公安特派员。如果帮特派员搞个警务室，设在“蚕桑指导站”隔壁，再让特派员跟下面的村干部打打招呼，扩桑工作不就好开展了嘛。

种桑养蚕的人多了，蚕茧才会多，蚕茧多了，丝绸公司才会更有钱。总之，在王经理等丝绸系统领导心目中，即将上任的良庄乡公安特派员已经变成“丝绸警察”。

这是六万，不是六千，对局里而言六万不是一个小数字。经济上不能出问题，只要与钱有关的事必须请示汇报。

“去拿，有钱为什么不要！”吉主任两眼放光，兴致勃勃地说，“等会儿我在外面等，你进去拿，发票局里想办法帮你解决。派出所一年才多少经费，你一个人用不了。赞助费按50%返还，局里一半你一半。至于警务室，按王经理说的办。早该搞一个，李顺承办公室在乡政府三楼，在副乡长隔壁，老百姓遇到事谁敢去找？”

早知道不汇报了，一汇报居然没了一半。韩博帮他拉开车门，苦笑着说：“吉主任，这六万我是打算用来收编联防队的。”

“小韩，我知道乡里雁过拔毛，收上来的治安联防费能有一半用于联防队已经不错了，但多少会有，至少能保证基本工资。你就是给他们发点儿加班补助什么的，三万足够了。你困难，局里更困难，财务那边等着报销的发票堆积如山，理解一下。”

“可是……”

“就这样了，干得漂亮，单位建设就需要你这样的人才。如果个个跟你一样有能力，张局和政委也不至于整天为经费求爷爷告奶奶。出发，我在前面，你跟紧了。”

新同志第一天正式上班，就为局里拉到三万元赞助费，吉主任的心情非常愉快。早知道他这么能搞钱，应该安排他去装备财务科。

第一站丝织总厂，去财务科领现金支票。余副厂长签过字，给钱总是拖拖拉拉的沈大姐，今天效率高得惊人。

拿到手的钱才算钱，吉主任生怕局里拔毛的事被丝绸系统领导知道，好好一张现金支票突然变成空头支票。当即命令司机调头回局里，让财务科去农行取钱，等钱拿到手再正式送“小财神爷”上任。

经过负责丁湖及周边几个乡镇的刑警四中队停一下，经过丁湖镇派出所又停一下，把他介绍给两个所队长、指导员和干警。天下公安是一家，县里的更是一家，认识一下，遇到什么突发情况可相互照应。

穿过“良庄人民欢迎您”的大牌子，公路两侧二层小楼一栋接着一栋，百姓生活水平不错，比丝河镇强，像是到了经济发达的江南。乡政府不在思良公路边上，由一个丁字路口往南。

小单介绍过，其实这里已经是思良公路的尽头，再往西直通新庵县柳下镇，路是乡里集资修的，大约三公里。柳下镇距新庵县同样只有三公里，也就是说良庄人去另一个地级市的县城，要比去自己的县城近多了。所以良庄人想买什么东西，一般不去思岗，直接去新庵。

良庄乡集市是南北街，街道两侧商铺不少，一家挨着一家，一路耽搁多次，已经是上午十点多，街上没什么人，有些冷清。

曾经的乡党校被丝绸公司连地皮一起买下了，位置不错，在老供销社对面。丝绸公司财大气粗，不是翻修，是兴建，院子里的老教室不动，沿街盖了一排二层楼。最南边是蚕茧收购站，六个窗口，中间是卖蚕桑药的门市部，北边是技术指导站，老党校牌子摘了，大门变成侧门。

这地方做警务室不错，丁湖镇派出所都没这儿气派。负责基建的丝绸公司干部应该在院子里，有他办公室的电话和呼机号。但韩博现在没时间，等下午没事来找他聊聊，正琢磨着能不能要个门面，吉主任乘坐的吉普车已拐进乡政府大院儿。

院子不小，比公安局大，三层楼坐西朝东，门窗全铝合金。楼道在南边，楼道边是一个大会议室，会议室边上是党政办、民政办和工办。二楼是人武部、经管站、财政所、广播站。领导办公室在三楼，前任公安特派员也是乡领导，办公室也在三楼。

“崔书记，不好意思，让你久等了。”

出发前打过电话，车刚停稳，几位干部便迎了出来。吉主任正打招呼的这位满脸皱纹、鬓角发白、皮肤黝黑的乡领导，他的手很粗糙，都是老茧，裤子上几个洞，一看便知道是常下地干活儿的人。

“卢书记去建筑站有事，马上回来。焦乡长下村了，家里就我们几个。吉主任，这位是韩特派吧，真年轻。”崔书记很热情，掏出香烟分发起来。

又不是组织部门送领导上任，没那么讲究。吉主任接过香烟，微笑着介绍道：“崔书记，正式介绍一下，这位就是你们良庄乡新任公安特派员韩博同志。大学生，学士学位，有律师资格证。调到我们公安系统之前，曾担任县国营纺织总厂保卫科副科长兼经警分队长。全县政法系统‘严打先进个人’，全县第六期青干班‘优秀学员’。

“可以说我们把全县公安系统最年轻、政治觉悟最高、业务水平最强的同志送到你们这儿来了。看见没有，这辆警车也配到你们良庄，丁湖镇派出所都没有，可见我们局领导对你们良庄公安工作有多么重视。”

“公安特派员韩博，向崔书记报到！”

送来一个有律师资格的，还有一辆警车，公安局这是怎么了，难道对老李没把罚款交上去不满？但天塌下来也轮不到他顶，崔志坚没什么好担心的，很谦虚地说：“副书记，韩特派不要这么客气。”

“小韩，崔副书记负责基层组织建设、政法、安全生产等工作。是你的直接领导，以后要多请示多汇报。”

“是。”

“别这么严肃，韩特派，来，我给你介绍一下，这位是我们乡党委委员、副乡长张健同志，分管纪检监察、党政办、综合治理、司法调解等工作。这位是我们乡综治办主任周正发同志，这位乡司法所长吴金山同志。为迎接你的到来，政法综治这一块的基本上全在。”

公安有权没地位，韩博连忙挨个敬礼问好。

“崔书记，张乡长，人我送到了，你们是负责政法的领导，小韩交给你们，麻烦你们多批评多帮助。局里下午有个会，我要赶回去，先走一步，下次去县里，记得去我们局里坐坐。”

天知道“卢大炮”什么时候回来，吉主任不想见县领导都头疼的乡党委书记，说了几句场面话走了。

按照惯例，新干部来要接风，老干部走要送行。

中国是人情社会，良庄乡不能免俗，只不过不像其他乡镇，不会出现请一个人，坐三四大桌的情况。

财政所有客，财政所负责。司法局来人，司法所接待。分管领导或由一个在家的乡党委委员参加。就一桌，招待费能省一点是一点。公安特派员是孤家寡人，只能由政法综治这一块出面接风。

乡政府没食堂，家在本乡的回家吃，家属在良庄的自己在宿舍做。单身干部，要么去乡卫生院食堂吃，要么在建材机械厂食堂搭伙。

接风宴安排在乡里唯一的饭店“富嫂酒家”，在邮政所对面，三层楼，人自己家的房子。一楼卖卤菜熟食，有两张招待散客的方桌。二楼四个包厢，两大两小。三楼住人。

不知道公安特派员是不是带着任务来的，不能当一般干部对待。崔副书记特别要求富嫂把菜弄好点儿，酒拿的是泸州老窖。

“崔书记，卢书记马上到，让我们添一双筷子，汪经理也过来。”张副乡长在楼下打完电话，跑上楼。

“汪经理过来，两瓶估计不够，正发，下去再拿一瓶。”

“行，韩特派，你坐。”

凉菜上桌，酒瓶打开，就等一把手过来开席，韩博连忙打起招呼：“崔书记，张乡长，李所长，不好意思，我是过敏性体质，不能喝酒，一喝酒要去医院，等会儿能不能以茶代酒？”

“过敏体质？”崔副书记将信将疑。

“来日方长，以后您就知道了，我不能喝酒，不能吃芋头和菠萝，这些东西会让我浑身起红疙瘩，自己难受，看上去也瘆人。”

“韩特派，酒逢知己千杯少，能喝多少算多少。喝多喝少要喝好，会喝不喝就不好啦。”张副乡长不是将信将疑，是一点儿不信。

“张乡长，我没跟您开玩笑，是真不能喝。而且我配枪又开车，就算能喝也不敢喝。”

公安局做事不地道，老李干那么多年公安特派员，始终没给他配过枪。眼前这个小年轻不仅有枪还有车，亲疏远近可见一斑。

崔副书记很反感这种厚此薄彼的做法，若无其事地说：“不喝不勉强，正发，再去拿两瓶饮料。”

“哦。”综治办主任周正发下意识看了他一眼，放下刚拿上来的酒又跑下楼。

这里不是谈工作的地方，公安工作具有一定的独立性，也没什么好谈的，几个乡干部边等卢书记边闲聊起来。

“跟着宣传部，总是犯错误；跟着外交部，出国如散步；跟着组织部，年年有进步。韩特派刚参加过第六期青干班培训，在县委组织部挂过号，前途无量。”在良庄乡当干部，好处是工资有保证，坏处是想进步比较难。

这次县委组织部搞青干班，提那么多副科级，负债累累的丁湖镇有两个，无债一身轻的良庄乡居然一个没有。对组织部门，他们是一肚子意见，开起玩笑肆无忌惮，根本不担心什么影响。

说得这些顺口溜也很贴切，中央和省里三令五申要求减轻农民负担，电视、报纸、广播天天宣传。他们听宣传的，能不摊派就不摊派，想方设法减轻农民负担。比如市里要扩建机场，要求全县干部、职工、农民每人捐20元，列入考核的。文件下到良庄乡，卢书记用笔改了改，把每人20变成每户20。结果上级不高兴，考核不达标，开大会点名批评……

“年龄是个宝，文凭不可少，韩特派既年轻又有文凭，高升是早晚的事。哪像我们，青春献给党，周围群众得罪光，没日没夜拼命干，老了还要儿女养。”

“张乡长，你少说了两句，全话是这样的：年龄是个宝，文凭不可少，德才做参考，后台最重要。”

张副乡长消息灵通，眉飞色舞地说：“韩特派是从丝织总厂出来的干部，侯厂长马上要调任常务副县长，这后台够硬吧。所以说干部想进步，首先你自己要行，再是要有人说你行，最后说你行的人还要行。”

“哎呀，这么说韩特派天时地利人和全占了！”

“你才知道，可惜韩特派不喝酒，不然我一定要多敬韩特派几杯。”

他们这么想怎么看，估计局领导也一样，难怪侯厂长昨晚要说那些语重心长的话。但这种事没法解释，只会有越描越黑。关键要好好干，干出点儿样子，不能让器重自己的领导丢脸。

韩博笑而不语，端起茶壶给他们续茶，放下茶壶给他们敬烟，客串起服务员。

他们正聊得热乎，卢书记到了。

他的形象与想象中完全不同，大高个，国字脸，头发梳得一丝不苟，发根是白的，明显染过。白衬衫，灰色西裤，干干净净的，脸上皱纹不多，看上去比实际年龄要小，夹着一个包，像个大老板，不像大老粗。同他一起进来的建筑站汪经理，矮矮胖胖，满面红光，上身一件梦特娇，腰里挂着BP机和大哥大。

全乡最有钱的企业经理，在良庄的地位相当于侯厂长在县里，把建筑站搞得红红火火，六七支工程队在首都、东海和江城等大城市施工，据说曾获得过一次鲁班奖，效益不错的建材机械厂也是他办起来的。

崔副书记介绍，韩博起身敬礼问好，态度恭恭敬敬。在现有财政体制下，能让一个乡不欠外债，他确实值得尊敬。

小伙子挺精神，对于韩博的到来，卢惠生没那么高兴也没那么反感。

在此之前，乡里多次同公安局沟通过，建议公安局按惯例任命一个乡干部接替李顺承。综治办主任周正发熟悉情况，工作经验丰富，无疑是最佳人选，结果公安局推三拉四，把眼前这位给派来了。乡里职权越来越少，事权越来越多，只能接受。但既然来了，就要服从乡党委领导。

卢惠生把韩博拉坐到身边，笑看着他说："小韩，你来得正好。建筑站遇到点儿麻烦，建筑站的麻烦就是乡里的麻烦，需要你出面解决一下。一百多万的工程款，拖欠好几年。公安有威慑力，开警车去更能起到威慑作用。甲方在江城，不算远，辛苦一下，跑一趟。"

让公安干警去讨债，开什么玩笑！第一次见面就提出这样的要求，是不是在试探，韩博想了想，吞吞吐吐地问："卢书记，要是……要是我去了对方依然不给呢？"

没一口回绝，没拿他们那些规定说事。卢惠生对他多了几分好感，正色道："小韩，你现在是我们的乡干部，跟你明说吧，乡财政紧张，秋统筹不一定能全收上来，收上来也有其他用途。十月份工资发了，十一月份和十二月份没着落，就等这笔工程款给干部教师发工资，给干部教师和退休人员报销医药费。他们不按合同付款，就是合同诈骗，就是犯罪！该立案立案，该抓就抓！"

"卢书记，这是经济纠纷，当地公安部门不会眼睁睁地看着我把人带回来的。"

"他在江城，要是在南港，用不着让你出面，我亲自带人去把他办公室砸了。你正好在江城上过大学，熟悉情况。先礼后兵，先跟他们说清楚，要是执迷不悟，你就搞个突然袭击，把人押上车就往回开，有多快开多快，到了家就我们说了算。"

这是讨债加绑架，难怪袁政委说李顺承同志经常参加一些具有争议的非警务活动。

公安特派员要在乡党委政府领导下开展工作，说不去容易，后果却很严重。没乡领导支持，以后会寸步难行，什么工作都开展不了。

李晓蕾过几天正好要过来，去一趟就去一趟，表明个态度，抓人是不可能的，原则性错误绝不能犯。

韩博权衡了一番，抬头道：“卢书记，我服从乡党委安排，正好懂一点儿法律，要不把与这笔工程款有关的合同复印一份，让我先研究研究，心里有个数，不管先礼还是后兵都能做到有理有据。”

不是试探，是确有其事，他们一个上午就在研究这个。这个小伙子有文化，觉悟很高，不像那些书呆子，太死板，不会变通，良庄干部就应该这样。卢惠生很高兴，爽朗地笑道：“汪经理，听见没有，合同的事吃完饭就办。小韩一个人开长途太累，不安全，你们安排个司机，跟小韩换着开，再准备三千块钱经费；正发，你带两个联防队员一起去，一切行动听小韩的指挥。”

“好的，吃完饭就办。”公安讨债怎么了，检察院还讨债呢，汪经理走南闯北，这种事见多了，要不是李顺承生病住院，这项工作就是李顺承去做。

去那么多人干什么，一旦控制不住局面，周正发他们动手怎么办？韩博连忙说：“卢书记，汪经理，要是周主任同我一起去，乡里治安怎么办。万一有人打110，转到乡里连个出警的人都没有。再说乡财政挺紧张的，用不着花那么多车旅费。汪经理给我安排一个熟悉甲方情况的同志，我们两个人去就行了。”

“小韩，清欠是我们乡目前最重要的一项工作。明天上午开动员大会，全乡干部，包括站所的事业干部，个个有任务。焦乡长负责各村，我负责企业这一块，建筑机械厂外面的八十多万，榨油厂的十几万。耐火材料厂虽然倒了，外面的应收款不能一笔勾销……

“你是公安，有枪，有威慑力，执行起来有优势，所以你任务的最艰巨。考虑到追回这笔工程款确实有难度，不要求你一次性全部收回，能收40万，你的任务就算完成了，回来我给你庆功。”

韩博还在盘算几百个人的两个月工资也用不着一百多万，原来卢书记也知道这笔钱没那么容易收，一颗红心正在四处出击，能追回多少是多少。

“卢书记，能不能拿回工程款我不敢保证，但我一定会竭尽全力。”

“好，好样的，等你的好消息。”

吃完饭，韩博跟汪经理去建筑站拿合同复印件，顺便了解与工程款有关的情况。

无巧不成书，拖欠尾款的企业与韩博母校在同一个区，建的是几栋住宅楼，总造价四百八十多万，已支付三百二十五万，尚欠一百五十五万。

工程提前交工，不存在质量问题。

这种经济纠纷，打官司百分之百赢，只是合同在江城签的，工程也在江城，只能在江城起诉。地方保护主义盛行，就是打赢官司也很难执行。

抓人不行，亮明身份吓唬对方同样不可取，只能通过法律途径解决。

韩博没想过真帮建筑站打官司，只想利用大多人不清楚有律师资格证不一定是律师的误区，看能不能唬住对方，让建筑站职工打了一份委托书。

死马当活马医，汪经理没在意，直接在委托书上加盖公章。

“七站八所”转了一圈，学校医院去了一趟，顺便去设在砖瓦厂办公楼的治安联防队看了看，一个下午过去了。

小单是早上开摩托车回来的，上午呼过一次，下午呼过三次。综治办主任周正发在身边，带他一起去见面不太好，直到周正发回宿舍给孩子做饭，韩博才按照约定开车来到良庄村委会。

“韩科长，这是我大伯。”

侄子的领导调到乡里担任公安特派员，单支书很高兴，紧握着手笑道：“韩特派，我家就在对面，知道中午乡里会有安排，我便准备了晚饭，走，吃饭去。”

“单支书，你太客气了，我两手空空，什么都没带。”

“自己人，要带什么，车停这儿，没事的。”

“小单，你家在哪儿，你爸呢？”

小单笑了笑，很不好意思地说：“我家在大伯家隔壁，我爸在工程队，要到年底才回来。我自己不争气，没考上军校，连个志愿兵都没混上。我大哥二哥，就是我大伯的两个儿子就厉害了，一个考的中专，分在南港。一个考得军校，现在是中尉连长。”

“单支书，你太了不起了，培养出一个国家干部和一个军官。”

“不算什么，不算什么，村里考大学考军校的多了。今年又考上六个，前段时间才请完客。”

“良庄人杰地灵，名不虚传。其实小单也不错，马上调巡警队，正在参加自学考试，努力一下，拿个文凭，提干转正希望很大。”

自己儿子出息了，就剩这个侄子没着落。老支书拍拍小单的肩膀，意味深长地说：“小俊，听见没有，好好努力，你是高中生，考小中专不难，有个文凭，到时候韩特派好帮忙。”

“叔，我知道了，我会努力的，一次报四门，一年考四次，争取一年考过。”

读书才能改变命运，服从厂里安置，即将调到巡警队的保卫科职工，一个比一个有决心，学习很努力。姜科长和杨大姐也很支持，书本费、报名费科里出，甚至请厂里的“秀才”给他们辅导。

单支书家四间平房，条件看上去没盖两层楼的小单家好。

不过一进屋，感觉立马不同。墙上贴满奖状和拥军优属的年画，奖状有两个儿子的，有他自己的，靠房顶的位置一边挂着一个巨大的玻璃相片框，全是儿子、儿媳妇和二儿子女友的照片。看到这一切，看着笑得合不拢嘴的老支书，韩博不由得想起自己，想起在东海搞装修的父母。

单大婶准备了一桌好菜，小单肯定说过自己不喝酒，桌上摆着两大瓶雪碧。

“韩特派，别客气，就像在自己家一样。小俊，饮料我倒，去把你妈喊过来，一个人做什么饭，快点儿。”

这是私宴，韩博也不矫情，大大方方坐下来。下次给老支书带几瓶酒，反正家里摆宴剩下好几箱。

小单的母亲有些拘束，单大婶经常接待乡干部，比较豪爽，一个劲儿地招呼吃菜，还忍不住打听有没有对象，村里有个姑娘长得漂亮，刚考上大学，可以帮着介绍。

良庄乡干部不好当，尤其公安特派员。吃了几口菜，单支书打开话匣子：“韩特派，联防队你别指望。一是治安联防费被乡里挪用了，联防队员工资不足两百六，联防队员就是一个副业，有事去，没事不去，天天耗在那儿日子没法过。

“二是联防队人员构成复杂，有些是落选的村干部，有些是各村的刺儿头，平均年龄超过三十五，全是老油条。跟着抓赌可以，帮乡里搞搞征收也行。三天打鱼，两天晒网，干别的不行。”

小单苦笑着说：“韩科长，昨晚吃饭跟你说的那个战友，就干两个月，感觉没前途，不干了。现在跟人学修摩托车，打算学会之后自己开店，几年兵白当了。”

只要有志向的人都不会当联防队员，这是意料之中的事。韩博下午去联防队看过，七八个人聚在一起打牌，办公室里乌烟瘴气，没形象，没士气，根本无法与经警分队相提并论。

韩博本打算收编的，现在看来收编过来反而是个麻烦。

“感谢单支书的关心，联防队的事我心里有数。我现在想知道的是，全乡治安怎么样。另外每年蚕茧收购，大概有多少外流到新庵那边。”

“农村不是县城，治安可以，秋粮夏粮晒在路上，下午往路边一拢，随便找点儿东西盖上，夜里没人偷。去年全乡好像就发生过两三起刑事案件，有邻里纠纷引发的，有小年轻喝醉酒打伤人的，七八年没发生过命案。”老支书夹起一颗花生米，接着说，“一公斤蚕茧，丝绸公司收购价低好几块，外流不少，大多是贩子过来收。毕竟新庵那边不熟，蚕茧又不能翻来覆去折腾，自己送过去的很少。”

单大婶忍不住说：“韩特派，贩子现在也靠不住，他们不给现钱，先收过去，卖掉再给钱。今年有个贩子跑我们这儿收春茧，结果茧被他收走了，钱到现在没给，好几户上当受骗。”

茧丝绸是县里的支柱产业之一，县委县政府非常重视。虽然防范蚕茧外流同样属于非警务活动，但在思岗县，却是公安局每年都要执行的任务。

在大多数农产品取消价格管制和放开流通渠道的现在，蚕茧仍然是政府实行价格管制的农副产品，国家对蚕桑生产、蚕茧收烘到茧丝产品的收购管理，长期采取严格的指令性计划，直到去年才改为中央政府指导下的省级政府定价。

正因为经营管理体制改革迟缓，没能跟上经济转型发展的需要，所以出现丝绸公司垄断经营，鲜茧不断外流的情况。

今年外面价格高于县里收购价，老百姓吃了亏。但在外面价格低的时候，丝绸公司一样按照政府定价收购，同时蚕桑指导站确实提供了一系列服务。如果搞成定单式农业，大家全按合同说话，或许就没这么多事。拿丝绸公司的钱，就要给丝绸公司办事。就算不拿丝绸公司的钱，县里一样会要求堵住蚕茧外流。

养蚕很辛苦，农民赚点儿钱不容易。

韩博打定主意，非法经营的贩子坚决打击，茧农自己送到柳下河对岸去卖的睁一只眼闭一只眼。多少能堵住一些，多少能给上级和丝绸公司一个交代。

聊了一会儿蚕茧收购情况，小单好奇地问："韩科长，你晚上住哪儿？"

"暂时住李特派那间，乡政府三楼，等把警务室搞起来搬到警务室。这边你别管，遇到什么事，我会来跟大伯请教，别听姜科长的，明天就回去上班。"

"行，我在家也帮不上你什么忙。"

"介绍我认识单支书，你已经帮大忙了。"

蚕茧越晾越干，化蛹的茧虽然收购价高，但重量轻。所以摘茧卖茧就那么两三天，外地贩子过来收鲜茧，要事先跑过来跟茧农约定好。

良庄村有单支书在，能够掌握贩子的动向。其他村单支书答应帮着想办法，一个村找一个靠得住的人，留意贩子的一举一动。

非法经营被逮住是要重罚的，到时候跟局里、工商税务沟通一下，给人家争取点儿奖金，十几个线人就有了，今后开展其他工作也会事半功倍。

万般皆下品，唯有读书高。良庄人重视教育，认为念书才能出人头地。

上面那些集资摊派能推的就推，能不收的就不收，唯独县中学扩建的"捐款"，全乡一分不少全收上来了。事关孩子们能不能上重点高中，教育局不能得罪，这种事不能开玩笑。

正因为重视教育，对治安管理单支书意见不小。文化站里开了一家电子游戏厅，具有赌博性质和暴力血腥的麻将机和游戏机，教坏年轻小孩，败坏社会风气。文化站不好好搞文化，不但让人开游戏厅，还有桌球室，学生放学不回家，天天往那儿跑。老电影院后面还有一个家庭游戏室，他说半天韩博没听明白，小单解释才知道是几台电视，几部插卡的游戏机，两块钱一小时，许多小孩沉迷其中，尤其良庄村的孩子。

相比帮乡里去江城讨债，帮县里防范鲜茧外流，管管这些娱乐场所才是一个公安特派员该干的事。

小单指路，一起去看看。

文化站在老电影院旁边，大晚上门口停满自行车。桌球室的门开着，游戏厅门口挂着一道厚帘子，韩博环顾了下四周，跳下车整整警服，系上武装带，把枪塞进武装带的枪套里。破枪也是枪，不能被抢，他认认真真系上枪绳，一切准备妥当，又从储物箱里取出装有各种空白文书的公文包。

小单不是名不正言不顺的联防队员，同样是人民警察，在丝织总厂的几个厂区内是有执法权的。厂里不愿意搞得太夸张，南港市的几个大型国企，保卫科早改成公安科了，经济民警跟公安干警没什么区别。他接过对讲机，拿起一根警棍，朝桌球室指了指，一人负责一个，先堵住门，然后慢慢盘问。

“公安检查，站在各自位置不要动！”

掀开帘子，一股烟味扑鼻而来，游戏厅里乌烟瘴气，烟雾缭绕，两个吊扇拼命地转，玩游戏的人仍热得满头大汗。

带枪的公安过来检查，良庄乡从来没有过的。韩博的出现，完全颠覆了他们的认知。正在找零钱的老板傻了，玩游戏的几十个孩子蒙了。

“未满十六岁的站左边，满十六岁的站右边，满十六岁仍在上学的站这边来。”

老板缓过神，急忙掏出香烟打招呼：“公安同志，我有证，文化部门发的证，不是非法经营。文化站吴站长知道，这就是文化站的地方。”

南方人，带着浓浓的南方口音，韩博守在门边，冷冷地说：“别拿烟，你的事回头跟你说。”

“公安同志，我真有证！”

“我的话听不懂吗？回到原来位置上。”韩博狠瞪了他一眼，指着几个二十几岁流里流气的小青年说，“你们几个，过来。”

“警察同志，我们就玩会儿游戏，又不偷又不抢……”

“配合公安检查是每个公民的义务，我姓韩，叫韩博，是思岗县公安局派驻到良庄乡的公安特派员，请出示你们的身份证。”

“警察叔叔，我家在附近，晚上出来逛逛，带身份证做什么。”

“特派员，我家在乡政府后面，我不是坏人！”

“严打”刚刚结束，余威仍在，几个小青年老老实实的，一个劲儿地辩解，不敢轻举妄动，不满十六岁的孩子吓得魂不守舍，生怕叫家长，告诉他们学校老师。

“报告韩特派，这边六个。进来，排队站好！”

韩博初来乍到，小单不放心他一个人，干脆把桌球室的六个未成年人带进游戏厅，排队站到角落里。桌球室的老板跟进来了，看着全副武装的新任公安特派员忐忑不安。

早听说单小俊退伍回来之后被分配到县里当警察，没想到他真是警察。一个村的，从小一起玩到大，几个小青年像看见了救星，欣喜地喊道：“小俊，我是爱明啊，帮我作个证，我不是坏人。”

“小俊，我没带身份证，你帮我跟韩警官说说。”

“他们有没有问题？”韩博侧头问。

“没问题，本地人，全认识，有正当职业，没前科。”当警察就是好，小单从未如此扬眉吐气过，有股衣锦还乡之感。

“行，你们继续玩。”

你揣着枪站在边上谁敢玩，几个小青年急忙把剩下的游戏币找老板换成钱，忙不迭溜之大吉，其中一个胆大的跑出门外又回头道：“小俊，我先回去了，有时间去我家玩。”

还有一个更胆大的居然待在边上看热闹。

“走吧走吧，这边正忙着呢。”

丝织总厂保卫科经警马上要变成公安巡警，高长兴正式调公安局之前的一个多星期，进行过一番公安业务培训，做笔录之类的事小单全会。

游戏厅既是营业的地方，也是吃饭睡觉的地方，最里面用帘子拉了一下。

韩博干脆把一张小方桌拉到门边，自己坐在另一张书桌边，从包里掏出讯问记录和笔，自己一份儿，小单一份儿，同时给学生们做笔录。

“从你开始，姓名？”

从看上去年龄最小的开始。这么多人，报假名字容易被拆穿，农村孩子胆子小，一个个哭丧着脸老实交代。

签名，摁手印，按程序来。

小单认识的那个没走的小青年，被委以重任，安排去找中学和小学老师。

良庄集市不大，许多家不在本地的老师住校，刚做完第八份笔录，良庄中学教导处姜主任和中心小学陈校长到了，同他们一起来的还有几个家长。

“韩特派，孩子们小，不懂事，能不能不留案底。要是留个案底，将来考学参军怎么办，这辈子就完了。”教导主任显然不懂法，看这架势以为会留下案底，很愤怒地指了指游戏厅老板的鼻子，旋即帮他的学生求起情来。

他急，家长更急，一个脾气火爆的揪住游戏厅老板要揍，小单好不容易拉开，又要揍他儿子。

“好了好了，平时不注重教育，现在打孩子算什么！”韩博拍案而起，动手的家长吓一大跳，连忙松开孩子站到陈校长身边。

“笔录只是确定游戏厅在非节假日期间，对未成年人营业的证据，不会留下案底。不过这件事要引起你们这些家长的重视，这几台是什么游戏机，赌博机！一旦沉迷其中，多少钱也不够输。许多孩子就因为玩游戏误入歧途，今天变着法管家长要钱，明天偷偷拿家里的钱，家里搞不到钱去外面偷。电影《少年犯》你们应该看过，少管所那些少年之所以走上犯罪的道路，与家长平时不注重教育有很大关系。”

“韩特派说得是，我忽视教育，我把他带回去好好教育。”

“韩特派，孩子没什么自制力，这种害人的地方应该取缔。联防队不管，文化站责任更大，为几个钱，毁掉多少孩子的前途！”

小学陈校长声色俱厉，游戏厅老板耷拉着脑袋不敢吱声。

立法滞后，公安机关针对这种情况能运用的法律法规只有《治安管理处罚条例》，而《治安管理处罚条例》是1987年1月1日开始施行的，当时没电子游戏厅这个新鲜事物，更不可能有管理处罚的相关条款。

思来想去，只能往“赌博或者为赌博提供条件”上扯。

新官上任，正好立个威。韩博把游戏厅老板叫到对面，开始讯问。

老板如坐针毡，一个劲儿地强调道："警察同志，我……我有证，游戏厅开这儿，吴站长同意的，手续是他帮着办的。"

"文化部门的事我管不着，只管我们公安机关该管的，五台赌博机，两台麻将机，这么多未成年人，证据确凿。老实点儿，别狡辩，先做笔录，问什么回答什么。"

要比刚才给学生做笔录严肃得多，游戏厅里一片寂静，只听见他和小单的问话声和笔头的沙沙声。老师和家长在心里暗暗叫好，游戏厅老板如丧考妣。

"雷建伟，我是思岗县公安局良庄乡公安特派员韩博，这是我工作证件，你因涉嫌聚众赌博并为赌博提供条件，依据公安机关办理治安案件的相关规定，依法对你进行询问，明白吗？"

"明白。"

"你要如实回答我的询问，你有权核对询问笔录，对笔录记载有误或者遗漏之处提出更正或补充意见，以上内容你是否听明白，有没有什么要求？"

形势逼人前，这么多人围观，那些家长很愤怒，要是不配合，说不定真会拘留，游戏厅老板点点头："明白，没什么要求。"

游戏厅老板不敢隐瞒，说得基本上是实话。办个案子真累，手都写酸了。

从第一页开始认真看了看，韩博把笔录往他面前一推："你看一下笔录是否和你说的一样？"

游戏厅老板从头到尾检查了一遍，确认无误，签字，摁手印。

所有人以为他要把游戏厅老板带走或者罚款，结果他整理好笔录，起身道："雷建伟，我口头传唤你明天上午九点到乡政府三楼公安特派员办公室接受处理，逾期不至，后果自负，听清楚没有？"

今晚不处理，明天处理。

游戏厅老板的心思一下子活络起来，连忙道："清楚，清楚，明早九点，乡政府三楼。"

桌球室是本地人开的，据说老板是一个乡干部的亲戚，没涉黄涉赌，只能批评教育，要求他在门口悬挂未成年禁止入内的牌子，非节假日不得接待学生。

良庄中学教导主任很失望，强烈建议封游戏厅的门。

韩博让家长和另外几个教师领走孩子，苦笑着解释道：“姜主任，我没权封他的门，没权取缔这个游戏厅。”

“没权封，罚款啊，多罚点儿，罚得他开不下去。他刚才承认了，签字画押，为什么不罚？”

“50元以下罚款，我有权当场处罚，50元以上不行，要经过一定的程序。达到500元以上要报批，要出具加盖我们公安局和局长印章的治安管理处罚裁决书。”

“这么麻烦？”

“合法程序，一个环节不能少。陈校长，姜主任，我这是治标不治本，为了孩子们的前途，建议你们学校也做做工作。”

“老姜，韩特派说得对，不能再姑息养奸。良庄是什么地方，最重视教育的地方。跟校长说一声，明天早上八点，我们一起去乡政府，问问吴站长他到底想干什么。”

第一天上班，处理了一个大快人心的治安案件，明天要开当公安以来的第一张罚单，心情舒畅，真有那么点儿成就感，解开武装带，送帮了一晚上忙的小单回家。

快到村委会时，韩博冷不丁地问：“小单，你愿不愿回良庄工作？”

“回良庄？”

“我想好了，联防队指望不上，招聘治安员也很麻烦，乡里塞个人不能不要，跟乡领导有关系的犯了错误，想开除都开除不了，不如直接管局里要四个地方编民警。剩下三万赞助费全交给局里，调过来的人档案关系在局里，工资由局里发放，乡里不好说什么。四个人一年才开多少钱，一年赚好几万，局里肯定乐意。”

巡警只有现场处置权，没案件管辖权，跟着韩博干就是治安民警，跟派出所的管段民警一样。更重要的是，韩博能跟侯厂长说上话，侯厂长对他真器重，调到公安局又给车又是帮着解决经费。高长兴到现在仍是事业编，当巡警队长又怎么样？

小单岂能错过这个千载难逢的机会，欣喜地说：“韩科长，我听你的，只要能把我调过来，你让我干什么我就干什么。”

他是本地人，熟悉情况，把他调过来工作会得心应手。

韩博松开油门，把车停在路边，摸着下巴道："调动的事，局里好说，主要是乡里。我们搞个警务室，有四五个警力，把该管的管起来，联防队的处境就会很尴尬，乡里尤其综治办会很为难。解聘一个人不容易，解散掉联防队，治安联防费又没借口继续收，所以这件事急不来。"

良庄不是没集资摊派，只是没其他乡镇那么多。农业税一分不能少，三提五统和各种摊派加起来平均每人每年两百二。农民种地根本不赚钱，只有出去打工。

大伯当村支书，小单知道许多内情。比如卢书记，确实顶回去不少摊派，但不完全是为农民减轻负担，主要想把财力留在乡里。老百姓的口袋里总共那么多钱，市里、县里收走太多，乡里就收不到，三百多人的工资和医药费就开不出来。

治安联防费不是挪用去吃喝，是给干部发工资了。有联防队在，好管老百姓收，没联防队就是乱收费。

这件事很微妙，卢书记不同意，警务室搞不起来，自己也别想调过来，小单说道："韩科长，我知道，我不急。还有对游戏厅的处罚，你得考虑慎重。那家伙肯定会去找吴站长说情，吴站长会找周主任，说不定会去找张乡长。不罚那家伙会变本加厉，罚他们会逼你把罚金打入乡财政，搞不好会进退两难。"

"别为我担心，我知道该怎么处理，现在就回局里办治安裁决拿罚款收据，快刀斩乱麻，不能拖泥带水。"

韩特派第一天上任就整出动静，程仁友感觉很好笑。回完寻呼，跨上自行车往局里赶。

大晚上请程仁友帮忙办理治安裁决书，本来就是治安大队的管辖范围，其他事要向局领导请示汇报。

今天之前，吉主任的工作分工是协助局长、政委并负责全局的队伍管理、思想政治、教育训练、党务和宣传工作。之后他的工作分工后面多了一个"联系"。

其他局领导要么联系派出所，要么联系武警中队或消防中队，他联系的却是良庄乡公安特派员韩博，而不是一个单位。

全县六个公安特派员，另外五位并没有领导联系。

之所以这么安排，一是体现局里对丝织总厂调来的干部重视，二是良庄太容易出事，老卢像一颗定时炸弹，随时会爆炸。他一天不退居二线，县委县政府和公安局一天不得安生。

赶到局里已是深夜十一点，吉主任正好值班。

“这个卢惠生，整个法盲。原则性错误不能犯，江城什么地方，江城是省会，张局刚从江城参加完会议回来，不能听他的，不能捅娄子。”听完汇报，吉主任气得咬牙切齿，一连抽了几口烟，接着道，“斗争要讲究艺术，就按你刚才说的办，在良庄工作，是要有点儿政治智慧。至于地方编民警……局里的警力也很紧张，张局刚到家，正好在办公室，我上去看看他有没有休息，要是没休息帮你请示一下，你先下去办治安裁决。”

“是！”

“笔录材料，给我留几份。”

“好的。”

这小子，人精，难怪侯厂长那么器重。吉主任拿起几份笔录，来到三楼，确认局长办公室的灯亮着，轻轻敲开门。

刚刚结束的全省公安局（处）长会议，既是“严打”表彰大会也是布置春节前工作的会议。明天要开会传达会议精神，张局长正在做准备。

“张局，没休息？”

“老吉啊，在车上睡了一下午，不困，坐吧，什么事？”开几天会，坐六个多小时的车，张局长身心俱疲，说话带着几分疲惫。

“良庄乡新任公安特派员韩博的事。”吉主任坐到他对面，放下笔录材料。

“侯厂长安排过来的那个年轻干部？”

“就是他，今天上任，晚上就开张了，处理了一个治安案件，正在楼下办裁决。”

刚调到公安机关的民警制作的公安文书，张局长必须要过一下目。韩博的字中规中矩，字迹很漂亮，内容有条理，不像出自一个新人之手，看来下过一番功夫，张局长放下笔录笑道：“是个人才，难怪侯厂长把他夸得像朵花儿。”

吉主任递上一根香烟，苦笑道：“张局，小韩一上任，老卢就要他去江城帮良庄建筑站讨债，以乡党委名义下命令，说什么甲方若执迷不悟，就是合同诈骗，就是犯罪，要小韩抓人，把人抓到良庄逼债。”

提起老卢，张局长头疼不已。

老卢十七岁就开始当干部，不光在良庄，在他干过的另外好几个乡镇，确切地说应该是已经成为历史的“公社”，官声很好。只要上点儿年纪的人，提到他个个竖大拇指。

当年提拔过他以及跟他共过事的老干部仍然健在，那些人退下来之后没权，但也没事，有的是时间。老卢一煽风点火，他们便跑到县里找领导谈工作。全是党和国家的宝贵财富，只能哄小孩一样哄着。

他现在担任党委书记的良庄乡，走出去过许多干部和军官。走得越远，职务越高，家乡观念越浓，都很尊敬他。

每年春节，那些厅局级干部、师级军官回老家探亲，不一定请县领导，但一定会请老卢。请他坐主位，把他捧得高高的，一口一个卢书记。那些处级干部团级军官更是以晚辈自居，一口一个老书记。

一旦遇到顶不住的事，他发动完老干部就翻出电话本给良庄籍干部军官打电话，然后他们就给县里打电话。大干部见多了，他年纪也大了，不想再进步。儿子在外地工作，女儿嫁给一个空军飞行员，直接特招入伍成了女军官，真正的无欲则刚。县领导在他眼里真是“同志”。

前年因为集资兴建广电大厦，县里跟他较量过一次，结果县领导被搞得焦头烂额。前县委书记威信尽失，主动要求调离。市领导大为恼火，准备收拾他，恰好赶上中央提出要减轻农民负担。一位省领导来县里调研，发现良庄搞得不错，真的没有外债，这么能干的乡党委书记能撤吗，不能！

谢书记吸取前任的教训，不搭理他。良庄是最边远的一个乡，由他去折腾。再说全县那么多乡镇，不能个个负债累累，总得有几个不欠外债的。就这么让他变成一个“土皇帝”，让良庄变成他卢惠生的“独立王国”。

县领导拿他没辙，一个公安局长能拿他怎么样？不过这次他玩得太过，居然想让我们公安民警去江城帮他去讨债甚至抓人。公安参与经济纠纷，帮企业讨债不是什么新鲜事，江省管得严，这种情况不多。其他省份尤其是经济落后省份，不但公安掺和进去，检察院都跟着讨债，拿提成，说到底全是被经费给逼的。

人家可以干，思岗县公安局绝不能干。难道把公安特派员撤回来，让良庄成为全县乃至全市唯一一个没有公安民警的乡镇，张局长紧皱起眉头，一时半会儿真没什么好办法。

吉主任帮他点上烟，笑道："小韩说他能应对，他的态度明确，首先服从乡党委安排。到江城之后，只会通过法律途径解决。能解决最好，解决不了没办法。用他的话说，先过眼前这一关。"

"他有律师资格，大学好像也是在江城上的。"

"是的，懂法，对江城也比较熟悉。"

"只能这样了，让他去吧。"

"张局，小韩还有几件事要请示，一是良庄治安联防费被老卢挪用了，人员构成也很复杂，接管过来又不能开，不开又要解决他们的工资。小韩打算另起炉灶，搞个警务室，把丝绸公司的赞助费全上交局里，调四个地方编民警过去，把该管的管起来，与联防队划清界限。老卢不是喜欢扛吗，联防队搞出事他扛，与我们公安无关。"

在许多人看来，公安和联防队是一家，其实相互没有隶属关系。一些派出所招聘的不是联防队员，是治安员，完全两码事。当然，有一些地方的联防队归公安管，不过那是地方政府授权的，要区别对待。

有背景的民警就是不一样，有经费可以干其他民警干不成的事，张局长沉吟道："经费局里出，干警工资局里发放，这么一来，他就能保持一定的独立性。这是条思路，关键那是良庄，老卢能眼睁睁看着他在眼皮底下坐大？"

"他没打算一口吃个胖子，这只是一个思路，等时机成熟了再实施。"吉主任顿了顿，继续说，"他今天下午走访过一个村，群众反映没派出所太不方便。报警找不着地方，办个身份证要跑几趟县里，想开个身份证明，公安特派员连公章都没有。如果能把警务室搞起来，有个警务室的公章，不管证明在外地好不好使，至少对老百姓能有个交代。"

一个刚调到公安局的新同志，在环境如此复杂的乡镇担任公安特派员，局里能帮的一定要帮，再说人家不仅自己解决了经费，而且上交一半给局里。

侯厂长在电话里介绍过，小伙子政治觉悟很高，在丝织总厂待的时间虽不长，但干得确实不错。

张局长权衡了一番，同意道："只要他做好老卢工作，能把警务室搞起来。他要四个，给他五个。省警校不是分来几个实习生吗，安排一个过去。搞起来之后给他刻个'思岗县公安局良庄乡警务室'的公章，以后500元以下的治安罚款，警务室和其他派出所一样，有权裁决。"

"提起罚款，他今晚处理的治安案件由于没有相关法律法规支持，只能处3000元罚款，同时责令游戏厅老板非节假日期间不得接待未成年人。3000罚款不算多，想把这3000元罚上来却没那么容易，对他是个挑战啊。"

罚款不多，意义非凡。这象征着对良庄乡违反治安管理行为的处罚权，由良庄乡人民政府转移到了公安机关手里，相当于收复失地，收回主权。

初生牛犊不怕虎，张局长很期待他的表现，忍不住笑道："上任第一天就要摸老虎屁股，这小子，动作挺快。"

吉主任哈哈笑道："这很正常，至少对他来说很正常。他正式参加工作的第二天，就联合、工商、保卫和我们公安部门治理整顿人民路夜市，红头文件，三个公章，动静比这大。"

"有这事？"

"这不算什么，治理整顿完夜市后，又把夜市变成县市场建设服务中心的正股级自收自支事业单位，有县编办的文件。侯厂长和丁书记自始至终没出面，全他们自己干的。"

"是个人才，让他在良庄干几年，锻炼锻炼，等老卢退居二线再调回来压压担子。"

弟弟从县里调到乡镇，听上去好像降了。其实不是，以前只管一个厂的治安，现在管一个乡，跟派出所所长一样大，有枪！韩芳打心眼里为弟弟骄傲，早早叫醒丈夫，让他上街去买早点，弟弟起床就有饭吃。

今天要处罚游戏厅老板，罚金不算多，但很敏感，能够想象到会有多热闹。韩博起得挺早，李泰鹏一出门就起来了。

小睿睿呼呼酣睡，姐姐蹑手蹑脚走出房间，靠在洗手间外好奇地问："小博，你的办公室在乡政府？"

"嗯，乡政府三楼，有机会你可以去玩玩。"

"良庄有什么玩的？"

"良庄没什么好玩的，柳下镇有，离良庄不到三公里。千年古镇，历史悠久，据说许多古建筑保存完好，古色古香，不比那些旅游景点差，不用掏钱买门票。"

"柳下，我知道，出过好几个进士，还有诗人，好像西边几个乡镇以前全归柳下管。"

韩博刮完胡子，挤着牙膏说："所以良庄人说话口音跟新庵差不多，跟我们不太一样。"

"从没去过，有时间去玩玩。小博，跟你商量件事。"

"什么事？"

"在县里待着没意思，谁也不认识，连个串门的都没有。中了奖，回丝河又麻烦。爸昨晚打电话说房子租好了，我们打算早点儿去东海，用不着等睿睿满月。"

县里不比老家，邻居不熟，人家白天又要上班。不像在丝河，好多熟人，从早能聊到晚。

早几天去东海跟晚几天去没什么区别，或许母亲正想小睿睿。

韩博漱完口，回头笑道："好啊，不过要让姐夫开慢点，尤其过轮渡，下坡上船一定要小心，实在不行请渡口工作人员帮着开。到了东海要遵守交通规则，大城市，又是高架桥，又是单行道，一不注意就违章。违章倒没什么，罚点儿款，但就怕交通事故。"

去学会计，帮父亲管理装修公司，可以在真正的大城市生活。

韩芳对未来很是期待，笑盈盈地说："知道了，我们一家三口在车上，不能出事。"

"知道就好，早上出发，天黑前赶到就行，又没什么急事。"

"那我们明天走？"

"你们自己安排，反正我没时间送。"

"我们走了，你自己的事要抓紧，爸爸昨晚在电话里说你马上二十三，工作又稳定了，眼光别那么高，赶快谈一个，春节带回来。”

“这种事要看缘分，急不来的。我上班去了，你们走时记得把门窗锁好，路上开慢点儿，出发前给我打个电话，到了再给我打个电话。”

“吃完早饭再去上班，你姐夫去买了。”

“来不及，今天有事，今天要早点儿去。”

车开到小区大门口，姐夫正好买早点回来，摇下车窗，接过两个包子，停在路边，就着开水，三两口吃完，擦干嘴，出发。

六点多，思良公路上没什么人，时速80，面包车只能开这么快，再快就哐当哐当作响。赶到乡政府时，两个人正站在楼道边的会议室前抽烟说话，其中一个是游戏厅老板雷建伟。

“韩特派，昨晚回去了？”

韩博拿起包跳下车，正巧一个四十多岁身穿旧军服的人，推着自行车从后面迎上来，笑容满面说：“我是武装部牛青山，姜科长给我打过电话，昨天去县里参加征兵工作会议，没赶上为你接风，今天来早点儿。”

姜科长的战友，副营转业回来的，在良庄干十来年武装部长。当兵的是条出路，没考上中专或大学的良庄学子喜欢去部队考军校，每个人都要从他手上走，可以说他是全乡最受欢迎的干部之一。韩博反应过来，急忙伸出右手：“牛部长好，感谢牛部长关心，让你来这么早，不好意思。”

“七点二十，就早四十分钟，当出来呼吸新鲜空气。乡里不比县里，条件差，是不是住不惯？”

“没有，昨晚有点儿事，回了一趟局里，搞到十二点就没回来。”

“有车，方便。”

正聊着，雷建伟跟着一个四十多岁，瘦得像个竹竿、满脸皱纹的干部迎上来。

“牛部长早，韩特派早。”

几十岁的老同志，一脸谄笑着掏出香烟，跟新任公安特派员点头哈腰，牛青山不知道该说他什么，停好自行车，从车把上摘下公文包，问：“老吴，你找韩特派有事？”

“有事，有点儿事，我要向韩特派承认错误，向韩特派检讨。”

一个文化站长，跟韩博一个级别，又不归韩博管，跟他承认什么错误，牛青山一头雾水，目光转移到雷建伟身上。

“文化站吴大庆，韩特派，我昨晚来过，办公室关门了，又不知道你的呼机号，只能早点儿过来。我监管不力，我有责任，我检讨。让他整改，立即整改，我盯着他整改，要是再在非节假日接待学生，用不着韩特派处理，我第一个打报告吊销他的执照。”

“原来是吴站长，你好。”

“牛部长，不好意思，我跟韩特派先汇报下工作。”

这个文化站长是全乡最没文化的干部，小学没毕业，卢书记毕业了，文化程度比他高。当时一个村办小学缺教师，矮子里面挑将军，让他这个念过四年小学的人去教一年级，教学质量可想而知。后来有教师，自然不能让他再教，便安排他去中学打铃，同时帮其他教师印卷子，相当于校工。

他没什么文化，但多才多艺，二胡、笛子都会，吹拉弹唱，样样在行。

那时候对精神文明建设重视，每年各村要排文娱节目，公社会演，各大队巡演，要挑几个好节目去县里演。他很吃香，今天去这儿帮忙，明天去那儿指导。公社领导觉得他是个人才，提干，调到文化站，然后又被调到区委，撤区建乡之后没地方安排，就调到良庄来当文化站长。

他知道自己没文化，家庭条件又不好，爱人死得早，一个人把两个儿子拉扯大，一个给人家招女婿，一个到现在没正式工作也没对象，待人接物总有点儿低三下四，看见小学生开口就是“这位同学”，看见干部，不管级别有没有他高全是“汇报工作”。

干部瞧不起他，又有些同情他，遇到什么事一般不会跟他计较。牛青山好几年没去过文化站，不认识雷建伟，不知道发生什么事了，不好发表任何意见，干脆笑道：“韩特派，你跟老吴先聊，我先上楼，等聊完去我办公室坐会儿。”

第八章·“欺负老实人”

干公安这一行，首先要过“人情关”。一个参加工作几十年的老同志，姿态放这么低，韩博不知道他本来就是这样的人，被搞得很尴尬，连忙道：“吴站长，会议室没人，我们去会议室谈。”

“好，我们去会议室。”

“雷建伟，你在外面等着！”对要接受处理的人，韩博就没那么客气了，语气很重，吓了雷建伟一跳。

老吴关上会议室的门，鬼鬼祟祟从怀里掏出一信封，一边往韩博包里塞，一边用哀求的语气说：“韩特派，电子游戏厅不光我们良庄有，丁湖、红旗、永阳……周边乡镇全有，县里也有，比我们这儿大，游戏机比我们这儿的多。给我点儿面子，高抬贵手。”

“吴站长，等等，这算什么。”

“小意思，雷老板的一点儿心意。他不懂事，还要你亲自去，他知道错了。中午有没有时间，中午没时间晚上，富嫂酒家，他给你好好赔罪，他想跟你交个朋友。”

警察只是一个职业，公安队伍里有好警察也有坏警察。社会风气不好，吃拿卡要的现象屡见不鲜，胆大的敢私吞罚款，不给收据。韩博不缺钱，就算缺钱也不会干那种事。既然选择这个职业，就下定决心做一个好警察，岂能收这个“小意思”。

“吴站长，不要这样，这样不好，请你把这个还给他。游戏厅的事，公事公办，局里已经裁决了，罚款3000元，同时责令整改，不许再经营涉毒涉黄的电子游戏机，其他游戏机在非节假日期间不得再对未成年人营业。如屡教不改，拘留并处以5000罚金，再不改那就要劳教。”

生怕他不当回事，韩博从包里掏出治安民警的“红宝书”——《中华人民共和国治安管理处罚条例》，翻到第三十二条。

“你看，严厉禁止下列行为，赌博或者为赌博提供条件的，处十五日以下拘留，可以单处或者并处3000元以下罚款；或者依照规定实行劳动教养；构成犯罪的，依法追究刑事责任。”

“韩特派，帮帮忙，通融通融，就当我老吴求你行不行？”

“吴站长，你是老同志，我们是同事，其他事可以帮，这种事不行，真不行。我是党员，我是人民警察，要秉公执法。如果睁一只眼闭一只眼，就是渎职，就是知法犯法。”

“韩特派，我知道你公正廉明，但开游戏厅不是开赌场，全国不知道有多少，县里不光我们良庄一家。其他地方没事，我们这儿有事，这不是只许州官放火不许百姓点灯吗？”

“其他地方我管不着，我只管良庄。”

罚三千，太多了！不仅罚款，还不许再摆好多游戏机，不许学生去。游戏厅就靠赚学生钱，不许学生去，跟要人家关门有什么区别。

其他站所要么有权要么有钱，文化站就指着游戏厅和台球室赚点房租。再说雷老板人挺好的，大儿子结婚，人家送了好几百。吃柿子捏软的，我在乡里最没地位，最好欺负，他是故意拿我立威，故意让我好看！吴大庆越想越憋屈，再也忍不住了，拉着他的胳膊嚷嚷起来：“韩特派，我都说了让雷老板整改，你还想怎样？屁大点儿事，上纲上线，是不是看我吴大庆好欺负？抬头不见低头见，有你这样做事的吗……”

“吴站长，我真不是刻意为难你。”

“你就是在为难我，罚款、拘留、劳教，行啊，先把县里那些游戏厅的老板罚了、拘了，再来罚雷老板。”

“吴站长，你别激动，你听我解释。”

“好，你先解释为什么县里可以，丁湖可以，良庄偏偏不可以。做事要一碗水端平，你端不平就是在为难我……”

低三下四几十年，二儿子好不容易谈个对象又吹了，老吴要么不爆发，爆发起来很怕人，脸涨得通红，青筋爆出，捋起袖子，揪住韩博的胳膊，声音越嚷越大。导致所有来上班的人全围在会议室外看热闹，搞得韩博焦头烂额。

“喊什么喊什么？”卢书记来了，他爱人在粮站上班，他平时住粮食宿舍。

把自行车往一个看热闹的干部身边一推，跑上来一脚踹开会议室的门，指着二人咆哮道：“老吴，把手松开！小韩，怎么回事？”

“卢书记，他……他看不起我，欺负老实人。”

第二天上班，就在乡政府同另一个老干部拉拉扯扯，而且还是个公认的老好人，卢书记很是不快，回头呵斥道：“看什么看，也不怕群众笑话，散了散了，该干什么干什么去！”

书记的话管用，身边转眼就剩三个人，其中一位穿夹克衫的是焦乡长。

“一个一个说，到底怎么回事，老吴先来。”

“卢书记，焦乡长，文化站经费紧张你们是知道的，好不容易把房子租出去，收点儿租金当经费。韩特派倒好，昨晚去查，搞得像抓犯罪分子，一个一个审问，签字摁手印，搞得人家鸡犬不宁，做不成生意。现在又要罚款，一下子罚三千，人一个月才赚多少钱，这不是敲诈吗？”老吴义愤填膺，紧攥着拳头，振振有词，“不管怎么样，我也是党员干部。韩特派可以查娱乐场所，但不是应该先跟我们文化站打个招呼？不跟我打招呼也无所谓，总该向乡党委政府请示汇报吧？欺负我吴大庆无所谓，反正我被人欺负大半辈子，习惯了。但不能无组织无纪律，不能目无上级目无领导……”

公安就喜欢罚款，正事不干，整天罚款。但这是良庄，要罚也轮不着他来罚，提起罚款卢书记就来气。不过兼听则明，不能光听老吴一面之词，他让自己冷静下来，坐下道：“小韩，你说。”

韩博立正敬礼，简明扼要汇报事情经过，“报告二位领导，昨晚八时，市公安局110报警台接到群众举报，我良庄乡文化站内的电子游戏厅，在非节假日期间对未成年人开放营业，且经营具有涉赌、涉黄的跑马机、苹果拼盘机和麻将机。市局转到县局，县局转到我这儿，按照上级指示，我连夜出警。

“赶到游戏厅，发现群众举报基本属实，共有未成年人二十七名，年龄最小的十岁，涉赌、涉黄的电子游戏机七台。据去接人的学生家长及学校老师介绍，游戏厅开办以来，严重影响孩子们的学习，民愤极大，许多家长差点儿动手，学校老师强烈建议取缔。鉴于没有相关法律法规支持，我按照办案程序做笔录，留下证据，同时责令经营者雷建伟，今天上午来乡里接受处理。”

“涉赌、涉黄？”卢书记一年多没去过文化站，将信将疑。

焦乡长的爱人在中学当老师，对这些情况并非一无所知。平时住在学校宿舍，上班前校长和教导主任拉着他又说过，只好苦笑着道：“卢书记，游戏厅确实不太像样，教师和学生家长的意见很大，是应该责令整改。”

良庄人把教育看得比什么都重，说民愤极大应该不是夸张。

居然真有这回事，卢书记火了，啪一声猛拍了下桌子：“吴大庆，亏你是文化站长，我看全乡最没文化的就是你！为几个钱，涉赌、涉黄，这是误人子弟，把学生往犯罪道路上领，这是要遭报应的！关门，让那个开游戏厅的滚蛋，这种害人的场所，其他地方我管不着，良庄不能有。现在不能有，以后也不能有！”

“卢书记，卢书记，我跟人家签两年合同，人家有证，人家是合法经营。”

韩博把治安管理处罚条例举到领导面前，说道：“卢书记，涉赌涉黄，是严厉禁止的。至于游戏厅有证有照，只能说明立法滞后，并不意味着它真合法。”

“吴长庆，给我老实交代，你收了人家多少好处？”

“卢书记，我……我……”

“算了，焦乡长，你带老吴去好好谈，我跟小韩说说罚款的事。”

游戏厅是小事，大不了关门。老吴胆小如鼠，顶多占点儿小便宜，也不会有什么大事。相比之下，治安罚款要敏感得多。以前可以往李顺承身上推，谁也不可能跟一个身患癌症的老同志计较，以后怎么办？

综治办带着联防队一年罚一二十万，对县里算不上什么，对乡里这笔钱能顶大用。公安局不会永远坐视不理，早知道会有这一天。

焦乡长暗叹了一口气，拉着老吴道：“行，我们先上楼。”

卢书记不喜欢绕圈子，甩上会议室门，直说：“小韩，我知道你们公安局对治安罚款打入乡财政不满，也知道有人写过举报信。但你现在是我们良庄的干部，要为良庄考虑。罚款是什么，罚款跟税收差不多，应该取之于民用之于民。

“交到县里，无非是给干部发工资，要么搞个什么工程。良庄的罚款留在良庄，多少能为我们良庄做点儿事。比如‘普九’，验收标准一大堆，又是要盖教学楼，又是要买各种仪器，几百万下不来。罚款留在乡财政，就能少摊派一点儿给老百姓。”

他说得有道理，他是心系群众的好领导，关键他天不怕地不怕，韩博怕！但老单位领导告诫过，不能跟他对着干，不然他真会发飙，韩博也不辩解，连连点头，一脸受教。

“我知道你懂法，习惯按法律办事，这值得表扬。关键这个法律有时候不一定管用，你遵守，别人不一定遵守。等会儿我带你上楼去看看那些摊派文件，全是红头的，一份一份摞起来有这么厚，可是有几个是合法的。退一步说，罚款应该交国库，我们乡财政也是国库的一部分。要变通，要灵活，我的意思你明白吗？”

“卢书记，我检讨，我错了，但我确实有苦衷，其实我跟您一样想为良庄人民做点儿事。”

“裁决书搞出来了，你这是先斩后奏，检讨有屁用！”

既然下定决心开罚单就有这个心理准备，韩博掏出香烟，小心翼翼说：“卢书记，您消消气，您听我解释，要是说得不对，局里这三千我个人交，那三千罚款打入乡财政。”

“你说，我倒想听听你有什么道理。”

“卢书记，我昨天下午去良庄村走访了一下，群众反映了许多问题，对我们公安工作非常不满。办个身份证，要跑四五十公里，头一趟去申办，等一个月去拿，有时候要跑好几趟。要是不小心搞丢了，又赶上要出去打工，办临时的都来不及，只能去村里或乡里打证明。有些地方认，有些地方的公安机关不认。

“良庄村，光我知道的，过去两年就有六个村民因为没身份证，被打工所在地的公安机关收容遣返。不是一收容就把人送回来，要集中看押，要等凑足数量再送，跟关进看守所一样干活。工打不成，钱赚不到，还要受那罪。”

建筑站每年都会有十几个工人被遣返回来，全是因为没派出所没顾得上办身份证，卢书记摸把脸，冷冷地问：“这跟治安罚款有什么关系？”

“没有直接关系，有间接关系。卢书记，我是这么想的，把该交的罚款交上去，跟管县局要几个民警，特别是户籍警，搞个警务室。这么一来，老百姓报警能找到地方，想办个身份证或临时证明，也不用再左一趟右一趟往县里跑。”

“警务室能办身份证户口簿？”

“警务室当然不能，身份证只能局里办，户口簿要加盖派出所户口专用章，但我们可以代办。我知道全乡干部群众担心良庄并进丁湖，我不要户籍资料，只要老百姓先来乡里打个证明，我根据乡里的证明替他们代办，安排人去局里的户籍科，不用老百姓跑那么远。”

“这跟治安罚款又有什么关系？”

“乡财政紧张，局里经费更紧张，我不给局里依法创收，局里怎么可能给我人？卢书记，我向您检讨，没跟您请示汇报，私自管局里要了四个民警。要是能换来四个民警，把警务室搞起来，那我们良庄不就等于有派出所了吗，一个乡镇，不能总没派出所，您说是不是？”

韩博又敬上一根香烟，摸出一个打火机殷勤地帮他点上。

一个乡没派出所，想想是够丢人的。不过丢人总比丢钱好，有二十万能给三十四个人发工资，报销一大堆发票。要是没这二十万，就要想办法从其他地方找。

卢书记是何等人物，没这么轻易被说动，抬头道：“你的话有点儿道理，不过治安罚款必须交乡财政。以前不给收据，是乡里考虑不周。以后开收据，盖乡政府公章。”

“卢书记，我确实是为全乡群众考虑。要不这样，局里返还多少，我交多少给乡财政。”真是茅坑里的石头又臭又硬，韩博咬咬牙，跟生意人一样讨价还价。

“你们返还多少？”

“10%。”

“10%顶屁用！”

“卢书记，县财政不是全额返还的，局里能给我10%，不少了。”

公安局这次派他来，下次不知道会派谁来，要是闹事的人把举报信寄到省里会很麻烦，治安罚款跟那些集资摊派不一样，理在人家手里。老百姓办个证要跑那么远，要跑好几趟，这些实际困难一样要考虑到。

卢惠生胆大包天不等于喜欢蛮干，权衡了一番，不容置疑地说：“60%，给乡财政返还60%，治安裁决权你们收回去。另外来的干警，工资不足部分和经费，自己想办法。乡财政紧张，不可能跟其他乡镇一样给你们补贴。”

“县财政才返还多少给局里，局里不可能答应的。”

“你说了不算，给你们领导打电话。”

“您就是我领导。”

“50%，可以吧，让你好跟你们局领导交差。”

“卢书记，您听我说……”

漫天要价就地还钱，一个想收回治安处罚权，一个不想把事搞大又想占便宜。韩博死皮赖脸不断哀求，老卢也不想再纠缠下去，干脆以返还40%成交。用老卢的大哥大现场给局里领导打电话请示。

能把裁决权收回来已经很不错了，罚金局里能落一点儿是一点儿，总比一分没有强。局领导认为这是一个阶段性胜利，先答应老卢条件。考虑到韩特派不能没经费，决定一共返还43%，40%归乡财政，3%归警务室。

这边谈完判，焦乡长跟吴站长也谈完了，两位乡领导一合计，电子游戏厅处理结果出来了。

民愤太大，老卢不管有没有法律依据，责令乡综治办牵头取缔。与文化站签订的租房合同解除，租金一分不退，爱去哪儿告去哪儿告，老子不怕。

文化站长吴大庆，不仅不搞好精神文明建设，没起到监督作用，反而把文化站租给人开游戏厅，严重失职，党内警告处分。

老卢处理起干部毫不手软，换作其他人不会这么轻。关键文化站就剩吴大庆一个干部，要是撤职就没人了。他家庭也确实困难，要是扣工资他日子过不下去。

韩博连夜去局里办的治安裁决书同样作废，教坏那么多小孩，败坏社会风气，罚3000太少，不能低于5000元！罚5000乡里能落2000，要是罚3000乡里只能落1200，经济账不能不算。

综治办主任周正发带人把游戏厅的门封了，然后叫来四个联防队员，把雷建伟关在乡政府一楼会议室。让他老婆去筹钱，两天之内拿5000元过来，超过两天“移送”公安机关劳教。

行政拘留十五天，吓唬不住人，只有劳教，必须劳教。这是非法监禁，不能这么干。考虑到这是老卢的指示，并且在治安裁决权上他刚做出“巨大妥协”，韩博被逼无奈，只能掏出空白拘传证填上，至少在24小时内不算非法监禁。

去局里，重新办治安裁决，把3000元罚款收据还给财务，重新开一张5000元的，顺便把剩下的3万赞助费交给财务。

吉主任昨夜值班，上午参加会议，这会儿回家休息了。韩博跟程仁友打了个招呼，拉开车门正准备回良庄，袁政委从楼里出来了。

领导心情不错，拍着他的胳膊笑道：“小韩，干得不错，这么快打开局面，出乎我的意料。”

韩博举起刚到手的裁决书和罚款收据，苦笑道：“政委，您别笑话我了。为这点儿事跑几趟，简直浪费油钱。”

“好的开端是成功的一半，老卢五十好几，他能在良庄兴风作浪几天？等他退居二线，你的日子就好过了。”

“政委，不是说丧气话，我怕我坚持不到那一天。丝绸公司6万赞助费全交给财务，治安罚款返还，要交给乡财政。局里赚大头，乡里拿小头，就给我3%，够干什么，油钱都不知道该找谁报。”

在所有乡公安特派员中，他的情况最特殊。要伺候好老卢，局里布置的任务要完成，原则性错误不能犯，一般人真干不了。但“严打”三个多月，破大案，抓逃犯，花钱如流水，要报销的发票有几尺高。家属楼才刚打地基，那么多没房子的干警眼巴巴地等着……

花钱的地方太多，虽然办案不能没经费，但局里的经费更紧张。袁政委爱莫能助，笑眯眯地敷衍道：“小韩，困难只是暂时的，再想想办法，克服克服，好好干，我相信你的能力。”

既然舍得花6万管局里“买”四个地方编民警，敢跟老卢做交易，就做好了从其他渠道解决经费的思想准备。再过十来天收购秋茧，良庄是全县西大门，抓住几个非法经营的贩子经费就来了。这不属于治安管理处罚的范畴，公安只是跑腿的。把人交给工商和税务，搞几万奖金应该没问题。不是罚款返还，老卢不好敲这个竹杠，一年经费不就有了嘛。

老卢靠不住，局里一样不可靠。生怕夜长梦多，韩博急切地说："政委，局里布置的任务我完成了一半，乡里交代的任务还没完成。为收回治安裁决权我立过军令状，明天一早去江城讨债，这一去不知道要几天。良庄十几个行政村，三万多人口，不能一个公安民警没有。"

吉主任早上提过，清欠，追讨应收账款，是良庄乡现阶段最重要的工作。

老卢和焦乡长亲自挂帅，任务层层包干到人，公安特派员要接受乡党委政府领导，这样的任务不能推脱，他必须去。一个乡不能没公安干警，袁政委沉吟道："你点名要的那个小……"

"小单。"

"对，小单。小单没问题，特事特办，现在就可以让他上任，调动手续等经警分队并入巡警队时一起办。有管段和户籍管理经验的地方编民警要等一等，人家手头上全有工作，交接也需要时间。内勤没问题，给你安排个女同志。警务室四五个人，跟派出所差不多，要是遇到女涉案人会很麻烦，有女同志就不一样了。另外再给你个实习生，今天带三个人走，够支持吧？"

同样是临时工，局里的临时工跟联防队员和派出所自己招的治安员是完全不同的。要么是没地方安排的大中专生，要么是退伍军人，要么是从乡镇调来的事业干部，在人事局或民政局有记录，在公安局政治处有档案，严格意义上不算临时工，相当于自收自支的事业编制。

跟政法专项编制的正式民警一样穿警服佩警衔，在思岗县内有执法权。将来有编制，就会让他们过渡到全额财政拨款的事业编，再从事业编过渡到正式编制。

可以说在思岗县，他们就是公安民警。兵在精不在多，四个地方编民警比十几个良莠不齐联防队员管用。花6万赞助费，"买"四个民警，值！

"政委，太感谢了，人在哪儿，我现在去接。另外这笔罚金，能不能让我月底上交。跟做生意一样，现在真紧张，青黄不接，一点儿流动资金没有。"

一下子过去三个人，值班总得吃顿夜宵，加班多少要发点儿加班费，不然同志们没积极性。

袁政委同意道：“可以，财务那边我打招呼，内勤和实习生你等会儿，我上楼帮你打电话。还有那个小单，你去老单位接，只要姜国平愿意放人。”

回治安大队办公室，给丝织总厂保卫科打电话，跟程仁友扯了一会儿，一个二十多岁的女民警背着行李提着大包小包到了，气喘吁吁地敬礼汇报。

“报告韩特派，长港镇派出所内勤王燕前来报到，请指示！”

王燕的个子挺高，一头精神的短发，圆圆的脸，脸上有几个雀斑。女同志，只要长得差不多，穿上警服都会显得英姿飒爽。去思岗的“西伯利亚”工作，换作别人肯定一肚子牢骚，她看上去似乎很兴奋，好像很期待。

“王燕同志，快请进，东西先放这儿，看你满头大汗，不会从长港赶过来的吧？”

“是，马所开摩托车送我过来的，他有事先走了，让我给韩特派带好。”

“先喝口水，等会儿在食堂一起吃饭。”

王燕放下行李，嫣然一笑：“韩特派真年轻，以后请韩特派多多关照。”

程仁友微笑着介绍道：“韩特派，这是新娘子，新郎在丁湖税务所工作，好不容易离近点儿，你别总让人家值夜班啊。”

原来是为夫妻团聚，韩博乐了：“新娘子，恭喜恭喜，现在要喜糖晚了，我等着吃红鸡蛋。”

“韩特派真会开玩笑。”

正聊着，单小俊到了，骑摩托车来的，摩托车后面同样绑着行李。昨晚才说想办法调，今天就调了，正式回老家工作，兴高采烈。

警服他有现成的，警衔也有，换上公安臂章，去斜对过照相馆拍几张快照。身份证照片定点照相馆，就靠公安局照顾生意，民警拍照片不要钱，不管怎么给都不收。没时间客套，拿着照片去政治处办工作证，局里也只能办工作证，办不了警官证。

新娘子情况同高长兴差不多。

南港是全国第一批沿海开放城市，水路交通挺发达，陆路交通太落后。南港人盼铁路盼望了几十年，终于盼到要修建铁路，前些年省铁路办公室和地方铁路办公室与铁路运输学院及铁路警察学校签订协议，定向招收铁路运输中等专业人才，学生毕业后分配到正在建设中的铁路工作。

在这个大背景下，许多南港籍初中毕业生作为委培生开始学习。结果“铁路千呼万唤不出来”，这么多年一直在地图上建设，这几批“铁道班”学生一毕业就待业。有些人自己找工作，有些人不服气，给省里写信，省铁路办公室找省人事厅，省人事厅干脆让原户籍所在政府安排。

这跟国家统一分配不一样，县里没法安排。她运气算好的，沾专业的光，铁路警察学校也是警校，公安局警力紧张，让她来当地方编民警，在派出所干三年内勤，算老同志了。

第一批上任的三个人中，就最后赶到的任忠年不用为编制担心。

十九岁，一张娃娃脸，带着几分稚气。但人高马大，虎背熊腰，站那儿像一堵墙。省警校的学生，只要不犯错误，百分之百包分配，政法专项编制，没二话。正是长身体的时候，任同学很能吃，打一份饭不够又要一份，这么下去韩博真会被他吃穷。幸好是实习生，只管饭不用发工资。

“一把手”不好当，要想方设法找经费，要考虑到警械装备。局里只能用两个字形容：小气!

对讲机没有闲置的，电警棍有几根，不过是人家淘汰下来的，电池坏了，还不如橡胶警棍。枪局里敢给，关键你敢不敢要，一把破枪还整天担心丢失，真枪实弹算了吧。在装备财务科待十几分钟，最后搞到几根橡胶警棍和几副手铐。

好在高长兴够义气，巡警队刚成立时是大队，几十号人，现在人跑掉一大半，降格成中队（原来那个大队也是临时的，县编办不承认），有许多闲置装备。对讲机借一对，最新款的武装带借四条，可以喷催泪瓦斯也可以当电击棒使的“手枪”借四把，插在枪套里系上枪绳谁也不知道是假的。

小单开摩托车，新娘子和实习生坐警车，赶到良庄乡政府大院正好是下午上班时间。

“周主任，人呢，雷建伟去哪儿了？”

会议室空空如也，韩博拿着治安管理处罚裁决书不知道给谁。

周正发乐了，得意地说：“韩特派，你一出门他老婆就把罚款送到我这儿了，丁字路口有拉货的车，他们找了一辆，午饭没吃，装上游戏机走了。生怕被劳教，一分钟不敢多待。不要裁决书，也不要发票。”

“不要？”韩博被搞得啼笑皆非。

“被公安处理又不是什么光彩的事，罚款收据拿回去也没人给他报销，他要裁决书和收据有什么用？”周正发捧腹大笑，眼泪都笑出来了。

韩博挠挠头，喃喃地说：“我给他寄回去，反正有他家庭住址。”

这个书呆子，真是无可救药。周正发服了，好奇地看了看他的三个手下一眼，侧身说：“罚金给你，3000元，另外2000元交给了财政所，直接扣效率高，省得交上去返下来麻烦。”

“周主任，这不符合程序。”

“让你们公安局财务垫一下，钱去财政局转一圈不就回去了吗，就这样，你点点。”

不愧为老卢最信任的下属之一，办事风格都差不多，2000元罚金进了财政所肯定要不回来，韩博只能回头道：“王燕同志，钱的事你负责，点点。”

说搞警务室就搞警务室，行李全带来了，就一间办公室，晚上住哪儿。

他是公安特派员，正股级干部，昨天为他接风是应该的，但他这些手下他自己管，周正发打定主意，立马找了个借口溜之大吉。但韩博不用老周管，蚕桑指导站那边全说好了。

搬家，几个人一起动手，把前任公安特派员留下的文件全搬上车，保险箱也要带走，一车装不下跑两趟，乡干部一个个跑出来看热闹。老卢应该不在，要是在，给他们十个胆都不敢来看。

“韩科长，这个大门面给你腾出来，这部电话归你们用，办公桌和这些椅子搬来搬去麻烦，也归你们。楼上给你们三间，可以当宿舍，也可以作特派员办公室。王经理说了，我们是一家人，水电费、电话费算站里，不要你们操心。”

警务室搬到站里，蚕桑指导站和蚕茧收购站一下子“高大上”了。

过几天收购秋茧没人再敢闹事，价值上百万的茧放在后面库房不担心被偷，还能堵住蚕茧外流，秋茧收购任务要比春茧夏茧好完成得多，互惠互利的事，朱站长慷慨又热情。

“朱站长，太感谢了。”真正的拎包入住，拎包办公，韩博紧握他的手，一个劲儿地致谢。

“一家人不说两句话，你们先安顿，安顿好一起吃饭，富嫂酒家，安排好了。老曹跟你们一样刚到任，你们是老同事，他乡遇故知，正好聚聚。”

曹云松，丝织总厂计生办主任，他原来的办公室就在保卫科对门，转岗到丝绸公司，担任良庄蚕桑指导站副站长，真是“他乡遇故知”。计生办主任，主要做妇女工作，待人很和气，一点儿架子没有。小单在原单位没少跟他开玩笑，忍不住笑问道：“朱站长，曹主任人呢，刚才在后院没看见他。”

“下面有三个收购点，我让人陪他过去看看。现在不忙，过几天就忙了，一个人要负责一个点，要提前做点儿准备。”

朱站长先走了，韩博同两位手下及实习生规划起自己的警务室。

这间大门面紧邻老党校大门，六十多平，外面一排卷闸门，卷闸门下面是很气派的玻璃门。为看上去美观一些，卷闸门上裸露出来的部分还请装修工人用铝塑板包起来了。

大厅里两张办公桌，四把椅子，两套沙发带茶几，一盆绿油油的铁树。上面吊过顶，石膏板的，几排日光灯，两盏吊扇，电路布得是暗线，开关全是面板，不是那种拉线的。

“韩特派，这太豪华了，像邮电公司营业厅（当时邮电尚未分家）！”能在如此宽敞明亮的环境办公，王燕喜形于色。

小单嘿嘿笑道：“环境不错，就是感觉空荡荡的。”

小任在江城上两年多学，见过大世面，不禁提议道：“韩特派，我们可以搞个像邮电公司那样的服务台，这么高，这边户籍，那边接警。外面摆几张椅子，留给来办事的群众坐，我们在里面办公，开放式的，感觉肯定好。”

“这个提议不错，不过做服务台要花钱，而且有服务台就要体现出服务。”

“韩特派，我们不就是为人民服务的吗？”王燕窃笑道。

“新娘子说得对，等有了钱做一个。还有墙上，要贴上为人民服务的标语。”

小单走到门口，指着头顶说：“韩科长，我们应该做个大灯箱，喷绘的，把警徽喷上去。再做一块警务室的牌子，挂在大门边上。”

“再买几个立式文件柜，这两张办公桌太土，搞那种格子间，电脑桌，才上档次。”

“墙上要有警徽，规章制度，最好来几张宣传海报。”

“王姐，我们不能光服务，一样要管理，后院的教室要改造一间，隔开，一小间作讯问室，一小间作羁押室，羁押室外面要有一个值班室，人在外面盯着，防止临时羁押的嫌犯自杀自残。”

同志们热情高涨，你一句我一句，提出三十多条合理化建议。

韩博忍俊不禁问：“新娘子，你是内勤，估算一下，把这些全搞起来大概要花多少钱？”

王燕想了想，竖起两根指头：“两万应该够，最多三万。”

“可是我们现在一分没有，你手上那3000元是罚金，月底要上交局里，现在是挪用。今后警务室所有治安罚款返还大头要交给乡财政，我们只有3%，也就是说靠依法创收是不行的。”

“良庄乡领导太过分了，在长港，镇领导不会管派出所要钱，每年还给两三万经费。”

“全县良庄农民负担乡最轻，全县那么多乡镇，良庄是为数不多的几个无外债乡，就良庄干部教师工资能按月发放，连续几年没拖欠过。乡党委政府不容易，乡领导尤其卢书记值得我们尊敬。”

“那怎么办，没钱什么干不了。”王燕愁眉苦脸。

韩博回头看了一眼身后，确认没外人，严肃地说：“我明天要去江城帮建筑站追讨一笔工程款，估计要三五天才能回来。王燕同志，你经验丰富，在此期间，你主持警务室工作。我们把守全县的西大门，想解决经费很简单，严厉打击非法经营的蚕茧贩子。

“从明天开始，留一个人值班，另外两个同志下村熟悉情况，同时秘密收集有关贩子收茧的线索。小单，你是本地人，要配合好王燕同志，发挥出作用。我跟政委请示过，罚金可以先用着，月底交上去就行，正好可以解燃眉之急，正好可以打个时间差。”

王燕重重点了下头，小单则忧心忡忡地说："韩科长，收茧时间很短，前后不会超过三天，有时候一个村一夜就卖完了。我们总共四个人，贩子那么多，时间那么集中，辖区面积这么大，有线索也抓不过来啊。"

"人手不是问题，只要我们掌握情报，到时候可以向局里求援，工商税务和丝绸公司也会派干部跟我们一起行动。"

请卢书记、焦乡长、崔副书记、牛部长、张副乡长、综治办周主任过来检查指导，请播音员广播通知全乡人民群众，思岗县公安局良庄乡警务室成立了，公布地址和电话号码，今后报警、办理身份证和户籍证明直接来这儿。

结果到了播音员嘴里，绞尽脑汁、辛辛苦苦搞起来的警务室，竟成了乡党委政府今年为民办好事办实事的举措之一。乡里一分钱经费不出，居然好意思给自己刷声望。警务室也好，公安特派员也罢，全要在乡党委政府领导下工作，成绩是永远是领导的。张局接受县电视台采访，一样要把县领导扛在前面。

不管怎么样，警务室终于搞起来了。

不会唱京剧，不然可以把《沙家浜》中的选段稍微改一下，抑扬顿挫来一句：想当初老子的队伍才开张，拢共才有三四个人、两三把枪……

布置完任务，安排好一切。第二天一早，韩博去建筑站接上会计老严，又踏上"讨债之旅"。

在良庄工作就是良庄乡的干部，不拿乡里工资，不要乡财政给经费，不等于老卢没办法办你。包干任务如果完不成，开全乡党员干部大会时老卢会让他站起来，当着全乡党员干部面骂个狗血喷头，让人颜面尽失。

一个公安干警，一旦威信扫地、颜面无存怎么开展工作？牛部长提醒过，不能不当回事。况且老卢也不容易，不仅要考虑全乡干部教师及退休人员的工资和医药费，还要想方设法筹集经费搞建设。比如村村通是惠民工程，配套资金要想办法解决。

他不是拆东墙补西墙，是算着哪笔钱什么时候能到位，到位之后要花在什么地方。

清欠收回来的钱发十一月和十二月份工资，秋统筹用作建教学楼的第一笔工程款。到春节前日子就好过了，建筑站的工程队全回来，在外面施工的工程款一般春节前结算，留出一百多万解决干部教师到明年夏提留之前的工资，剩下的作为第二笔工程款和修建乡村公路的配套资金。就这么勉强维持，资金链不能断，一断会出大问题。

虽然没要求韩博155万全要回来，40万也不是一个小数字。

三百多公里，路况不好，开五个多小时，累死人。

去新庵汽车站坐依维柯快客多好，上车睡一觉就到了。关键老卢要求“先礼后兵”，必须穿警服佩手枪、手铐，开警车去。

“韩特派，开半天车太累，我在前面公交站牌下车，坐109路去王队长工地，你找个旅馆休息一下，明天早上八点去甲方那儿，我提前去，在门口等你。”在良庄，老严是见过大世面的人。走南闯北，去过十几个大城市，但只是去过，大多时间其实住工地。真正有本事的是那些能接工程、管理工地的项目经理，不是他这种半路出家的财务人员。

他把自己的位置摆得很正，就是跟在后面掏钱买单的，他拉开包，沾着口水数出一沓钞票，往储物格里一放：“这1000元放你这儿，请人帮忙，开房间交定金，花钱的地方多了。有发票最好，没发票我回头想办法。”这种会计，哪个领导不喜欢，难怪汪经理那么器重他。

“也行，我的呼机号你知道的，128全省漫游。明天早上八点，甲方门口见。”出公差，当然是公费，韩博不跟他客气。放他下车，沿中山路往东开，过十几个红绿灯，拐了三次，终于抵达江城大学东校区西门。

十二点多，离上课尚早，嫌食堂饭味道不好，喜欢在外面小摊吃的学弟学妹出双入对。才过去几个月，感觉似乎离开很久。眼前的一切让记忆渐渐清晰起来，毕业会上唏嘘一片，嘤嘤或号啕的哭声不绝于耳，几十对校园鸳鸯作鸟兽散了，天南海北不知要到猴年马月才能再聚。当几年学生会干部，跟晚几届的学弟学妹没少打交道，刚擦肩而过的那几位，在校运动会上合作过，现在却形同陌路。

正扶着方向盘朝校园里的林荫大道张望，有人轻轻敲车门，回头一看，一张精致的脸庞正笑盈盈地看着自己。

“等急了吧？”阔别四个多月，猛然见面一阵悸动，韩博急忙推开副驾驶门。

“从十点半等到现在，你说呢？”李晓蕾穿着火红色的衬衫，套一条豆绿色的裙子，一头乌黑发亮的秀发披在肩上，水灵灵的大眼睛顽皮地眨了眨，鼻子略显有些上翘，显露出一副淘气相。

“路上堵车，快不起来。”

“警车也堵？”

“水泄不通，警车一样堵。”

周围没什么人，正准备一亲芳泽，以解多日思念之苦，侧门哗啦一声拉开，一下子钻上来四五个人。莺莺燕燕，香风扑鼻，全是女友的室友。

“姐夫，你够狠心的，把我姐一扔了四个多月，也不说来看看。”

“往前开，去老地方，请我们好好吃一顿，我快饿死了。”

李晓蕾笑而不语，韩博回头看看，扶着座椅靠背笑道：“各位大小姐，你们这是打劫人民警察。”

“打劫的就是人民警察，谁让你参加工作有收入，我们是穷学生，没钱，就等着你来改善生活，辣子鸡两份，小玉，你吃什么？”

“鱼香肉丝，宫保鸡丁，糖醋里脊……”

“我要鱼香茄子，豆豉鲮鱼莜麦菜，他家的盐水鸭不好吃，干脆去外面买一只。”

“行，到那儿你们点。”

“老地方”是一位学长开的饭店，他在学校当辅导员，老家在农村，兄弟姐妹一起跟过来了，弟弟学过厨师，手艺不错，价格不高。再加上他人缘不错，许多学生过生日或聚会全来这儿，生意非常好。

已经过了午饭时间，不要跟往常一样等桌子，二楼包厢，就是一个单间。早料到这帮“女土匪”会敲竹杠，昨天回良庄前特别去了一趟服装分厂，买了十几件由于种种原因退回来的丝绸面料服装和丝巾。

纸箱装着，抱上来拆开，“土匪们”顿时疯狂了。

“真丝的，这要花多少钱？”接过男友精心挑选的衣服和丝巾，李晓蕾心中一热。

“出口转内销，不贵，只是衣服偏大，要找裁缝改改才合身。”

“姐夫，你真好，大点儿没关系。”出口服装，式样时髦，做工精致，面料全真丝的，不喜欢才怪。

久别重逢，又有礼物，欢声笑语，一顿饭吃得其乐融融。“土匪们”很懂事，不会总当电灯泡，吃饱喝足，坏笑着走了。

结完账去聚贤宾馆，宾馆后院正好有停车场。

不是第一次来，轻车熟路，办手续拿房卡上楼。开半天车真累了，舒舒服服洗个澡，在床上躺了十来分钟，李晓蕾裹着浴袍出来，望着如出水芙蓉一样清丽的女友，韩博会心地笑了。平时她冲一个澡怎么也得半个小时，这次只要十来分钟，可见她心里一样惦念！

小别胜新婚，两个人激情似火，就像火星碰地球一样燃烧起来，直到把蕴藏在心中的相思之情都淋漓尽致地发泄出来，才相拥在一起，诉说起离别之情。

“实习单位定下来了，下周去报到，我爸找过人，说在哪儿实习将来就在哪个单位工作。”她语气带着几分哽咽，热泪在眼眶里打转。

象牙塔，是多少诗人笔下的纯洁圣地。象牙塔里的爱情，是多少少男少女心中的梦想。

如梦似幻的年纪，谈一场轰轰烈烈的恋爱，几乎是所有学子的理想。

毕业了，爱情也要毕业，因为工作分居两地或者家庭的反对等原因，许多情侣不得不分道扬镳，能够将爱情进行到底的极少。

这段感情是人生最美好时光的见证，如果它只能成为历史，那应该得到一个体面的结束。这对自己，对她，对这段感情都是一个交代，必须让这段感情有始有终。

韩博沉默良久，故作轻松地说：“马上不包分配，有工作总比到处找工作好。”

总会有这一天，必须也只能坚强面对。

李晓蕾一连做了几个深呼吸，翻身趴在他的胸前问：“你家里人有没有给你介绍？”

“他们忙，只是催，原单位介绍的人倒是不少。”韩博抚摸着她光滑的后背，动作极尽温柔。

“有没有中意的。”

“我又不是陈世美，哪能做对不起你的事。”

李晓蕾猛地张开嘴，对着胳膊狠狠咬了一口，疼得他龇牙咧嘴，旋即紧搂着他的脖子梨花带雨地问：“你是不是想让我内疚一辈子？”

做人不能太自私，不管怎么样至少曾经拥有过，韩博贪婪地闻她那熟悉的淡淡发香，苦笑道：“爱需要的是付出，爱一个人就要为对方着想，我怎么可能让你内疚一辈子。陈世美我来做，只是暂时没遇到合适的。”

“不说这些了，我要，我还想要……”

这个时代大学生的爱情就是这么残酷。你可以坚持，坚持的结果是长期两地分居，跟牛郎织女似的一年见不上几面。

想从思岗调到首都比出国难，从首都调到思岗一样不容易。下海可以在一起，可以天天团聚。但人不是生活在真空中的，要顾及各自的家人，尤其是含辛茹苦把自己抚养成人的父母。

每年毕业不知有多少对情侣生离死别，见多了，有这个思想准备。不在乎天长地久，只在乎曾经拥有。

他们一直缠绵到下午六点多，呼机响个不停才意犹未尽洗澡换衣服，来到大堂跟两个老熟人见面。

庄新栋，不同专业的同届同学，前江城大学学生会外联部长，家在郊县，工作分配得最好，在省委机要局。马志功觉悟没他高，不是学生党员，也不是学生会干部，但是铁哥们儿。

“大博士，博士后，我就知道你们在这儿。再不下来，我就报警喊公安来查房了。”

二十好几的人，不是十七八岁的小姑娘。再说在一起不是一两天，李晓蕾脸不红心不跳，搂着韩博的胳膊笑道：“庄部长，我家这位就是公安，我是准警嫂。天下公安是一家，您喊吧，派出所只会请我们吃饭，不会把我们怎么样。”

“怎么成公安了，不是保卫科副科长吗？”马志功满脸疑惑。

“刚调到公安局，现在是一个乡的公安特派员，二级警司，如假包换的公安民警。”

“特派员，搞得像游击队，新工作怎么样，是不是整天抓赌抓嫖？”

“我在农村，农民赚点儿钱不容易，哪有闲钱去赌去嫖。”

庄新栋忍不住调侃道：“博士后，我不是刻意打击你家这位，这一批毕业的学生会干部，好像就你家博士混得最惨。有人进了地方党委政府，有人进了国企，有人进了海关，有人保研，公安他是头一个，还是在乡里。”

李晓蕾性格爽朗，天鹅似的仰起脖子问：“公安怎么了，在乡里怎么了，至少我家博士有枪。庄部长，您在省委高就，您有枪吗？”

“我没有，我不如你家博士。”

“这就是了，请我们吃饭吧，谁让您是省委领导。”

跟她斗嘴是自找苦吃，庄新栋连忙道：“安排好了，老地方，就等您二位。”

“都省委领导了，怎么还老地方，换家稍微上点儿档次的行不？”

最喜欢看她为自己打抱不平，喜欢她这种刀子嘴豆腐心的性格，可惜有缘无分，再过几日便要劳燕分飞，韩博摸了摸下巴，轻笑道：“晓蕾，老地方挺好，又近。”

“听见没有，博士是客，我要尊重客人的意见。”

还是“老地方”，还是中午那个包厢，连菜都差不多。

韩博不能喝酒，李晓蕾可以，那两个混蛋一杯接着一杯灌。她表面上谈笑风生，其实心情非常不好，正想借酒浇愁，来者不拒，跟俩混蛋举着瓶子吹，一箱啤酒转眼全空了。

“韩博，我头疼，我难受，让我趴会儿……”

“让你少喝，你非要喝，来，趴这儿。”

韩博调整姿势，让她趴得舒服点儿，轻拍着她的后背，问：“老庄，帮我打听得怎么样，能不能找到熟人。”

“公安参与经济纠纷，你这是知法犯法。”

“我是以良庄乡人民政府干部的身份来的，没想过威胁甚至抓人。另外我们乡建筑公司与甲方只是债权和债务关系，双方对债权和债务没有分歧，不存在所谓的纠纷。”

“一套一套的，搞得像真懂法。这几天忙着写材料，没时间帮你打听，只能给你几张名片，孙副校长刚调到区委，区委常委、副书记，他对你应该有印象，可以请他帮帮忙。这些全是街道干部，毕业前搞活动时认识的，没什么深交，不过可以打电话试试。”

外联部长，认识的人多，夹子里全是名片，左一张右一张，接二连三抽出十几张。

马志功放下杯子，打着酒嗝说：“别看我，我爸妈跟地方政府不怎么打交道，又不在一个区，没熟人。”

“没关系，就算一个熟人没有，就算谁都帮不上忙，这笔款一样得要。不怕二位笑话，全乡三百多的干部教师就等这笔款发工资。”

但这里是江城，不是你们那犄角旮旯，庄新栋生怕他搞出事，关心地问：“你打算怎么要？”

“明天先以律师身份跟他们谈，我真懂法，刚参加过律师资格考试，有律师资格，没跟你们开玩笑。要是他们愿意付钱，先给几十万我回去交差，剩下的签个还款承诺书，一切好说。要是他们依然推三拉四，不给我面子，我自然用不着给他们面子。

“在江城我们有工地，先叫百十个工人堵住他们的门，打横幅、喊口号，吃喝拉撒睡全在那儿。再不给解决，立马给家里打电话，叫几车老干部和工资拖欠几年的建筑工人过来，堵长江大桥太过分，找个高点儿的楼爬上去。日子过不下去了，不给钱我们就跳楼，吓也吓死他。”

马志功目瞪口呆，庄新栋意识到他不是在开玩笑，严肃地提醒道：“韩博，你别犯浑，在省会闹事，你要是这么干，别说你，你们领导都要吃不了兜着走。”

“不会的，老干部和拿不到工钱的农民上访闹事，我和我们乡领导是化解矛盾。汽车站派几个人，有一个拦一个，如果拦得住的话。现场去几个干部苦口婆心做工作，谁敢说我们不作为。”

“你当领导是傻子？”

“欠债还钱，天经地义。农民不容易，农村工作不好做，农村干部不好当。专挑满面皱纹、满手老茧、衣衫褴褛的干部来，就着自来水吃干粮做工作，省领导会谅解的。说不准看我们可怜，动动笔头，给个三五十万扶贫款。”

“你疯了！”

“我是被逼无奈，再说我是小民警，又不是江城市公安局的民警，有什么好怕的？只要把钱要回去，我就是功臣，乡里只会表扬不会批评。”

公安虽说是条块管理，但主要是“块”说了算。

县官不如现管，对基层民警而言，可以得罪省厅，绝不能得罪地方党委政府。就像他所说，只要把工程款要回去，地方政府只会表扬。上级追究责任，顶多调整一下工作，把他调到其他单位。

这年头，当公安没前途，或许韩博就想搞出点儿事。庄新栋彻底服了，指着他道：“兄弟，我什么都没听见，什么都不知道。我不认识你，你也不认识我。能把工程款要回去，我替你高兴，要不回去，整出事也跟我无关。”

他才刚分配到省委机关工作，必须谨小慎微，哪能卷入如此恶劣的“群体事件”，韩博哈哈笑道：“放心，一人做事一人当，我不会连累兄弟的。”

第九章·律师配秘书

马上实习，专业课基本结束，李晓蕾上不上课无所谓，昨晚醉醺醺地回宿舍拿几件换洗衣服，就跟韩博回聚贤宾馆继续过起二人生活。她不想跟那些学姐一样哭哭啼啼，决定接下来的几天像小两口一样高高兴兴，像妻子一样天天陪他在他身边。不能永远厮守在一起，至少要留下一个美好的回忆。

“韩律师，穿这一身不会给您丢人吧？”

“好看，特有气质，以前怎么没见你穿过。”

等会儿要去讨债，她主动请缨扮演秘书，西装西裤小皮鞋，摇身一变成为职业女性，气质不凡。韩博放下文件，情不自禁搂住她的小腰。

“我姐给我买的，在学校穿太老气，一直压在箱子里。”李晓蕾嫣然一笑，风情万种。

“实习可以穿了，给我当秘书没问题，千万别给那些大腹便便的领导当秘书。”

你考到了律师资格，其实你可以去北京当律师的。李晓蕾暗暗地想，话到嘴边终究没说出来，他不止一次提过父母希望他当国家干部，不希望他放弃铁饭碗。他不想让家人失望，怎么能让他……

“走吧，时间差不多了。”韩博不明所以，对着镜子整整领带，顺手提起公文包。

“包我给你拿，我现在是秘书。”

“行，装就装像点儿。”

一个西装革履，一个一身职业装，可惜开的是警车，要是轿车更像那么回事。

他们如约赶到大通房地产开发公司。

甲方没上班，大门紧锁，老严来得更早，看见如花似玉的妙龄女子坐在副驾驶一下子失神了，韩博连摁几次喇叭才反应过来。

“韩特派，这位是？”

“我女朋友李晓蕾，从现在开始她是秘书。晓蕾，这是我们良庄建筑公司严会计，昨天一起来的。”

“严会计好，认识您很高兴。”

“晓蕾姑娘真漂亮，幸会幸会，韩特派真有福气。”老严用一口思岗普通话忙不迭地打招呼，小姑娘太漂亮，不好意思盯着看，目光刻意转移到储物格，不经意发现几张名片，最上面一张赫然是区委副书记的！

省会城市的区委副书记，那是什么级别的领导，肯定比我们思岗县委书记大。

韩特派真人不露相，竟然有这关系。他越想越激动，忍不住问：“韩特派，你找到人帮忙了？”

“朋友介绍了几位领导，不知道人家愿不愿意帮忙，就算愿意也不知道能不能帮上忙。”名片在这儿，昨天下午“有事”，今天起太早，电话一直没顾得上打。韩博低头看了看，语气轻描淡写。

“韩特派，我能不能看看？”

“看吧，名片，又不是什么秘密。”

区委副书记、区团委书记、区政府办副主任、街道办事处副书记……庄新栋干几年外联部长，组织和参加过许多活动，认识的人不少，交情估计不咋地。毕竟他是一个学生，人家不可能把他当回事，给张名片是客气。

但在老严看来可了不得，全是国家干部，全是领导，如果全帮忙，一人给甲方打个电话，这事估计就好办了。

“韩博，在乡里，人家都喊你韩特派？”他暗暗咋舌，李晓蕾则感觉这称呼很搞笑。

“干部一般喊韩特派，老百姓认识的这么喊，不认识的叫韩公安，或者公安同志，警察同志。”

“韩特派，太逗了。”

“官本位，人家认为在称呼时带上职务好一些，能体现出尊重。统战委员叫杨统战，比喊杨委员好听。”

李晓蕾在老北京胡同里长大的，没深入过农村，感觉特有意思，笑得花枝乱颤。

老严突然想起一件事，放下名片，从包里掏出一部大哥大，摩托罗拉翻盖的，小心翼翼递上来解释道：“韩特派，王经理说没个大哥大在江城不方便，你先用着。他整天在工地，有寻呼机，有没有大哥大无所谓。”

建筑站只是一个叫法，与“七站八所”不一样，它是乡镇企业，是一个独立法人单位，正式名称是“思岗县良庄建筑安装工程有限公司”。王队长是工程队长，这个队长只有老家人叫，在外面是王经理，事实上人家就是项目经理。

考虑得很周到，有个大哥大联系起来是方便。

韩博接过大哥大，老严接着道：“王经理和施工员老徐问你晚上有没有时间，打算请你吃顿饭。来江城，他们要尽下地主之谊。”

“事情没办成，这顿饭不好意思吃。过年不是要回去吗，有的是机会。”良庄人同其他乡镇的人不同，在外面很团结。素未谋面，人家如此热情，韩博真有些过意不去。

“韩特派，给王经理一个面子。”

“没必要，真没必要。开门了，他们上班了，走，进去看看。”

大通房地产开发公司是街道一个企业的三产，私人承包的，经理姓尤。

商品房卖得不太好，竣工几年的小区仍空着一大半。单位没什么事，每天早上来一下，快到股市开盘时走，去前面一条街的证券公司大户室炒股票。

不是私人炒，是公司炒。这年头，要是不设个投资部，不炒炒股票，不好意思跟人说自己是开公司的。

老严没经历过大场面，胆子小，没气势，等在大厅。韩博手持大哥大，带着小秘书，跟暴发户似的到二楼，直接敲开总经理办公室门。

闯进来两个不速之客，看架势有点儿来头，尤经理放下报纸笑道：“同志，看房子？销售部在一楼，是不是没人，没关系，你们先坐，我来问问她们跑哪儿去了。”

“尤经理是吧？”

“是，坐，坐下说。”

“我姓韩，叫韩博，是思岗县良庄建筑安装工程有限公司聘请的律师，这位是我同事李晓蕾。”

“尤经理好，这是韩律师的手续，请您过目。”李晓蕾很有默契地拉开包，将男友的律师资格证、委托书和介绍信一一放到他面前，然后掏出笔记本和钢笔，笑盈盈坐到一边。

不是来买房子的，原来是讨债的！良庄建筑公司太不地道了，有话好好说，干吗找律师。打官司太麻烦，现在不比几个月前，根本没必要打官司。尤经理急忙掏出大中华，一边敬烟一边笑道：“韩律师，对不起，工程款一拖近三年，是我们不对。当时没想过要拖欠，主要政策变了，中央不给我们房地产放贷款，哪家银行敢放撤哪个行长的职。政策说变就变，我们有商品房，有固定资产，居然贷不到款。”

三年前银行确实紧缩过银根，建筑站汪经理也是这么说的。

韩博接过香烟，婉拒他点上的好意，微笑着问：“现在呢？”

“现在不用向银行贷了，就算他让我贷都不贷，除非不要利息。”尤经理大手一挥，豪情万丈，一派我有钱的架势。

运气来了挡不住，听这口气不用打官司不要闹事。韩博乐了，但故作严肃地说：“尤经理，不好意思，银行管您要不要利息我不知道，我肯定是要帮我客户管您要利息的。按合同办事，如果您忘了，我可以把复印件拿给您看看。”

一百多万而已，多大点儿事。三年前的现在，真是山穷水尽，债主几十个，外债五百多万，贷款贷不到，实在没办法，把账上仅剩的六十多万投入股市赌一把。

结果守得云开见月明，今年时来运转，大牛市！天天涨，连连飘红，买的那几支股票涨了十几倍，六十多万变成八百多万。加上动员职工集资投入股市的资金，现在账面上超过一千万。

这几年卖房的钱，陆陆续续还给了小债主，只剩下良庄建筑公司这一个大债主。

尤经理欠债欠怕了，不想再欠人钱，又不想放弃赚更多钱的机会，紧握着他手笑道："韩律师，利息没问题，你再给我两个月，我按银行三年定期存款利息跟你算。保证在春节前，连本带息，一分不少，全打到良庄建筑公司账上。"

看样子他真有钱，这运气好得有点儿离谱。韩博欣喜若狂，强按捺下激动，说道："尤经理，这笔工程款不能再拖了，我客户的企业性质您是知道的，乡镇企业，乡政府就等这笔钱给干部教师发工资，并且全乡干部教师的工资已拖欠二十多个月。您如果再不帮着解决，我只能起诉。另外，那些没拿到工钱的民工和等米下锅的干部教师，真可能会来您这儿讨要。"

一百多万放在股市里一天能赚好几万，机会难得，尤经理不想错过，用商量的语气说："韩律师，要不这样，我先让财务打三四十万过去救救急，剩下的春节前付清，连本带息支付。"

"不行，真不行，再拿不到钱，教师和工人会闹事的。"

看来良庄建筑站实在顶不住了，已经拖三年多，欠人家的就给人家吧，又不是没钱，没必要搞那么僵。尤经理权衡了一番，斩钉截铁地说："既然乡里确实需要这笔钱，那就今天解决。韩律师，李小姐，我和财务去一趟证券公司，你们在这休息一会儿，中午一起吃饭。不过只能按活期利率算，这一点请二位见谅。"

乡里压根儿没打算要利息，甚至没奢望过能全收回来。

这任务完成得太顺利了，顺利得有些不真实。取钱应该去银行，去证券公司做什么。或许压根没钱，不想给，打算利用这个荒谬的借口开溜。如果找不着人怎么要钱，韩博不想大意失荆州，起身道："尤经理，我陪您去。建筑公司的会计也来了，有他在，转账汇款方便点儿。"

"韩律师，你信不过我？"

"瞧您说的，是我的客户太需要这笔钱了。"

想到这家伙可能真有钱，能给乡里多争取一点儿是一点儿，韩博接着道："至于利息，活期利率才 2.97%，相差太大，我没法跟客户交代。尤经理，您财大气粗，没必要因为这点儿小钱跟我对簿公堂。"

当时没招标，是议标，良庄建筑公司报价最低，利润不高，生怕拿不到钱，合同上确实有违约条款。工程质量没问题，工期还提前了十几天，拖人家三年多，给一点儿活期利息实在说不过去。

同期银行贷款利率太高，高得离谱。三年期存款利率也不少，10.8%！

能省一点儿是一点儿，尤经理笑道：“定活两便算怎么样，按一年定期存款利率打六折。”

“李秘书，合同上是怎么注明的？”

在来的路上商量过这出双簧怎么演，几个关键数据李晓蕾记得清清楚楚，脱口而出道：“工程竣工验收之后的15个工作日内，甲方需支付除工程质量保证金之外的所有余款。若甲方违约，按每天0.02%支付余款的违约金。工程竣工验收满一年，甲方需支付最后一笔也就是工程质量保证金……”

每天0.02%，按天算，这个违约金累计下来不得了。合同是这么签的，可是真正按合同执行的又有几个，特别是违约条款。要是没钱，什么都不怕。现在有钱了，要是他起诉，要是能找到关系搞定法院，申请个财产保全，公司资金尤其股市里的资金不全被冻结了吗？

尤经理急了，紧握着他手说：“韩律师，合同是一回事，怎么结算是另一回事，建筑行业有建筑行业的惯例，要是处处较真，这生意做不做了，工程干不干了？这个小区没搞起来，主要位置不好，我们决定从哪儿跌倒从哪爬起来。刚从区里拿下一块地，不盖住宅楼，盖写字楼，高层，设计院正在设计。

“你代表乙方，能做主。我是甲方法人，公司大小事务我说了算。只要韩律师在违约金这个问题上有诚意，接下来的高层依然交给良庄建筑公司。后面小区全他们盖的，质量工期有保证，我放心。怎么样，要不要继续合作？”

能帮乡里再接个工程当然好，关键他们的信誉不好。再说图纸仍在设计，这样的工程怎么包？不能上他的当，同时不能把他逼急了，毕竟合同是一回事，真正落实是另一回事，江城是他的主场，江城法院肯定帮江城企业，每天0.02%的违约金法官不会支持。

“三年前的一百万比现在的一百万值钱多了，我客户损失太大，作为律师，我必须维护客户利益。尤经理，按三年定期存款利率算，这是我和我客户的底线，否则我们只能法庭上见。”

炒股多赚钱，傻子才继续开发楼盘呢。律师不上当，尤经理实在没办法，暗暗盘算了一下，咬咬牙：“行，就按三年定期存款利率算，五十万就五十万，当交个朋友！”

为这笔工程款，建筑站尤其江城工程队王队长和钱会计，前前后后跑过近百趟，好话说尽，嘴皮磨破，结果一分钱没能要回。

韩特派出马，不仅一次性全要回来了，对方还支付利息。老严晕晕乎乎的，像是在做梦，直到跟大通公司财务从银行走出来才缓过神。

钱要回来了，超额完成任务，老卢不能再跟我发飙了吧？韩博一身轻松，把大哥大往老严手里一塞，陪女友浪漫去了。老严可以去长途汽车站打票回家，也可以去工地找那些老兄弟老朋友。

立这么大的功，韩博报喜电话都不愿意打。

老严虽然四十多岁，仍然想进步，建筑站是乡镇企业，连事业单位都不是，如果能调到财政所多好。他直接向卢书记报告，千载难逢的机会不能错过。

“卢书记，不会错不会错，我跟他们财务一起去柜台办的，刚才从银行出来，就在银行门口。电汇，不是转账，底联回执我看过，韩特派也看过，不会有问题。”

昨天去，今天就要到钱了。

卢惠生将信将疑，生怕自己听错了，追问道：“老严，你说清楚，你再说一遍，一共多少钱？”

“一共205.22万元，其中52.2万是利息，连本带息，真正的连本带息，按三年定期存款利率算的！韩特派昨天下午托人找过好多领导帮忙，有区委副书记，街道办事处领导，有居委会领导，名片我全看过。卢书记，我算明白了，讨债这种事，上面有人跟没人就是不一样。要是没人，别说利息，本金都拿不回来……”

这小子，深藏不露啊！

为调动干部积极性，讨债是有提成的，超额完成部分拿2%。只给他布置了四十万任务，他一下子拿回二百多万，算下来要给他三万多的提成。

提成该给就要给，不能言而无信。

卢惠生现在考虑的不是给不给提成，是他找过那么多人帮忙，人家不可能白帮。

建筑站在江城干十年，年年有工程，这些问题必须考虑到。如果不意思一下，别说下次再求人家帮忙，恐怕连工程都不太好接，至少在那个区别指望再接到工程。

五十万利息像天上掉下来的，卢惠生很难得大方一次，说：“老严，任务完成得很出色，回来我给你们庆功。不过你先别急着回来，我给你们汪经理打电话，让他安排五万打到工程队，你拿到之后立即交给小韩，该怎么感谢让他去感谢，他找的人他负责。”

“请人帮忙，哪能不感谢一下。卢书记，我错了，我检讨，光顾着高兴，小韩没提，我居然没想起来。”

“这不怪你，又不是你找的人。跟小韩说清楚，该怎么感谢就怎么感谢，要是不够给我打电话，他的提成回来统一结算。乡党委说到做到，不会出尔反尔，不会让做事的干部寒心。”

“卢书记放心，话我一定带到。”

人在赌场上失意，情场上就会得意。反之，情场失意，在其他方面就会得意。

韩博发现这句话有些道理，谈两年多的恋爱进入倒计时，其他方面的运气却好得令人发指。谁能想到尤经理搞房地产没赚到钱，孤注一掷炒股发了财，以至于韩博去讨债时，他如此痛快。

清欠提成，真没想过。全乡干部一个标准，超额完成部分拿 2%。为了把工作推行下去，县里一样会这么搞，合理合法，这个钱不要白不要。

老严送来的五万现金有些麻烦，根本没找人帮忙，不需要感谢。建筑站在江城有工程队，抬头不见低头见，万一将来被拆穿了会很尴尬，甚至会说不清。

这钱不能拿，拿了搞不好会让自己身陷囹圄。

李晓蕾从来没见过这么多钱，趴在床上数了一遍又一遍，咯咯笑道：“韩博，原来当公安这么有“钱”途，要不你再准备五万，跟我回家，把十万拍到我爸面前。或许他见钱眼开，脑袋一热，就把我卖给你了。”

“十万有点儿贵，听说去边境省份买媳妇只要三五千。”

“你想不想买？”

“想，当然想。”

“那就是了，难道我李晓蕾不值十万。”

“值，你无价之宝，关键你爸舍不舍得卖。”

李晓蕾抓起一把往头顶上一扔，唉声叹气说：“我爸见过大钱，别说十万，再加十万他也不会卖女儿。”

她敢想敢说，敢作敢为。韩博相信只要开口，她真有可能放弃首都的生活跟自己一起去农村。但这对她不公平，脑袋一热过去将来不一定能习惯。

前些年国家颁布政策，允许知青返乡，不知多少人为回大城市抛妻弃子。韩博自己不想让父母失望，不想放弃现在的工作和生活，怎么能要求人家做出这样的牺牲。

“亲爱的，别胡思乱想了，我现在有个警务室，手下有四五个人，要管一个乡治安，工作挺多，压力不小，三四年内应该不会当陈世美。你先回家，找到合适的我就祝福你，找不到合适的，若能做通伯父伯母的思想工作，我们接着过。当牛郎织女就当牛郎织女，全国不知道有多少。”

“你等我？”她回过头，微笑里满溢娇羞。

韩博揉捏着她胸前的那对绵柔，深情地说：“我是男的，可以等。你是女孩子，不能等。遇到合适的，跟我说一声，遇到什么困难更要跟我说，我坚强着呢，经得住。”

“老天爷，您开开眼吧，不能让我们当一对苦命鸳鸯。”

“躺在一堆钱上睡觉，这算苦命鸳鸯？”

“问题是钱解决不了的问题。”不应该说这些的，又忍不住说了，李晓蕾急忙岔开话题，“韩博，你打算怎么处理这笔钱。”

“到我手里自然没退回去的道理，回去搞单位建设，只要不进个人腰包就不会有麻烦。”

“你有小金库？”

“没小金库干不成事。”

“你们公安怎么这样啊，就知道罚款搞钱，难怪老百姓对你们不满意。”

韩博轻叹了一口气，苦笑着解释道：“群众对公安队伍是不太满意，归纳起来主要是两个原因。一是破案率低，二是抓赌、抓嫖和交通罚款。可是又有几个人知道，政府对公安的投入只能保证工资，有些地方甚至工资都不能保证。但是打击任务的硬指标依然是一级级下达，平时的水电、电话、车辆维修、用油全要花钱。不罚没收入，钱从哪儿来。

“在时间人力一定的情况下，犹如切蛋糕的关系，用在罚款案件上的时间多了，用在正经破案上的时间必定少。提高破案率，必定要减少罚没收入。收入少了，办案经费一样少，破案率也难提升，这是一个怪圈。”

“基本工资没保证？”李晓蕾将信将疑。

“真没保证，我是政法专项编制，正规军，结果到局里只有 70%。我们县公安局治安大队有两个从部队转业过去，刚进单位都不能适应局里靠罚没收入返还经费的生活，因为在部队经费是有保证的，他们有个共同的疑问：公安好歹也是政府部门，怎么政府就不给经费呢？

“另外作为基层一线的民警，没多少人愿意去抓赌嫖搞罚没创收，占用大量的休息时间，赌嫖案发高峰期大多是夜里，而且这活纯属得罪人不讨好，但迫于压力不得不去。所以我们公安常说自己吃的是尿泡饭，累死累活，最后搞得一身骚。”

“上面知道吗？”

“知道，前段时间一份公安杂志上提到过费用问题，说靠一支吃杂粮的队伍来使群众满意，难！”

“你也去抓赌嫖，你也去搞罚款？”

韩博拍拍胸脯，嘿嘿笑道：“我大小也是官，手下好几个人，要进步，要当真正的领导，要有成绩才能调到首都去跟你团圆，必须要在经费问题和破案率上找个平衡点，来个两不误。”

“看来你真喜欢这个职业，真喜欢当官。”

“对不起。”

“不要说对不起，男人应该有点儿追求，我喜欢你穿警服的样子。”

“真的？”

“真的，很帅，带出去有面子，羡慕死那帮丫头。”

校园爱情有美丽的过程，却难结出丰硕的果实。有人说没有物质基础的爱情是脆弱的，随时都有可能崩溃，难道毕业了注定要分手？

韩博不甘心，李晓蕾不甘心，二人都萌生过去对方家乡发展的想法。但是爱，不仅仅是两个人的事，也是两家人的事情，包括彼此的父母，是两个家庭的相融。

几经权衡，这个想法很快被无情的现实扑灭了，家庭、户口、工作、生活……有太多困难在前面等着。二人心照不宣地选择了“屈服”，谁也不提离别，不提分手，不认为真的分了，不需要用言语表达出来，只要从对方的一个眼神中便可以读懂彼此，这是心灵之间的一种默契。

“不许哭。”

“你也不许哭。”

李晓蕾下周三去实习单位报到，让她提前走会好一些。至少不用她送了韩博，又背上行李一个人回京。

刚刚过去的四天，是李晓蕾人生中最幸福也是最难受的三天。

火车快进站了，韩博五味杂陈，心里很难受，他轻轻帮她擦拭掉眼泪，从包里取出一个信封，强颜笑道：“穷家富路，放好，千万别搞丢，到家给我打个电话。”

鼓囊囊的，不低于一万。

李晓蕾是知足的，用她的话说工资高有的活法，工资低有低的活法，不把钱和身份地位看得很重，至少相对而言是这样。她也不喜欢占小便宜，不想接受这样的馈赠，紧抓着他手，摇摇头。

“我超额完成讨债任务，有提成，三万多。好运是你带给我的，应该一人一半。”

“这几年，出去做什么全你的花钱。韩博，别这样，这钱我不能要。”

“既没挪用公款，又不是父母的血汗钱，是我们一起赚的。你忘了，我是律师，你是我秘书。听话，放好，不然我不高兴。”

快检票了，好多人在围观，流着眼泪拉拉扯扯别人不定怎么想。

他家条件好，那天严会计也确实说过提成的事，李晓蕾不想搞得那么矫情，接过来往包里一塞，踮起脚，紧搂着他的脖子：“就这么走了，我想我将来肯定会后悔的。韩博，给我点儿勇气，要我留下。”

“毕业早着呢，现在是去实习，明年再说。”

“我毕业之前你不许当陈世美，不许招蜂引蝶。”

“你要守妇道，不许红杏出墙。”

“妇道，还三从四德呢。”李晓蕾被逗乐了，扑哧笑了。

她走了，踮起脚跟吻了一下韩博，背起行李检票进站，消失在攒动的人群里。

人最痛苦的莫过于生离死别，韩博心如刀绞。

如果是真爱，就能经历时间和距离的考验。外面的世界虽然很精彩，有很多诱惑，但应该相信自己深爱的人，相信付出就会有结果。即使最终没能走到一起，这份感情也会成为永不褪色的回忆。

读书改变命运，努力工作改变未来。听侯厂长的，好好干干，好好学习，破几个大案，拿几个学位，将来调到首都并非没有可能。

想通了，韩博心情豁然开朗，笼罩在身上的离别之情一扫而空，阳光似乎都变得更灿烂。房间出来时退了，行李全在车上，从火车站直奔长江大桥，过江回良庄。

下午两点四十出发，一路没堵车，警车过收费站都不用停，五个多小时，晚上八点二十七分安全抵达警务室。

“韩特派，肚子饿了吧，我去给你弄饭，刚收碗，饭菜正好热的。”

“韩科长，你太厉害了，一下要回两百多万，连利息一起要回来了。早上碰到严会计，他说在江城没有你办不成的事！”

“开半天车，肯定累，韩特派，你先坐，我去倒水。”

同志们全在办公室，顶头上司给乡里立下一大功，他们一样扬眉吐气，个个兴高采烈。

“王燕，你怎么没去丁湖？”韩博放下包，瘫坐在沙发上揉起腿。

“我们刚忙完。”

王燕拿起一本工作记录，汇报起工作：“下午五点三十六分许，柳下河大桥东约 240 米处，一辆摩托车肇事逃逸，没过桥去柳下，往东跑的。接到报警是五点五十三分，我立即让小单骑摩托车去协助抢救伤者，同时收集线索，保护现场，等待交警队的同志。

“让小任在家联系丁湖派出所，请他们上路截堵，并给各村打电话，请各村支书、治保主任等村干部留意肇事逃逸者下落。然后去找乡播音员，展开政治攻势，通过广播敦促肇事者投案自首。”

良庄的主要公路就一条思良公路，丁湖派出所同事一上路，肇事者只能往南往北往村里跑。农村唯一的好处就是村村有大喇叭，家家有小广播，乡里有什么事一喊都能听见。

他们处置得当，韩博在也是这样。

韩博从小单手上接过杯子，问道：“后来呢，人逮到没有。”

“良东村的，二十七岁，家就在附近，在柳下镇一个私营企业上班，有驾驶证，家人听到广播送他来自首，我们把他移交给了交警队。伤者是柳下人，腿断了，肋骨可能也断了几根。小单联系的120，人送到了县人民医院，在我们思岗接受治疗，将来事故处理会方便点儿。”

小任把饭菜从后院端过来，放在茶几上吃，刚拿起筷子，新郎官到了。

新婚妻子这么晚没回去，他有些不放心，骑自行车过来看看。新郎官来接新娘子，不能不让人小两口夫妻双双把家。

跟同事家属寒暄了一番，韩博笑道：“王燕同志，这次江城没白去，搞了五万经费，先放我这儿。明天上班交给你，去信用社开个账户，存起来。”

“五万！”

有丝绸公司的六万赞助费垫底，局里对良庄警务室的地方编民警很大方，工资足额发放，不像那些所队需要自筹。有经费就搞单位建设，就可以发加班补助发奖金，王燕喜形于色。

“沾建筑站的光，你们知道就行了，注意保密。”

王燕扑哧一笑：“明白，闷声大发财，打死也不说。”

老上司姜国平从来没当过真正的领导，谈起为官之道却头头是道。那天晚上在丝绸宾馆，他拉着韩博说了许多，比如尊重老干部，又比如“请示汇报”永远不会错，非常有道理。

作为新任公安特派员，理应去医院探望下前任公安特派员李顺承。

之所以一直没去，一是事情太多，实在抽不开身。二是他在南港市肿瘤医院接受治疗，从思岗去70多公里，从良庄去120多公里，太远太不方便。

探望老干部只能缓缓，请示汇报不能含糊。

从江城回来了，必须给“联系”自己的局领导打个电话。

“小韩，祝贺你满载而归，这颗卫星放上天，你脚跟算站稳了。老卢法盲一个，不等于不见人情，事实上在某些方面他比大多干部通情达理。连本带息帮他要回两百多万，他好意思再找你麻烦，好意思再跟你吹胡子瞪眼，不好意思，不可能……”

吉主任很高兴，自始至终没问要回那么多工程款乡里有没有点儿表示。没问正常，老卢不敲别人竹杠已经很不错了，管老卢要钱无异于虎口拔牙，痴人说梦。

“吉主任，过几天收秋茧，我这边是掌握了几条线索。但现在警力严重不足。至于联防队，乡里没让我管，就算让我管也不敢用。他们来自各村，有的家里养蚕，有的亲朋好友养蚕，万一走漏风声就会前功尽弃。您能不能想想办法，抽调点儿人来帮帮忙，三天时间，最多三天。”

省经贸委、省工商局、省物价局、省丝绸总公司前天联合下发《关于加强蚕茧收购市场管理的通知》，要求今年全省蚕茧收购继续由丝绸公司统一经营管理，任何单位与个人不得擅自插手收购，严禁跨市、县收购或在边界设点收购，要求全省各市县认真贯彻执行。并且丝绸公司赚的钱要交给县里，丝织总厂的利润一半交给县里，一年几千万，是县里的重要财源。

因为秋茧收购，县里刚召集经贸、工商、公安、税务，各乡镇一把手及丝绸系统干部开会，过几天交警队和各派出所民警全要上路截堵，可以说这是局里近期最重要的一项工作。

他要守住西大门，又拿了丝绸公司的六万赞助费，必须干出点儿成绩，局里应该支持。但关键全县养蚕的乡镇不只是良庄，其他乡镇一样养。

刑警队有一大堆案子，不可能参与这种行动。交警队要负责主要干道，派出所要看好各自辖区，巡警队是机动力量不能随便抽调，机关干部要下一线参与执勤，这个节骨眼上从哪儿找人去支援。

吉主任想了想，说道：“小韩，我知道你有困难，但局里要统筹安排，真给不了你太多帮助。要不这样，管段和有户籍管理经验的地方编民警，我让他俩明天就去报到。再跟张局请示一下，你也跟老单位协调协调，看能不能将丝织总厂经警分队尽快编入巡警队。十几个老部下，让高长兴再抽调几个，凑二十个人，再加上你们自己，二十六个人足够了。”

“吉主任，光有人不行，不能没交通工具，贩子开车来收购，总不能让同志们用两条腿追四个轮子。”

“车找工商和丝绸公司，我们只是帮忙，经费能要也管他们要点儿。”

“好吧，我想想办法。”

公安是“条块管理”，要向“条”上的领导汇报，也要跟“块”上的领导汇报。

韩博拨通老卢的大哥大，嘟两声，挂了。

思岗县内打电话有两种资费，城区是市话，乡镇是农话。大哥大消费太高，市话一分钟6毛，双向收费，打和接一样掏钱，农话更贵。老卢一般把大哥大当BP机使，果不其然，等了三分钟，他用座机打过了来。

老卢正在新塘村一个村民家中喝喜酒，那边吵闹，电话里听不清，能感觉到他非常高兴，说马上回来，让先去乡政府等。

同样吃吃喝喝，但是有区别的。丝河镇干部是为了吃而吃，老卢是盛情难却不得不去。

良庄出人才，谁家孩子考上中专、中师或大学，谁家孩子在部队考上军校，哪怕不认识老卢都要托村干部请一下。他家请到了，我家没请到，会很没面子。多少年的风俗，他不去人家会不高兴。

今晚结婚的是一个部队军官，在部队办过一次，带媳妇回老家再办一次。这种事老卢必须去，不仅他去，牛部长也要去。类似应酬一年不下三百次，换言之，他每天要去村里吃一顿饭，同村民坐在一起喝顿酒。如果实在抽不开身，就请焦乡长或崔副书记代他去。

天天往村里跑，天天跟村民打成一片，对各村情况非常了解，自然而然会为老百姓着想。不像丝河镇领导，老百姓不请他们，没特别重要的事他们也不下村。

现任书记镇长干了两三年，大舅二舅从来没见过他们，直到中特等奖请客才认识自己镇的领导。

正如吉主任所说，韩博“放了一颗卫星”，帮乡里连本带息要回一笔工程款，在乡里的地位顿时水涨船高。

值夜班的干部非常热情，又是倒茶又是拿烟，旁敲侧击打听既然有那么硬关系，为什么分配时不想想办法留在江城。韩博不知道该怎么解释，只能打哈哈敷衍。

等了半个多小时，老卢和老牛打着手电骑自行车回来了。他们满身酒气，喝得红光满面，手上提着一塑料袋，里面全是喜糖。

“功臣回来了，明天中午，富嫂酒家，给你庆功。你不抽烟，借花献佛，这个拿着。”

要回两百多万，乡财政一下子宽裕了，几年没这么轻松过。老卢心情无比舒畅，把一袋喜糖往他手里一塞，同牛部长一起关心起他的个人问题。

“建筑站严会计说你有女朋友，长很漂亮，听口音像北方人。到底什么地方的人，你们将来怎么打算的。”

“小韩，人家的喜酒我们要喝，你的喜酒更要喝，要抓紧啊。”

“卢书记，牛部长，感谢二位领导的关心，我女朋友比我晚一届，明年才毕业，现在说这些有点儿早。”

“行，你们年轻人，有年轻人的想法，咱们说事。哎呀，真是双喜临门。”

“双喜临门？”

卢惠生从值班干部手中接过浓茶，微笑着确认道：“上面对农转非抓得不是很严，外面卖户口已经卖了好几年。县里以前不敢，现在见人家没事，胆大了，刚出台一个文件，把这一块放开了。一个户口六千元，只要掏钱，就可以农转非，成为城镇居民。”

对老百姓而言，转户口跳出农门有一定的诱惑力。

但老卢不是老百姓，怎么可能不清楚这个户口其实一文不值。县里那么多企业倒的倒、黄的黄，失业、待业的城镇居民成千上万，又不给安排工作，就给人家一个本子，这不是忽悠人吗，这也不是老卢的做事风格。韩博百思不得其解，牛青山笑而不语。

卢惠生放下茶杯，兴高采烈地说："我们良庄总人口三万六千八百多，其中非农业人口一千九百二十一人。也就是说，只要卖出一千五百个户口，全乡非农业人口就能占总人口10%以上，就符合民政部《关于调整建镇标准的报告》中的规定。"

韩博反应过来，脱口而出道："撤乡建镇！"

"聪明，你想想，等我们良庄乡升格为镇，跟丁湖平起平坐，他一屁股债，到今天干部教师的工资已拖欠29个月，他凭什么来吞并我良庄。申报材料正在搞，乡人民政府请示，乡人大主席团决议，乡政府关于撤乡建镇座谈纪要……不是很麻烦，同志们热情高涨。

"关心良庄发展的老干部，关心家乡建设的良庄籍领导和部队首长，我全联系过，他们非常支持，说众望所归不为过。三万多良庄干部群众的意愿，县里必须认真考虑。县里要是不同意，我卢惠生不答应，良庄人民更不会答应。可以说万事俱备只欠东风，只差这一千五百个非农业人口。"

良庄历史比丁湖悠久，经济情况比丁湖好，如果升格为镇的所有标准都能达到，又有那么多老干部和良庄籍领导及部队首长支持，县里真拦不住。

只听说过撤乡并镇，没听说过撤镇并镇。让良庄乡变成良庄镇，并入丁湖的威胁自然而然就解除了。

干部教师和退休人员不用再担心本应该属于他们的工资被等米下锅的丁湖干部教师和退休人员分走，农民也不用担心承担丁湖百姓那么高的集资摊派，真是众望所归。

可是这跟我又有什么关系，韩博思索，难道又要安排任务，一个干部负责卖多少个户口。

"为官一任，造福一方。小韩，这块硬骨头我们就算把牙磕崩了也要啃下来，清欠工作你超额完成任务，超额部分的提成明天上午结算，你不用过来，我让财政所直接给你送过去。希望你再接再厉，再立新功，一鼓作气，把农转非的任务一样圆满完成。"

怕什么来什么，韩博果然被猜中了。

韩博是公安，是人民警察，他的工作是打击犯罪维护社会治安，不是干这些乱七八糟的事。但公安没地位，面对越权指令，无法拒绝。

老卢虽然很过分，但不算特别过分，西部一省份的一个县，要调整产业结构，退耕还林，要逐步将农业县变为半农半牧县，县政府计划两年内实现养奶牛 9000 头的指标，要求各部门都要养奶牛，下达指标，按期兑现。其中，给县公安局下达养 40 头牛的任务，局长、政委各 10 头，局里 20 头。

荒唐透顶，实在让人难以理解。让民警养奶牛的事，虽属个别，但这种现象在全国各地都有不同程度的存在。

韩博愁眉苦脸，欲言又止。

刚到良庄工作不久，没几个熟人，这个任务不好完成。

牛青山岂能不知道他担心什么，微笑着说："小韩，警务室的任务不重，只有 40 个。卢书记考虑到你的实际困难，决定将治安联防队正式交给你，联防队员熟悉情况，分派给他们就行了。"

联防队干这事应该没问题，关键把那些人推过来他怎么养。"卢书记，经费呢，没经费工作不好开展啊。"

以前是没钱，现在宽裕了，不在乎那点儿治安联防费，何况有一件更重要的事需要办，卢惠生超大方，大手一挥："这一点儿你放心，从现在开始，治安联防费专款专用。"

有钱他们就会听话，手下多了十几号人，好好整顿一下，今后工作会更好开展。

韩博乐得心花怒放，立马敬上一根烟："卢书记，只要有经费，我保证完成任务，保证维护好全乡治安。把我们良庄，打造成全县、全市乃至全省治安最好的乡镇！"

"我相信你的能力，你肯定能做到。只是蚕桑指导站的地方，收茧可以，开店做生意可以，当警务室不行。公安机关，要有威慑力，在门面里办公算什么？再说地方太小，联防队搬过去住不下。牛部长跟你原单位领导是战友，你的为人我们打听过，值得信赖。用人不疑，疑人不用，我不但把联防队交给你，还要把户籍资料交给你。这么一来，老百姓办个身份证或身份证明，就不用先跑乡政府再跑警务室，直接去警务室办就行了。”

把户籍资料交给他，韩博很感动，起身保证道：“请卢书记放心，未经乡党委政府允许，我绝不会把户籍资料交给丁湖派出所。”

“好，良庄干部就应该这样。坐下说，继续说警务室的事。”卢惠生敲敲桌子，说道，“一个乡不能没派出所，一个镇更不能没派出所！经党委会研究决定，将耐火材料厂办公楼作为警务室，归你们用。三层楼，有院子，有传达室，有食堂，坐北朝南，门口就是思良公路。这办公条件，别说窝在犄角旮旯的丁湖派出所，就算跟公安局也有得一比。

“明天搬家，搬过去办公。牌子我让人帮你做，一共三块，‘思岗县公安局良庄乡警务室’、‘良庄乡治安联防队’和‘思岗县公安局良庄乡派出所’。要是市民政局派干部来实地调研撤乡建镇情况，你们就把派出所的牌子挂上，他们走后再摘下，你明白吗？”

韩博笑道：“明白，一切为建镇大局，到时候我知道该怎么做。”

第十章·好事连连

耐火材料厂就是一砖瓦厂，专门生产各种耐火砖。当时新庵县有十几家锅炉厂，需要各种保温砖、硫钢砖。周边没有生产的，只能去江南采购。一个乡干部把握住这个商机，请前任乡党委书记去考察，在乡里支持耐火砖的项目。

客户就在十五公里范围内，说话口音一样，细谈起来沾亲带故，产品质量差不多，价格比江南的便宜，投产之后横扫新庵的耐火砖市场。

老卢上任后的一段时间，新庵的锅炉厂从十几家发展到三十多家，光近在咫尺的柳下镇就有四家，形成了一个锅炉产业。耐火材料厂的各种砖头供不应求，效益比现在的建材机械厂好。

效益好，有钱了，厂长开始考虑企业的形象。窝在砖瓦厂边上太不像样，交通也不方便。

乡里同样认为厂子全挤在集市附近不好，搞了一个往思良公路边上发展的规划。丁字路口东边民房太多，征地成本太高，西边是一大片地，没人盖房子，就把公路两侧的良庄村六组作为良庄乡的“工业区”。

耐火材料厂、建筑站、建材机械厂和良庄油厂第一批搬迁。

结果办公楼刚盖好，厂区没来得及动工，新庵县生产的一个锅炉在外地爆了。死了人，刚开始以为安全事故，调查后发现是锅炉质量问题。偷工减料、以次充好、伪造检测报告，被电视曝光，新庵一下子出名了，调查工作组一个接着一个，锅炉公司一个接一个关门。

几十个客户一夜之间没了，耐火材料厂的砖头卖给谁，就这么黄了，留下一栋豪华气派的办公楼。一个跟酒店似的门厅，进去是大厅，两侧是办公室。中间楼道，楼道这个位置的外墙是蓝色玻璃幕墙！头上吊顶，地上大理石，墙面刮瓷，墙角踢脚线，门有门套，窗有窗套，办公家具全是从新庵家具市场买的，一套椭圆形会议桌椅就好几千。

院子也很大，有个大花坛，花坛里有假山，搞过绿化，太久没人打理，杂草丛生。左边一排平房是厨房和食堂，右边一排平房是职工宿舍，宿舍前有一个篮球场，地面是水泥浇筑的，厂黄了之后周围老百姓全来这儿晒粮。

传达室不小，去年租给人开过商店。但老百姓习惯去集市，这里交通方便但不在集市上，没什么生意，开几天关门了。

良庄人迷信，认为在这地方风水不好，办厂做生意不行。私企老板宁可花大钱买地建厂房，也不愿意从乡里低价购买这片建筑。致使办公楼了一直没离人。办公室稍微收拾一下就能用，桌椅、板凳一张不用买。会议室特别气派。三楼全是套间，搞得跟宾馆似的。

蚕桑指导站已经够好了，这里条件更好！

“好大。”

“这里好多办公室，好好收拾一下，比局机关气派。”

参观完这栋“恢宏”建筑，回到大门口，王燕他们像是在做梦，不敢相信乡里会把这儿作为警务室。

这不是警务室，这是未来的“良庄乡派出所”。

韩博越想越觉得好笑，指着正前方的玻璃幕墙说：“在上面挂个大警徽，房顶安上‘人民公安’四个大字。厂倒闭两年多，马路上的大广告牌广给谁看。联防队的人一到，让他们量量尺寸，重新喷个‘思岗公安欢迎您’‘有困难找警察’之类的公安宣传海报。看看广告牌上的灯有没坏，坏了找人修修，晚上打开，老远能看见。”

往西是新庵县柳下镇，一条南北走向的省道正好穿过柳下，那条省道是周边几个县市去江南的主要公路，许多司机经常从这儿走。进入思岗境内，看见思岗公安欢迎您，能树立思岗公安形象。

王燕又喜又忧，嘀咕道：“卢书记说治安联防费专款专用，可他一下子给我们塞来三个人。食堂师傅好说，反正要一个做饭的，两个干部怎么办，我们是公安不是企业，不好安排啊。”

“水电费、电话费、有线电视费全要自己掏，一年下来不少钱。”小单忍不住补充道。

韩博笑道：“秦师傅做饭，王主任负责后勤，小高和即将来报到同志一起负责户籍管理，卢书记为我们考虑得很周到，这么安排挺好的。”

“那王主任和小高以什么身份参加工作？”

“老王以前是民办教师，没编制。小高以前是村干部，也没编制。先以联防队员身份参加工作，回头去养老保险所问问职工的基本养老保险是怎么交的，帮他们解决一下。“

这肯定是乡里的要求，王燕点点头，没再问什么。

正琢磨有这么好的办公和居住条件，是不是让丈夫每天下班来良庄团聚。一辆黑色奥迪 100 轿车缓缓开进院子。建筑站的车，主要是汪经理和老卢用。老卢出去开会、办事坐它，非常霸气地停在县委县政府大门口，下村从来不坐，骑个破自行车，戴顶草帽，搞得很亲民。

下车的是汪经理，不是老卢。刚刚要回的两百万不全上交给乡财政，建筑站同样是受益者，汪经理一样高兴。

打完招呼，握完手，汪经理从后排取出一个包装盒，热情地说：“韩特派，这是我们建筑站的一点儿意思。不是送给你个人的，是送给警务室的。你要下村，到处办案，没手机不方便。入好网了，跟我和卢书记的不一样，我们是 9 字头，你是 139，你是全球通。”

诺基亚 8110，弯腰造型，自动下滑盖设计，今年最出众的一款高端手机。

全新的，看来是他让人专门去买的。上次去邮电公司给新家办安装电话手续时见过，9600 元，入网费 3000 元！不仅卖得贵，消费更贵，月租费 150 元，市话一分钟 6 毛，长途估计要一两块，买得起用不起。

老卢的手机费用报销，老单位的丁书记和钱主任更不用担心话费，他们全有，由于费用太高，全把手机当 BP 机使。

人家打过来，看看号码，挂掉，用座机回。实在找不着座机，接一下，长话短说，不敢磨蹭。

虚荣心人皆有之，这东西是身份地位的象征，并且有它很方便，一直想买，就是太贵，舍不得。但人家说了，是支持警务室的工作，勉为其难收下吧。

汪经理准备的这颗“糖衣炮弹”很厉害，韩博被击中了，捧着盒子，一脸不好意思地笑道：“汪经理，您太客气了，我不知道该怎么感谢。”

“韩特派，应该感谢的是我，你帮站里要回那么多工程款，下次或许还要麻烦你，一部手机又算得上什么。对了，瓦工、木工、电焊工全安排好了，马上到。缺材料去站里拉，站里没有去建材机械厂。给他们记工，记建筑站的工，年底分配时一起算账，连饭都不用管。”

要搞一个羁押室，要把大厅改造一下，一边作为接警服务台，一边作为户籍管理服务台。三楼当宿舍，需要一点儿隐私，要把楼道封起来，安装一个防盗门。

“谢谢，太感谢了，汪经理，中午一起吃饭，我做东。”在电话里提了一下，人家真当回事，韩博更不好意思了。

“你乔迁之喜，正忙着呢，下次，等你们搞好我再来。”汪经理很忙，一分钟不肯多留，钻进轿车走了。

帮建筑站要回两百多万，人家知恩图报，单位建设能省一大笔经费。大哥大，以前单位的马所长也有，没这个上档次，像块砖头，当宝似的，谁也不让碰。王燕赫然发现，新单位已超过全局的所有所队，韩特派比那些所队长指导员阔气多了。谁说卢书记是吃人的老虎，谁说良庄是龙潭虎穴。有韩特派在，这里就是风水宝地。不用想了，宿舍搞好就让老公下班来良庄。这边条件越来越好，傻子才天天去丁湖。

通过这段时间的切身经历，韩博终于发现那些破案很厉害的刑警为什么当不上公安局长。他们只需要侦办刑事案件，大不了执行一些依法创收的任务，其他事情不需要考虑。局长不一样，局长要跟地方党政领导打交道，要考虑经费，搞单位建设，想方设法争取编制，解决部下的实际困难……

这个公安特派员很锻炼人，干好特派员，把警务室搞起来，将来就能干局长！有一栋气派的办公楼，手下有二十多号人，有五万经费，有治安联防费，过几天再搞几万，有了钱就可以一门心思搞好全乡治安。

现在那些派出所人少经费少事情多，民警极少下村，联防队员士气低落，对各自辖区情况掌握不够。良庄警务室不能这样，许多关于农村治安管理的经验值得借鉴，必须因地制宜进行一些调整。

工作思路有了，越干越有劲儿。回蚕桑指导站跟朱站长和曹副站长打完招呼，动手搬家，刚搬完，乡综治办主任周正发带着联防队到了，将联防队及档案资料正式移交给警务室。今后要在警务室拿工资，要听特派员的指挥，联防队员一个不少全来了，没人敢旷工。

这里是警务室，来了就要遵守警务室的规矩。让小任先带他们去打扫卫生，搞好卫生去院子里站军姿走队列，下午学习法律法规。小任是警校生，在警校天天受训，让他训练别人轻车熟路。

曾干过良东村妇女主任，后被借调到乡里帮忙的高亚丽，带着一大堆户籍资料来报到。女同志一样要遵守警务室规矩，在一楼找间有防盗门的办公室把户籍资料放下，一起去打扫卫生，打扫完卫生一起参加训练。

两个地方编民警来得比预料中更快，坐第二班中巴来的。一个叫陈猛，在派出所干过管段民警，调来之前在刑警队帮忙。一个叫安小勇，跟高长兴共过事，调来之前在城东派出所给户籍警打下手。

人到齐了，开会。联防队员正在训练，暂时不用参加。作为警务室最高领导，韩博当仁不让坐在中间，其他人分坐两侧。会议室宽敞明亮，装修比较上档次，加之这是第一次会议，大家伙都比较严肃，看上去有那么点意思。

“同志们，虽然改造工程刚开始，大概要三四天才能结束，但我们人员已全部到位，我们的工作不能等到三四天后再开展。在这里必须强调一下，我们人员数量同其他派出所差不多，我们的任务和其他乡镇派出所也大同小异，但我们的工作方式，可能与他们会有些不一样。为人民服务，人民警察为人民，这些大道理我不想讲，只想跟大家说几句心里话。我个人调到公安系统不久，没资历，没相关工作经验，需要干出一点实打实的成绩证明自己。相比我，大家伙更需要成绩。只有干出点样子，才能尽快解决困扰大家已久的编制问题。”

推心置腹，没说空话套话。言外之意很清楚，会想方设法帮大家伙解决编制。调到这儿的全没编制，一个个喜形于色。连乡里任命、局里不承认的警务室副主任老王，心思都变得活络起来。他以前是东光小学的总务主任，东光小学并入乡中心小学。授课不行，总务主任又轮不到他干，乡里没地方安排，就让他过来看房子。现在房子给警务室用，顺理成章成为警务室副主任。他要求不高，从未奢望过能成为一个正式干部，只想有一份固定工作，单位能帮着交个保险，退休之后有养老金拿。

“到底有哪些不一样，首先体现在分工上。”韩博环视着众人，侃侃而谈，“全乡共十九个行政村，我们要包村，划区划片，一个人负责几个。把警力和联防队员下沉到一线，在各村办公室设一个小警务室，联防队员驻村工作。我们干警每星期至少要有两天在村里，在原有工作职责任务不变的情况下，领导和组织联防队员开展治安防范、基础信息采集、化解矛盾和案件办理等工作。

“责任到人，要对各村社会治安承担主体责任，要成为治安防范的组织员、矛盾纠纷的调解员、情报信息的采集员、法律政策的宣传员、警务下沉的联络员、便民利民的服务员。要把工作做扎实，不能流于形式……”

人家把联防队员集中到派出所，我们居然反其道而行，要将联防队员下沉到各村。陈猛和安小勇刚来，两眼一抹黑，感觉有些不可思议。王燕上了近一星期班，大概猜出他的良苦用心。

联防队员家家有地，工资待遇不高，不可能天天来上班，更不可能跟城区的治安联防队一样天天值夜班。他们时间长的干过五六年，时间短的两三年，关系背景错综复杂，不是想解聘就能解聘的。与其强人所难，自己也跟着难受，不如让他们回各村帮着跑跑腿、收集收集消息。这么一来工资不需要涨，可以把省下的治安联防费用在刀刃上。

“王燕同志，你负责内勤，工作比较多，又是女同志，良庄、良东两个村包给你，同时兼顾乡里的企业。”

“是！”

离这么近，不要跑那么远，王燕自然不会有意见，更不会有怨言。韩博微笑着示意她坐下，接着道：“小单，你熟悉情况，要给你压压担子，负责良中、张庄、柳东、柳南和柳北五个村；安小勇负责东光、中庄、前庄和湖西四个村，陈猛同志负责阳光、凤凰、胜利、太平四个村，剩下四个村归我。小任是实习生，过几月就走，不需要包村。平时在值班室接警，哪边忙不过来去哪边支援。

“再次强调一下，这不是一般意义上的包村，大家要实实在在掌握各自片区情况，尤其是重点人员。要与村干部搞好关系，熟悉各村大小道路，与群众打成一片，让几个村的百姓认识你。回头一人印几盒警民联系卡，相当于名片，要把警民联系卡发到每家每户。”

太夸张了。

调到刑警队之前，陈猛在派出所干过管段民警，但那是在所里干，极少下村。别人没开口，他自然不好说什么。既然决心来良庄，便做好了吃苦受罪的心理准备。

安小勇举起右手，欲言又止地问：“韩特派，我是农村出来的，我不怕下村，只是户籍管理跟其他工作不同，要是总找不着人，群众会不会有意见。”

“你能这么想我很高兴，户籍管理是不能离人，但我们警务室的户籍管理，与派出所的户籍管理不太一样。户口迁移这方面工作由正在下面接受训练的高亚丽同志做，身份证明由她开，我们的任务只是代办一下身份证。去局里汇报工作或拿什么文件时把材料带过去，下次去再把办理好的身份证带回来。下村时顺便送到老百姓手上，上门服务服务，有助于树立我们公安民警形象。”

韩博笑了笑，继续说道：“为方便大家工作，我向局领导请示，经局领导批准，明后天去交警队借几辆罚没的摩托车，拉回来之后送修摩托车那儿保养一下，一人一辆，开着就走，下村很方便。联防队现在是集体整训，整训一结束就分配下去，有熟悉各村情况的联防队员当向导，大家工作起来会事半功倍。

“再就是通讯，现在有三部对讲机，早上给巡警队打过电话，明后天他们再捎来一对，这么一来就有五部。我打听过，一个对讲机中继台大概一万多。采购一个，天线安装在楼顶上，全乡能呼到。等将来经费宽裕了，多采购几部对讲机，联防队也配上，指挥起来会更方便。”

买这买那，办公环境搞这么好，钱从哪儿来。陈猛忍不住问：“韩特派，经费呢，我们要不要依法创收？”

“不能坐吃山空，创收当然要，但罚款只是手段不是目的，我们无须为创收而创收。经费我想办法，你们不用操心，当务之急是熟悉情况，尽快进入状态。

另外，过几天有一个打击非法经营的行动，局里会安排警力过来协助。情报小单在收集，到时候所有人全要参加，请大家注意保密。”

“秋茧？”

“嗯，省市两级全下达过文件，县里和局里对这项任务很重视，我们一定要守好全县的西大门。”

说完工作，说起待遇。按照工龄，工资奖金与同工龄的正式干警看齐，不管将来编制问题能不能解决，警务室先帮所有人缴纳职工基本养老保险。加班有加班补助，加一个班十块。不需要完成多少多少创收任务，自然不会有提成之类的激励措施，但大家待遇本来就不高，能同工同酬，单位能帮着缴纳养老保险，能有加班补助已经很不错了，民警们士气高昂。

最希望解决的问题就这么解决了，一直谨小慎微，始终保持沉默的王治纲激动不已，禁不住问：“韩特派，我做什么，你给我安排点儿工作吧。”

四十多岁的老同志，干过那么多年的小学总务主任，对周围情况又熟悉，警务室正缺少这样的人才。

韩博递上一根香烟，笑道：“王主任，从现在开始，你就是我们警务室的大管家，后勤这一块全交给你。我们刚搬进来，水表电表要抄，电话要安装两部，有线电视要接通，要买一台彩电和一部传真机，食堂要管，楼下的改造工程要盯着……总之，后勤保障工作很重要。”

王燕笑盈盈地补充：“王主任，我只管钱。要采购什么你打申请，韩特派签字，来我这儿拿钱，完了拿发票来报销，实在没发票收据也行。毕竟我们只是做个账，单位建设和办案花多少钱上面又不给报销。”

“万一我不在，先管王燕同志借，我回来之后再补办手续。”

王治纲激动得无以加复，起身保证：“韩特派放心，我一定想同志们所想，及同志们所及，一定做好警务室的后勤保障工作。”

韩博将他拉坐到身边，说道：“王主任，你是老同志，干那么多年总务主任，负责后勤不会有问题的。只是我们的工作性质比较特殊，你有时间要学习学习法律法规，学习一下保密纪律，要有保密意识。”

“警务室就是派出所，当然要保密。韩特派放心，不该说的话我一句不说，不管别人怎么打听。”

牛部长说过，他是一个值得信赖的老同志，不然也不会让他参加这样的会议。

统一完思想，一切走上正轨。

事关撤乡建镇大局，集市到处在搞卫生，警务室改造工程必须抓紧，要在最短时间内让它看上去像一个派出所。大警徽、“人民公安”四个大金字和广告牌上的喷绘去找新庵的广告公司做。围墙刷成蓝白相间的，请文化站长吴大庆去富嫂酒家吃了顿饭，摆酒赔罪，顺便请他帮忙在围墙上写上“立警为公”“执法为民”等标语，在刚砌好的宣传栏里出一期板报。

特派员摆酒赔罪，承诺帮二儿子找工作，老吴丢掉的面子找回来了，很帮忙，干得一身劲儿。他虽然没什么文化，但一手字在良庄是出了名的。尤其美术字，跟印刷的差不多。

销售日本建伍和美国摩托罗拉对讲机及中继台的代理商，三天两头往各县公安局和基层所队跑，打个电话问问丝河的陈所长，要了一个号码，晚上联系了一下，人家第二天一早就带着设备过来安装调试。

联防队员上午军训，下午学习。他们制服几年没换，一人来一套新的，橄榄绿，大檐帽，大头皮鞋，臂章是“治安”，肩章也是“治安”。再一人配一条武装带和一根橡胶警棍，有没有战斗力放一边，至少看上去顺眼多了。

管交警大队“借”来四辆罚没的摩托车，车况不尽人意，要先送去修。花点维修费无所谓，关键没手续，上不了保险，万一出个交通事故很麻烦。只能先将就着，等将来经费宽裕了，去采购四辆全新的警用摩托车。

包村工作重要，本职工作一样重要。王燕内勤、安小勇户籍、陈猛管段、小单管段同时负责特情，不这么安排那些台账没人做。

特情与港台影视剧里的“线人”差不多，跟“卧底”有些区别。人家“卧底”是从警校里挑出来的，本来就是警察，破获几个大案便能恢复身份穿上警服。

公安特情尤其基层办案单位发展的特情不是正式人员，内部俗称“耳目”，大致可分为“红色耳目”和“灰色耳目”两种。红色耳目指治安积极分子，如企业保卫人员、农村治保主任和治安员；灰色耳目是有违法犯罪前科，愿意帮助公安机关工作的人，这种耳目在破案中往往能起到不可低估的作用。

基层所队经费不足、警力紧张，总共四五个人，要负责那么大辖区，想破案离不开耳目。可以说耳目是加强社会面控制，预防和掌握违法犯罪动向的一支重要的秘密力量，是基础工作的重要组成部分。管段民警要达到对辖区情况耳聪目明，必须在布建耳目上下功夫，才能实现“辖区不发案、少发案，发案能提供线索破案”和“辖区不窝贼、少窝贼，窝贼能提供信息抓贼”的目标。

小单是党员，在部队连续两年“优秀士兵”，复员之后一直从事保卫工作，经警分队成立后又集中训练、学习和执勤两个多月，政治觉悟没得说，在遵守纪律方面许多正式民警真不如他。他的老家在良庄，大伯是“良庄第一村”的党支部书记，熟悉情况，群众基础好，特情工作交给他最合适。事实证明小伙子很聪明很能干，短短一星期内，在他大伯帮助下，发展了十几个红色耳目和六个灰色耳目。

发现有六条线索，五条是关于非法经营的。只要稍稍留心非法经营的线索不难收集，蚕茧摘下来就要卖，摘茧卖茧时间极短，贩子必须事先走家串户跟茧农说好，几乎半公开化。之所以一直拿他们没办法，一是时间太集中，二是县岗太大，三是养蚕的乡镇太多，能投入打击非法经营的警力没多少，在那么短时间内根本堵不住也抓不过来。

今年拿丝绸公司六万，明年不知道有没有。这些线索全是钱，搞好明年经费不愁，暂时放一边。等会儿去县里拜访丝绸公司王经理，请王经理出面跟工商局协调，把罚款返还的事确定下来。

第六条的线索很重要，韩博关上办公室的门问：“小单，这么多年过去了，他确定没看错？”

“他们是初中同学，初中毕业后在铸铁厂一起干过两年，并且顾新贵体貌特征明显，嘴角上有颗痣，点过没点掉，留下一块疤，他说化成灰都认识，不会看错。”

顾新贵，三十一岁，东光村人，六年与两个同伙深夜盗窃砖瓦厂财务科，没本事撬开保险箱，试图把保险箱抬走。动静太大，惊动马路对面一户居民。良庄治安一直不错，遇到贼肯定要抓，顾新贵将跑过去揪住他的居民刺伤潜逃。两个同伙一个自首一个两天后被抓获，自首的那个已刑满释放两年。

柳北村一个村民前段时间从北河省打工回来，昨天中午跟小单发展的一个耳目喝酒，无意中提到他在工地附近的一个小商店看到顾新贵，反应过来想上去打招呼，顾新贵跨上自行车走了。小单收到消息，晚上去他家走访核实，具体情况笔录上清清楚楚。

不能让通缉犯再逍遥法外，韩博顺手拿起包："走，我们一起去四中队。刑事案件归他们管，必须第一时间跟他们通报。"

"我开摩托车，通报完我直接回来。"

"也好。"

刑警队和派出所的责权划分不是很清，为完成创收任务，刑警队经常抓赌抓嫖，插手一些治安案件，甚至跑到别人辖区抓。派出所为完成破案任务，也经常办一些刑事案件。责权重叠，加上管理混乱，两家经常磕磕碰碰。

四中队以前在丁湖办公，有一次抓嫖，被抓的女人交代哪天跟哪个嫖客睡过，那个嫖客给了多少钱，他们就去抓那个嫖客，要罚款五千，结果那个嫖客因为同一件破事已经被丁湖派出所处理过。

丁湖镇负债累累，镇村两级机构几乎瘫痪，农民负担重，丁湖派出所别指望管镇里要一分钱，连治安联防费都收不上来。可能经费太紧张，也可能因为其他什么原因，罚款没给收据，没治安管理处罚裁决书。没有就等于没处理过，四中队揪住不放。

已经罚过还要罚，哪有这么干的。嫖客急了，让家人去找派出所。派出所去找四中队，新上任的中队长不给所长面子，所里不想把事闹大，垫付了5000元。从那之后，丁湖只要有撬门溜锁或丢自行车这样的小案子，派出所全往四中队推。

刑事案件，本来就归他们管。群众去报警就要立案，大案忙不过来哪顾得上这些鸡毛蒜皮的小案子，破案率直线下降，局领导不高兴，群众怨声载道，丁湖待不下去了，搬到丁湖和李庄交界的一栋二层楼。为点儿鸡毛蒜皮的事老百姓不愿意跑那么远，四中队惹不起躲得起，耳根子终于清静了。

四中队跟丁湖派出所横眉冷对，跟刚成立的良庄警务室"无冤无仇"，中队长正好在家，很热情，听完介绍，看完笔录，态度一下子变了。

"韩特派，他只是看见，不知道顾新贵到底住在哪儿，到底在干什么。一千多公里，我们人生地不熟，去哪儿找。要不这样，你让提供这个情况的群众再去打工时留意留意，只要确定顾新贵的落脚点，我立即带人去北河抓捕。”

送上门的功劳不要，明知逃犯在那儿不去抓，你这个刑警队长怎么干的。韩博跟小单对视一眼，不动声色说：“程队，请局里开个介绍信，带上案件材料，我想兄弟公安机关应该会帮忙的。”

是会帮忙，帮忙总得请人家吃顿饭吧。一千多公里，至少要去三个干警，在那儿不知道要待几天，搞不好并且极有可能待一个月都抓不着人。坐车要花钱，吃饭要花钱，请客也要花钱。

“严打”的发票到现在没报销，巧妇难为无米之炊，让我们走过去抓？再说我们总共才六个正式干警，个个手上有案子，一下子去三个人，不知道什么时候能回来，其他工作不用干了，局里下达的任务不用完成了？

韩博搞定老卢，有老卢罩着，局里对他不管不问。他们没依法创收任务，没破案压力，连传达全省公安局（处）长会议精神的会议都不通知他参加，小日子过得别说多滋润，不知道我们的日子有多难过。程队长点上根香烟，敷衍道：“韩特派，你没干过刑警，跨省抓捕没你想得那么简单。我们不能打没把握的仗，你再让那人留意留意，我等你消息。”

给你们通报是给你面子，是不想给领导留下抢功的坏印象。你们不抓，我们去抓！韩博打定主意，起身笑道：“行，我再留意留意。程队，有时间去我们良庄坐坐。”

“有时间一定去，别急着走啊，中午一起吃饭，指导员马上回来。”

“不了，我要去趟县里，以后有的是机会。”

走出刑警队，小单再也忍不住了，急切地问：“韩科长，怎么办？”

韩博打开车门，若无其事地说：“没有王屠夫，难道就要吃带毛的猪？打击完非法经营的收茧商贩，赚点儿经费，我们自己去抓捕。正好要去县里，顺便把手续办一下，省得下次再跑。”

立功的机会千载难逢，小单嘿嘿笑道：“太好了，韩科长，去抓捕一定要带上我。”

丝绸公司性质跟烟草公司的差不多，只是对财政的贡献没那么大，没烟草公司那么大权。没“茧丝专卖局”，更不会有专门的稽查队伍。公司办公楼在农业局隔壁，拿人家六万的赞助费，第一次登门，对领导一定要尊敬，不管是不是本单位的。

韩博敲了两下门，当着那么多丝绸公司干部喊一声“报告”，立正敬礼，态度恭敬，王经理很有面子很高兴，听完来意，二话不说，一起去工商局。

秋茧收购是这段时间最重要的工作，事关上千万财政收入和全县茧丝行业健康发展，县里成立领导小组。负责农业农村、民政、旅游和对口支援工作，分管县农业局、林业局、水利局、畜牧局和民政局的石副县长兼任组长，工商局罗局长和丝绸公司王经理一样兼任副组长，毫无疑问的热情接待。

对王经理身边这位帅气的年轻公安，罗局长早有耳闻。知道他调到公安局之前，担任过丝织总厂保卫科副科长，联合公安和城西工商所一起治理整顿人民西路夜市，快刀斩乱麻，将夜市那个变成临时便民市场。随着丝织总厂改制，临时便民市场又成了市场建设服务中心的自收自支单位，管理权转移到工商部门。

罗局长上周三晚上去过一次，搞得不错。他曾经的下属，现在的市场办主任杨小梅很能干很负责。从下个月开始，每月能给市场服务中心上交四千多。不像下面一些乡镇，总是找这样或那样的借口，迟迟不把经营管理权移交给市场服务中心。

“小韩同志，无事不登三宝殿，你是不是想跟我们工商部门再搞一次联合执法？”

胆大包天的干部不少，像他这么胆大包天又能干成事的不多。一个刚参加工作不到两天的干部，居然牵头公安工商和保卫部门联合执法，居然让他干成了公安几年没干、工商几年没干成的事，在公安和工商部门已成为一个笑谈，见到庐山真面目，罗局长忍不住调侃起来。

“报告罗局，我是来向您汇报工作的。”

“小韩，坐，别这么严肃。”

王经理拍拍他胳膊，开门见山地说：“罗局长，在县里开会时我只介绍了一个大概情况，具体到良庄，收购形势更不容乐观。今年春茧，良庄至少应收八万四千公斤，结果从开秤到收秤，只收到三万多公斤，大多蚕农将茧卖给新庵的贩子，算上从良庄过境的，不会低于二十万公斤。

“这危害有多大，首先，老百姓受眼前利益驱动，人为缩短蚕茧上族期，大量使用蜕皮激素，售混合茧、毛脚茧，使蚕茧质量严重下降；其二，国家税收大量流失；再就是动摇蚕桑生产基础……”

抬价抢茧的结果是缫丝厂成本剧增。丝贵了，整个行业全会受影响。丝织厂和缫丝厂一旦亏损倒闭，老百姓的茧也就没人收，最后大家一起倒霉。可以说定价收购、垄断经营是一种保护，关键国家没把关系理顺。

韩博接过话茬，一脸凝重地说：“调到良庄以来，我一直在做这方面工作，一直在做各项准备。从现在掌握到的线索看，情况不容乐观。许多外地贩子，置国家法律和政策于不顾，正在走村串户大肆抬价预订鲜茧，准备明后天晚上秘密收购。有的甚至提前预支茧款，订购鲜茧。一些基层村干部直接参与非法经营，一些无证的缫丝厂也参与进来……”

由于投机倒把罪政治意味太浓，加之许多以前属于投机倒把的行为现在已合理合法。工商总局、公安部下发过一个《关于查处投机倒把案件的几个问题的联合通知》，明确指出投机倒把案件，主要由工商行政管理部门审查处理，情节严重和重大投机倒把案件需要侦察的才交由公安机关办理。贩子一车最多拉价值三四万块钱的鲜茧，实在算不上“情节严重”。

公安对案件没管辖权，自然不会积极。丝绸公司最想管，却没兵没权。别看上面的文件不断下达，要求这个部门那个单位重视，其实最后全落到工商头上。职权范围之内，工商有权管也想管，关键贩子连交警都不怕，怎么会怕工商。该跑就跑，该冲就冲。工商执法队伍没什么威慑力，也没那么多人，根本管不住。

罗局长低声问：“你打算怎么办？”

过几天要去北河抓逃犯，必须把经费先挣出来，韩博说道：“当然严厉打击，现在的问题是缺少人员和交通工具，人员我想过办法，多次向局里求援，局里很支持，在警力如此紧张的情况下，仍抽调二十名干警去支援我们良庄。联防队员要去几个主要路口设卡，一个路口至少要留一个干警，辖区那么大，人手还是紧张。”

良庄太重要了，以前没“自己人”，使不上劲，现在“自己人”在那儿当公安特派员，必须堵住。王经理说：“罗局长，小韩人手不够，我抽调丝绸系统干部配合他们工作；车辆不够，我想方设法帮他安排。但光有人和车是远远不够的，必须考虑到后续工作。就像你刚才所说，最好搞一次联合执法，小韩抓到一个向你们工商移交一个，你们工商查处完之后，我们丝绸公司立即接手查获到的鲜茧。视情况该罚没的罚没，该按指定价收购的现金收购，确保秋茧收购工作顺利完成，并尽可能确保蚕农利益不受损。”

工商一样可以派人派车，以前之所以没加大力度查处，主要因为公安不是很配合。

这是好事，罗局长欣然答应道：“这个提议好，再搞一次联合执法，我可以安排一位副局长亲自挂帅，其他干部从局里和其他乡镇工商所抽调，防止泄密，防止有人说情。”

韩博一脸尴尬，欲言又止地说：“罗局，我们局里增派二十个干警，加上我们自己一个二十六个，一下子投入这么多警力，要严防死守三天，局里又没这方面经费，要是最后什么都没有………我不知道该怎么说，真有些难以启齿，我……”

要想马儿跑，哪能不给马儿草。罗局长权衡了一下，似笑非笑地问：“小韩，罚款返还给你们10%怎么样。”

韩博为难地说：“罗局，这次参与行动的不是普通民警，是全副武装的巡警，带冲锋枪执勤。并且打击投机倒把的收茧贩子，不同于其他专项行动。时间太集中，必须连续作战，三天三夜，参战干警能休息的时间很少。”

“老罗，一家一半吧，这么一来公安干警才有积极性。”又不要丝绸公司再掏钱，再说工商确实占便宜，王经理微笑着慷他人之慨。

蚕茧由丝绸公司统一收购，王经理的话语权很大，主管副县长只是挂个名。他开了这个口，实在拉不下脸反对，何况小伙子的背后站着一位未来的常务副县长，罗局长同意道：“行，就一家一半。小韩，该我们兑现的我们会兑现，但你一定要把工作做扎实，把量搞上去。”

第十一章·打击非法经营

工商处罚可不是公安的治安管理处罚。刑法规定：违反金融、外汇、金银、工商管理法规，投机倒把，情节严重的，处三年以下有期徒刑或者拘役，可以并处、单处罚金或者没收财产！

一家一半，能够想象到收入会有多么可观。这么大的领导，应该不会出尔反尔，要是他出尔反尔就找王经理。韩博确定不会白干，离开工商局，直奔公安局。

吉主任正好在，听完来意，沉吟道：“去异地抓捕至少要有两名正式干警，不过规定是规定，政法专项编制那么紧张，各地警力同我们一样严重不足，有一个正式民警就行了。”

“您同意我去？”

韩博自己想办法解决经费，又不用局里掏钱。能把逃犯抓回来是成绩，抓不回来没什么损失。有工作积极性是好事，为什么要打击。对韩博来说很大很大的一件事，对吉主任而言实在算不上什么，笑道：“你主动请缨，我不同意也要同意。张局不在家，他回来我帮你汇报一下，介绍信现在就可以开。”

“谢谢吉主任，我争取完成任务。”

“你是一员福将，能帮老卢要回两百万，一样能把逃犯抓回来，我对你有信心。那个顾新贵我听说过，挺危险的，抓捕时一定要注意安全。手里有枪，心中不慌，还是去领把枪吧。”

韩博掀开衣角，煞有介事地说：“我有枪。”

“你小子，别开玩笑了，去填单子领一把，这把配给警务室的其他同志，回头补办下手续。”

带真枪实弹麻烦，但现在把守的是“西伯利亚”，一旦遇到穷凶极恶的罪犯，或执行一些很危险的截堵任务，没一把好枪真不行。何况过几天要出省执行抓捕，拿把破枪兄弟公安部门同行会笑话的，会影响江省公安形象。

办手续，领枪。他没上过警校，没当过兵，从来没开过枪，吉主任有些不放心。再三强调了枪支的使用规定，给武警中队打电话，让武警中队副中队长教教怎么使用，去武警中队吃了一顿便饭，一起去县武装部靶场打了几十发子弹，直到下午三点才赶到县自考办报名。

自学考试宽进严出，只要符合条件就可以报名。交钱预定书，买回去之后自己可以看，同事们一样可以学习，回头可以搞个学习室。至于能不能考过是另一回事，大不了两年之后再报名再考。考虑到那些贩子极可能冲卡，回良庄前又去了一趟交警队，管他们借几个“停车检查”的路障和一堆圆锥。给丝绸公司王经理打电话，请他派辆车拉到良庄去。

第二天下午，一切准备妥当。小单去几个养蚕最多的村转了转，发现有几家已经开始摘茧。

援兵如约而至，高长兴亲自带队，跟吴永亮、小颜等十几个老部下再次团聚，韩博很高兴。

“韩科长，你这哪是警务室，你这是良庄公安分局。跟局领导说说，把我也调过来。”

“滚一边去，我还坐在这儿呢！”

“高队，我就是开个玩笑。小单，你家在哪儿，远不远？”

“不远，等忙完眼前的事一起去我家坐坐。”

他们聊得兴高采烈，韩博指着一把微冲好奇地问：“高队，这家伙好不好使，里面有没有子弹。”

“好使。”

高长兴接过拆下弹夹，笑道：“子弹有，不过是空包弹，这帮家伙几年没摸枪，哪敢给他们配实弹。”

正聊着，工商局和丝绸公司的人到了。来了八辆车，两辆轿车，两辆面包车，三辆卡车和一辆金杯小客车。工商局曹副局长和丝绸公司宋副经理带队，干部职工来了四十多个。

其他人交给老王和王燕招呼，领导请到二楼会议室。为体现对乡党委政府的尊重，特别把老卢、焦乡长和崔副书记请来了。

虽然贩子收购价高，老百姓把茧卖给贩子收入会多一些，但中央、省里和市里明文规定禁止这种行为，并且一些无良商贩收走茧不给钱，许多老百姓上当受骗，老卢对严厉打击非法经营是支持的。今天上午还亲自通过广播，号召全乡蚕农遵守法律法规，不要光顾眼前利益。

老卢是最高领导，中间位置当然要让给他。然后是焦乡长、崔副书记，座次按级别来，堂堂的公安特派员在自己的警务室，只能陪坐末位，端茶倒水的份儿。

“工商和丝绸的干部全在这儿，我们乡党委政府只有两点要求。第一，查获的鲜茧，尤其那些没支付茧款的茧，必须以指导价收购，不能因为涉嫌非法经营把就罚没，不得降等级、不得扣秤，要保证我乡蚕农利益不会因此受损。当然，在发放茧款时，我们乡里会进行批评教育。第二，在查处时若涉及我们的村干部，必须第一时间向乡党委政府通报，由我们乡党委政府处理，不要屁大点儿事就往上捅。要是你们的收购价跟贩子一样，哪会有这么多事……”

老卢的语气不容置疑，连脏话都飚出来了，在维护本乡群众利益这一问题上的态度坚决，难怪老百姓那么拥戴他。

丝绸公司还指望明年继续收茧，岂能干那种一锤子买卖，宋副经理第一个表态。他是连县长都不买账的主儿，这是又是他的“独立王国”，工商局曹副局长不会傻乎乎跟他对着干，跟着表示会尊重乡党委政府的意见。

一个是来抢茧一个是来罚款的，老卢对他们不太放心，让崔副书记留下，兼任打击非法经营专项行动的总指挥。书记乡长忙着撤乡建镇，不会把精力浪费在这破事上，又说了几句走了。

会议进入正题，韩博指着一张手绘的地图介绍道：“各位领导，从我们掌握的线索看，往年之所以没堵住，一是投入堵截的人手不足，漏洞太多。柳下河上不只有一座柳下河大桥，南边有柳南桥、团结桥，北边有柳中桥和柳北桥，面包车、农用三轮车全部可以通行。此外，许多贩子为逃避查处，使用内河船只作为运输工具。

相比陆路运输，水运更隐蔽，能运输的鲜茧更多。准备点儿塑料薄膜，搞好防潮措施，一条十几吨的水泥船能装几千公斤茧。陆路有分界，河面没法分界，只要驶进柳下河，往西岸一靠，我们就拿他束手无策。”

“小韩，你熟悉情况，你安排部署吧，我们的人交给你指挥。”

“我们工商一样。”

“感谢三位领导信任，我简单汇报一下，如果考虑不周，三位领导请指出来。”

韩博拿起一支水笔，一边在地图上标注，一边意气风发地说：“为了将非法经营分子一网打尽，我打算放长线钓大鱼，先把他们放进来。陆路五座桥梁，深夜一点再设卡，我们的干警、联防队员及工商和丝绸系统干部职工，深夜一点再上岗。

“为确保在此之前鲜茧不至大量外流，一座桥派一个便衣监视，准备设卡上岗的同志在附近隐蔽休息，发现可疑车辆立即出来检查。确认涉嫌非法经营，迅速将其带离现场，这么一来就可以避免打草惊蛇。

“水路这一块我警务室已准备八条水泥船，今晚十点，开往连接柳下河的几条内河，一艘船配一个干警、一个联防队员、一个工商管理人员，丝绸系统干部再安排几个，陆路关卡同样如此。同时能保持两支主要由干警组成的机动力量，一支由我带队，一支由我们县局巡警中队高长兴中队长带队……”

外围扎紧口子，里面根据线索重点打击。对讲机二十多部，备用电池准备几十块，警务室有中继台，通讯方便，指挥顺畅。

联防队员即刻起不得私自离开大院，干什么必须请示汇报，连夜里设卡执勤人员在哪儿吃饭都考虑到了，准备工作和行动部署无可挑剔，三位领导实在没什么好补充的。

开完小会，开大会。所有参战人员去食堂，三位领导动员，韩博根据花名册分工组队。一切安排妥，去各办公室或躺在车上抓紧时间休息。

小单负责情报，换上便衣骑摩托车出去了，王燕守在刚安装好的总台及电话边等消息。警务室副主任王治纲张罗晚饭，忙得焦头烂额。

大白天，三位领导睡不着，在会议室打八十分消磨时间。曹副局长和宋副经理从县里来的，他们对家。韩博是良庄干部，自然要同负责政法、综治等工作的乡党委崔副书记对家。

曹副局长摸到一把烂牌，随便扔出一小对，冷不丁问："小韩，丝织总厂改制工作快结束了吧。"

民间组织部长太多，关心的还全是领导的人事任命。他问的不是丝织总厂，他是想知道侯厂长的情况。

作为一个有理想有抱负想进步的民警，韩博不可能不关注对自己有知遇之恩的老单位领导。在"请示汇报"名单中，侯厂长很靠前，平均四天打电话汇报一次工作。

丝织总厂这段时间调到政府部门的干部不少，真正被别人视为亲信的就他一个。

改制工作接近尾声，对接下来的大概去向侯厂长没隐瞒，只是文件没下来，不敢保证会不会有变数，让他知道就行了，不要张扬。侯厂长确实要高升，不过不在思岗，要出任的也不是常务副县长，而是工业基础比思岗好、国企面临的问题比思岗严峻、紧邻南港市的南州市（县级市）市委常委、常务副市长。

"整天忙这忙那，一直没顾上打电话问，宋经理应该知道，丝织厂和丝绸公司本来就是一家嘛。"

全思岗知道这个消息的人，就丁书记、李工和钱主任他们几个一起把丝织总厂搞起来的老搭档，县领导估计只有谢书记知道，韩博自然不会乱说。

宋副经理消息灵通，眉飞色舞地说："侯厂跟其他领导不一样，有文化有水平有能力，成绩有目共睹。去北京开两会，部委领导向他请教茧丝行业如何健康发展，请他参与制定这方面的法律法规，省里去年就要调侯厂去当丝绸总公司党委书记。

"他是市管干部，全市为数不多的全国人大代表，市里不放。上级一次一次打电话，一次一次要人，出任改制后的集团董事长不太可能，市里又舍不得放他走，常务副县长板上钉钉，也就这一两个月的事。"

侯厂长光环无数，在全省丝绸乃至整个纺织行业有地位，每年省经贸委、省物价局和省丝绸总公司都要请他去江城开会，一起商量确定蚕茧收购价。省市领导出国考察尤其招商引资，经常点名要他随行。

老卢不买县领导账，看见侯厂长却客客气气的，用他的话说，侯厂长是真有本事的人。

韩博有这样的领导器重，前途怎可能不光明？他安排到良庄当公安特派员，或许是侯厂长一手安排的，不然老卢怎会把这办公楼给他当警务室，又怎会允许工商和丝绸系统在他地盘上严厉打击非法经营的贩子。

曹副局长联想力非常之丰富，看韩特派的眼神变了，语气比之前更亲切。他刚摸到一手好牌，正准备好好扣他们的底，王燕敲门走进来汇报："韩特派，收购站五分钟前开秤，六个窗口同时收，卖茧的人不少，来打听价格的更多。另外小单汇报，几个重点村，几乎家家户户全在摘茧。"

宋副经理惊问道："怎么可能这么快，我们才开秤！"

崔副书记把牌往桌上一扔，轻描淡写地说："许多蚕农没买指导站的蚕籽，买的是新庵的籽，上山时间比我们思岗平均早一天半至两天。"

指导站下半年才走上正轨，之前没几个人，许多工作没做，对发籽这一块宋副经理不太清楚。

曹副局长年年参与蚕茧收购，对蚕籽与蚕茧的关系非常了解，不禁脱口而出道："计划收购多少是按发籽数量估算的，这么说全良庄鲜茧实际数量远超 8 万 5 千公斤！"

他们这些县里的干部，平时不往农村走，哪里知道农村的情况。崔副书记微笑着确认道："这几年一直在扩桑，应该按多少桑田估算，8 万 5 千公斤是老皇历，要是能全收购上来，不会低于 14 万公斤。并且今年气候不错，有利于蚕茧生产。"

家里没养过蚕，对这些情况不清楚。韩博猛然反应过来，蓦地站起身："今天晚上到明天上午是卖茧高峰期，只有一夜时间，我们的部署有问题，必须立即调整！"

"怎么调整？"

"不能被动防守，必须主动出击，先确保全乡蚕茧收购上来，再设卡堵截从我们这儿过境的。"

“小韩，你打算下村抓？”

为打好这一仗，小单全力以赴。在他大伯的帮助下，发展了十几个耳目，大多是各村家里不养蚕的、已落选几年的村干部，几乎家家有电话，消息灵通。

为确保万无一失，小单又发动了许多亲朋好友。她母亲正在他外公那个村帮着盯，他那个修摩托车的战友，这几天一直在帮着跑这事。

贩子来良庄收，大多不给现金。要是没人帮忙没人担保，村民不敢把茧卖给他们，他们也在“发动群众”。不是半公开化，是完全公开化。只是担心回去路上被堵截，一般要到夜里12点之后开秤。

哪个村来了几个贩子，姓什么，叫什么名字，跟谁家是亲戚，到底是什么亲戚关系，同哪几户村民约定好了，夜里在哪儿开秤，警务室掌握得清清楚楚的。之所以没想过抓现行，是担心在村里行动，把茧卖给贩子的蚕农会阻挠。事关下半年收入，事关他们的血汗钱，搞不好会发生群体事件。

崔副书记同样有此担忧，紧皱着眉头说：“小韩，你要想好了，万一控制不住局面会出大事的！”

“崔书记，我需要乡党委政府支持，我们采取行动，乡里组织各村党员干部安抚善后。”

“你等等，我向卢书记请示。”

确保秋茧收购是省市县三级下达的任务，乡里有义务协助。想顺顺利利撤乡建镇，必须跟上面搞好关系，至少要缓和一下关系。以前可以睁一只眼闭一只眼，可以敷衍了事，现在不行。

一切为撤乡建镇大局，老卢在电话那头同意了。乡里立即通知各村支书、村委会主任和治保主任等干部来开会，进入乡政府就开始讲“撤乡建镇”，这个讲完那个讲，晚上管饭，不讲完不许走。

调整部署，重新分工组队。

全乡十九个行政村，靠近集市的良庄、良东村百姓赚钱相对容易，养蚕的不多。另有三个村没养蚕的传统，可以把力量集中在那十四个重点村。

警务室有六个民警，包括高长兴在内，巡警队二十一人。王燕在单位协助三位领导指挥调度，小单继续负责情报。其他人与联防队员、工商及丝绸系统干部职工编成十五个分队，算上乡里紧急抽调来的十八个干部（含所站事业干部），每个分队平均八个人。

建筑站、建筑机械厂和停在丁字路口的黑车（面包车）全被征用过来，开进警务室大院就不允许出去。协助公安办案，一夜一百，管饭，六个黑车司机没什么怨言，反而兴高采烈，准备大干一场。

深夜十点半，前来集市卖茧的群众络绎不绝。曾经的警务室门口灯火通明，排起长长的队。一包包蚕茧马上要变成钱，大人小孩儿全来了，人头攒动好不热闹。要严厉打击非法经营的收茧贩子，同样要维护好社会治安，要提醒老百姓辛苦赚到的钱不要被偷或遗失，这种事每年都会发生几起。

韩博拿上对讲机，开7号车，同综治办主任来到收购站门口。

“同志们，不要挤，不要急，六个窗口同时收购，很快轮到你们。看好自己的茧，看好自己的小孩，卖完之后把钱放好，不要丢三落四……”

年年卖茧年年忙，公安来现场提醒真是头一次，蚕农们一下子安静下来，队伍排得也比之前整齐了。集市上不会有什么问题，韩博提醒了几句，盘问了几个看上去形迹可疑的人，其实他们是来打探收购价的蚕农，开上面包车直奔下面的另外三个收购点。

有人把茧卖给贩子，一样有人不相信贩子把茧卖给收购站。这里给现钱，钱拿到手，心里才踏实。

设在东光村的收购点人最多，秩序混乱。再次提醒了一番，请负责东光收购点的曹副站长安排两个人出来维持秩序，上车准备去下一个收购点，对讲机突然响了。

“洞幺洞幺，我是洞两，新庵贩子在柳南四组开秤，二十八元一公斤，现金收购，不折秤。”

等会儿再抓，老百姓能多赚点辛苦钱，涉案金额也会水涨船高，韩博同周正发对视一眼，神情笃定地说：“洞幺收到，洞幺收到，盯死他，等他收完再动手。”

“洞两明白，洞两明白。”

小单干得不错，巡视完第三个收购点，回到人满为患的警务室，消息接二连三反馈过来，全乡十九个行政村居然有二十三个贩子在收，有的用船，有的用卡车。有的给现金，大多打欠条。

各行动分队队长全在会议室待命，得知良庄鲜茧实际数量有可能超过十三万公斤，丝绸公司王经理亲自来了，坐在会议桌边不断给刚刚赶来的老卢、焦乡长说好话。

“小韩，几个收购点怎么样？”

“报告卢书记，积极响应政府号召的蚕农不少，窗口全开了，队伍最长的排一百多米。”

想到有可能存在的安全隐患，韩博又补充道：“王经理，宋经理，下次收购丝绸公司能不能同银行或信用社合作，不要给现金，直接给存折，万一丢了，老百姓还能去挂失。”

“小韩这个主意不错，王经理，你们应该考虑考虑。”

“外地有这么办的，我们也考虑过，关键其他乡镇办事跟卢书记你不一样，老百姓拿白条拿怕了，连银行存折都不相信。”

良庄从来不给老百姓打白条。丝绸系统有钱，不存在这个问题，主要是粮食系统。

购粮款是粮食局统一安排的，粮站没钱，老卢不许给老百姓打白条，动员老百姓把粮卖新庵去，收购任务完成不了，他老伴在粮站上班，几年不敢去县里开会，一去就要挨批。

王经理说了一句实话，正好恭维到老卢心坎上去了，大手一挥：“他们是他们，我们是我们，从明年春茧开始，给存折，我们良庄群众不会有意见。”

“行，我们就按卢书记的指示办。”

同样正科级，王经理把姿态放得很低。论资格，全县能在老卢面前摆老资格的干部真不多。

人太多，食堂做饭做不过来。王治纲让集市的包子店加工好多包子，傍晚就送过来了，热几笼发几笼，十二点整，参战人员吃饱喝足，全部上车，准备行动。小单传来消息，柳中村已经收差不多了，贩子正在装车准备走。

韩博再次看看时间，抬头道：“卢书记，您下命令吧。”

“行动，先去乡政府接人。”

老卢一声令下，参战人员倾巢而出，一辆辆警车、面包车、卡车快速驶出警务室大院，先去乡政府接上各村干部，按照预案直奔各村。良庄说小不小，有便捷的交通工具说大也不大。

韩博亲自带领一个分队，在联防队员指引下不到十分钟便抵达柳中村。秘密收购实在算不上秘密，就在柳中五组的小商店门口。商店老板跟贩子是亲戚，不给现金，卖完再给钱，没亲戚担保这生意做不成。

商店门口灯火通明，卖完茧的村民回家了，几个人正在往卡车上盖油布绑绳子。蚕茧轻，体积大，一车运不走，要来回好几趟，大多蚕茧暂时存放在亲戚家，商店里，商店隔壁的房间全是装满茧的编织袋。

一辆警车突然开来，警笛刺耳，警灯闪烁，收茧贩子、商店老板和司机一下子慌了神，目瞪口呆愣站在车边不知道该怎么办。

“公安工商联合执法，不许动！”

小颜第一个跳下车，按照预案飞快爬上卡车驾驶室，一把拔下车钥匙。非法经营有可能要追究刑事责任，但终究算不上什么刑事案件。在路上贩子为避免巨大经济损失或许敢冲卡，车钥匙被拔根本跑不掉，一般不会干出什么狗急跳墙的事。说到底，他们只是受利益驱动的生意人。

面对按着手枪的公安，几个人吓得脸色煞白，不敢轻举妄动。工商局干部和联防队员上前抓住他们胳膊，丝绸公司干部冲进屋里清点没装上车的茧，韩博掀开卡车上油布看了看，回头问：“谁收的？”

倒了八辈子的霉，收好几年都没事，怎么被抓到了。贩子如丧考妣，愁眉苦脸说：“我。”

“什么名字，什么地方人？”

“孙大成，新庵人。”

“收了多少？”

被逮了个正着，茧全在这儿，只有老实交代，贩子哭丧着脸说：“8000多斤。”

“现金还是打欠条？”

“欠条。”

“账本呢？”

“在车上。”

“韩特派，找到了，在这儿。”拿到最重要的证据，工商局干部举着一个笔记本兴奋不已。

韩博抬头看了一眼，追问道：“秤呢？”

“在店里，借的，我没带秤。”

账本、收茧的秤、没来得及拉走的蚕茧全在，证据确凿，剩下工作直接交给工商，韩博掏出警察证：“我是思岗县公安局良庄乡公安特派员韩博，你们因涉嫌违法违规经营，要接受工商行政管理部门查处，若拒不配合，就要按相关法律法规由我公安机关查处，听清楚没有？”

“公安同志，我就是赚点儿跑腿费，我不是大老板，这不算违法经营……”

“收 8000 多斤不算，难道收 8 万公斤，把良庄秋茧全收走才算？别狡辩了，现在态度决定一切，坦白从宽，抗拒从严，明白吗？”

事到如今，能说什么，贩子只能魂不守舍地点点头。

工商接管涉案人、账本和秤，蚕茧拉到最近的收购点，没装上车的往专门准备的卡车上装。

老百姓闻讯而至，担心拿不到钱想拦，乡干部和村干部做工作，承诺会维护群众利益。贩子消息闭塞，通讯不便，许多人 BP 机都没有，更不用说大哥大。在邻村收购的“同行”已经被抓了，这边还在过秤过得不亦乐乎。

反观参战人员，有确凿情报，有对讲机通信，有便捷的交通工具，有精心准备的行动预案。知己知彼，指挥方便，配合默契，效率极高。

从零点十二分到凌晨一点一刻，前前后后一小时，在良庄收购的贩子几乎被一网打尽。8000 多斤不算多，陈猛带的分队截获一艘 80 多吨的铁皮货船，一次缴获鲜茧 1 万 6 千多公斤……

捷报频频，王经理乐得心花怒放，连夜打电话向分管副县长汇报。

警务室大院停满暂扣的卡车、面包车和农用车，羁押室里蹲满人，除了接警台和户籍服务台，一楼的其他办公室全借给工商局办案。涉及全乡上千户蚕农利益，搞不好会出大事。

老卢命令财政所干部连夜来警务室复印账本，作为将来发放茧款的重要依据。命令经管站干部去收购站各收购点，盯着丝绸公司的人过秤，确保查获的鲜茧不被做手脚。

警务室没复印机，乡政府也没有，打字复印店大半夜不开门。为不影响办案，工商局把自己的电脑、打印机和复印件连夜送往良庄，一个个忙得焦头烂额。以雷霆万钧之势的严厉打击了一下，家里蚕结茧比较晚的村民，让他们卖给贩子他们都不敢，准备一个多星期的行动基本上完满成功。接下来要做的是守好五座桥梁和通往柳下河的内河河口，防止其他乡镇蚕茧经良庄外流。

闹这么大的动静，天亮后会传得沸沸扬扬，没什么搞头了，用不着那么上心。

警务室民警全撤回来，让巡警队、联防队和部分工商执法人员及丝绸系统干部职工，按原来的计划去五座桥梁及河道设卡堵截。

韩博折腾一夜，凌晨五点多休息，睡到上午十点半。下楼一看，二楼也被“占领”了，良庄警务室整个成为思岗县工商局良庄分局。

会议室变成“办案指挥部”，副局长来了好几位，正捧着材料研究案情。空着的十几间办公室，全成了讯问室。涉案人员不断被带上来送下去，穿工商制服的干部在走道里穿梭不停。

“王主任，午饭准备怎么样。”

从来没接待过这么多领导，王治纲忙得一身劲，跟进办公室眉笑道：“正在准备，准备差不多了。韩特派，工商局领导很体恤我们警务室，早上一来就给了3000伙食费，让我看着弄。这两天吃他们的，不用我们自己掏钱。”

“罚款经济”，我给他们创造那么大效益，给点儿伙食费算不上什么。这边的人在警务室食堂吃，卡点执勤民警和丝绸公司干部在附近村民家吃。跟乡干部下村一样，村里没饭店，给村民点儿钱让人家买菜帮着做。人家也不赚钱，只是全家人一起跟着吃顿好的，改善下生活。

他睡了一觉，但人家到现在没睡，韩博叮嘱道：“别光顾着伺候他们，巡警队是来帮忙的，已经熬了一夜很辛苦，跟那几户村民说清楚，饭钱不是问题，伙食一定要搞好。”

“韩特派放心，不是村干部就是党员，他们知道该怎么弄，我打过招呼。”

王治纲走出办公室，王燕喜笑颜开的进来问：“韩特派，你猜猜总案值加起来已经有多少？”

“50万。”

“太保守，按指定收购价算，已达到127万4千多。我开始没去问，是局里打电话来核实的。吉主任让你准备准备，下午张局要陪同杨县长、政法委郭书记和石副县长来慰问。”

“慰问？”

“良庄计划收购8万公斤，现在几个收购点加起来已收到9万多公斤，还有许多人家茧太软太潮没摘，宋副经理估计到明天晚上，至少能收12万公斤，超额完成任务，相当于去年春茧、夏茧和秋茧收购的总和。况且我们不仅保证良庄秋茧没外流，也遏制住了丁湖几个乡镇的外流势头。

“吉主任说我们的堵住的秋茧，总价值可能在800万至1000万人民币之间，县领导很高兴。吉主任让我转告你，机会难得，到时候汇报完成绩别忘了汇报困难。杨县长一高兴，说不定能给局里多批点儿经费，至少能给局里解决几个编制。”

局领导没夸大其词，涉案金额不算特别多，但这个账要一反一正地算。如果没有严厉打击，没有震慑住那帮无孔不入的贩子，秋茧又会跟春茧一样大量外流，直接影响县里的财政收入。

公安露了脸，立了功，当然要趁机争取点经费，趁机解决几个编制。关键局里插一脚，跟工商局达成的协议就会产生变数。要是杨县长来一句罚款返还一半给公安局，岂不是白忙活了。如果能趁这个机会帮手下们解决编制，那一半给局里也值。

如果说他们不对，不公平。领导会说局里那么多老同志，兢兢业业干了那么多年，没功劳也有苦劳。他们没什么文化，要是再不解决以后就没机会解决了。你们年轻，你们有文化，以后有的是机会……

局里这些年就是这么干的，论资排辈，编制紧着资历老的来。高长兴就是这么一次又一次被忽悠，整整排了七年队。如果没牛副政委帮忙，去丝织总厂过渡的机会都轮不着他。患得患失，韩博午饭都没吃好。

下午3点20，县领导的车队到了，没来警务室，直奔蚕茧收购站。

把茧卖给贩子没拿到钱的老百姓忧心忡忡，全在老党校院子里接受批评教育。杨县长接过话筒，发表重要讲话，代表县委县政府郑重承诺保证蚕农利益，讲了一番国家对茧丝管理的政策。老百姓对政策不感兴趣，只关心自己的钱能不能拿到。

县长承诺了，应该不会有问题，悬在心中的石头终于落下，一时间欢声雷动，争先恐后感谢政府，许多人真是喜极而泣。县电视台记者全程采访，晚上肯定上思岗新闻。

杨县长安慰完几个老百姓，直接去乡政府会议室听汇报，行动总指挥是乡党委崔副书记，副总指挥是工商局曹副局长和丝绸公司宋副经理。公安特派员算什么，就是一跑腿的，没资格汇报，只能坐在最后一排。

杨县长肯定专项行动所取得的成绩，指示工商部门严厉查处那些新庵贩子，要求公安机关全力配合，希望参战干警和所有参与堵截的干部职工坚持到底，确保全县秋茧收购工作圆满完成。

乡领导、局领导和丝绸公司领导挨个表完态，杨县长马不停蹄赶往柳下河大桥卡点，慰问高长兴等执勤干警和丝绸公司干部职工，过警务室门而不入，就这么打道回府了。要陪县领导，张局连听自己部下汇报的时间都没有。

本以为特派员能跟县长诉诉苦，借这个机会把编制解决了。结果杨县长来也匆匆去也匆匆，根本没接见韩博。王燕失望之极，看着一辆辆离去的轿车，沮丧地说："韩特派，活儿是我们干，成绩是人家的，看来我们公安是真没地位。"

韩博没那么失望，反而一身轻松，微笑着劝慰道："至少保住了经费，新娘子，别担心，你是警校毕业的，已经在派出所干好几年，局里会考虑，编制迟早能解决。"

10月25日下午，全县秋茧收购工作接近尾声，各收购站收秤。良庄收购站朱站长骄傲地宣布，共收购秋茧14万9千6百22公斤！超过去年春茧、夏茧和秋茧收购的总和，意味着良庄秋茧一点儿没有外流。紧接着，丁湖李庄等周边几个乡镇收购站相继交出了一份前所未有的答卷。

工商局的查处工作接近尾声，有钱的罚款基本全交了，没钱的砸锅卖铁也交不上。用80吨铁壳船收购的那个情节严重，按县领导指示交由公安部门侦查，刑警队接手，杀鸡儆猴，好好震慑一下总是来挖墙脚的新庵贩子。

乡里安排那么多干部协助，老卢旁敲侧击说了一大堆，之前那“一家一半”的协议没法落实。工商局罗局长亲自赶到良庄，丝绸公司王经理打圆场，关上会议室门，几家一起商量分配方案。至于严厉打击非法经营专项行动期间产生的费用，包括那些连夜去各村做工作的乡村两级干部的加班费伙食费，按惯例由丝绸公司承担，要算入秋茧收购经费。

良庄的罚款要留在良庄，老卢拿乡里跟公安局达成的协议说事，40%不容讨价还价，否则明年蚕茧收购乡里不管了。老卢蛮横无理，拿他没办法。案件是工商局办的，钱在工商局账上，工商局一样要拿大头，也是40%。

物价局和税务局按县领导指示最后参与进来联合查处，贡献不大，一点儿不给又说不过去，两家加起来10%。搞到最后警务室只剩10%，老卢居然振振有词地说，你们总共才几人，要那么多经费做什么。幸好韩博反应快，不然10%都保不住。

同样庆幸的是蛋糕够大，在良庄收购的贩子被一网打尽，一些消息不灵通和一些铤而走险的家伙，居然一个接着一个从良庄过境，包括良庄落网的在内先后共查获76起。

做人不能太贪心。10%也7万7千多，给巡警队2万，7千作为奖金发给那些提供线索的耳目，剩下5万，加上治安联防费和原来的小金库，明年经费基本上不用发愁。

联合执法是韩博牵头的，前期做了大量准备，行动期间身先士卒，后期提供各种帮助。搞到最后，别说一家一半，连四分之一都没落着。罗局长有些过意不去，也想利用这个机会结个善缘，通过他给未来的常务副县长留个好印象，决定搬来的486电脑、打印机和复印件不再往回搬，算工商局支持良庄警务室的工作。

旧的不去，新的不来。现在出来的奔腾多媒体电脑，能用电话线上国际互联网，能在电脑上放VCD，别说486，586都要淘汰。打印机复印件同样如此，现在是激光的彩色的，给他点二手办公设备，让他高兴高兴。

以后给老百姓开个户籍证明，给局里或乡里个打什么报告，用电脑打印出来跟用手写的感觉完全不一样，显得很正式很正规。白落三大件办公设备，韩博是很高兴。

韩博见过大世面，也就是高兴一下，王副主任和王燕等人不是高兴是疯狂，围着现代化办公设备兴高采烈。王燕说要去新庵买电脑教材，好好学学怎么用。小任吹牛会五笔，上机敲了十几分钟键盘愣是没把“思岗县公安局良庄乡警务室”十二个字打出来。

老王提议搞一个微机室，找工人把房间隔开，外面是换衣服的地方，里面放设备。去买几件白大褂和几双拖鞋，以后进微机室要换鞋换衣服。最好安装一个空调，听说电脑这东西不但怕灰尘，而且冬天怕冷夏天怕热。整整落后两代的东西居然被当成宝。

在江城上大学时没少跟马志功去电脑游戏室打 95 红警，几台机子随便摆，那些抽烟的家伙烟灰弹得到处是，老板眉头不带皱一下。韩博眼泪都笑出来了，一锤定音地说：“王主任，电脑没那么容易坏，再说这是二手货，没必要当宝贝伺候。全放户籍服务台里，新娘子，小高，你们好好学学怎么用电脑办公，以后打字复印交给你们。”

“韩特派，要不电脑放你办公室。”

“放我办公室做什么，摆谱也要让人家看见，就放户籍管理服务台。等你们学会使用各种软件，就可以把户籍资料和其他台账输入进去，想查什么档案，点点鼠标、敲敲键盘，直接调出来，打印出来，很方便。”

按照时代发展，以后这些东西不稀罕，会使用它是基本技能。韩博顿了顿，正色道：“不光王燕小高要学，所有人全要学。不要去学什么编程序，只要学会怎么使用，只有学会了才能实现电脑办公、电脑办案。另外，所有人要学会驾驶，社会发展很快，现在摩托车，将来肯定是汽车。最后也是最重要的，要懂法律。总结起来就三点，会电脑，会开车，懂法律。”

艺多不压身，学点儿东西是好事。何况单位对学习真重视，鼓励大家伙参加自学考试，报名费书本费报销。学汽车驾驶也一样，小单基本上能上路，等他再熟练一些就要去帮他办驾照。同志们热情高涨，纷纷表示要利用业余时间学点儿东西。

有钱了，办案条件又上了一档次，要干点儿正事。韩博关上门，严肃地说：“战机稍纵即逝，抓捕行动不能再拖。老样子，我出差期间警务室工作由王燕同志负责。我有手机，呼机用不上，王燕同志，从现在开始寻呼机归你用，有什么事大家好联系。”

安排由谁“主持工作”，开始确定一起出省抓捕的人选。

“韩特派，带我去吧，我认识顾新贵，警务室这么多人，就我见过他。”想再立新功，想同老王和小高一样“转正”的米金龙，一脸期待。

他今年38岁，干过一任村支书，是全乡当时最年轻的村党支部书记，后来因为生二胎被撤。老卢亲自带人去拆他家的房子，拆掉之后担心他的日子过不下去，把水利站两间宿舍借给他一家住。把他安排进联防队，让他一个月多少能拿点儿钱，再种种地，一个困难到极点的家庭就这么缓过来了。

在严厉打击非法经营的专项行动中他表现积极，该上岗上岗，换岗休息时主动收集线索。根据他收集到的情报，高长兴带领一个分队查获两个试图从偏僻的河岸，借助一条6吨水泥船，往柳下河对岸偷运鲜茧的贩子。生二胎只撤掉其党内职务，并没开除他党籍。

在老卢的建议下，任命他为良庄乡治安联防队副队长，按照省里颁布的《江省乡镇治安联防队管理条例》，联防队长必须由正式民警兼任，他只能当副队长，干不了正的。

抓逃犯首先要能认出逃犯。现在掌握的是顾新贵上初中时拍的两张照片，良庄没派出所，他没办理过身份证，初中之后就没拍过。过去十几年，变化多大可想而知。不能打没把握的仗，韩博紧盯着他双眼问：“老米，顾新贵潜逃好几年，体貌特征会发生很大变化，你确定能认出来？”

“能，他跟我一个村，我看着他长大的。”

“行，算你一个。”韩博拍拍他胳膊，转身道，“现行犯我和小单一起抓过，出省抓捕逃犯头一次。万事开头难，要多带几个人。陈猛，你经验丰富，肯定是要去的。小单，我知道你很想去，但你熟悉情况，警务室离不开你，以后有的是机会，不要有什么想法，在家好好协助王燕同志的工作。”

“韩特派，韩科长，我们不是说好的吗？”

“你是说过，我没答应，服从命令听指挥，别跟个孩子似的。”

小单沮丧地叹了一口气，没再说什么。

安小勇乐了，禁不住笑道：“韩特派，小单不去那就是我了。我家没什么事，打个电话现在就能走。”

“你也去不成，在家好好熟悉辖区情况。”

“那谁跟你们一起去？”

“小任。”

“小任，小任是实习生！”

韩博笑而不语，王燕反应过来：“韩特派说得对，小任去最合适。”

可以参加抓捕任务，可以出去见见大世面，小任喜形于色，急忙给众人拱手作揖，求大家伙儿不要反对。安小勇同样想出远门，苦笑着问：“为什么？”

王燕解释道：“因为他是实习生，如果能参加一次跨省抓捕行动，如果能把逃犯顺利抓回来，实习鉴定会不会好看一些，明年分配时，上级是不是会考虑到这些优势？”

安小勇点点头，唉声叹气说：“也是，我们无所谓，对他很重要。”

小单毫不犹豫给小任一拳：“遇到韩特派这样的领导，你小子运气真好！”

“谢谢韩特派，谢谢各位前辈，明年正式参加工作，拿到工资，我一定回来请韩特派，请大家伙吃饭。”

小伙子很努力也很听话，能帮的帮一把，同样不能让人白干。韩博笑道：“提起工资，实习应该有实习工资，一个月280元，王燕同志，你安排一下。”

出省抓捕这么大事，一去不知道多少天能回来，要向局领导请示汇报，也要向乡领导请示汇报。

良庄的败类，不能再让他逍遥法外！韩博赶到乡政府三楼，简单汇报完情况，老卢非常支持，戴上老花镜，掏出传说中的黑皮电话本，翻到中间一页，拿起笔在便笺上写下两个名字和两个号码，完了之后小心翼翼收起来，用座机一个一个拨打。

“常参谋长，我卢惠生啊，说话方不方便，撤乡建镇，没问题，一切在有条不紊推进。你们在外面安心工作，家乡这点儿事交给我，春节回来估计差不多，等你们回来剪彩放炮。没什么特别重要的事，是这样的，我们良庄出了个败类，东光村的，叫顾新贵，不知道你有没有听说过。……对对对，就是那个小混蛋，潜逃好几年，这次下决心把他抓回来，有人看见躲在你们部队附近。……老李住院了，老李情况不好，新任特派员，小伙子，很能干……”

拜托完一个拜托第二个，听语气对方很愿意帮忙，让买到的火车票给他们打电话，好安排车去火车站接。

刚收起来的电话本有两厘米厚，一页上面记五六个人的联系方式，正反面全是，密密麻麻，韩博羡慕地问：“卢书记，天南海北，全国各地，您有多少朋友？”

当了大半辈子的干部，没像别人一样捞钱，也没当上正副处那么大的领导，就交了许多朋友。说起最引以为豪的事，老卢眉飞色舞。

“小韩，不是跟你吹，到底有多少朋友没认真统计过，有一点可以肯定，我现在出门，身上不带一分钱，只要带上电话本，周游全国，去哪儿住酒店，到哪儿有饭吃！”

“我信。”

“别说你，谢书记杨县长都得信，不信让他们跟我比比，出了南港谁好使？我游山玩水，去哪儿坐轿车，累了住酒店或者部队招待所，他们估计要露宿街头，一路讨饭回来。”

良庄出人才，良庄的人才全在他的电话本里，个个对他很尊敬，这真不是吹牛。

韩博将两位家乡人名字和电话号码输入进手机，由衷地说：“卢书记，您是我的榜样，我要跟您学习。”

老卢拍拍他的肩膀，语重心长地说：“小韩，交朋友不难，只要以诚待人，就能交到真正的朋友。老吴这件事你办得不错，请他吃顿饭，让他找回点儿面子，帮他把儿子安排到丝绸公司。你举手之劳，人家记在心里。他这辈子就这样了，他两个儿子就这样了，他的孙子呢？三十年河东，三十年河西，将来人家孙子要是有出息了，你年龄也跟我现在差不多大，不就可以把名字写进电话本。去哪儿，有个什么事，打电话，人家肯定帮忙，朋友就是这么来的。”

“卢书记，您帮过很多人忙？”

“也没刻意去帮谁忙，就是以诚待人，凭良心做事。”

韩博刚从工商局捞了一笔，要是上交到公安局那太可惜了，必须利用这个机会花花，老卢话锋一转：“小韩，我们干工作首先要理顺关系。你是公安特派员，是公安局派来的。公安局在良庄就你一个人，对了，还有一辆车。也就是说，派出去的才是他的，不是派出去的就不是他的。”

跟绕口令似的，韩博糊涂了：“卢书记，我不太明白，您是不是有什么指示。”

“指示放一边，我是给你说的是这个道理，派出所和特派员是公安局派出去的，受公安局管理所当然。警务室不是，警务室是良庄乡人民政府的。警务室与乡政府的关系，相当于县公安局与县人民政府之间的关系，同其他乡镇派出所有本质区别。所以说警务室在人事安排上要听乡党委的，在财务方面要听乡政府的。这是原则性问题，在原则性问题上必须立场坚定，决不能犯糊涂。”

什么都要听乡党委政府的，说白了还不是要听老卢的。派出所是公安局的派出机构，警务室算什么，房子是乡里的，治安联防费是乡里帮着收的。老卢虽然很过分，不过细想起来这番话是有些道理。退一万步说，乡人民政府也是一级政府。

可是上级越来越不把乡政府当政府，职权不断往上收，事权不断往下推。乡党委政府处于权力金字塔的最底层，乡党委书记虽然是正科级，在老百姓眼里是一个很了不起的官，但能掌握的社会公权力和社会资源极其有限，却要直面众多百姓。

上级所有的政策都要由乡镇来落实，正所谓上面千条线下面一根针。什么都要管，为老百姓做不好事不行，干不好上级交代的工作更不行，只许干好，不许干歹，出的是牛力，挨的是鞭子……

老卢像一个唐吉坷德，或者说他的思想中对乡党委政府应该是什么样的党政机构，仍停留在“人民公社”阶段，很难接受基层权力一点点被收走。跟老母鸡护小鸡似的死死护住乡里有且仅剩的那点儿权力，谁跟他抢，他跟谁急。韩博暗叹了一口气，点头表示没有疑议。

老卢很满意，趁热打铁说："联防队副队长米金龙，是违反过计划生育政策，他家的房子是我亲自带人去扒的，但他早悔改了，知错就改是好同志。考虑考虑，考察考察，给他交个职工基本养老保险，让他有个盼头，年纪大了，多少能拿点儿退休金，你可以理解为乡党委的指示。"

人在屋檐下，不得不低头。反正已经解决两个，不在乎再多一个。想到米金龙要参加抓捕任务，韩博笑道："卢书记，米金龙同志正好要跟我一起去抓顾新贵，联防队也是一个小团体，一个看一个，不患寡而患不均，如果这次运气好能把人抓回来，他就立功了，我也就能理直气壮帮他解决。榜样力量是无穷的，或许能以此带动整个联防队的积极性。"

坚决服从乡党委的指示。老卢非常满意，哈哈笑道："好，这么安排最好，工作就应该这么干！早去早回，路上注意安全，实在找不着顾新贵就回来，下次再抓。他个小王八蛋，初中没念完，能跑哪儿去，只要跑不出中国，迟早落网。"

第十二章·启程

在对外宣传特别招商引资时，思岗的地理位置极其好。位于长三角地区，东临黄海，毗邻长江。事实上交通极不发达，高速公路没有，铁路没有，机场没有。养鸡场不少，有一个乡几乎家家户户养鸡。

想出个远门，要么去江城，要么去东海坐火车，从思岗去江城和东海差不多远，三百多公里。

江城在西南，东海在东南，乘火车去北河从江城出发要近一些，但江城火车站是中转站，不是始发站。打电话请马志功去代买火车票，结果人家在火车站排了两个多小时队，别说硬卧，坐票都没有。一千多公里，站三十多个小时，谁受得了。

去东海，从东海出发，火车去哪儿都方便。这么安排能顺便去南港市肿瘤医院，探望前任公安特派员李顺承。也可以顺便去东海看看家人，看看装修公司搞得怎么样。

四个人出差，开 7 号车去东海坐火车，多少能节省一点儿费用，也节约时间。陈猛有驾驶证，在刑警队就是开车的，两个人换着开，不累。

第一站南港，找到前任特派员李顺承所在的病房。不到肿瘤医院不知道癌症多，老特派员刚来时没床位，在附近住十几天旅馆，在走廊又待了一个多星期才搬进病房。

老特派员面黄肌瘦，情况不容乐观，看到接替他的韩特派来探望，一下子来好几个人，精神好了许多，让老伴儿拿饮料削水果。

聊了一会儿，韩博提了一下顾新贵的名字。终究干过十几年的公安特派员，老特派员心领神会，说办正事要紧，催促众人早点儿走。

不知道他能吃什么，不知道买什么好，直接给他老伴塞一千块钱，留下手机号和警务室座机号，有什么事让她给单位打电话。

太远不方便，住院这么多天，就卢书记、焦乡长等乡领导那天晚上来过一趟，局里没来过人。家属很感动，流着眼泪送大家伙出来的。

警务室副主任老王同志没出过远门，走最远的地方就是思岗和新庵，见那些跟工程队出去的人带许多煮鸡蛋，竟让食堂大师傅老秦煮了七八斤茶叶蛋。

不吃会坏，坏了太浪费，午饭就它了。

车开上渡轮，一边欣赏长江风景，一边就着白开水吃茶叶蛋。其实有小任在，浪费的担心是多余的，小伙子能吃，不知不觉干掉了八个。

下午四点多，顺利抵达东海市区。

全国最大的城市名不虚传，捧着地图也能迷路，问了好几个交警，终于找到许汇区装饰材料市场。

“我说去接你，硬是不让，迷路吧，东海太大，我待了好几年才搞清东南西北，看地图没用。”儿子来了，老韩非常高兴，先埋怨一番，跟儿子的三个部下打过招呼，兴高采烈地介绍起他的部下：“小博，这位是我们公司的沙副经理，我跟你说过的，快叫沙伯伯。”

确实提过许多次，老房东，以前在一个街道企业当干部，现在退休了。人特别好，只是他怎么成副经理了。韩博急忙举手敬礼，一脸诚恳地说：“沙伯伯好，我终于见到您了，我爸妈每年回家都跟我提起您，感谢您这么多年来对我家的照顾。”

“这么高，这么威武，韩经理，你有福气啊。”

“当公安，不威武，吓不住坏人。”

儿子开着警车来的，带着三个手下，在老房东面前终于露把脸，老韩乐得心花路放，又介绍道：“小博，这是我们公司财务科吕科长，快叫吕阿姨。”

大城市的妇女，保养得好，看不出实际年龄，大概四五十岁，到底四十还五十真拿不准，不管三七二十一，先乖巧地喊声一声吕阿姨好。

一段时间没见，小睿睿长大许多，先抱抱，抱完参观挂牌成立不久的“东海经典装饰工程有限公司”。

在装饰市场大门口，最好的两间门面，二楼住人，一楼办公，落地玻璃，大理石地面，墙上挂满精致的镜框，镜框里是装修过的房子照片。

办公桌、老板椅、电脑、真皮沙发、玻璃茶几、文件柜、饮水机………门口停着豪华桑塔纳，看上去很上档次。陈猛、小任和米云龙瞠目结舌，不敢相信特派员家竟然是开公司的，竟然这么有钱。

沙副经理接了个电话，打了个招呼，让晚上去他家一起吃饭，夹着公文包，钻进轿车让李泰鹏送他走了。正好市场里卖瓷砖的老板过来结账，吕阿姨聊几句去了隔壁办公室。

“老沙退休没事干，整天跑公园去跳舞，他老伴不喜欢他跟那些妇女搞一块儿，两口子总吵架。祁主任就是他的老伴，听说我开公司，让他过来帮忙。我哪能让他白干，一个月开一千二，年底发奖金。他原来是干部，认识好多人，工商税务这些手续全他帮着跑的。

“他不光跑手续，还跑业务，从开业到现在谈了七八家，有四家签了合同，有一家昨天工人进场的，要不是你们来，我这会儿正在工地。吕科长原来就是国营单位的财务科长，去年退休，内退，有会计证，经常跟工商局、税务局和银行的人打交道，个个认识……”

说起自己的公司，“韩总”眉飞色舞。在东海干这么多年，装修过那么多家，认识不少人。

开业那天，许多装修过的人家来祝贺，有人送牌匾，有人送花篮，隔壁办公室墙上那些牌匾全人家送的。连同市场里那些卖装饰材料的老板，中午在对面饭店摆二十一桌，盛况空前。

老主家介绍，沙副总和吕科长又帮着招来的十几位不要工资，只拿提成和管饭的业务经理（全部是退休人员），开门大吉，装修业务多得忙不过来。

“新接的跟以前的，十二家一起装，要保证工期，要让人家住进去过年，靠现在这几十个人忙不过来，缺木工缺油漆工。昨天打电话，你大舅帮我找了几个，明后天到。你大姑父找了五个，他也过来……”

搞装修的游击队多，这样开公司专攻家庭装修的正规军少，没什么竞争，生意很好。

公司战略是“稳中求进”，从管理层的年龄结构上就能看出有多稳，实在没什么不放心的。

韩博沉说：“爸，买房子的事要抓紧。如果有条件，看能不能买一块地皮或者一栋旧厂房。这么一来，工人就有地方住，不用再跟现在一样背着行李干到哪家住哪家。并且一些家具和门之类的东西，可以在自己的厂房里加工好送过去安装，提高效率。”

老韩深以为然，拍着桌子说：“好多地方白天不许用电刨和切割机，晚上更不许，嫌声音响动静大，老沙刚才就是去谈租厂房的事。公司刚开业，没那么多钱，只能租。好好干一年，等明年有钱再买。”

“现在可以找，可以先谈。”

“谈谈也行，买地皮、厂房没百儿八十万估计下不来，谈谈，找找人，还还价，能省一万是一万。”

开公司跟不开公司就是不一样，以前一年赚十几万就感觉很满足，现在开口就是百八十万，父亲意气风发，有了属于他的事业，韩博打心眼里替他高兴。

开往津门市的火车驶出站台。绿色车皮的列车由于铁轨间留有膨胀的空隙，跑起来总是有节奏地哐当哐当响个不停。

出省抓捕，这种机会不是所有实习生都有的。尽管声音嘈杂，可在小任听来，像是一首雄壮的进行曲在耳边回荡。

“韩特派，坐里面。猛哥，你也坐里面。”

“里面外面一样，换来换去麻烦。”

“你们带枪，坐里面安全点。”小任抬头看看四周，刻意压低声音，其实没必要，思岗话在这儿没几个人能听懂。

车票是吕阿姨托人买的，这趟车太忙，在铁路上有熟人也买不到卧铺，除非愿意在东海等两天。警务室一摊事，哪能在外面久留。坐票就坐票，总比站着强。

钱丢了没关系，人丢了都没关系，唯独枪不能丢。小伙子说得有道理，韩博笑了笑，同配原来那把破枪的陈猛一起坐到靠窗位置。

吕阿姨找的熟人没能帮着买到卧铺，坐票位置安排得挺好。四个人坐一块，面对面，一边坐两个人，不像走道那边一排坐三个人。刚出站，车厢里的人不多，许多位置空着，等到了江城人就多了。

几十个茶叶蛋没吃完，韩博的母亲又准备几塑料袋吃的，一路上估计不用买饭。

米金龙第一次坐火车，很新鲜，坐不住，从这头走到那头，连厕所都要打开看看。一身不是很合体的廉价西装，袖标都没拆掉，显得有些不伦不类。他东张西望，到处乱转，乘警和列车员认为他形迹可疑，拦住查好几次票，乘警更是要求他出示身份证。

陈猛感觉很是好笑，回头看看，捂着嘴道："韩特派，老米又被抓了。"

"我头一次坐火车时跟他差不多，新鲜，好奇。"

小任嘿嘿笑道："我也是头一次坐。"

过去了一天多，陈猛仍然像是在做梦，不敢相信顶头上司家那么有钱，说道："韩特派，在东海开公司搞装修工程，比干现在这行有前途。知道人家怎么说吗？宁要东海一张床，不要思岗一栋房。换作我，才不干这个特派员，早来东海当总经理了。"

"是啊，当特派员一个月才多少钱。"小任点点头，很难理解顶头上司为什么要留在农村受苦受罪。

韩博放下打发时间的法律书籍，笑道："我喜欢现在这个职业，喜欢将犯罪分子绳之以法的成就感。在老家可以当公安可以破案，来东海只能当包工头，就这么简单。"

这一行跟影视剧里完全不一样，尤其基层派出所，干的大多是重复性工作，就算破案也是鸡毛蒜皮的小案。工作时间长，白加黑，5加2，生活不规律，工资待遇不高，升迁比其他单位难，绝大多人干到退休仍是普通民警。有更好的选择却做出这样的抉择，真想不通他是怎么想的。

陈猛感叹道："你家经济条件好，可以追求理想。我是没办法，当了四年兵，还没退伍，人已落伍，在部队待得越久，回到社会越迷茫。除了干这一行，不知道能干什么。"

陆军三年，空军四年。他是空军，在部队整整待过四年，改革开放，外面变化日新月异，四年的时间，足以让一个人与社会脱节。

作为领导必须为部下考虑，韩博笑道："等忙完这件事，我往局里多跑跑，看能不能尽快帮你们解决编制。你们自己也要努力，工作和学习都要努力，这样我会好说一些。"

"谢谢韩特派，我一定努力。"

借这个机会跟部下谈谈心，谈累了看看书，看累了趴在小桌子上打个瞌睡，不知不觉七八个小时过去了。窗外一片漆黑，车厢里挤满了人，一个挨着一个，堵得水泄不通，气味非常难闻，卖货的小推车都无法通行。

警察也是人，一样会丢东西甚至被偷。

换位置，换着休息，轮流看行李，始终有两个人保持清醒。

"别睡了别睡了，列车进入会阳境内，这几站小偷比较多，打起精神，坚持一下，看好各自的行李。这包是谁的，拿下来，这么放太危险，砸着人怎么办……"

乘警从人缝里挤了过来，往 9 号车厢走，大声提醒旅客注意财产安全。

人家天天在铁路线上跑，他说这里不太平自然有他的道理，韩博打了个哈欠，拍拍米金龙的肩膀："老米，醒醒，弄点儿东西吃一下，天亮再睡。"

"哦，我来拿。"

一个二十六七岁的少妇抱着孩子一直站在身边，小任不好意思，起身道："同志，你坐一会儿，我去趟厕所。"

"谢谢，谢谢啊，回来我就让给你。"

"不客气。"

韩博伸展下双腿，和声细语笑道："小朋友，好可爱，你妈妈累了，到叔叔这儿来，让叔叔抱抱。"

看起来文质彬彬，应该不是坏人。少妇站着抱两三个小时，腰酸背痛，真累了，干脆哄道："军军，去不去叔叔那儿，叔叔靠窗户。"

小家伙干干净净的，一看便知道是城里孩子，胆子大，回头看看妈妈，很乖巧地张开双臂。桌上全是吃的，随他挑，挺有意思。

正跟小家伙聊得火热，小任挤过来，靠在椅背上用老家话轻声道："韩特派，有两个小偷，一个在前面打掩护，一个躲在后面用刀片划人的口袋。猛哥，别回头，就在我后面第四排。”

韩博正对着他身后，瞄了一眼，搂着小家伙不动声色地问：“长头发，穿灰色夹克的那个？”

“不是，打掩护的个子高，穿毛衣。动手那个又矮又瘦，你应该看不见。”

“看见打掩护的那个了。”

他们突然间说起方言，少妇有些奇怪，下意识抱回孩子。

米金龙有些紧张，不禁问：“怎么办？”

遇上肯定要管，通知乘警容易打草惊蛇，并且不知道乘警在哪个车厢，韩博若无其事说：“陈猛，去上厕所，确认目标举右手发信号。前后包抄，一起动手。老米你不要动，看好行李。”

两个小毛贼，不难对付。

陈猛微笑着站起身，边往后走边用思岗普通话喊道：“借过借过，上个厕所，不好意思，麻烦您让让，谢谢……”

上厕所只是一个幌子，陈猛瓮声瓮气，装出一副倦意浓浓的样子。首先确认体貌特征明显的高个子小偷，通过他找到又矮又瘦的那个，哈欠连天地跟俩小偷擦肩而过，挤过两个站在走道的行人，伸懒腰似的伸了下右手。

“动手。”韩博低哼一声，小任起身同他一起往俩小偷的方向走去。

小偷自认为没被发现，常在这趟车上干，就算被发现也没什么人敢多管闲事。他们的胆子很大，跟那些没座位的旅客一样扶着椅背摇摇晃晃，若无其事，神态非常从容。

高个子比较危险，两个人对付他。小任拿着一盒香烟，装着去两节车厢之间的吸烟室，挤到小偷身边，突然一扔，以迅雷不及掩耳之势，左手一把揪住他头发，右手又快又准地攥住他的右手腕，猛地扭到背后。

“警察，不许动！”

韩博同时出手，死死攥住他左臂，同小任一起将其摁在几个旅客之间的缝隙里。

矮个子缓过神想跑，右手腕突然被人抓住了。陈猛一把抓住他手腕，一把掐住他脖颈，猛地往下一摁，将他压倒在旅客们的脚缝中。干净利索，前后不到十秒。

旅客不明所以，见这边打架，顿时乱成一锅粥，惊叫着纷纷躲避。

“干什么，我是好人……”高个子趴在走道上，小任一百五十多斤压在他的身上，压得他呼吸困难，脸贴在地板上嘴都变形了。

韩博确认矮个子小偷已被陈猛控制住，从腰里拿出手铐先把高个子小偷铐上，然后从小任腰间拿出另一副手铐，过去将矮个子小偷反铐上。

谁也不知道车厢有没有其同党，韩博直起身，脚踩在左边的座椅上，一手扶着行李架，一手掀开衣角亮出枪。

“大家不要慌，我们是公安！解放军同志、穿夹克的小伙子，你们帮帮忙，守好洗手间这个门。这边几位师傅，也帮帮忙，守好开水间，顺便叫一下列车员，未经允许谁也不许走动，公安办案，一会儿就好，请大家配合一下。”

公安抓小偷，旅客们松下口气，该让的让，该帮忙的帮忙。

几个小伙子很积极，门边的帮助守门，靠这边的蹲下帮助控制嫌犯。解放军小战士更不用说了，站在顶头的走道中央一夫当关万夫莫开。

有人帮忙可以腾出手，陈猛从矮个子小偷外套里袋摸出两个钱包，打开一看里面有身份证，不过身份证不是他的，再摸摸他裤袋，摸出一刮胡刀片，冷冷地问：“这钱包谁的，这刀片干什么用的？”

人赃俱获，矮个子嫌犯趴地板上一声不吭。

小任摁着高个子嫌犯脖颈，朝一个年龄较大的旅客喊道：“大爷，帮我叫叫你身边那位，还睡，身上被划了那么大的口子，钱包丢了都不知道。”

“哦。”

老大爷捅捅钱包失窃的旅客，中年旅客抬起胳膊看看自己外套，再摸摸口袋，顿时大惊失色：“我的，钱包是我的！”

要不是小任警惕性高，估计要到天亮他才知道。只搜出两个钱包，谁知道有没有第三个事主，韩博拍拍手：“同志们，检查检查各自的财物，相互提下醒，把身边人全叫起来，下一站快到了，赶快检查！”

闹这么大的动静，旅客们全醒了。

见两个小偷被警察抓着，大家不约而同鼓掌叫好。刚才被抱的小家伙，更是兴高采烈地喊道："妈妈，叔叔是警察，叔叔是警察，叔叔抓了两个大坏蛋！"

原来是警察，妇女嘴角勾起会心的笑容。

高个子小偷急了，被压得上气不及下气地说："我不是小偷，他偷东西抓我干吗，跟我没关系……"

"有没有关系跟乘警说，列车员同志，愣住干什么，用对讲机请乘警过来。"

"好的，马上。"

列车员刚刚在他的小值班室里打盹，对车厢里发生的事一无所知，直到看见站在座位上的人亮出枪，才反应过来拿着对讲机呼起乘警。

这节车厢抓到两个小偷，前后两节车厢的旅客跑来想看热闹，被几位"治安积极分子"堵住走道两头过不来。通道比之前更堵，乘警长和一个年轻的乘警挤了三四分钟才过来，挤得满头大汗。

"思岗县公安局韩博，出差的，这俩小子正好被我们撞上了。"

"东海铁路公安处乘警支队一大队陈道平，工作没做好，劳驾你们动手，不好意思。"

"举手之劳，谈不上不好意思，你们压力挺大的，这么多旅客，这么多节车厢，哪照应得过来。"

"理解万岁。"

出示证件，敬礼握手，相互介绍完，开始办正事。

要确认多少旅客丢了东西，缴获到的钱包就两个，丢钱物的旅客却有四个，赃物不是被转移了就是被藏在什么地方，车上极可能有其同伙。

乘警就两个人，离下一站只剩二十几分钟，必须争分夺秒审嫌犯。

搜捕列车上有可能隐藏的嫌犯，寻找另外两个旅客丢失钱物的工作，只能请韩博等地方公安部门同志协助列车员进行。

列车长带着几个列车员来了，立即分工，一队人搜查死角，一队人查票查身份证。

两个嫌犯是什么地方人，买的从哪儿到哪儿的票已确定，只要是来自同一个地方并购买同一区间火车票的人就有嫌疑。韩博陈猛和小任不用一个一个查，只要亮出枪和手铐，起到个威慑作用。

“列车长，韩警官，找到了，藏在这个编织袋里！”

靠近门边的一排座椅下，有一个编织袋没人认领，肯定要打开检查，另外俩失窃旅客丢失的黑色公文包和一个钱包果然在里面，列车员举高高的，满面笑容。

小偷落网，被窃的财物全部找到，列车长和乘警长很高兴，邀请四人去在列车员休息的车厢睡觉，不要加钱补卧铺票。

第二天一早，乘警长请吃早饭。没买到卧铺有卧铺睡，有人请吃饭，有伸张正义的成就感，这趟旅途很愉快。

立功？开什么玩笑，公安是做什么的，如果抓两个小毛贼就要评功评奖，政治处岂不要忙死。

只是一个小插曲，不值一提。午三点，列车晚点四十多分钟抵达津门火车站。

三大直辖市之一，北方最重要的港口，距首都很近，没成为直辖市之前属于北河省，从这里去顾新贵最后一次露面的林坊市比从北河省会近。

“常参谋长，我们到了，正在出站，不好意思，麻烦您亲自来，好的，我留意接亲友的牌子……”

有手机是方便，不过长途加漫游可不便宜。长话短说，挂断电话，背着行李跟随人流来到出站口，老远看见一个志愿兵举着牌子，上面写着“思岗韩博”四个大字，身边站着一位器宇轩昂的陆军大校，国字脸，浓眉大眼，不穿军服都能感觉出他是军人。

“首长好，我就是韩博。”

“老乡见老乡，两眼泪汪汪，这里只有老乡，没首长。”

常援建，北京军区驻林坊某师参谋长，良庄乡柳中村走出来的副师级部队首长。听到乡音，看到这么多家乡人，常参谋长非常高兴，一点儿架子都没有，挨个儿握手。更难得的是居然认识老米，关系似乎不错，竟紧握着他手笑问道：“老二多大了，有没有上小学。”

“下半年上小学，现在幼儿园。”

初中同学，人家在部队当首长，自己混成这样，米金龙尴尬不已。村支书带头生二胎，影响恶劣，一直惊动到县里。因为他，老卢等主要乡领导一人背一处分。常援建平均两年回老家探一次亲，每次回去要请老卢喝酒，这件事想不知道都不行。

“儿女双全，挺好的，我们拼死拼活为什么，不就是为孩子。”常援建拍拍他的胳膊，转身笑道，“小韩，卢书记说了，你们到这儿我负责安排。先去林坊，军分区司令员跟你五百年前是一家，正好姓韩。他帮我约好了市公安局领导，晚上一起吃饭。在津门帮不上忙，在林坊好说，我们跟地方党政领导的关系一直不错。”

军分区司令员是市委常委，把这么大的领导搬出来，韩博真不知道该怎么感谢。

他们担心人多坐不下，来了两辆军车。一辆三菱帕杰罗，一辆猎豹越野车，全迷彩涂装。

在良庄籍军官中，他级别不是最高的，有一位已经是省军区政委，去年晋升的少将。以前只知道良庄出人才，到底出过什么样的人才却不知道，天天待在良庄也没什么感觉。直到此时，面对如此豪爽的常参谋长，终于真正意识到什么叫良庄出人才，意识到良庄人为什么那么重视教育。

林坊市距津门不到一百公里，距首都也差不多，地理位置优越。可惜既不属于津门，也不归首都管辖，距离自己的省会近三百公里，经济不是很发达。农村不如思岗，看不见几栋小洋楼。市区不如南港，城市规模相当于南州那样的县级市。

部队驻地距市区较远，来回不方便，常援建把远道而来的家乡人带到市区的“八一宾馆”。

对外称宾馆，其实是招待所，林坊市军分区招待所。常援建对这里很熟，直接登记拿房卡，住宿费签字，不用支付现金。

宾馆今天有会议，大堂里有许多军官，客气来客气去不太好。乘电梯上四楼，走进房间，韩博放下行李说：“常参谋长，我们出差费用报销。您亲自去津门接，我们已经很过意不去了，哪能让您给我们掏住宿费。”

在常援建心目中，新特派员跟老特派员差不多。乡干部，大事小事都要听卢书记的。出来要管乡财政所预支经费，回去要贴发票请卢书记签字再找财政所报销。

出差不可能没经费，但报销绝对有标准。“八一宾馆”名气不大，消费不低，乡财政那么紧张，住这样的宾馆他们回去肯定报不掉。

常援建既不好说这发票他好解决，又不忍伤小伙子的自尊心，干脆顺手带上房门，一脸感慨地说："小韩，我来这边整整二十年，从普通士兵干到师参谋长。这期间，包括你们在内，乡里一共来找过我两次。第一次是建筑站汪经理，大前年来的，同两个项目经理一起。想请我帮帮忙，看能不能在部队或驻地周边承揽点儿工程。

"野战部队，没什么基建工程。就算有，我又不负责后勤，不太好插手。跟地方党政领导关系虽然不错，一旦涉及工程，人家不可能买我的账。地方管不了部队，部队一样管不了地方，我们师长政委出面都没用，只能让他们乘兴而来败兴而归。

"大忙帮不上，这点小忙再不帮，我常援建有脸回去吗。老书记给我打电话，我很高兴，说明乡里记得我常援建，看得起我常援建，把我常援建当个人物。再说我跟老米什么关系，老同学，十几年没见的老同学，我们上学时关系好着呢。"

良庄人性格更像新庵人，事实上许多年之前，良庄和新庵全归柳下管。与思岗其他乡镇不同，良庄人在外面非常团结。这次是出公差，要是因为私事找他，一样管吃管住。

米金龙习以为常，笑道："韩特派，客随主便，到了这儿我们全听参谋长的。"

"好吧，有情后补，参谋长，下次回去探亲，一定要通知我，去我们警务室坐坐。"

"没问题，其实每次探亲我都要去乡政府转转。"

参谋长一样有大哥大，打了几个电话，坐下来边等客人边聊天。

家乡人自然聊家乡事，主要是撤乡建镇。对县里要把良庄并入丁湖，参谋长极其不满，根本想不通为什么要并，从经济说到历史。

良庄为什么叫良庄？当年乾隆下江南，车驾快到柳下县衙时外面下起倾盆大雨，便到一个村庄暂避。庄里百姓淳朴，两位老儒满腹经纶，出来伺候的几个女眷温良贤淑，小孩儿聪明伶俐，考校他们四书五经背起来朗朗上口，皇帝龙心大悦，御笔写下"良庄"二字。

丁湖是什么地方，跟江南的沙家浜差不多，一片芦苇荡。之所以能够成为镇，是新四军在那儿打游击，设立区委，从抗日战争到解放战争，再到中华人民共和国成立，区委在那儿一直没搬。

典故一个接着一个，话里言间能感受到他对家乡的感情。

正聊得兴起，手机响了。军分区司令员和政委在楼下大堂，公安局领导马上就到。不能让人家久等，常参谋长带大家下楼，别人不介绍，只介绍韩博一个。

果然五百年前是一家，韩司令员原来是常参谋长的战友，一个部队的，副师长调到省军区，再调到林坊市出任军分区司令员。司令员同样没架子，开了几句玩笑，门前来了两辆 O 字牌照警车。

两个正师职一个副师职，其中一位是市委常委！他们请客，他们站在大门口等，公安局常务副局长、政治部主任和一个调研员受宠若惊，一下车便快步过来敬礼问好。

晚饭就安排在八一宾馆，摆两桌。

领导坐包厢里，韩博进去作陪。陈猛、米金龙、小任坐大厅，同几个司机一起吃。不是慢待他们，是一个地方编、一个学员和一个联防队员，实在上不了台面。

市局领导，在思岗根本见不着。常参谋长一介绍完，韩博立即挨个敬礼问好。从江省来了一个公安民警，小伙子看上去挺精干，难道想往市局调，路副局长忍不住打听起来意。在家乡部队首长的鼓励下，韩博简明扼要地汇报了情况。

韩司令员和军分区赵政委是自己人，用不着客套，常援建等韩博帮三位局领导斟完酒，端起杯子说："路局、杨局、杜主任，小韩同志没想过来找我，是我听到消息去津门火车站截来的。人不能忘本，当年我参军，父亲身体不好，家里全靠母亲一个人，下面还有两个妹妹。困难啊，真吃不饱，真没衣服穿，我小妹快十岁时还光着屁股跑。

"村里，乡里，当时是公社，给了很多帮助。拥军优属那些该落实的从没打过折扣。当时村里和公社一样困难，当兵的太多……当兵二十年，家乡人就来过林坊两次，小韩同志这是第二次，全不是私事，是因为公事。作为一个从偏僻农村走出来的军官，我常援建能坐视不理？"

改革开放才多少年，坐在这个包厢里的谁没吃过苦。韩司令员感同身受，赵政委连连点头，路副局长深受感动，举起杯子道："天下公安是一家，协助兄弟公安部门抓捕逃犯是我们的分内事。常参谋长，您放心，小韩同志的事交给我们。明天，不，现在，现在就联系县局的同志，请他们连夜组织摸排。"

军分区司令员是市委常委，虽然没下什么指示，但能坐在这里态度已经很明确了。

杜主任起身道："三十一岁，身高一米七五左右，圆脸，南方口音，右嘴角有点痣留下的疤痕，体貌特征和口音明显，只要在我们辖区，保准跑不掉。"

杨副局长（其实是调研员）掏出手机，提议道："路局，要不我出去安排一下。"

"杨局，先喝酒，逃犯潜逃好几年，不在乎这一会儿。"

"常参谋长、韩司令、赵政委，你们先开始，我去打个电话就回来，很快的。"杨副局长办事雷厉风行，拉开包厢门就出去了。

市局领导去打电话布置摸排，韩博可不能跟领导似的坐在里面等，急忙打了个招呼跟出来，掏出顾新贵年轻时的照片。

宾馆有复印机和传真机，复印一份，直接传给县公安局。

一切安排妥当，杨副局长接过介绍信、警官证、逮捕证和案件材料，仔仔细细看了一遍。帮忙归帮忙，该看的手续一样要看，他们来辖区抓人，万一抓错了怎么办。

参谋长在军政主官及其副职领导下开展并负责司令部工作，拟定作战训练计划并检查实施，对所属部队进行行政管理等任务，战时为部队主官下定决心提供可靠的情报和参考意见……

从实践上看，许多参谋长不需要经过副职阶段就能直接出任部队长，常援建位高职重，不能总待在市里，吃完晚饭回驻地，让有什么事给他打电话。

他前脚刚走，老卢拜托的另一位家乡干部到了。说是在附近，其实一点儿都不近，人家是从首都的一个郊县赶来的。

地方干部，正处级，因为工作地点相距不远，平时同常参谋长联系较多，确认常援建一切已安排妥当，给"老书记"打电话"汇报"了一下，又连夜返回他工作所在的县。

只要打个电话，去哪儿有饭吃，到哪儿有酒喝，出去坐轿车，累了住宾馆招待所……老卢不是吹牛，真没开玩笑。他为能够担任良庄乡党委书记骄傲，潜意识里早把他自己当土生土长的良庄人。

韩博也不是良庄人，现在也不由自主把自己当良庄人，为能够成为良庄人而骄傲。

第二天一早，拿房卡去餐厅吃早饭。经过这一层客房服务台时，一个小战士正等着众人。是军分区的司机，昨晚在饭桌上说过，从现在开始出行由他负责，坐军分区的军车，好像是一辆切诺基。

人家吃过了早饭，怎么叫都不去，说在楼下大堂等。

顾新贵最后一次露面在林坊市下面一个县的一个乡镇，几十公里，来回不方便，晚上他们不打算回来了。吃完饭，收拾行李，下楼退房。

刚办好手续，市局刑侦支队一位副支队长到了，桑塔纳警车，悬挂的同样是北河省公安民用专段的O牌。

“韩博同志，军车太挤，坐这辆，我们边走边聊。”叶支队四十多岁，老刑警，很热情，挨个握完手，亲自拉开车门，招呼年轻的江省同行上车。

“行，我正好要向您汇报。”

叶支队跟后面打了个手势，示意军车司机跟紧，钻进驾驶室笑道：“情况局领导传达过，不用汇报。另外摸排已经有了眉目，直接带你们去认人，如果是，立即抓捕。”

“这么快？”

“农村不是城市，外来人员少，南方人更少，体貌特征和口音那么明显，又是91年之后过来的，稍加留意，不难找。”

基层派出所干什么的，必须掌握基本社会面。

如果一个北方逃犯躲在良庄好几年，体貌特征和口音明显，并能确定他到良庄的大概时间，想找到人并不难。根本不用下村，把熟悉情况的联防队员召集起来一问便知道。

天网恢恢疏而不漏。只要有线索，只要各地公安机关密切配合，逃犯很难逃脱法网。

尽管对能否抓到顾新贵一直有信心，一直认为把握比较大，但这么快有眉目，韩博还是很激动，不禁笑问道：“叶支队，他这几年的日子怎么过的，现在在做什么。”

“从基层同志掌握的情况看，他是四年前过来的。不在你说的大王镇，是在相邻的下焦乡，可能前段时间去大王镇办什么事，被你们辖区的那个务工人员无意中看见了。他跟本地的一个妇女成了家，是个寡妇，那个妇女几年前去津门打工时把他带回来的。

没领结婚证，农村也没人管，就这么过。有两个孩子，前夫留下的，他现在应该算这个家庭的顶梁柱，在村里开了一个维修部，自行车、摩托车、蚂蚱车（手扶拖拉机）和一些农机都修。能吃苦，地里活儿全干，在村里口碑不错，个个夸他媳妇捡了个好男人，喊他南方佬。”

再坏的人也有善良的一面，但不能因为他现在改邪归正，以前的事就一笔勾销。韩博又问道：“他有没有改名换姓。”

“说起这个，有点儿意思，他现在的名字叫桂新固，顾新桂，桂新固，把原来的名字颠倒过来了，所以基层同志说的八九不离十，正在村里盯着，就等你们过去抓。”

“太感谢了，叶支队，等抓捕行动结束，嫌犯顺利落网，麻烦您帮我安排一下，我想请基层的同志吃顿饭。”

“分内事，有什么麻烦不麻烦的。”

“一定要请，这是我们的一点儿心意。”

说说笑笑，两辆车驶出市区。

华北大平原呈现在眼前，一望无际的农田，要么看不见村庄，一看见村庄便是好多人家，住得比较集中，不像思岗农村东一家西一家，星罗棋布。

按照规定，异地执行拘留、逮捕的，执行地公安机关应当持《拘留证》《逮捕证》、办案协作函件及执行人员的工作证件与协作地县级以上公安机关联系。

昨晚见过市局领导，杨副局长亲自看过相关手续，市局刑侦支队副支队长出面协助，没必要再去永河县公安局。对永河县公安局而言，这不只是协助兄弟公安机关抓捕逃犯，也是上级交代的任务。

刑警大队长在入城路口等，现在不是客套的时候，相互介绍了一下，简单寒暄了一番，在前面开道直奔逃犯藏身的下焦乡会结村而去。

异地抓捕有两种，一种也是最常见的由执行地公安机关民警动手，协作地公安机关配合。防止碰到一些想象不到的困难，比如遭当地不明真相的群众围攻、殴打，甚至把去执行抓捕任务的民警扣押起来；一种是委托异地公安机关代为执行拘留、逮捕，这主要适用于情况紧急，犯罪嫌疑人有可能再次潜逃或自杀，这种情况相对较少。

来了四个人，手续齐备，自然要按惯例由江省公安动手。

车停在村外，一个便衣民警跑过来介绍情况，嫌疑人正在店里帮焊什么东西，就一个人，修理铺没后门，抓人不难。只是许多村民无所事事，聚在修理铺对面的一个商店吹牛聊天，他们不明真相，有可能会阻挠。

这么点儿小事，早些办完早些回去办正事。叶支队不喜欢拖泥带水，斩钉截铁说："韩博同志，我们一起进去，确认无误，你们动手抓人，迅速带离现场。老周，你们负责善后。检查武器，注意安全，争取五分钟解决战斗。"

下焦乡经济没良庄好，村里全是低矮的民房，道路坑坑洼洼，加之北方气候干燥，汽车开过，掀起一阵尘土。

车脏兮兮的，并且这年头假军车随处可见，一些拉货的卡车都悬挂部队牌照。切诺基军车跟着县局刑警队的O牌面包车开进村，桑塔纳在村口没进来，在路边闲聊的村民只是多看几眼，没引起特别注意。

从村口上车的韩博，坐在副驾驶。唯一见过顾新贵的米金龙，坐在后排左侧窗边。

面包车越开越慢，在一间小商店门口停下来，两个便衣民警装着去买烟，下车时回头看了对面的修理铺一眼，切诺基缓缓停在面包车后面。

公安抓逃犯，这种事头一次遇到，能够参加抓捕行动，军分区司机很兴奋，忍不住同众人一起透过贴有深色膜的车窗往修理铺看去。

店里一个人，蹲在地上一手举着罩子，一手拿着焊枪在焊东西。火花四溅，焊接迸发出的光芒格外刺眼。

韩博屏气凝神，等老米仔细辨认，焊工放下面罩的一刹那，米金龙用肯定的语气说："没错，是他，变化不大，只比以前胖了点。"

“行动。”

韩博推开车门，小任和陈猛从右侧下车，三人不动声色围了上去。商店门口的村民没反应过来，焊工注意力全集中在焊东西上，门口来了两辆车都不知道，更不会有提防。

走到门边，韩博厉喝道：“顾新贵！”

焊工一愣，下意识放下面罩，小任和陈猛一左一右，猛地攥住他双臂。韩博扫了一眼铺里，快步上前拉下总闸，回头问：“顾新贵，知道我们是从哪儿过来的吗？”

老家话，他说得是老家话，他喊的是顾新贵！

担惊受怕了好几年，好不容易过上几天安生日子，没想到仍然没逃过去。

顾新贵跟三魂七魄被突然抽走一般，有气无力说：“知道。”

“我是思岗县公安局良庄乡公安特派员韩博，你被捕了，这是逮捕证，拷上！”

天网恢恢疏而不漏，潜逃六年，双手依然要戴上一副冰凉的手铐。把逃犯押上车，村民们终于反应过来，围着车看热闹，有几个跟“他家”关系不错的村民，竟嚷嚷着不许乱抓人。

“喊什么喊，公安局抓逃犯，再嚷嚷就是妨碍公务，就要拘留！”

“让开让开，全让开！”

叶支队和周大队掏出警官证亮出枪，一直在暗处的派出所民警跑过来维持秩序。

来真的，桂新固真是逃犯！

村民们不敢再大声喧哗，不敢轻举妄动，有的站在边上继续看热闹，有的跑去叫他媳妇。

“小韩，跟上，先去派出所。”

叶支队钻进县局民警帮他开进来的桑塔纳，拿出一警灯往车顶一扣，打开警笛在前面开道，切诺基跟上，面包车殿后。

警笛刺耳，警灯闪烁。一路畅通无阻，没人敢拦。

车队驶出村外，韩博终于松下口气，回头道：“顾新贵，跟你一起犯事的两个，一个已经出来两年了，一个马上出来，你说你跑什么跑？”

“你小子，真不该跑，如果当年自首，态度好点儿，不会是现在这个样。”一个村的，以前跟他父亲关系不错，米金龙一脸恨铁不成钢。

顾新贵哽咽地说：“米支书，韩警官，我一人做事一人当，我认罪，我去坐牢。走之前能不能让我见见我媳妇，求你们了，就见一面，把家里的事交代一下。”

他的案子事实清楚，证据确凿。但现在的媳妇是潜逃后认识的，不是什么同案犯，不存在串供之类的问题。

法律不外乎人情，要是不满足他这个愿望，往回押解的路上不知道会发生什么。毕竟人活在世上要有一个希望，要有一个念想。

韩博权衡了一番，同意道：“可以，我们在派出所等两个小时，如果她来，你们可以见一面，但见面时我们必须在场。”

“谢谢韩警官，谢谢米支书。”

“什么支书，你犯事前我就被撤了。”

时间过去太久，好多事一时没想起来，米金龙不无自嘲地苦笑了一下，顾新贵才想起他因为生二胎，房子都被乡政府给拆了。

赶到派出所，叶支队和周大按惯例先审，要确认其身份，确认其在永河县有没有从事过犯罪行为。有目击者，有同案犯，干过的事抵赖不了。

顾新贵态度不错，对在良庄的犯罪行为供认不讳，潜逃期间的经历交代得也比较清楚。

盗窃行凶当晚逃到柳下，爬上一过路的长途货车“直达”津门。司机马大哈，中间停车休息过十几次都没掀开油布检查检查车上的货物。身上没钱，到了津门开始到处打零工，不敢在市区待，一直在郊区干。

在一个建筑工地做小工时，认识现在这个比他大六岁的媳妇。一个身上有案子，不敢跟人接触，一个丈夫死了要独自抚养两个孩子，他们渐渐走到一起。在津门同居两年，等俩孩子接受了这个事实，就跟媳妇来到下焦乡，开始全新的生活。

审也审了，面也让他们见了。女人哭得撕心裂肺，跪在派出所里哀求政府放他一马，说她丈夫是好人，就算做过什么错事，现在已经改过自新、重新做人了，说这个家离不开他……

两个孩子也哭了，抱着派出所指导员双腿不松手。

看着心酸，听着难受。别说没有权力放他，就算有权放，被他刺伤，差点儿没命的无辜群众怎么办，人家同样有家庭，也要一个公道。

派出所民警做工作，说再等一个小时，让她回家帮顾新贵收拾几件换洗衣服。

逃犯落网，必须给常参谋长、局领导和乡领导打电话汇报。

常参谋长听说他们归心似箭，当即表示请津门火车站的军代表帮着订晚上七点的火车票。

吉主任很高兴，狠狠表扬了一番，让注意押解途中的安全。

到老卢这儿，话就多了。

“小韩，人必须先押回乡里，别急着送看守所。现在不兴批斗搞，公审公判是法院检察院的事，但公捕可以搞。把他押回来，去电影院开公捕大会，让中小学生全参加，然后架在车上游个街，好好震慑下那些不学好的小年轻，好好整顿下社会风气。”

嫌犯一样有人权，这么干不仅羞辱嫌犯，也是在羞辱法治。韩博头大了，愁眉苦脸地说：“卢书记，严打期间都没这么搞，我们这么搞是不是太过了？并且他的父母健在，有好几个兄弟姐妹，祸不及父母罪不及妻儿，要是这么搞，他父母和兄弟姐妹以后怎么抬头见人。”

“他们没教育好，就要承担没教育好的责任。这事这么定了，我让周正发准备，就等你们回来。路上别急，注意安全，回来我给你们庆功。”

良庄重视教育，作为良庄乡党委书记老卢更要重视，他不会错过这个教育中小学生的机会，语气不容置疑。对局里来说这算不上什么大不了的事，或许县政法委都会支持，一个公安特派员能说什么，只有服从命令，韩博苦笑道：“行，我先把人押回乡里。”

第十三章·回家

下午六点多的火车，军代表帮助买的卧铺票，永河距津门火车站不算太远，不着急，有足够时间感谢兄弟公安机关同行。

叶支队帮着张罗，中午在县里一家饭店摆两桌。刑警大队长、刑警大队教导员、治安大队长、下焦乡派出所所长和指导员，还有几位参与的同志。

韩博他们出发时带了两万现金，探望李顺承时留下1000元，加一次油，在东海吃饭住宿没掏钱，到林场是常参谋长管的，就买了几张火车票，一路没怎么花。

手头宽裕，酒菜紧着好的上。小县城的消费不高，五百块钱满满两大桌。酒是人家点的，三十几块钱一瓶，没瞎搞。

韩博实在过意不去，去烟酒店花950块买了十条香烟，六条硬塞到派出所所长的车上，请他分给帮过忙却要值班不能来吃饭的民警，剩下的刑警大队和治安大队各两条。来时带了两条玉溪，拆开的那条剩下的几包吃饭时发了，另一条没拆的给叶支队，不用再花钱买。

市局领导打过招呼，完全没必要搞这么客气。不像一些地方同行“不懂规矩”，到辖区来抓人招呼不打一声，被不明真相的群众围堵住，走不了，才想起永河县公安局。

宾主尽欢，气氛非常热烈，有名片的交换名片，没名片留电话号码，以后有事打电话，没事常联系。

市局那边常参谋长让别管，军分区同样如此。

人家什么级别，请客有那个资格吗，韩博也不客气，押上顾新贵，乘坐军分区的切诺基踏上回家之旅。

李晓蕾近在咫尺，快到津门时终究没忍住，呼了下她新买的呼机。

开店的阿姨耳朵尖、嘴巴大，去她那儿回电话要提防着，跟地下党接头似的说话。李晓蕾不想搞出一堆闲言闲语，一口气跑到马路边的公用电话亭，插卡拨通139的全球通，嘟两声，很有默契地挂断。双向收费，他接和打过来是一样的。

"老婆，是不是刚下班？"香港电影里这种称呼虽然挺肉麻，不过听上去很亲切，在一起时喊不出口，在电话里没问题。

"才到家，正帮摘菜，今天是我爸的闲生日（不是整数的生日），晚上我姐和姐夫过来吃饭。"李晓蕾抬起胳膊擦了一把汗，气喘吁吁的。

"咱爸生日，我去不了，你帮我准备点儿礼物。"

居然冒出个"咱爸"，真是死皮赖脸，大言不惭。李晓蕾扑哧笑道："行，我去买两瓶好酒，跟他说这是您二女婿孝敬您的，他工作忙，实在来不了，他让我祝您福如东海，寿比南山。"

"老婆，其实，其实我离你们挺近的……"

简单介绍完这边的情况，李晓蕾果然气得咬牙切齿："来时不跟我打招呼，走时给我打电话算什么。你以为你大禹，三过家门而不入？求你啦，明天走好不好，我现在去打车，最多俩小时，很快的。"

韩博盯着押去上厕所的顾新贵，苦笑着解释道："别生气，我不是不想跟你打招呼，更不是不想见你，是真抽不开身。来时要抓人，人抓到要安全把他押解回去，总不能扔下嫌犯去跟你私会吧。"

李晓蕾噘着小嘴嘀咕道："焦裕禄式的好干部。"

"才知道啊，所以你要好好向我学习，认真实习，踏实工作。"

押着罪犯，面肯定见不成了。李晓蕾气呼呼说："行，你敬业，你忙，有时间我去思岗。公安特派员还跑这么远抓逃犯，你自己小心点儿，万一光荣了，连个给你守寡的人都没有。"

"放心，我光荣不了，就算要光荣，也要先把你娶了，省得跟你说的那样，没人给我守寡。"

"想得美。还是那句话，路上小心点儿，自己小心点儿。"

"明白。"

押解嫌犯，铁路公安机关很照顾。

进站直接去车站派出所休息，检票前十分钟优先上车。换卧铺票时列车员把四人安排在一起，两个下铺两个中铺。承诺乘坐硬卧的旅客如果不多，上铺尽量不安排人。

火车驶出站，检查完各级车厢，乘警长专门过来看看，坐下聊了好一会儿。陈猛之前参与过异地抓捕任务，经验相对丰富，一个劲儿地安慰顾新贵。

坐牢而已，多大点儿事？进去好好表现，争取立功减刑，早点儿假释，出来之后跟北河媳妇接着过。米金龙帮着做工作，净挑好话说。

出省抓捕很刺激，也很累。坐完火车开汽车，马不停蹄，一路奔波，不把嫌犯押到家心里不踏实。

从出发到把人押回良庄，前前后后共六天，时间大部分在车上过的，把人交给小单和安小勇，韩博真扛不住了，跑到楼上宿舍往床上一躺就睡了，一觉睡了十几小时。

恢复过来，洗澡刮胡子换衣服，走下二楼，会议室坐着好几个人，其中两位赫然是刑警四中队长和指导员。

“韩特派，你这事办得太不地道了。让我等消息，自己不声不响跑北河抓人。”

“韩特派，我们应该喊你韩局，你这哪是警务室，你这就是公安分局！”

韩博似笑非笑地问：“程队，邱指，你们这是兴师问罪？”

程队长接过香烟，哈哈笑道：“兴师问罪，开什么玩笑，我们是来参加公捕大会的。卢书记给局里打电话，局领导指示我们配合。等会儿去电影院，你把人交给我，我押上他在街上游一圈，直接送看守所。”

“这么快？”

放下手头工作，专门陪同俩刑警队领导的王燕，苦笑着解释道：“社会风气大不如以前，卢书记对这件事很重视。综治办周主任一大早就过来做顾新贵工作，让他在大会上老实点儿。”

“我们全是演员？”

“不，我们是演员，你是功臣。”

“程队，你要是再笑话我，我就拿发票找你报销了。”

“千万别，案件不是我们办的，案件材料在局里，我只负责把人送进看守所，剩下的事预审科接手。功劳是你的，发票也是你的，我程文明就是跑个龙套，我这趟油钱还不知道该找谁报销呢。韩特派，你财大气粗，要不帮我们解决。"

正说着，老卢夹着大哥大包到了。张局见着都要以礼相待，都要以晚辈自居，程文明可不敢在他面前阴阳怪气，急忙敬礼问好。

"小韩，干得不错，常参谋长给我打电话说你表现很好，说兄弟公安机关领导和军分区首长对你评价很高，没给我们良庄干部丢脸。走，富嫂酒家，给你们庆功。吃完饭开大会，用这个反面典型，好好教育一下那些不学好的臭小子。"

公捕大会，犯罪分子游街，多少年没搞。要是一年搞一两次，社会风气能变成现在这样，今年用得着严打吗。老卢兴致勃勃，说话铿锵有力，手挥舞起来带风。但办起事却很小气，庆功宴只请出省抓捕的同志，其他人一个不叫，拉着韩博就走，程文明和邱指导员面面相觑，尴尬得想找个地缝钻进去。

王燕强忍着笑，解释道："程队，邱指，卢书记办事就是这样，乡里请客只请一桌人。你们也看见了，他连王主任都没叫，我们一起吃，中午食堂正好加餐。"

"富嫂，有没有剩酒，人家喝剩的零头酒。下午开大会，小韩又不喝，开一瓶浪费。"

"只有思岗大曲。"

"思岗人喝思岗大曲，正好，帮我们倒三杯。"

老卢喝酒不讲究，用他的话说5块钱一瓶以上的全都差不多。没酒是万万不行的，跟抽烟一样有瘾，不管在哪儿中午都要来上一杯。

他不讲究，到现在妻子依然是农民，家里仍然有地，每年养好几张蚕籽。一下班就要回家干农活的崔副书记更不讲究。他们只喝酒和茶水，从来不喝饮料，也想不起来帮劳苦功高的抓捕小组成员要饮料。

菜是80块钱的标准，酒是人家喝剩下的思岗大曲，饮料一瓶没有，庆功宴很寒酸。但两位领导有这份心，能请大家伙吃顿饭已经很不容易了。其他领导只会请更大的领导，哪会跟他们一样请部下吃饭。陈猛很激动，小任很感动。米金龙习以为常，倒没什么特别的感觉。

在老卢的不断追问下，韩博将此行受到的礼遇，事无巨细汇报了一遍。

“汪经理前年去常参谋长也请过军分区首长，好像也住在军分区招待所。等将来退休，去北京玩玩，顺便去趟林坊，也享受享受你们这趟的待遇。”

“卢书记，我们是沾您光，常参谋长是看您的面子。”

自己的话好使，一个电话办成这么大事，连林坊市委常委、军分区司令员都惊动了，老卢很有面子，很高兴，指着他笑问道：“小韩，耳听为虚眼见为实，出去走一趟，现在相信我没吹牛吧？在县里，他们说了算。出了思岗，他们靠边站。”

“信，服了。”

“哈哈哈，好好干，你也有这么一天。”

“卢书记，我干得是得罪人的工作，估计没这么一天，没法跟您相提并论。”

“干工作哪有不得罪人的，不得罪人那是庸官。米金龙家的房子是我去拆的，拆人房子跟刨人祖坟差不多，得罪大了。可是不拆行吗，村支书带头生二胎，不下点儿狠心，全乡计划生育工作怎么做？”

哪壶不开提哪壶，米金龙嘟囔道：“卢书记，过去那么多年，总说有意思吗……”

“说你怎么啦，敢生还怕别人说。告诉你米金龙，我卢惠生抓的就是你这个典型！”

这件事当年闹得很大，不只是惊动了县里，还惊动到市里。要是乡里没行动，上面肯定会有所行动。再说房子虽然拆了，并没有拆完不管，生怕他一家过不下去，变着法帮着解决实际困难。

老卢是刀子嘴豆腐心，米金龙也从来没记恨过他，再说下去反而不好，崔副书记岔开话题：“卢书记，今天是庆功宴，说喜事，说好事。”

“对，差点儿被米金龙这臭小子气糊涂了。”老卢拍拍桌子，笑道，“韩博同志，乡党委研究决定，任命你为良庄乡乡长助理。今后你就身兼两职了，既是我良庄正儿八经的乡干部，也是公安特派员。老李那间办公室给你留着，乡里有事在乡政府办公，乡里没事去警务室。”

乡长助理算不上领导职务，和级别没有直接关系。

正股依然是正股，工资不涨一分，但在思岗乃至整个南港，这个职位基本上是为选调生等后备干部安排的，由县委组织部任命，一般给副科级待遇，不算正式副科级，到下面乡镇挂职完后再提副科级实职。

韩博哭笑不得，苦笑着说："卢书记，这不合适，我参加工作没多久，没这个资格。"

"你先听我说完。"老卢放下筷子，愤愤不平地说，"都说我卢惠生没文化，说我搞一言堂，搞独立王国。我没文化，中央和省里的文件哪个字我不认识？按规定，乡镇应该有助理吗，没有，至少我没看到文件。

"我良庄也是一级党委政府，上行下效，我良庄乡党委为什么不能任命，反正谁任命的谁解释，我说你是你就是。当然，为表示对县委组织部的尊重，我请崔书记把报告打上去了，县里没反对，反而补发了一份任命文件。搞得像我良庄乡党委的任命无效，只有他们的任命有效一样。"

县里不仅认为老卢的任命无效，更担心其他乡镇纷纷效仿，到时候冒出一大批乡镇长助理没法收拾。更重要的是，人家早在县委组织部的后备干部名单上，参加过青干班培训，同期学员全提了副科，就他一个正股。顺水推舟任命一个乡长助理，正好把青干班这件事了结了。事是崔副书记具体办的，来龙去脉一清二楚，只是不忍心打击老卢，一直没解释。他强忍着笑，故作严肃地说："小韩，乡里任命你为乡长助理是有原因的，包括下午的公捕大会，全是为接下来的工作能够顺利开展做准备。"

"什么工作？"

"卢书记，那我说了。"

"说吧，有什么遗漏我补充。"

崔副书记干咳了一声，像做报告似的说："一是为全乡的社会治安，秋收马上结束，许多村民无所事事，外出务工的人陆续回乡，年底学生放假，治安形势会越来越严峻。司法所总共两个人，一直在协助民政办搞殡葬改革。综治办就周正发一个人和一块牌子，真正能发挥作用的只有警务室。任命你为乡长助理，就可以把法制宣传、纠纷调解这些工作一并抓起来。二是从月底开始，乡里要启动几个大工程。良中（良庄中学）三栋教学楼，良小（良庄小学）一栋教学楼和食堂等附属设施，敬老院一栋楼，良东至柳南的道路，柳下河几个闸口修缮，六个村的危桥改造，再加上良庄新村建设，总投资超过一千万！

“也就是说，过几天我们良庄会变成一个大工地。乡里筹集这笔资金不容易，有跑断腿从上级争取到的拨款，有老百姓的集资款，更多的是乡里这几年精打细算省下来的财政节余。建筑材料不能被盗，各个工地不能出事，工期必须保证。你要为良庄建设保驾护航，有乡长助理这个身份工作起来会更方便。”

都说老卢在勉强维持，等着良庄戴“负债乡”的帽子。要是良庄真没钱，老卢敢一下子上这么多建设项目？原来他是在憋大招！他这不是“大干快上”，他是在给继任者减轻压力。比如“普九”，标准早就下达了，过几年要验收，他不想方设法完成一部分，继任书记就要举债上马，毕竟一下子谁能拿出那么多建设资金。

韩博暗赞了一个，好奇地问：“卢书记，崔书记，良庄新村怎么回事，我从来没听说过。”

提起这个，老卢得意地说：“外面人说得对，我们良庄政府没钱，老百姓有钱。城镇户口出人意料的抢手，计划卖一千五百个，结果一星期卖出两千多个。变成城镇居民，当然要住城镇，前几天下村，他们问我房子怎么解决，想找我批宅基地，全是为了房子。

“中小学全合并了，上下学太远不方便，早出晚归不安全，想想是这个道理啊。正好良中和良小许多教师的家不在良庄，一直挤在学校旧宿舍，条件太差，一直想集资建房。干脆建一块儿去，就在你们警务室斜对面，单元楼，商品房，上厕所不用出门，跟大城市一样，有兴趣你也可以买一套。”

真是不鸣则已一鸣惊人，居然搞起房地产。与江城那位经理不一样，他既然敢建，房子肯定能卖掉，或许人家已经把钱交了。但韩博买房子就算了，县里的新家没入住，不得不托杨小梅三天两头去开门窗通通风，不然会发霉。

不过这顿饭没白吃，至少混了个乡长助理。工资虽然不涨，级别虽然没提，但说起来好听。张局是县长助理，韩博估计是全县公安系统中第一个乡长助理，派出所所长怎么样，刑警队长又怎么样，谁能跟他一样同时兼任半个乡领导。想到这些，韩博有些飘飘然。

顾新贵的事告一段落，吉主任再次打电话表扬，也只是表扬。抓捕辖区内逃犯跟老百姓种庄稼一样天经地义，是本职工作，是分内事，局里除了表扬不会有其他表示。等年底，写总结报告时多个成绩，仅此而已。

韩博同往常出差回来一样，开会，听留守的同志汇报工作。乡长助理什么职位，在思岗，只要能干上乡长助理，一年之后铁定副科级。特派员从参加工作到现在，一直当领导，一直有行政职务，参加过县委组织部的青干班培训，到明年这个时候肯定副科级实职，在局里至少大队长，调到政府就是副乡长。

上司有前途，下面人才能跟着沾光。同志们欢欣鼓舞，称呼立即改成“韩乡长”，不再是不伦不类的“韩特派”。

王燕越干越有劲儿，激动不已汇报道：“过去一星期，警务室共接警八起，三起交通事故，一起在柳下河大桥东边的第二个十字路口，一起在思良公路丁湖交界处的三岔路口，一起在团结桥。全是摩托车，没有人死亡，我们主要维持秩序，保护现场，抢救伤者，其他的由交警队接手。另外五起中一起是治安案件，根据联防队员提供的线索，抓获几个聚赌的，案值较大。我们按照《治安管理处罚条例》，对参赌的六个人进行了处罚，一人五千元，小勇去局里办的治安裁决。局里特事特办，乡财政截下来的那40%，没要我们警务室垫付。”

建筑站几个干部，其中有一个项目经理，全有钱人，从北方回来没事干，聚在一起“炸金花”，玩得比较大，一晚输赢上万。韩博接过材料看了看，抬头问：“汪经理有没有来说情。”

“来了，我按你留下的指示，公事公办，快事快办，看到裁决书，汪经理没说什么，交上罚金把人带走了。”

罚款返还大多给了乡财政，他能跟警务室说什么。不过招呼是要打的，回头去趟建筑站，姿态放低点儿，请他谅解谅解。韩博点点头，又问道：“另外两起治安案件呢？”

王燕材料都不用看，如数家珍地说：“第一起其实是邻里纠纷，秋收了，秸秆没地方去，放火烧。良东村的一个妇女，烧稻草时没在地里看，火势蔓延，把人家没收割的稻子烧了。两亩多水稻，颗粒无收。人家急了，打110，我们必须出警，现场看了看，请村干部帮助计算损失，让点火那家赔偿。一个嫌赔偿多，一个嫌获得的赔偿少，不依不饶。从村里闹到警务室，在一楼吵一下午，怎么说不听。我实在没办法，跟他们说这事我们公安管不了了，你们要么去丁湖法庭起诉，要么去司法所调解。丁湖太远，他们竟然真去找吴所长，一家先交五十块钱调解费，调解结果跟我们的调解是一样的。多五十块钱没地方去，你说这算什么事啊！”

司法所调解是要收费的，不听警务室劝，非要去司法所花这个冤枉钱，想想是挺搞笑的。

“最后一起是盗窃，红旗村一个鱼塘被人偷了至少五百斤鱼，我们在现场发现脚印和挂断的丝网。案值不大，刑警队不愿过来勘察，只能走访询问。小单发现几个嫌疑人，但没确凿证据，要不借公捕大会这股声势，把他们带到警务室来问问，看能不能问出点儿什么。”

鸡毛蒜皮的案子也是案子，不破老百姓不满意。韩博沉吟道：“四五百斤鱼一家吃不了，嫌疑人肯定运出去卖掉了。我们分下工，明天一早，我去柳下，小单去丁湖，陈猛去李庄，去集市尤其菜市场问问，看能不能收集到销赃线索。”

“行，不过有件事更重要的事，小勇，你最了解情况，你汇报。”

“好的。”

安小勇拿出一份统计清单，凝重地说：“韩乡长，我在下村时发现责任区有好几个外地媳妇没报户口，直到孩子上小学才找村干部上户籍，并且只上孩子户口，她们的户籍没迁移过来。以前遇到过这种事，那时我没权管，现在负责户籍，不能不管。为掌握更多情况，在王燕同志和小单支持下，我组织联防队员对全乡19个行政村进行了一下摸底。初步统计，全乡共有28个外地媳妇，大多是本地光棍，尤其家庭条件不好的农民从外地买来的。买来之后，全家看着，左邻右舍帮着看，限制其人身自由。举目无亲，身上一分钱没有，语言又不通，她们有想跑的但没跑掉，只能这么过。拐卖妇女，难以想象这种事会在我们辖区发生，而且这么多。”

家境不好，长相磕碜，娶不到媳妇，去外地买个，这种事在思岗不新鲜。安小勇之前没权管，自己又何尝不是。韩博咬咬牙，冷冷地说：“查，先秘密调查，搞清他们是从哪儿买的，那些被拐卖过来的妇女原籍在什么地方，等时机成熟组织力量展开营救。”

下这个决心不容易，安小勇由衷敬佩顶头上司的魄力，接着道：“韩乡长，我正好掌握到一个线索，柳北村一个四十多岁的村民，正在托人买媳妇，对方大概过三五天把人送过来。”

“既然有线索，拐卖妇女的犯罪团伙必须打掉！小勇，线索你收集到的，这个案子你负责。正好乡里晚上有个会，我向卢书记汇报下，希望能引起他的重视。”

这个案子很棘手，买媳妇的问题，全县所有乡镇或多或少都有存在。派出所人少事多压力大，民警平时极少下村。联防队工资待遇低，没士气，加之是本地人，对这种事睁一只眼闭一只眼。

民警不怎么下村，联防队员又不汇报，往往等知道了人小孩已经能去打酱油了。被拐卖过来的妇女被看护久了，一旦生了孩子，就不再想逃跑。女人天生的母爱会使她们可怜孩子，同情丈夫，尽管这种“亲情”是在长期强迫中产生的。久而久之，买媳妇成为一件民不告官不究的事。

王燕很同情那些被拐卖过来的妇女，可这件事太敏感，涉及那么多家庭。你不可能管一个不管第二个，搞不好会让许多家庭妻离子散，进而影响到辖区社会稳定。

就算乡党委政府能下定决心，其他乡镇呢？

拐卖妇女儿童是很严重的刑事案件，良庄警务室管了，其他所队不管，那就是不作为。而这件事尤其善后工作，光靠公安一家是解决不了的，需要乡镇党委政府乃至县委县政府支持。

她深吸了一口气，欲言又止提醒道：“韩乡长，这件事很敏感，你是不是再考虑考虑。”

“我不是独生子女，我有一个姐姐。换位思考，要是我姐姐被人拐卖到一个人生地不熟的地方，家里杳无音讯，生不见人死不见尸，我爸会伤心，我妈会哭死，我会急死！人性不应该这么冷漠，良庄不应该发生这种事，何况我们是人民警察，打击犯罪，维护人民生命财产安全是我们的职责。”

那些妇女真可怜，从掌握的情况看，其中有几个被拐卖过来时尚未成年。她们一辈子就这么被人贩子和一帮法盲农民给毁了。王燕越想越难受，哽咽地说：

“韩乡长，我错了，我不应该前怕狼后怕虎，我听你的。”

那么多人买媳妇，涉嫌非法监禁甚至强奸，与普法宣传不到位有很大关系。普法宣传是司法所的工作，但不能把责任完全推给司法所。他们总共两个事业干部，经费不能说一分没有，跟一分没有也差不了太多。乡里从来没把他们当司法助理员使，不是让去搞征收，就是协助计生办民政办搞计划生育或殡葬改革。没有权，调解个纠纷还收费，没什么威信，工作不太好开展。

韩博当上乡长助理，就要把这方面工作搞起来。

法制宣传是最好的防范，作为公安特派员兼警务室主任兼治安联防队长，也有责任和义务去做这方面工作。乡里工作要占用一部分精力，警务室工作分工要做相应调整。

“韩乡长，后勤这一块已走上正轨，天天坐办公室没什么事，我身上穿的是制服，联防队员能干的我全能干，让我包两个村吧，我熟悉情况，我会做群众工作。”老王同志工作热情高涨，主动请缨。

中午吃饭时说了，明天帮交职工基本养老保险，米金龙不甘人后，嘿嘿笑道：“我好歹干过几年村干部，情况更熟悉，包两三个村没问题。”

“韩乡长，我也可以！”高亚丽毫不犹豫举起手，一脸期待。

局里交代的任务要执行，乡里安排的工作不能耽误，人的精力终究是有限的，不可能跟普通民警一样包村。

韩博同意道：“行，王主任，老米，你们一人两个村，下村具体要做哪些工作，回头小勇跟你们说。高亚丽，户籍这边不能离人，包村工作你不用参与。”

“可是，可是我天天待在户籍服务台也没什么事。”

“亚丽，有些话我一直想跟你说，因为事情太多一直没顾上，今天正好是个机会。”韩博端起杯子喝了一小口水，接着道，“你初中毕业开始在村里工作，有能力，肯吃苦，爱学习，所以乡里争取到一个委培名额，送你去念小中专。王主任和老米是老同志，没办法。你不一样，你年轻，有文化，没成家。这里没外人，跟你说句大实话，干联防队员没前途，要早作打算。”

以前乡里能从村里提拔干部，现在乡里没权，提拔不了。同样是中专生，别人能当正式干部，自己只能当联防队员，怎可能没一点儿想法。高亚丽回头看了看王燕，欲言又止地说："韩乡长，卢书记都帮不上忙，我不知道该怎么打算……"

韩博环视着众人，认真地说："好几个地方在搞公务员试点，面向社会招考录用，据说搞得很好，我感觉全面施行是早晚的事。机会永远留给有准备的人，我希望你们不要错过这个机会，有时间研究一下《国家公务员暂行条例》，参加自学考试的要抓紧，有中专文凭的要拿大专，在法律、写作和综合知识方面下功夫。

"亚丽，你的情况比较特殊，我建议你买个户口。搞试点的那几个地方，是面向全社会招考，但主要是面向城镇户口的大中专毕业生。他们承认自学考试文凭，同样承认你们学校发的中专文凭，但自学考试并不能农转非，委培时也没办农转非，这一点必须考虑到。"

顶头上司是什么人，用建筑站会计的话说在江城没他办不成的事，认识许多大领导，女朋友是首都的。公务员面向社会公开招考，这绝对是内部消息！王燕欣喜若狂，小单、安小勇和陈猛喜形于色，高亚丽更是连连点头道："韩乡长，谢谢，我听你的，我明天就去财政所交钱，赶紧把户口买了。"

"6000 元不是小数字，有没有困难。"

"没困难，这些年工资没怎么花，我自己买，不用跟家里开口。"

警务室就两个女同志，关系处得非常好，王燕忍不住调侃道："韩特派，不用替这丫头担心，她鬼着呢，一参加工作就开始为自己攒嫁妆，有钱。"

"是吗？"

"韩乡长，你别信王姐的，我这是节约。"

"节约好，二十一岁的大姑娘，哪能总管父母要钱，要嫁妆可以，那个必须要。"

众人顿时哄笑起来，高亚丽羞得面红耳赤。

开会完韩博签字，出差的和家里的一大堆发票等着报销做账，单据上贴得满满的，一张张堆起来有半尺高。老卢曾说过，公安局在良庄就一个人一辆车，没派出机构，局里不会来查账；警务室理论上是乡里的，由于工作的特殊性和独立性，乡里来查账的可能性也不大。

签完一张又一张，全是钱。韩博赫然发现自己的权力大得惊人，大到几乎没人监督，不像派出所所长和刑警队长身边至少有个指导员。越是没人监督越要谨慎，韩博签完，又一张一张检查了一遍。

事实证明，老王同志值得信任，这几十块花在什么地方买了什么东西，那几十块钱为什么没发票，一笔一笔记得很清。

王燕收起签好字的报销单据，一脸不好意思地说："韩乡长，我们想请你帮个忙。"

"什么事，自己人，有什么不好意思的。"

"你知道的，我们在局里就是临时工，评功评奖没我们份儿，升职加工资想都不用想。这也就罢了，个人想进步，想给组织递交份入党申请，指导员都不接，说没这个先例。"

想进步首先要入党，尤其在公安局这种准军事化管理的政府部门。但入党是有名额的，不用问都知道局里会紧着正式民警。正式民警考虑不过来，又怎么会去考虑一帮临时工。

如果是党员，明年参加公务员招考多少会有点儿优势。要是分数跟别人一样，组织人事部门肯定优先考虑党员。这么重要的事居然忘了替下属考虑。

韩博猛拍了下额头，起身道："怪我，这件事怪我。警务室的人不少，包括联防队员在内，党员七八个，怎么能没有党支部。晚上去乡里开会时我跟卢书记请示，尽快把成立党支部的事确定下来。想进步是好事，局里解决不了，我们来个曲线救国，在乡里解决。"

老百姓农业税、三提五统和各种集资摊派交不过来，入党又不给当干部，谁愿意入党，谁愿意去交党费。局里入党名额紧张，乡里名额没那么紧张。党支部成立之后，警务室就能自己发展党员。

王燕乐得心花怒放，抱着一堆发票笑道："谢谢韩乡长，谢谢韩特派，有你这样的领导，我们干起来有劲儿。"

韩博第一次列席乡党政工作会议，不能迟到。同样不能去太早，否则人家会以为自己迫不及待想当乡领导。晚上 8 点开会，7 点 45 赶到乡政府三楼小会议室。

老卢、焦乡长、人大马主席、崔副书记、许副书记、张副乡长、负责农村农业的陈副乡长、负责科技的应副乡长和牛部长等乡领导全在。

欢迎“新人”，几句玩笑后，会议正式开始。开的不是专题会，是“大杂烩”。

清欠工作接近尾声，包括江城那笔工程款，共收回 360 多万，尚有 100 多万没收回，主要是新庵那些锅炉厂。人厂倒闭了，确实没钱，把人抓到良庄来也没用，只能暂时搁置。

各村那些总是恶意拖欠税费的刺儿头，如果公捕大会这股声势威慑不住他们，仍然不交，等秋收结束“新账老账”一起算，组织学习班，全到乡里来学习，什么时候交钱，什么时候结业回家。

计划生育，殡葬改革，征兵，水利工程，道路修建，“普九”基建工程准备情况……各项工作全部议完已是深夜 11 点多。

老卢拿起烟盒，发现烟没了，左看看右看看，弹药全线告急，竟从烟灰缸里捡起烟屁股。

幸好包里放了两盒，韩博不失时机掏出来放到会议桌中间。老卢也不客气，扔掉烟屁股，大大咧咧拆开，取出一根点上，吞云吐雾，对接下来的工作进行分工。

焦乡长负责基建工程，许副书记和陈副乡长负责征收秋统筹，其他领导各司其职，牛部长征兵，马主席带人抓大肚子，杨副乡长继续保证死人要送到火葬场，老卢亲自负责撤乡建镇。

“小韩，你压力不小。关键时刻，你们警务室要发挥作用。基建工程，秋统筹征收，计划生育，殡葬改革，不管哪里需要，你们要随叫随到，为乡党委政府的工作扫平障碍，为全乡经济建设保驾护航。”

为经济建设保驾护航是分内的事，其他就不是了。尤其搞什么“学习班”，那是极具争议的非警务活动。早该想到“升官”不会有好事，真有股辞去乡长助理的冲动。但也只能想想，良庄卢书记说了算，当乡长助理要干，辞去乡长助理一样要干。

韩博没提出不同意见，老卢很满意，感觉小伙子不错，基本上已经融入进良庄乡党委政府这个大家庭。不是党委委员，只能列席，换言之只能带耳朵，不让发言没资格开口。

坐了大半夜，韩博吸了几小时的二手烟，岂能就这么回警务室。老卢宣布散会，没去办公室，直接下楼推自行车准备回粮站，韩博跟到车棚，一边同其他乡领导挥手再见，一边不动声色地说："卢书记，我有两件事想向您汇报。"

"急不急？"

"急。"

在党委会上没说，显然是要保密。

老卢又放好自行车，回头道："走，去办公室。"

回到三楼，韩博先提出警务室成立党支部的设想。正式党员 3 人以上、不足 50 人的基层单位，经上级党组织批准，可成立支部委员会。乡党委就是"上级党组织"，警务室主动向乡党委靠拢，不是向县公安局党委靠拢，这是好事。

发展三个党员，相当于把三个地方编民警变成乡里的事业干部，警务室从上到下服从乡党委领导，老卢求之不得，怎么会拒绝。

小事说完，说大事。

"……卢书记，总待在良庄没什么感觉，走出良庄，走出思岗，接触到从良庄走出去的部队首长和地方领导，我真为自己是一个良庄干部骄傲。其实用不着走出思岗，在县里，在其他乡镇，别看一些人嘴上说我们良庄怎么怎么了，心里想的却另一回事。

"我们无债一身轻，干部教师和退休人员工资能按月发放，医药费基本上能报销。我们没那么多集资摊派，乡农民负担全县最低，在这些大前提下我们依然有余力搞建设，谁不服气，谁敢不服气！

"我们已经走了九十九步，为什么不能下点决心，走完最后一步。让拥有悠久历史的良庄，成为名副其实的'良善之庄'。卢书记，对不起，我有些激动，遇到这种事我很难保持平静，因为我跟您一样热爱良庄。"

韩博言辞恳切，老卢一声不吭，阴沉着脸一根接着一根抽闷烟。不是不知道各村有人买媳妇的事，是没重视，或者说一直没当回事。换位思考，将心比心，这种事是让人痛心疾首。问题现在生米已经煮成熟饭，是把孩子爸爸抓进去坐牢，还是把孩子妈妈送回原籍，让好好的一个家庭妻离子散？

“小韩，我理解你的心情，只是这件事牵扯太多。工作没做好，法制宣传不到位，作为党委书记，我有责任。要是深究起来，不光我，公安局一样有责任。到现在没建派出所，老李一个人干十几年维持会长，一直干到得癌症住院，如果有派出所，如果多几个民警，能发生这种事？”

老卢猛吸了一口烟，用不容置疑的语气说：“事已至此，我的态度是将错就错，历史遗留问题就让它成为历史。再说这种情况很普遍，不光良庄。从现在开始一刀切，老光棍既往不咎，新光棍坚决不行。想娶老婆凭本事，谁再敢买媳妇，抓到一个处理一个！”

生怕年轻人热血方刚，一意孤行，老卢又循循善诱说：“小韩，凡事我们也要看到它积极的一面。三十好几甚至四十多岁的老光棍，从来没碰过女人，这日子怎么过，他会不会想？这种人就是不稳定因素，如果钻牛角尖，别说强奸，杀人都干得出来。

“有个媳妇，所有问题解决了。况且又不是他们去绑架的，没参与拐卖，说到底他们也是受害者。再说那些外地妇女，刚开始可能不太习惯，慢慢就习惯了。我们良庄经济不算发达，肯定比她们老家好。不信我明天带你去问问，让她们回去，她们都不愿意回去。”

高高举起，轻轻放下，难怪别人说他是法盲。但原则性问题，韩博不打算妥协，不卑不亢地说：“卢书记，有句话叫法不责众，要是一碗水端不平，如果只处理新光棍，不处理老光棍，这个工作怎么做？我知道这让您很为难，可法律就是法律，睁一只眼闭一只眼我不光渎职，而且对不起自己的良心。”

臭小子，挺犟。老卢急了，紧盯着他双眼问：“你让二十几个家庭妻离子散，就对得起自己的良心。”

“只要做好善后工作，我问心无愧。”

“善后工作谁去做，怎么做，这种事根本没法善后！”

不是不会变通，来前已经想好了解决方案。之所以这么坚持，是想将他逼得退无可退，再来个退而求其次。

韩博故作沉思了片刻，抬头道："卢书记，买媳妇花了钱也犯法，这一点毋庸置疑。不过在司法实践中，只要没虐待，没强奸，法院极少追究买媳妇的人刑事责任，就算判也是判个缓刑，不用坐牢。至于有没有强奸，只有他们两个人知道。如果买来的媳妇说没有，说她是自愿的，那就是没有。"

那些外地媳妇，尤其有了孩子的外地媳妇，应该不会告自己的丈夫。

至于一些归心似箭，跟买她的人没一点感情的妇女，留下也不是个事。今天不许韩博管，将来会有李博陈博。每个人都要为自己的行为负责，他们既然做了就要付出代价。

幸好不在"严打"期间。老卢权衡了一番，低声问："你打算先抓后放？"

"我只有权抓，到底移不移送检察院起诉，移送起诉之后法院会怎么判，我不敢也不能打保票。"

"牵一发而动全身，全县那么多买媳妇的，判一个，不能不判第二个，法不责众是有一定道理的。你想抓就抓吧，抓进去关几天也好，吓唬吓唬他们。以前对不起人家，吓唬一下以后能对人家好点儿，对那些妇女也算是一种补偿，经过这件事，她们在各自家庭会比现在更有地位。"

"谢谢卢书记支持。"

"什么支持不支持的，这种事就不应该发生，我有责任，不说了，你打算什么时候行动。"

"我们现在掌握一条拐卖妇女的线索，极可能是团伙，我准备把这个团伙打掉，现在不能动手，以免打草惊蛇。"

没有人买就没有人卖。反之，没有人卖，同样不会有人买。那些家伙既害了无辜妇女，也害了急着找媳妇的光棍。提起他们老卢一肚子火，咬牙切齿地说："对人贩子绝不能手软，小韩，这一点我支持你，打掉他们，从严查办！"

第十四章·“拜山头”

由于之前只有一个公安特派员，没那么多警力，抓不过来，乡政府也不是很积极，收茧贩子肆无忌惮，从事非法经营活动几乎公开化。买媳妇民不告官不究，不是几乎公开化，是完全公开化。

根据柳北村耳目反馈来的最新消息，那个四十一岁的村民竟然在收拾房子，买彩电买大床买新的生活日用品，借桌椅板凳锅碗瓢勺，约左邻右舍帮忙，准备搞一个隆重的“婚礼”，几个村干部全在受邀之列。

一群法盲！破这样的案子，抓这样的现行，实在没什么挑战性。其他联防队员不一定可靠，让老王和老米先协助安小勇，守株待兔，人贩子只要敢来肯定跑不掉。

红旗村鱼塘失窃是警务室挂牌以来遇到的第一起“刑事案件”，这个案子能否顺利告破直接影响到新任公安特派员和警务室全体民警在群众心目中的形象。

盗捕几百斤鲫鱼和草鱼，流窜作案的可能性几乎为零，百分之百是本地人干的。红旗及红旗周边几个村，整天游手好闲，喜欢捉鱼摸虾的就那么几个。要是换作李顺承或其他所队民警，才不会大费周章，直接把人铐到警务室，靠墙根儿跪下，老实交代，不交代就吊起来，警棍甚至电棍招呼。反正那几个家伙不是什么好人，教训教训，给他们点颜色瞧瞧，老百姓只会拍手称快。以供求证，接触过的每一个民警几乎都对嫌疑人动过手。刑警队最厉害，用他们的话说：不打，案子出不来（破不了）。

这是不对的，执法人员不能知法犯法，不能刑讯逼供，更不能搞出冤假错案。

吃完早饭，韩博拿起对讲机爬上 7 号车。小单也准备出发，将摩托车开到警车边，一脚撑在地上说：“韩乡长，柳下我熟，我陪你去吧。”

"不用，我不是自己查，是去请柳下派出所同志帮我们查。其实我一直想去拜访，离这么近，以后少不了要合作，不应该这么老死不相往来。"

小单下意识看一眼刚跨上安小勇摩托车，正准备出发的米金龙，坏笑着提醒道："韩乡长，联防队去柳下抓赌的事还没完呢！"

治安联防费之前被乡里挪用了，联防队员嫌工资低，前任特派员李顺承就让他们依法创收，抓赌、嫖给奖金给提成。

良庄没有休闲娱乐场所，抓嫖比较困难，只能抓赌。农村，聚众赌博也很少，像建筑站干部玩那么大的实属罕见，所以对联防队而言，抓赌抓嫖也是三天打鱼两天晒网，碰上抓一下，碰不上回家种地。赌博一旦沉迷进去能让人倾家荡产，反正闲着也是闲着，抓抓没什么坏处，关键不能抓过界。

韩博长叹了一口气，扶着方向盘苦笑道："我不光是去拜访，也是去赔罪。伸手不打笑脸人，再说抬头不见低头见，但愿他们会接受我的歉意，跟我们成为好朋友。"

"韩乡长，这不关你事。"

"以前不关，现在关了。我不去，难道让李特派去，难道让局领导去？"

柳南、柳中、团结和柳北几个村跟柳下镇仅一河之隔，几乎家家户户在柳下有亲戚，娶过来，嫁过去，一年至少有二三十个人的户籍要迁移。人家那边户籍是派出所管，他们压住不办，老百姓就来找乡里，乡里又把户籍资料移交给了警务室，高亚丽因为户籍迁移的事不知道被群众喷过多少次口水。这事总要有个了结，他是公安特派员，他不去谁去。

柳下很近，只有三公里，十来分钟便到了。去江城讨债时经过一次，有事在身，没认真看看这个千年古镇。

镇区紧邻柳下河，通往江南的省道在镇东，客车货车南来北往，车流量很大，左转弯要等好久。沿省道有四几个丁字路口，东西方向有四条街，既是古镇也是大镇，镇区规模是良庄集市的几倍。

商场医院，宾馆汽车站，工商银行农业银行建设银行邮政储蓄，小学中学高中，应有尽有。街边商铺一间挨着一间，很热闹，仿佛置身于一个小城，难怪良庄人买什么东西全喜欢来柳下。

派出所在物资公司隔壁，同负责该片区的刑警队在一个院子里办公，门口挂着两块牌子。汽车站边上还有一个交警中队，三家各自为政，真想不通为什么不设个分局。

“宁所，思岗来人了！”

车在院子里挺稳，一个夹着包走出来的民警仰头朝二楼嚷嚷起来。

不用问，他认出了思岗县公安局的警车牌照。

“谁，哪儿来的人？”

一个四十多岁的民警出现在二楼的窗户边，韩博举手招呼道：“宁所，是我，良庄新任公安特派员韩博，离这么近，拜访一下，串个门。”

正准备去找他们要个说法，居然主动送上门。宁所长靠在窗边，没好气地问：“新任的，李顺承呢，好久没见，他怎么不来？”

跑人家地盘上抓赌就算了，竟把人家的一个镇干部一起抓回去，在砖瓦厂办公室关了一夜，打电话让亲属去交罚款。谁要是跑良庄抓赌，把乡干部一起抓走，他也很生气。韩博暗叹了一口气，苦笑着解释道：“宁所，李特派住院了，在南港肿瘤医院照光（放疗），食道癌晚期，情况不太好。”

“搞创收搞的积劳成疾？”宁所长将信将疑，语气不加掩饰的讥讽。

“没骗您，真的，医生说可能撑不到春节。”

跟谁计较也不能跟一个快死的人计较，想到李顺承比自己大不了几岁，宁所长点点头：“上来吧，上来说。”

柳下只是一个镇，镇上的居民却是名副其实的城里人。

小巷子里，家家户户生炉子，摇摇扇子，蓝色青烟飘老远。老人提着菜篮子走走看看，小孩跟在后面嬉笑打闹，拥有百年历史的鱼汤面馆里坐满吃早饭的人。

磨剪刀的、修鞋的、补锅的、弹棉花的、修理钟表的、修钢笔的、画遗像的、守在挑子边给人剃头刮胡子掏耳朵的……电影里能看到的各种营生，这里几乎全有。石板街两侧那一栋栋民国乃至清朝老建筑，身临其境，能让人感受到深厚的历史底蕴。

相比之下，良庄的城镇居民，只是拥有非农户口的农民。

一直以来，良庄人称呼柳下人为“街上人”，称来柳下为“上街”。柳下镇上的老居民，则称呼良庄人为“乡下人”，称呼去良庄为“下乡”。

事实上不光良庄是“乡下”，对柳下镇人而言，现在的县城新庵早年一样是“乡下”。

宁所长是土生土长的柳下人，如假包换的“街上人”。喝茶用的是紫砂壶，办公桌玻璃台板下，压着好几张参加新庵县乃至安乐市书法比赛领奖时的照片。墙上挂着一幅裱过的字，龙飞凤舞。落款是他名字，红色印戳好几个，方的圆的长的，搞不清楚的会以为出自哪位书法大师之手，以为这幅字有多值钱呢。有文化，有格调，坐在他面前感觉自己像个土包子。可是这么一个有文化人有格调的人，说起话却咄咄逼人。

“韩特派，照理说你刚上任，不该谈这些不愉快的事，但良庄治安联防队搞得实在太过分。无法无天，为所欲为，其行为不是违规是违法，影响恶劣。局领导很生气，镇领导大发雷霆，问我柳下什么时候归良庄管了，新庵什么时候并入思岗了？

“你今天要是不来，过两天我也要去。不光所里去，刑警队一起去。一帮联防队员，反了他们了，谁赋予他抓人的权力，还异地抓捕。我就不信治不了他们，不拘几个对不起这身警服！”

柳下人不知道思岗的大人物，但肯定听说过良庄乡党委书记的事迹，老卢在河对岸，他们敢去抓人吗？这点儿韩博是放心的，不过柳下还真不能得罪。毕竟柳下人可以不去良庄，但良庄人不可能不来柳下。

一是多少年的习惯，二是柳下交通便利，去东海，去江南，去江城，全要来这里坐车；三是柳下招商引资力度大，经济建设搞得好，省道和通往新庵的公路两侧有好多三资企业，许多良庄青年在这边上班，也有许多良庄人在这边做小生意。关系搞太僵会很麻烦。

良庄想把经济搞上去，靠四十多公里外的思岗没用，只有发挥靠近柳下的区位优势。

昨晚党政工作会议上，焦乡长提出一个设想，把那些倒闭的锅炉厂引到良庄。新庵锅炉名声臭大街，良庄没有，思岗没有。完全可以以债权和土地入股，再想方设法帮他们搞点儿贷款，让他们东山再起。他们经营管理经验丰富，有熟练的技术工人，有那么多配套企业，离这么近，有这个意向，前景很不错。

老卢认为有道理，不希望因为破事得罪柳下，只是爱面子，实在拉不下脸，不然他早来了。

韩博从包里取出两个鼓囊囊的信封，诚恳地说："宁所，作为新任公安特派员，我对乡治安联防队的现状同样极为不满，正在严厉整顿。对一些无法无天的队员，该解聘的解聘，该追究责任的追究责任。这五千是该退的罚金，另外五千是我们的一点儿歉意。

"可以当精神损失费、误工费，也可以给人家买点儿东西，或请人一家吃顿饭。柳下我不熟，乡里事情又比较多，只能麻烦您帮忙。另外我们红旗村发生一起小案子，一个鱼塘被盗捕几百斤鱼，案值不大，对养鱼的老百姓却不少，已经掌握了几个嫌疑人，照片我带来了，看能不能在您这儿收集到销赃的线索。"

罚五千，退还一万。五千摆明是给所里的， 这年头，不管哪个单位。吞进去的钱，别指望能吐出来。小伙子不错，比李顺承会办事，可以打交道。宁所长很直接地认为求所里帮忙，收集偷鱼卖鱼的线索，只是一个正好碰上的借口。把钱往办公桌上一放，似笑非笑问："韩特派，良庄联防队跑我辖区乱抓人的事，你是不是想就这么解决。"

韩博笑问道："宁所，要不我给您写检讨？"

"我要你写什么检讨，我要你的检讨有什么用，算了，你来收拾李顺承这个烂摊子也不容易，先跟我去一趟镇政府，然后去一趟局里。领导说没问题，我这儿就没问题。"

还是要检讨，是去跟他们领导检讨。宁所长挺同情的，拍拍他胳膊："小韩，你初次登门，第一次跟我开口，不能让你失望，鱼塘被盗捕的事我安排人帮你问问。什么不偷，非偷老百姓的鱼，老百姓养点儿鱼容易吗。嫌疑人的照片给我，只要在我辖区内销过赃，最迟明天下午，保准帮你找到证人把他指认出来。"

见完镇领导去新庵见公安局领导，见一次挨训一次，见一次做一次深刻检讨。这滋味儿不好受，今后一定要加强内部管理，不能再闹出这种丢人现眼的事。不管怎么样，事情总算有了个了结。

韩博如释重负走出新庵县公安局，开车送宁所长回柳下派出所。他的表现让人刮目相看，唾面自干，态度非常诚恳，搞到最后局领导都不好意思再为难他了。

宁所长不仅同情而且有了几分佩服，顺手拿起时不时冒出一两句通话的对讲机问：“这么远都能收到，小韩，你是不是架了中继台。”

“架了一个，花一万多。”

“行啊，单位建设搞得不错，我们都没有。”

无线电管理部门为确保八个特殊部门通信安全，专门规划出几组频率供其使用，频率范围从350MHz到390MHz，其中350MHz-370MHz主要是公安使用。老百姓只能买民用频段的对讲机，不然公安的无线通话安全得不到保证，极可能被窃听。

警务室有中继台，采用的是直频通话，通讯实在算不上先进。

韩博扶着方向盘苦笑道：“宁所，您别笑话我了，我们离县局远，实在是没办法。你们不是没有，是没必要架设。你们的手台（对讲机）在县局集群系统内，既能在集群系统中使用，又能切换到常规信道，具有脱网功能，不像我们的信号只能覆盖良庄。”

“谁说只能覆盖良庄的，也覆盖我柳下。有中继台好，以后有什么事用对讲机喊，电话费都省了。”

“也是，离这么近，只隔一条河，打个电话算长途，手机是长途加漫游。”

不打不成交，说说笑笑，当提出打算求一幅字挂在客厅的想法时，宁所长心情更好了。一幅字，没问题，裱好给送过去。

快到饭点，派出所做东，顺便把刑警队、交警队的队长和指导员叫上，介绍认识认识。抬头不见低头见，以后少不了要合作要打交道。韩博退还五千罚款，赔偿五千“损失”，挨半天训，总算有点儿收获。

他们的关系越来越近，安乐警方与南港警方的警务合作，就这么从两个正股级小民警这儿正式拉开帷幕。

派出所走访询问有没有人来柳下销过赃需要时间，下午县里正好有个会，不能在此久留，吃完午饭先回乡里接上崔副书记，然后马不停蹄赶到思岗。

全县秋茧收购表彰大会，包括几个派出所所长、指导员和巡警队长高长兴在内，公安系统一共来了七个，张局没时间，袁政委带队。丝绸、工商、物价和各乡镇的领导就多了，招待所大会议室里黑压压坐满人。

头一次参加县里的会议，认识的人真不算少。在打击非法经营的专项行动中，跟工商、税务和物价系统的领导打过交道，一回生二回熟，要去打个招呼。

王经理等丝绸公司的领导熟得不能再熟，还指望人家明年再赞助六万，要去敬礼问好。人不能忘本，看见家乡领导要主动问好，又挤过去跟丝河镇王镇长说了一会话。

下午两点，谢书记、杨县长、石副县长等县领导步入会场，会议正式开始。

总结成绩，提出要求，发表重要指示，最后表彰。工商局、公安局、丝绸公司和良庄、丝河等乡镇被评为秋茧收购先进单位或乡镇，在秋茧收购中表现突出的同志被评为先进个人。

精神奖励为主，物质奖励为辅。点到名字，上台领奖状，奖品散会时再发，丝织总厂生产的蚕丝被一人一条。

电视台采访，要上思岗新闻，合影留念一样不能少。招待所职工做这个最有经验，与会人员一进场，他们就开始在外面摆位置搭台子。

开会完，大合影，县领导坐前面，正科副科站第二排，其他人全在后面，这么多人，照片洗出来之后估计要放大镜才能找到自己。

崔副书记去县委有点儿事，把人带过来不能不带回去。把他送到县委，再次回到局里，向“联系”自己的领导汇报工作。“打拐”太敏感，牵扯太广太多，先斩后奏比较好，现在说只会让领导为难，主要汇报抓捕顾新贵和警务室设立党支部的事。

“我说怎么这么顺利，原来动用了那么大的关系，良庄出人才，这一点不得不服气。工作就应该这么干，在坚持原则的大前提下跟卢书记搞好关系，以后再执行出省抓捕任务，他就能帮上忙。

“地方编民警想进步，想跟组织靠拢，这是好事，局党委应该支持，只是名额有限，实在没办法。你们警务室成立党支部，通过乡党委考察发展党员，这是一个非常好的工作思路。他们不是名额多么，等现在几个同志一年考察期结束，成为预备党员，就把他们调回来，再安排几个新同志过去……"

领导就是领导，一个比一个高瞻远瞩，韩博佩服得五体投地。

小伙子干出成绩，作为"联系"领导吉主任脸上也有光，点上香烟，笑眯眯地说："小韩，其实县里对秋茧收购先进单位的表彰不止会上说得那些，我们堵住了价值上千万的鲜茧外流，保证了县里的财政收入，县领导对局里工作非常满意。

"杨县长去良庄慰问回来的路上，指示财政局给我们解决 40 万经费。在政法委郭书记的帮助下，县里又让组织人事部门给我们协调 5 个行政编制和 20 个事业编制。你是一员福将，也是一个功臣，这次为局里立了大功。"

该争取的时候就要争取，韩博满是期待地问："吉主任，我知道局里经费紧张，那 40 万我就不想了，编制能不能给我解决几个，同志们辛辛苦苦，我总得给他们点儿盼头，不然工作没积极性。"

要让马儿跑，不能不给马儿草。再说联系领导就是分管领导，当领导不为部下着想，怎么树立威信。吉主任权衡了一番，抬头道："小韩，行政编制有困难，一是许多老同志不能再拖，二是良庄情况比较特殊，没派出所，只有你一个公安特派员，总不能再任命一个副特派员吧。事业编制我可以帮你争取两个，最多两个。到底先替哪两位同志解决，你的意见很重要，回去好好想想，想好给我打电话。"

总共两个编制，到底先给谁?

要是先给小单解决，在别人看来肯定是任人唯亲。如果给其他人先解决，又会打击到小单的积极性。四个同志都很不错，韩博被难住了，赫然发现领导是不好当。细想起来，论资排辈不失为一个相对公平的解决办法。

崔副书记去县委办事与警务室有一点儿关系。作为负责党建工作的党委副书记，他要在 11 月份向上级党委提交下一年度的党员发展计划，春节前后上级党委批复，然后严格按照计划进行发展。只能少不能多，未列入前一年底计划的，当年不应发展。

王燕提出入党想法的时机恰到好处，如果再晚几天，她们要到明年年底才能被列入积极分子名单。

考察发展党员是一件很严肃的事，程序一个不能少，想在明年公务员招考前让她们成为预备党员，必须争分夺秒。好在乡党委支持，昨晚递交申请，今天一早老卢便召集在家的乡党委委员开会研究，批准建立党支部。崔副书记正好在车上，直接把他请到警务室宣布乡党委的决定，召开支部党员大会，选举产生支部委员会。包括老王、老米在内，联防队的五个党员全到了。

特事特办，他们的组织关系从现在开始由各村党支部转移到警务室党支部，《党员组织关系介绍信》和《党员组织关系信息表》等手续明天下午五点前办完。又不是转移到县里或其他乡镇，转来转去依然在良庄，并不是很麻烦。

崔副书记列席支部党员大会，组织意图不折不扣得到落实。韩博当选党支部书记，老王同志组织委员，高亚丽宣传委员，米金龙保密委员，小单青年委员（相当于警务室的团委书记）。

按照程序，要将支部党员大会选举结果、党支部委员会选举结果和党支部委员的分工情况向上级党委汇报，要获得上级党组织批复。崔副书记列席会议，他就代表上级党组织，接过小高整理的材料看了看，一锤定音，宣布警务室党支部正式成立。

事情一次办完，不能拖泥带水。审查三份入党申请，确定入党积极分子，指定高亚丽、老王、老米、小单等正式党员作为三个入党积极分子的培养联系人。

王燕、安小勇和陈猛正式列入考察对象，虽然不是党员没资格参加会议，却比参加会议的人激动，某种意义上而言这个党支部就是为他们成立的。

食堂加餐，他们好好庆祝一下。吃完晚饭，送走崔副书记，继续开会，不再是党组织的会议，是案情汇报分析会。

“六个嫌疑人中，张朋基本可以排除。走访询问发现，案发当晚，他去李庄一亲戚家吃喜酒，喝多了，烂醉如泥，没回来，在亲戚家住了一夜，第二天上午才清醒，吃完午饭才回来。”

红旗村鱼塘失窃案是小单负责的，他摘下白黑板上张朋的照片，指着第二个嫌疑人汇报道：“蔡青锋嫌疑较大，群众反映他经常偷偷去人家养殖塘钓鱼，家里有鱼叉、丝网和电鱼器，有一条小水泥船，在红旗三组的交通河里有两个笼网。

正事不干，整天捕鱼钓黄鳝钓鳖捉青蛙。手脚不干净，经常从野河搞到人养殖河或养殖塘去。天天走夜路，看见瓜田偷几个瓜，看见梨树桃树摘一大筐水果回去，在红旗村周边是出了名的。并且案发第二天上午，有村民看到他媳妇在河边杀鱼。”

王燕翻开一份材料，补充道：“他有偷鱼前科，被李特派处理过。94 年 3 月被收容审查，在看守所关了两个月。”

收容审查，那就是没掌握他的犯罪证据了。细想起来公安机关权力真大，只要民警填写一份建议收容审查表，经派出所所长和正科级以上领导签字同意，就可以将违法犯罪嫌疑人关入看守所审查三个月，可以两次延期，最多能关九个月。

这种收审不需要任何证据，只需写上“据群众反映”之类的收审原因。不过那是以前，今年 3 月修订刑事诉讼法，将收审条件写入进拘留措施条件之中，明令禁止再使用收审措施。在司法实践中，已彻底废止。

对办案单位尤其刑警队来说，想通过法院对一个小偷判刑六个月都很困难，必须通过检察院审核证据，批准逮捕。由检察院再补充材料，向法院提起公诉，最后再由法院审理宣判。常常会因证据不足或案情轻微等原因被检察院宣布不予逮捕，或在法院那一环节被宣布不予起诉。收容审查废止了可以劳教，办一个违法人员劳动教养两年相对容易，只需要市局劳教委员会批准。

参加律师资格考试带来的影响很大，韩博不想办那种有瑕疵的案子，疑罪从无，有证据就将嫌疑人送上法庭，没证据就收集证据，收集不到就死死盯着他。

“第三个嫌疑人呢？”

“李固，25 岁，绰号贼猴子，家在红旗三组，姐姐嫁在良东村，姐夫家开小店，经常住姐姐家，大错不犯，小错不断，整天游手好闲。案发第二天上午，有群众看见他在菜市场门口卖鱼，因拒不交纳工商管理费，与工商所同志发生争执，这一点已经查实。”

小单摘下照片，苦笑道：“走访询问确认，他那天卖的全是小鱼杂鱼，不是人工养殖的鲫鱼草鱼，且数量不多，就一小桶，大概三十多斤，基本可以排除其嫌疑。”

综治办主任周正发提过这个人，让好好收拾他。韩博回头问：“他有没有被处理过？”

“处理过，收审过三次，结果每次收审都会成为他嚣张的资本。就像小单说的，他非常狡诈，大事不犯，小事不断，劳教又不够条件。现在不让收审了，拿他没什么办法。”

王燕倍感无奈，陈猛暗暗地想不是拿一个小混混没办法，是特派员办事谨慎不想采取那些非常手段。

剩下几个全有嫌疑，但都没有确凿证据。办公条件不错，办案条件不怎么样，没有专业刑警，尤其缺乏技术手段，要是当时能把脚印拓下来，要是能通过技术鉴定比对出到底是谁家的丝网，这个案子不难破。

没条件创造条件，可是这条件不是一天两天能创造出来的。没办法，只能先搁置，辖区这么大，不可能把精力全放在几百斤鱼失窃上，等将来收集到新线索再说。

相比之下，拐卖妇女的案子进展不小。安小勇不无激动地说：“陈月红是中间人，且从中牟利，走村串户，专门帮各村没媳妇的光棍介绍。为把这个生意做下去，去年底专门安了一部电话。这边联系好买家，再用电话跟人贩子联系。现在可确定光我们乡就卖了三个，丁湖一个，柳下两个，其中有一个未成年，情节严重，判死刑都够了！”

难以置信，一个五年前被拐卖过来的妇女，居然参与进拐卖活动。韩博看完材料，低声问：“她丈夫呢，她丈夫有没有参与进去。”

“雷太平没上过学，不识字，老实巴交，家里事事由陈月红做主，有没有参与这个很难界定，知情是肯定的。每次有妇女被拐卖过来，买家摆喜酒，他都跟着去吃饭。有一次人贩子没来得及走，住他家，他还很热情地招待，来集市买菜买酒。”

法盲一个，这件事他难逃干系，这个家庭算是完了。韩博暗叹了一口气，说道：“电话监听要办相应手续，太麻烦，也不太现实，先盯着，盯死陈月红。从明天开始，联防队继续集中训练学习，在警务室待命，嫌犯一完成交易，立即组织抓捕，同时展开营救行动。王主任，考虑到涉案人员较多，要尽快把西边那排宿舍收拾出来。”

一下子抓几十个，羁押室关押不下。王治纲问："韩乡长，要不要把门窗加固一下？"

"安全第一，需要加固。窗户焊上钢筋条，门全换上防盗门，门上最好开个孔，能在外面观察到里面情况。只是暂时的，将来说不定要住人，插座就不动了，把电源切断就行。"

"好的，明天一早就安排。"

雷太平陈月红夫妇家在团结村，从团结桥过去就是柳下，离车来车往的省道很近。

如果外地人贩子警惕性高，完全可以不进入良庄境内，在省道边完成交易，拿到钱就搭过路车走，到时候再想抓他就难了，办案成本也会呈几何倍数增长。

光靠特情盯着不行，让小任和老米先过去蹲守。

陈月红已伙同外地人贩拐卖过六名妇女，按惯例她会叫上买媳妇的人一起去交易，柳北村光棍张玉山一样要监视。老王明天要改造几个临时羁押室，只能让高亚丽和一心想"转正"的一个联防队员先盯着，等这边开完会再安排民警去替换。

该休息的回去休息，该蹲坑的去蹲坑，会议室只剩下警务室几个正式人员。

先传达局里关于评选优秀党员和优秀民警的精神，每年年底都要评选，四人中三个人不是党员，都不是正式民警，没资格参加评选。韩博尴尬地说："工作大家干的，荣誉全归我一个，这不公平也不合理，自己选自己，想想怪不好意思的。"

王燕习以为常，若无其事笑道："韩乡长，有什么不好意思的。你至少跟我们说了，至少坐下来跟我们聊这件事。在长港派出所，所有评选根本同我们没关系，所长、指导员压根儿不跟我们提。"

陈猛也习惯了，不仅没有一点儿失落，反而眉飞色舞地说："韩乡长，你是公安特派员，良庄只有你一个正式民警，肯定是优秀党员优秀民警。派出所看守所交警队刑警队不一样，他们正式民警多，有名额限制，优秀党员 5%，优秀民警 20%，一般是所长指导员轮着来。

“今年所长优秀党员，指导员优秀民警。明年所长优秀民警，指导员优秀党员。普通民警都轮不着，哪轮到事业编和地方编。很正常，别往心里去，这真没想法。”

荣誉又不能当饭吃，她俩没意见，小单和安小勇更不会有意见，竟七嘴八舌反过来做起韩博的思想工作。

韩博很歉疚也很感动，苦笑道：“同志们，评选的事先放一边，说关于你们的事。县里给局里协调了20个事业编制，我只争取到两个。局领导征求意见，问我到底先替谁解决。你们都很出色，全是好同志，手心是肉手背也是肉，我被难住了，只能坐下来跟大家推心置腹的谈谈。”

警务室刚成立没多久便争取到两个编制，果然想进步就要跟对领导，在长港派出所干三年，年年春节提着东西去马所长家拜年，平时没少请客，答应得很痛快，拍着胸脯打保票，信誓旦旦说帮着去争取，结果三年过去了编制的影子都没看到。

其实不能完全冤他，主要是编制太紧张。高长兴关系够硬吧，在局里干六七年，编制最后是去丝织总厂解决的。韩特派如此给力，王燕庆幸自己跟对了人，欣喜若狂，激动得说不出话。安小勇喜形于色，小单露出会心笑容，陈猛紧咬着嘴唇患得患失，既为上司争取到两个编制高兴，又担心轮不到自己。

发扬风格说起来容易，做起来难。涉及一个人的未来，让他们说同样是为难他们。

韩博揉揉脸，循循善诱说：“盼星星盼月亮，终于盼到了，我能理解大家的心情，可我们的目标就一个事业编吗？同工同酬我们实现了，政治地位相差太远。既然干这一行，就要做真警察，做一个正式民警。从事业编过渡到行政编制或政法专项编制需要排队，不知道要排多久。

“如果大家能够下定决心，下点儿功夫，如果这两年国家全面施行公务员制度，根本用不着等来等去，用不着求爷爷告奶奶，就能解决编制问题。所以这次解决不了的不要灰心，这次能解决的也不要松懈，因为我们的最终目标不只是一个事业编。”

他能争取到两个，将来一样能争取到另外两个。现在同工同酬，解不解决工资待遇没什么变化，想到自己虽然只是一个内勤，但韩博出差时是让自己主持工作，王燕认为应该发扬风格，咬咬牙，举手道：“韩乡长，先考虑其他同志吧。我不急，有你在，我不担心编制。”

“我年轻，可以等，我也不着急。”作为一个从丝织总厂出来的同志，不管什么时候都不能给科长丢脸。一个编制而已，等侯厂长调到县里担任常务副县长，韩科长去请他帮帮忙，别说事业编，直接解决行政编制都有可能。小单毫不犹豫举起手，一脸不在乎的表情。

他们开了个头，安小勇和陈猛不能不表态，相互谦让。

“韩乡长，先紧小单和小勇吧，他们没结婚没对象，有个编制好谈点儿。”

“是啊，我成家了，早一天晚一天无所谓。”

“王姐，猛哥，你们是老同志，你们等了好几年，要先紧你们来。”

在其他单位会反目成仇的事，在警务室居然一团和气。他们是对领导有信心，深信只要好好干领导会帮他们解决。韩博觉得被信任和尊重的感觉很好，但压力也很大。他权衡了一番，干脆撕下一张纸，拿起笔一边写一边笑道：“别谦让来谦让去了，这样吧，我不在时王燕同志要主持警务室工作，名不正则言不顺，编制问题必须尽快解决。剩下一个抓阄，谁抓到是谁，谁抓到明天请客。没抓到的不要灰心，作为领导兼同事，我会帮你们考虑的。”

这么严肃的事居然用抓阄来解决！不过将来能当正式民警最好，当不上大不了去东海跟韩博的父亲搞装修，陈猛见识过韩家多么有钱，想通了也就没之前那么患得患失了。

各凭运气，都没意见。四根卷好的纸条，一张写“这次”，三张写“下次”，陈猛抽过一根，打开一看竟然是“这次”。虽然想通了，但抓到一样激动得无以加复。

“小勇，小单，不好意思，明天我请客，富嫂酒家，随你们点。”

“有什么不好意思的，你是老同志，在局里干那么多年，本来就应该是你。”

“不光是编制，你还是我的入党培养联系人，这顿饭一定要请，韩乡长，你说是不是。”

“有人请客当然没问题，不过明天估计没时间，等‘打拐’行动结束，我们去柳下的大饭店好好撮一顿。”韩博笑了笑，接着道，“先去给你爱人打个电话。新娘子，你也上楼跟新郎官报个喜。对我们来说没什么，对家属来说很重要，一天不解决，他们一天睡不着觉。”

确实如此，像块石头一样悬着，悬这么多年，谁不急。王燕乐得心花怒放，笑道：“那，那我先上去了？”

“上去吧。”

打发走他们二人，再次说起正事。

“小单，你那个战友怎么回事，他是想回联防队，还是打算就这么干特情。”

上次打击非法经营的收茧贩子，他帮了很大忙。这次查偷鱼的案子，他一样积极主动，到处帮着打探消息，小单提过好几次，必须当回事，不能让人寒心。

小单摇摇头，解释道：“工资太低，他没想过回联防队，他在部队学过驾驶，有证，会开车。他打算跟亲戚朋友借点儿钱，买辆面包车，白天在东边丁字路口，晚上去柳下河大桥西边的十字路口拉客。他想请你帮帮忙，要是有人管有人查，能不能帮着打个招呼。”

出外打工的人，大多从省道上拦过路车，回来乘经过柳下的长途车在省道路口下来，丁字路口几个黑车司机就做这生意，干得挺不错。

说是黑车，其实没那么黑，只能算灰车。思岗和新庵一样，城乡交通没公交车，只有私人承包的中巴车，更没有大城市才有的出租车。

他们拉客理论上属于非法营运，运管部门睁一只眼闭一只眼几乎不管，总共就几个人，没什么威慑力也管不住。但要是管了，被查住，罚起来就是上万。

发展一个可靠的特情不容易，并且他想从事的职业确实有利于帮警务室收集消息。

柳下可以请宁所长帮忙，思岗这边没什么问题，交通局每年要请公安协助上路查几次养路费，这个面子他们必须给。用老卢的话说基层工作有其特殊性，什么都按照规定，什么都干不成，就当一次“保护伞”吧，问心无愧。

没点儿关系这生意不好做，交警运管三天两头查一下，赚点儿钱不够交罚款。领导点了点头，小单为战友感到高兴，也急不可耐跑出去打电话报喜。

吃完早饭回到办公室，宁所长打来电话：“小韩，你昨天来得晚，菜市场虽然没收摊，买菜的人没多少，几个路口菜摊，几个村兼卖菜的小店也一样，问不出什么。刚安排下去了，今天帮你问问，最迟中午有消息。”

“谢谢宁所，让你费心了。”

秋收了，一个在良庄当村干部的乡下亲戚，昨天傍晚往宁家送了一百多斤新米和十斤草鸡蛋。乡下往街上送些土特产或刚上市的新鲜果蔬，街上给乡下亲戚送点他们平时买不到的东西。多少年形成的习惯，在柳下和良庄情况很普遍，很正常的人情往来。

留亲戚吃晚饭，饭桌上无意中提到良庄的新任公安特派员。

不打听不知道，原来这小伙子是个狠角色。前段时间收苗贩子就是他抓的，包括司机在内抓了一百多个，大多新庵人，其中柳下二十多个，被思岗工商局罚得损失惨重。

抓完贩子抓逃犯，一个公安特派员居然干刑警的活儿，来回奔波两千多公里把潜逃六年之久的逃犯抓回来，开声势浩大的公捕大会。

同李顺承不一样，他不是单枪匹马，手下四五个民警，是比派出所所长牛。

韩博不只是公安特派员，还是乡长助理，半个乡领导，享受副科级待遇，干满一年顺理成章提副科。有学历，有能力，有魄力，据说上面有很硬的关系，这样的人前途不可量。

多个朋友多条路，跟这样的人应该搞好关系，虽然不在同一个地级市，用不着求他，但在良庄有亲戚，将来亲戚有点儿什么事完全可以找他帮帮忙。

宁所长的态度比昨天更热情，笑道：“一家人不说两句话，说谢太见外。你要的字写好了，刚送去裱，裱好给你送过去。”

“这怎么好意思，送过来也行，正好过来坐坐，尝尝我们乡下的土菜。”

“一言为定，你忙，我也上班了。”

安小勇正在团结村蹲坑，暂时没动静，看看时间快八点，拿上包，带上对讲机，步行去警务室西边50多米的建筑站。

许多人以为警察就是破案的，其实100个警察中最多只有10个破案。尤其担任领导职务的警察，要忙的事太多，不可能在一线搞侦查。

建筑站是乡里最有钱的企业，汪经理在乡里地位仅次于卢书记焦乡长。抓人家几个干部，罚人家那么多款，必须登门打个招呼。更重要的是，按思岗惯例，这样的企业多少要给公安一点儿赞助。

不会破案的警察不是好警察，不会搞钱的领导同样不是好领导。

“小韩，有事？”刚走进大门，正主儿从一间办公室走出来。

“汪经理早，我见车不在，以为您出去了。”

“奥迪送卢书记去市里了，跑撤乡建镇的事，我用这辆，甲方刚抵给我们的，看看怎么样。”

有了新座驾，汪经理的心情不错。座驾也不错，本田雅阁，九成新，自动挡，高级轿车，悬挂的是外地牌照。

韩博拉开车门钻进去感受了一下，出来笑道：“好车，才跑了两万多公里，用这辆好，出去办事比用桑塔纳气派。”

“抵40万，我宁可要钱。”汪经理摇摇头，痛心疾首。

“工程好做钱难要，能要辆车不错了，就怕什么都要不到。”

“这倒是，江城那个大通公司，不是你帮忙，真拿他们没办法。”

“汪经理，我是来负荆请罪的。带人去北河抓捕顾新贵，留守的几个同志不太会变通，我都没脸见您，不知道该怎么开口。”周围没人，韩博说起正事，一脸歉意。

警务室罚款跟其他派出所罚款不同，返还只有3%，民警和联防队员没提成，罚金不会落入个人腰包。有人举报，他们必须出警，抓到现行只能公事公办。有裁决书，有罚款发票，现场抄到的赌资算罚款，多出的几千退了。

换作丁湖派出所，赌资没收，罚款另算，裁决书和发票让你等一个星期去拿，去了再让你等一个星期，试图利用人们怕丢脸的心理，不去县公安局办治安裁决书，不给被罚的人发票。

何况人家亲自登门赔罪，汪经理岂会放在心上，摆摆手：“赔什么罪，他们干点儿什么不好，非要赌，应该给他们教训。”

“您不生我的气？”

“怎么可能，小韩，我也是党员干部，这点儿政治觉悟还是有的。”

“您不光是党员干部，您还是领导。”他真是领导，挂一个副乡长，副科级，有县委组织部任命文件，名副其实的官商。

老卢更搞笑，给自己封了一个董事长，名片正面是“思岗县良庄乡党委书记”，背面是“思岗县良庄乡农工商开发总公司董事长兼总经理”。

小伙子当上乡长助理仍这么谦虚，开口就是“您”，一如既往的尊重。汪经理很满意，韩博不失时机提出警务室经费的问题。

派出所管辖区内的企业要赞助，要治安联防费，在思岗确实是惯例，关键良庄在思岗是特例。别说之前没派出所不用交，就算有派出所也不会交，只有乡里管派出所要钱的份儿。

这是原则性问题，要是给钱，其他企业会有意见。不过，韩博头一次开口，汪经理又不能让他空手而归。便想了想，突然抬起胳膊，指着车棚里一辆落满灰尘，连品牌都看不出来的越野车：“小韩，你帮过我们建筑站大忙，我们当然要支持你工作，三五千拿不出手，给你们一辆车。”

“车？”

“没报废，车况好着呢，沙漠王子，就是没手续，上不了牌照。你们无所谓，随便挂个牌照，养路费、保险什么都不用交，一样上路跑。”

他没夸大其词，公安经费紧张，哪有钱上保险，交养路费，局里那么多车，就局长政委的车上过保险。好多车别说保险养路费，行驶证都没有，来路不明的罚没车，将就着用。

走近刮刮玻璃上的灰尘，里面挺好，真皮座椅，内饰干净整洁，带天窗的。陈猛会开车，小单刚拿到驾驶证，要是有辆汽车会更方便，关键这车能不能要，韩博回头道：“汪经理，这车好几十万呢！”

“没手续，上不了牌，没法上路跑。想卖卖不出去，倒腾二手车的不敢要，生怕哪天警察找上门被罚没。我们又不欠人钱，没法跟甲方一样拿它抵债。已经停这大半年，再不开真报废了。”

汪经理拍拍他胳膊，接着道：“给你们用，乡里不会有意见。以后乡领导去哪儿办个什么事，一时半会儿找不到车，你们接送一下，这叫资源合理利用。”

警务室是乡里的，车给警务室使用，说到底依然是乡里的。这不是赞助，这相当于把左口袋的东西放进右口袋，资源合理利用，汪经理的话有一定道理。好车为什么不用，没手续对警务室来说不是问题。车钥匙找到了，但开不走。四个车胎瘪了三个，电池没电，打不着火。

没电好解决，让陈猛把7号车开过来，用两头带夹子的电缆连上，一次打着。至于轮胎，直接上千斤顶，拆轮子，这边拆完用东西垫上拆那边，干脆四个全拆下，连同备胎一起送往柳下的汽修厂。

多一辆车，并且是好车，办案条件又上一个新台阶。马上解决编制，接下来有车开，人逢喜事精神爽，陈猛忙得不亦乐乎。

“打拐行动”一开始就会花钱如流水，不能围着一辆车转，再三感谢汪经理，夹着包去其他几家继续化缘。

但一圈转下来，收获不大。良庄企业全被老卢带坏了，都有“抗捐”传统。

砖瓦厂说资金比较紧张，可以给警务室一点儿碎砖头，如果要砌个围墙，盖个小房子，铺条小路，直接过来拉；建材机械厂倒是挺热情，捧出一大堆欠条，想同警务室合作。不就是要钱吗，你帮我讨债，我给你提成。

算下来榨油厂最厚道，赞助了三百斤的油票。考虑到警务室可能要用这些油给民警和联防队员发福利，专门挑5市斤一张的给。

幸好没把希望寄托在企业上，不然会活活饿死。回到单位，小任正组织联防队员在食堂学习法律法规，西边宿舍正在施工，他们消息一个比一个灵通，交头接耳、窃窃私语，说这一切是为“学习班”准备的。

周正发的到来，无疑证实了这一点。综治办是政法委的一个职能部门，负责社会治安综合治理的组织、管理、协调工作。乡里没政法委，只有负责政法综治的副书记，且不是专职的，领导不给力，联防队划归警务室管，周正发一个人扛着一块牌子，处境有些尴尬。

“老实巴交的村民买个媳妇传宗接代，多大点儿事，全县不知道有多少个，难道人活该一辈子打光棍！”

卢书记指示，让帮警务室的打拐行动擦屁股，想想有可能引发的连锁反应，周正发就头疼，坐下来气呼呼说：“老百姓认死理，一个盯着一个，为什么他可以我不行，要抓一起抓，要么一个不抓。良庄你可以抓，丁湖呢，柳下呢？

“再过一个月香港就要回归，从中央到省里，再到市里县里，全在要求稳定压倒一切，你不能这么搞，你这是在激化矛盾，在破坏社会稳定大局。”

善后工作会很麻烦，韩博能够理解他的心情。并且如他所说，这些年社会安定是国家治理层面一个非常重要的关键词。但拐卖妇女儿童是旧社会才有的事，对于打拐，上下“只做不说”，不见报，不上电视，不通过广播宣传，甚至不将打拐工作列入考评体系。

要大张旗鼓抓那么多人，在他看来就是捅马蜂窝。

韩博递上根香烟，笑问道：“周主任，你是不是以为问题之所以这么严重，是我们公安机关不敢打拐？”

“要是敢，早干什么去了？”

“改革开放之初，随着经济市场化和人口流动加剧，拐卖妇女儿童的犯罪活动越来越猖獗，是公安部联合全国妇联组队到东山及我们江省等主要拐入地调查的，向中央写了一份关于拐卖妇女儿童犯罪现状的报告。随后，中央印发相关文件，要求坚决打击拐卖妇女儿童犯罪。

“我问过老前辈，他们说那次力度很大，解救的妇女是一火车一火车往回拉的。之所以没坚持下来，不是因为公安不敢打，是没钱打！全国九成公安机关无专项打拐经费，经费不足，限制了打拐的深入开展，而解救一个被拐卖的妇女儿童，平均要花费两至三万，办理团伙案件要几十万元，重大团伙案件有的甚至需要上百万元……”

“他们没钱，你有钱？”

“我有多少钱办多少事，能解救几个算几个。”

书呆子，绝对书呆子。难怪被发配来良庄，这样的人在局机关待不下去，没人会喜欢。周正发腹诽了一句，没好气地说：“你有治安联防费，多少有点儿罚款返还，我综治办有什么，什么都没有！各单位我可以帮你协调，屁股可以帮你擦，经费必须由警务室出。”

能用钱解决的问题就不是问题，至于钱从哪儿来回头再想办法。韩博掏出一份草拟的计划，嘿嘿笑道：“周主任，经费不成问题，你放一百个心。我是这么想的，我们警务室人手紧张，行动开始后要全身心投入办案。那些被拐卖过来的妇女要带过来询问取证，有的有孩子。尤其刚解救出来的，要检查身体，要看看她们有没有受到伤害……”

“妇联要参与，卫生院要配合，人手不够从各村抽调妇女主任，再不够从良中、良小抽调女教师？”

“差不多，还有村里，要是谁家有老人需要赡养一样要考虑到。”计划跟打击非法经营的收茧贩子时一样周密，周正发彻底服了，指着他道，“韩博，我敢保证，行动结束之后，你就是全乡群众最讨厌的干部，走到哪被人骂到哪儿，走到哪儿都有人戳脊梁骨。”

“我信，用不着等行动结束，现在就没几个人喜欢。卢书记说过，干公安不需要人喜欢，只要让人怕，往哪儿一站，不用开口，不要出手，好人、坏人一个不敢动。”

“你呀，不跟你说了，让老王给我准备间办公室。”

周正发其实人不错，心直口快，非常尊敬老卢，只要是老卢的指示，他会不折不扣落实。韩博站起身，指着椅子笑道：“不用准备，坐这儿，周主任，从今天开始这就是你办公室。”

第十五章·打拐行动

特情反馈过来一个重要的消息，“哥哥嫂子”大概下午四点左右把“妹妹”送过来。

陈月红之前经手的几起全这么说的，老家一个亲戚，家庭困难，哥哥只好把妹妹嫁到这边来，要几千块钱不是卖妹妹，是彩礼。

婚姻法颁布施行那么多年，婚姻自由在农村并没有实现。为哥哥牺牲妹妹不是什么新鲜事，有一个联防队员就是结的“交门亲”，把自己的妹妹嫁给人家，他娶了人家的妹妹，两个女人的命运就这么决定了。

大环境如此，陈月红的说法有一定的市场。许多人明明知道有问题，仍装出一副信以为真的样子。

更令人不可思议的是，这么一个心如毒蝎的女人，在团结、柳北、柳中几个村非常受欢迎，明明是贩卖人口居然成了“媒人”，许多人主动帮她打广告，整个一专门帮助解决良庄及周边光棍个人问题的“无冕妇女主任”。

“哥哥嫂子”应该在团结桥路口下车，南面是柳下镇，北面是省道收费站，路口靠桥这一边是柳下镇交管站的砂石场和水泥预制厂，有一栋二层旧办公楼，隐蔽在楼里监视最好，要先跟柳下方面沟通。事实上不借用人家的办公楼一样需要提前沟通。

陈月红被抓的消息一旦传开，从她手上买过媳妇的人，极可能跟那些超生户一样东躲西藏。动作必须迅速，“哥哥嫂子”和陈月红一落网，就要组织力量按名单解救被拐卖来的妇女，抓捕买她们的人，绝不能拖泥带水。

正准备给韩博送字，对方竟然居然主动来了。宁所长侧身看看车，羡慕地问：“小韩，这车不错，从哪儿搞的。”

“乡里支持公安工作，借我们用几天。”

“乡里有这样的车！”

柳下人自以为是“街上人”，谁都看不起，认为好东西只有他们才应该有，韩博不无得意说：“宁所，估计您好久没下乡了，乡下虽然没法跟街上比，好车多少也有几辆。”

派出所就一辆旧面包车，悬挂地方牌照，人有一辆手续齐备的警车，现在又整出一辆几十万的沙漠王子。宁所长酸溜溜地说：“小韩，这车估计是走私车，牌照都没有，只能在思岗、在我柳下开，再远不能去。”

现在没手续不等于将来没有，现在没牌照不等于将来没牌照。韩博跟着他走进楼里，扶着楼梯笑道：“乡里支持，局里一样支持，手续正在办，搞个公安民用专段，一个星期估计能批下来。”

挂O牌，宁所长彻底服了，推开门问：“昨天没打听到偷鱼销赃的消息，你是不是又掌握到什么新线索？”

“跟鱼塘被盗捕没关系，宁所，我没跟您开玩笑，我是为一起特大拐卖案来的。按《关于严惩拐卖、绑架妇女、儿童的犯罪分子的决定》和公安部相关规定，收买被拐卖、绑架的妇女、儿童案件应由买入地公安机关立案查处。现在的情况是拐卖团伙已在我掌握之中，下午要抓他们的现行。在此之前呢，他们在我良庄和你柳下有犯罪行为。我有管辖权您也有管辖权，您是前辈，您这儿又是大所，隔壁就是刑警队，由您立案侦查比较合适，我全力配合。”

打拐，开什么玩笑。买媳妇的人是本地人，在他们意识中这不犯法，去解救，老百姓会骂“吃里爬外”。再说把人解救出来，谁管她吃、管她住、管送她回家？

公安部有规定，拐卖三起以上的属特大案件，要是人贩子交代在哪个哪个省还卖了多少个，是去救还是不救，不救结不了案，去救花了钱不一定能救成。前几年，西江省有三十多个女孩外出打工被拐骗，她们老家的县政府立即组建由公检法司及共青团妇联组成的解救小组共十八个人前往闽省营救，结果只救出三个，解救小组的人还挨了打。

年轻人，想立功想表现没问题，关键搞错了方向。宁所长接过香烟，不动声色地问：“小韩，良庄几起，柳下几起？”

“良庄稍多一点儿，三起，丁湖一起，从现在掌握的情况看，柳下只有一起。”

这就好办了，宁所长抓起打电话笑道：“线索是你掌握的，案件良庄最多，你立案查处，我配合。不过这事比较敏感，要先向局领导请示。”

“宁所，办案您比我有经验，要不这样，我们联合侦查。”

“没必要，我们配合，保证让你把人安全解救走。”

把人解救走，该怎么处理我们不管，人骂也只会骂良庄这个公安特派员，不会骂柳下派出所。宁所长相信局领导会作出同样决定。

不想蹚这摊浑水，不想搞得劳民伤财里外不是人，这是韩博意料之中的事。他摸摸下巴，提醒道：“宁所，我不光要解救被拐卖的妇女，我会严格按规定办案。”

“你想连买媳妇的人一起抓？”

“嗯。”

“哎呀，小韩，你怎么总喜欢抓我们柳下人。收茧的，抓那么多，罚那么狠，跟你做朋友有压力。”

“良庄人我一样抓，不是三个，是二十八个。”

“二十八个，你打算把所有买媳妇的一网打尽？”

“要还欠账，要做一个了结，要震慑住所有不遵守国家法律，试图通过歪门邪道找媳妇的人，要让买媳妇这种事在我们良庄成为历史。”

这小子，疯了，他是要几十个家庭妻离子散。他不是血气方刚，他是个官迷，为立功受奖、升职无所不用其极。

国家有规定，负有解救职责的国家工作人员接到被拐卖、绑架的妇女、儿童及其家属的解救要求或者接到其他人的举报，而对被拐卖、绑架的妇女、儿童不进行解救，造成严重后果的，要依照刑法第一百八十七条的规定处罚；情节较轻的，予以行政处分。负有解救职责的国家工作人员利用职务阻碍解救的，处二年以上七年以下有期徒刑；情节较轻的，处二年以下有期徒刑或者拘役。

也就是说，打拐这种事不摆到台面上没什么，一摆上台面就要配合，至少不能拖后腿。宁所长决定今后离韩博远点，至于眼前在事，向领导汇报，让局领导头疼去。

柳下所在的长江，全长两百多公里，河上许多船闸，既是江北地区的一条重要交通河，也是一个防汛抗旱的大型水利工程。

省道沿河而建，距河堤不足20米。砂石料主要靠水运，柳下交管站砂石场建在河堤下面，有一个简易的小码头和两个土吊车，老办公楼由于地势较低，站在二楼正好能看见三岔路口。

楼里有人，趴在团结桥上钓鱼的是自己人，背着行李站在省道边等车的也是自己人。宁所长很帮忙，柳下派出所几乎倾巢而出，只要“哥哥嫂子”敢把人送来，一定插翅难飞。

“韩乡长，宁所，他们来了，年轻的那个就是陈月红，中年妇女是张玉山的姐姐张玉珍，推自行车的是张玉山，接媳妇，穿得挺光鲜。”

没日没夜的蹲坑终于可以结束了，安小勇有些兴奋。

三个人从团结桥下来，似乎嫌三岔路口卖水果的碍事，沿省道往北走了几步，说着话翘首以盼“哥哥嫂子”到来。

宁所长沉吟道：“站在路东，车应该从南边过来。”

韩博点点头，遥望着三人说：“收费站的口子要扎紧，我要确认他们是从什么地方上车的。”

“小伍在那儿，我们一喊他就上岗。”

“谢谢。”

“又来了。”

正说着，对讲机里传来急促的呼叫声：“洞幺洞幺，我洞俩，我是洞俩，听到请回答，完毕。”

“洞幺收到，洞俩请讲，完毕。”

“洞幺洞幺，小鱼全部入瓮，小鱼已全部入瓮，正组织学习，等候进一步命令，完毕。”

“稳住他们，等候命令。”

二十八个买媳妇的，一个一个抓太麻烦，警力也调配不过来。被拐卖来的外地妇女没户籍，就以乡政府名义召集他们开会，学习国家有关于户籍管理的精神，让他们能迁移的赶紧去办迁移，办不了迁移的乡里再想办法。

没户口，分不到地，上不了合作医疗。现在户籍归警务室管，那些孩子依然没上户口的，不可能再像之前一样找村干部打个证明就能上户口。并且许多人没办结婚证，未婚先孕先生，属于计划外生育，按规定是要罚款的。乡里重视这个情况，准备协调公安、计划生育、民政、妇联等部门统筹解决，买媳妇的人信以为真，听到广播通知就不约而同地跑警务室食堂开会去了。

周正发、老王和小任坐镇，有十几个联防队员，应该不会有问题。

卡车客车一辆接着一辆从省道疾驰而过，车流量大，司机开得又快，难怪这一路段常出交通事故。

张玉山似乎蹲累了，站立起来伸展腿脚。西装有点儿皱，他的姐姐抓住衣角用力往下扯，试图将衣服拉挺拉直，又从口袋里摸出草纸，帮他擦皮鞋上的灰尘。

不知道为什么，居然感觉这画面很温馨。要是自己四十多岁没老婆，姐姐会不会急，如果处境跟张玉山差不多，她会不会帮着买老婆……

正胡思乱想，一辆大客车鸣着笛停在三岔路口，陈月红喜形于色，飞快迎上去。

车上下来三个人，夹在中间，脸色苍白，看上去很怕、很瘦弱的女子应该就是“妹妹”。大客车放下三个人走了，宁所长报车型和车身颜色等特征，通知收费站前的治安卡口把它拦下来。

离得远，看不清容貌。不过从张玉山的反应上看，他好像对这个媳妇很满意，他姐姐更是挽着“妹妹”的胳膊，嘴里不知说些什么，把人往团结桥方向死拉硬扯。

张玉山把一个纸包往陈月红手里一塞，推上自行车忙不迭地去追姐姐和“媳妇”。陈月红回头看了看，把“哥哥嫂子”带到省道边的小树林里，应该是在分钱。

没必要再跟他们耗了，韩博和宁所长对视一眼，拿起对讲机喊道：“各队注意，各队注意，我洞幺，按计划行动，立即组织抓捕！”

在一楼的小单，带领柳下派出所几个联防队员，从团结桥下，沿河堤边往北摸去。桥上钓鱼的人收杆，跟桥东边迎面而来的王燕、老米一起，从张玉珍手中抢过“妹妹”，给姐弟俩戴上手铐。与此同时，路上的人扑向“哥哥嫂子”，情况不对，三个人想往河堤边跑，结果被小单等人逮了个正着，全部放倒在草丛里，挨个反铐上。

“小勇，你坐宁所的车去查大客车，陈猛陈猛，把7号车开过来。”

韩博顾不上三个落网的人贩子，快步跑到团结桥，出示证件：“同志，我是思岗县公安局民警韩博，这位是我同事王燕，我们是来救你的。你叫什么名字，什么地方人？”

警察！被拐卖的女孩跟做梦似的，不敢相信这一切是真的，傻傻看着他，看了好一会儿，突然哇一声号啕大哭起来。

她看上去带着几分稚气，极有可能是未成年，王燕搂着她，慢声细语地安抚道：“别哭，别怕，我说普通话你能听懂吗？我们是公安局的，你现在安全了。先跟我们去检查一下身体，然后通知你家人，给他们报个平安，让他们来接你回家。”

她能听懂一点儿普通话，知道点头摇头，就是不会说，哭诉了一两分钟不知道她说什么。

这里不是说话地方，现在更不是说话的时候。韩博命令道：“王燕，你先带受害人回去。小单，把这几个全押到砂石场。张玉山，喊什么喊，给我老实点儿！”

“韩乡长，这是他们的身份证、车票，这是刚才交易的赃款。”

“哥哥”三十多岁，又黑又瘦，贼眼溜溜，四处张望，应该有前科，表现得不是很害怕。“嫂子”二十七八岁，白白胖胖，蹲在一起很不协调。

陈月红耷拉着脑袋一声不吭，似乎也不怎么怕。

“先押过去，分开看押，不许他们串供。”

兵贵神速，解救出第一个立即解救第二个。嫌犯先押回警务室分开关押，等把涉案的所有妇女解救出来之后再慢慢审。

兵分两路，小单、陈猛和高亚丽去丁湖，韩博同宁所长一起马不停蹄赶往庆丰村。

一条坑坑洼洼的砂石路，宽倒是挺宽的，只是桥窄，几块楼板搭起来的那种，两侧没护栏，一路上有五六座。大车开不进来，面包车勉强能行驶，2.5 公里左右，颠簸十来分钟便到了。

打拐不是公安一家的事，中央明文规定各级政府要积极主动参与解救。村办公室里站满人，有妇联主席，有司法所的人。

宁所长是行动总指挥，先介绍了一下，随即布置起任务："杜支书，贾村长，镇领导指示，解救行动理解要执行，不理解一样要执行。现在出发，步行过去，你们在前面带路。韩特派要了解一些情况，顾俊生要带走，他和那个外地妇女被带走之后，你们要做好他亲属的思想工作……"

居然是为顾俊生买媳妇的事，人刚到那天晚上，村干部还去喝过"喜酒"。杜支书被搞得焦头烂额，苦笑着说："宁所长，韩特派，要是能把钱要回来，那个妇女带走就带走。顾俊生不能带，他今年 38，家里有个 57 岁的老母亲，长期卧病在床，他一走没人照顾。"

"现在是谁帮忙看着那个外地妇女的？"

"叔伯兄弟媳妇和左邻右舍，韩特派，你听我说，顾俊生人很好，谁家忙不过来就去帮忙，从来没跟人红过脸。下午我见过，又在帮四队陈长发家干活。老实巴交的，这样人对社会没危害，买媳妇也是迫不得已。"

"先看看情况。"

"韩特派，买个媳妇有这么严重吗，邻村好几个，有的孩子都上小学了。"

"杜支书，贾村长，我们换位思考一下，要是你们的女儿被人拐卖到外地，你们急不急？要是人家本来就有家庭，甚至有孩子，那对另一个家庭来说这意味着什么？不是有没有那么严重，是非常严重。"

韩博异常严肃，语气很重，众人面面相觑，欲言又止。韩博环视着众人，接着道："按照全国人大常委会《关于严惩拐卖、绑架妇女、儿童的犯罪分子的决定》，收买被拐卖、绑架的妇女、儿童的，要处三年以下有期徒刑、拘役或者管制。收买被拐卖、绑架的妇女，强行与其发生性关系的，要依照刑法关于强奸罪的规定处罚。

"并且有明文规定，任何个人或者组织不得阻碍对被拐卖、绑架的妇女、儿童的解救，不得向被拐卖、绑架的妇女、儿童及其家属或者解救人索要收买妇女、儿童的费用和生活费用。也就是说，买媳妇花钱也违法！”

“严打”结束没多久，“严打”余威犹在，村干部噤若寒蝉，不敢吭声，只能硬着头皮带他们去。

顾俊生家在四队（村民小组），要过一座小桥，只能步行过去。三间旧瓦房，中间客厅，两边是卧室，门口一个小打谷场，土的，没用水泥浇筑，没铺水泥方块，周围没砌院墙。厨房在打谷场角落上，烟囱挺高。低矮，破旧，与左邻右舍的楼房形成鲜明对比。就客厅一个大门，窗户是水泥的，堵住门就行。

村干部带着一帮人过来，他诧异地问：“杜支书，有事？”

韩博和安小勇迅速上前，一左一右抓住他胳膊，猛地将他推进屋里。宁所长和镇干部紧跟进来，直奔东房，只见一个二十岁左右的女孩，衣着完好地坐在角落里，一脸惊愕。

“我们是公安局的，我们来解救你，我说话能听懂吗，收拾衣服，跟我们走。”宁所长生怕夜长梦多，招呼一个女干部帮她收拾。

这地方的人“太团结”，跑几次没跑掉，沈秋艳几乎绝望了，不敢相信这是真的。

“公安同志，公安同志，一人做事一人当，我犯法我坐牢，只求你们一件事，把我妈送敬老院。”

买媳妇的大多是老实巴交，家庭条件不好，实在找不到老婆的农民，顾俊生真被吓傻了，扑通一声跪倒在地，紧搂着韩博腿哀求，想得全是卧病在床的老母亲，看上去是个孝子。

“起来！”韩博和安小勇将他拉起，按坐八仙桌边的大凳上，厉声道：“会不会坐牢，要看你表现。老实交代，有没有强行跟她发生关系，有没有逼着她跟你同房？”

“没有，天地良心，真没有！她找到一把剪子，不让我碰她，洗澡换衣裳插门，不许我进东房……”

“你们晚上怎么睡的？”这几个问题很重要，直接关系他会不会被追究刑事责任。从内心来讲，韩博不想看到这么一个老实巴交的人坐牢。

“开始在明间（客厅）打地铺，后来在东房打地铺。”

“地铺呢，我怎么没看见。”

“买个媳妇不睡一张床，我怕被人笑话，塞在床底下。”

女孩颈部、胳膊上没伤痕，床底下有卷起来的铺盖，中午饭没吃几口，碗筷仍搁在老式书桌上，红烧鸡块，炒青菜，有荤有素，伙食不错。衣服一看便知道是新买的，好几套，鞋也是。

由此可见顾俊生真想跟她过日子，没虐待，只是限制其自由。只要没打没强奸，一切好说。

韩博走进西房看看老人，回头道：“宁所，杜支书，顾俊生我可以不带走，如果有什么事必须随传随到。”

“谢谢韩特派，我可以替俊生担保。”杜支书终于松下口气。

江省民风淳朴，只要有地方政府支持配合，解救工作不是很难做。

沈秋艳上过初中，会说普通话，一上车便哭诉起这半年的经历。她老家西川省，看见待遇不错的招工启事去报名，在报名点，几个招工的人说得挺好，一到江省便凶相毕露，逼迫她嫁给一个比自已大十几岁的农民。

“一路上有不少机会，为什么不逃？”韩博扶着方向盘问。

沈秋艳擦干眼泪，哽咽地说：“我们在人贩子手里，身份证被扣，钱被搜了，他们盯得紧，根本没机会。到这儿跑过三次，没成功，这里的人太‘团结’。”

江省治安在全国算很好的省份，思岗治安在全省排前列，多少年没发生过影响恶劣的刑事案件。农村虽谈不上夜不闭户路不拾遗，但夏粮秋粮晒在路上基本上不会丢。

发生买媳妇这种事，不能说社会治安不好，不能说经济有多么落后，也不能说风气有多么坏，只能说明法制宣传不到位，精神文明建设没跟上，人性越来越冷漠。

丁湖的解救行动同样顺利，几乎没遭到阻挠。不像一些边远山村，一呼百应，个个出手，想解救一个被拐卖的妇女，估计要调动武警。

人说“好的开始是成功的一半”，对警务室而言，开始就是开始，离一半早着呢。打拐需要乡党委政府支持，需要妇联、卫生、团委、司法和教育各部门广泛参与。

老卢从南港回来了，亲自兼任“良庄乡严厉打击拐卖妇女儿童犯罪工作领导小组”组长，人员名单贴在警务室院墙外，大毛笔字，大红纸。分管政法综治的崔副书记兼任副组长，负责工作组具体工作。综治办主任、妇联主席、公安特派员、团委书记和计生办主任兼任主任委员，组成人员下面是举报电话。

《关于严惩拐卖、绑架妇女、儿童的犯罪分子的决定》贴在边上，然后是“买老婆花钱又犯法”之类的大幅标语，龙飞凤舞，全出自文化站长老吴之手。

警务室铁门紧闭，传达室变成值班室，小任和一个联防队员以及一个乡干部正在给闻讯而至的群众解释法律法规。

西边一排宿舍变成一排小黑屋，周正发和几个联防队员坐在门口，骂里面的人没出息，给里面的人上规矩，谁想上厕所要“报告”。

东边食堂里全是妇女小孩，桌上有水果瓜子糖果，仿佛在开茶话会。

迟来的解救，有人哭有人笑，有人不知道该哭还是该笑。

工作组有许多女干部女教师，两个人负责一个，用思岗普通话努力跟她们沟通，用尽可能亲切的语气和笑容安抚大人和小孩的情绪。

小单、陈猛和高亚丽刚从丁湖解救出来的女孩，是同沈秋艳一起被拐卖过来的，再次见面，二人相拥痛哭。她没沈秋艳幸运，遇到一个花了钱就要同房的三十多岁男人，已怀孕三个月。

先交给工作组的女干部安抚，知道老家电话的先联系老家亲人，老家没电话的帮她们联系户籍所在地公安局。然后该检查身体的去卫生院，该做笔录的去办公楼。

稳定压倒一切，把良庄乡升格为良庄镇才是大局。老卢、焦乡长、崔副书记、马主席、牛部长等乡领导全来了，研究怎么才能又快又稳地把这件事解决掉。

“可能一些同志会有想法，认为小韩同志没事找事。中央文件崔书记刚刚传达过，作为党政领导，我们有责任，那种没事找事、多管闲事的想法万万要不得；有些同志或许会想，这种事多了，丁湖有多少，李庄有多少。我再强调一次，人家是人家，我们是我们，不能好的不学坏的学……”老卢快退居二线了，越是快退的领导越不想留下遗憾，他真下定决心在任期内把这个问题解决掉，三言两语把调子先定下来了。

事情发展到这一步，只有硬着头皮解决，焦乡长意味深长地说："同志们，除了一些征收任务，我们良庄各项工作大多排在全县前列。外面人提到我们良庄，第一句话是良庄不欠债，第二句话是良庄重视教育出人才。金杯银杯不如老百姓的口碑，虽然年年评不上先进，但有这两个评价，我心满意足。

"现在问题摆在眼前，我们欠债，欠法律债良心债。我爱人在食堂帮着做工作，她很同情那些女同胞，为那些被拐卖过来的女同胞的遭遇难过，她忍不住哭了，见着我就问乡里为什么不管，作为乡长，我无地自容。"

党政一把手态度明确，其他乡领导纷纷表态支持。

"小韩，你先介绍一下情况。"

韩博回头看了看列席会议的新娘子，解释道："卢书记，我刚执行完抓捕和解救任务回来，具体情况王燕同志掌握得比较全面，要不请王燕同志先汇报。"

"行，小王，开始吧。"

"报告各位领导，初步统计，自 1991 年全国人大常委会颁布施行《关于严惩拐卖、绑架妇女、儿童的犯罪分子的决定》以来，我乡共发生收买拐卖妇女的犯罪行为 28 起，孩子 3 岁以上的 12 起，1 至 3 岁的 9 起，也就是说有 7 名被拐卖过来的妇女没生育。

"她们主要来自西川、西江、南贵、南云、北湖和南湖六个省十几个地区，人贩子以介绍工作或婚介为名，把她们骗到我们这儿，卖给我们良庄及周边农村家庭条件不好的农民。人贩子和法制意识淡薄的农民，就这么将一个个天真活泼的女孩，变成生孩子的工具……"

在长港派出所干三年内勤，王燕见过各种犯罪行为，自认为是一个很坚强的女警。但是，现在，她情不自禁流下两行热泪。

食堂三十多个妇女，经历一个比一个凄惨，遭遇一个比一个坎坷，将心比心，谁能不为之动容。

老卢气得脸色铁青，拍着桌子指示，该抓的抓，该判的判，该让人回家的给赔偿给路费送人回家，乡里挤出 10 万元作为善后经费，工作组要把这件事负责到底。用老卢的话说，不吓唬吓唬他们，不给他们点教训，威慑不住其他人。

只要是买媳妇的，有一个算一个全拘留。联防队员提人，安小勇、小单和陈猛在三间办公室同时讯问，做笔录，整材料，再找他们买的媳妇了解情况，相互验证。中巴车联系好了，明天一早全送看守所。

按照沈秋艳反映的情况，她那一批共7个人被骗到江省。人贩子中有一个大概40多岁名叫郝力的西川籍男子，好像是团伙头目，反正另外几个人贩子全听他的。落网的两个是从江阳市上的长途汽车，郝力可能在江阳市，可能有个窝点，甚至可能囚禁了其他妇女。已经快天黑了，如果交易顺利，落网的两个人贩明天中午应该能赶回去。姓郝的嫌犯没露面，警惕性极高，到时候要是没看见同伙，极可能会转移。

动作一定要快，要撬开两个人贩子嘴，搞清郝力的下落。为防止串供，人贩子中的男子正好关押在讯问室。

韩博拉开椅子坐到他对面，从包里取出一根烟帮他点上，王燕拿起笔，准备做记录。必须争分夺秒，没时间再问他姓名性别。

韩博拿起他的身份证，冷冷地说："孟世勇，我知道你能听懂也会说普通话，别跟我装疯卖傻装聋作哑。法律规定，拐卖妇女、儿童三人以上的，情节特别严重的，处死刑，并处没收财产。

"你死定了，你拐卖妇女6人以上，情节特别严重，要依法从重从快查处。要是没立功表现，要是敢跟我公安机关负隅顽抗，只有死路一条，连死缓都混不上。"

对打击拐卖妇女儿童，79年的刑法太轻，全国人大常委会又出台一个《关于严惩拐卖、绑架妇女、儿童的犯罪分子的决定》，1991年9月4日中华人民共和国主席令第五十二号公布的，就是法律，具有法律效力。

王燕把《决定》拿给他看，指着死刑的相关条款，警告道："孟世勇，我们的政策是坦白从宽，抗拒从严！别执迷不悟，这是你立功赎罪的最后一次机会。"

从去年秋天到现在，陆续往这边送来好几个人。那些女人全在，全可以指认，想赖都赖不掉。孟世勇被劳教过，知道公安不是在开玩笑，他不想因为送人这事被枪毙，更不敢保证他不说隔壁的女同伙也不说。罪行严重，嫌犯心理防线很容易突破。

韩博只问重点，王燕也只记录重点，随着嫌犯不断交代，一个庞大的拐卖妇女犯罪网络浮出水面，光南港几个县市农村要解救的妇女就十几个，特大案件，必须向局领导汇报。

行动要花钱，花起钱如流水。解救出来的女同胞体检不用花钱，看病要花钱。好几个有妇科病，医生说要治疗，王燕和高亚丽只能硬着头皮让看。

买他们的农民只是光棍，不等于没亲戚朋友，现在让她们“回家”不合适。

秋茧收购结束了，晚上让她们住蚕茧收购站，联防队员和工作组干部守夜。工作组通知村干部帮着拿行李铺盖，吃饭警务室要管，一些必须的生活日用品要帮她们买。

从各单位临时抽调来的工作组干部和羁押在警务室的三十多个涉案人员一样要管饭，7号车和沙漠王子跑来跑去要加油，联系中巴明天送嫌犯去看守所要花钱。

老卢承诺的10万善后经费一分没到账，老王这里已经花了三千多，周正发还嚷嚷着要给工作组的同志发加班费。这才刚刚开始，打114查询到几个兄弟公安部门电话，人家对江省同行解救他们那儿的妇女表示感谢，承诺尽快通知其家属，然后没下文了，压根没提过来接人的事。

幸好“贪污”老卢5万，打击非法经营的收茧贩子又搞5万，要是没十万八万垫底，这拐真不敢打，真打不起。

他们向局里汇报，老卢也在跟县领导汇报。

给县委谢书记和政法委郭书记打电话，阐明立场，表明良庄乡党委政府的态度，建议司法机关对人贩子从重从快查处，该枪毙就要枪毙，不能留情；在对待收买拐卖妇女这一问题上，则建议司法机关以大局为重，能不判就不判，非要判尽可能缓刑。县领导不了解情况，不敢轻易答应他，让他带材料来县里说。

明天一早看守所要多羁押三十多个嫌犯，吉主任同样被韩特派这么大手笔吓一跳，让立即来县里向张局汇报。

良庄干部来县里汇报工作都比其他乡镇干部霸气，老卢坐奥迪在前面开道。

案件正在侦查阶段，公安局态度很重要，崔副书记要同韩博一起去公安局做工作，不能同老卢一块去县委，坐汪经理的本田雅阁跟在后面。

韩博开越野车紧随其后，王燕坐在副驾驶，带一大包讯问笔录和《呈请拘留报告书》等材料，到局里要找领导签字，找法制科办理拘留手续，不然明天把三十多个买媳妇的送去拘留看守所不收。

陈猛开7号车殿后，同车的有小单、老米等三名联防队员，押着重要嫌犯孟世勇，打算等顶头上司向局领导汇报完工作，直接从思岗连夜奔赴江阳市抓捕拐卖团伙头目郝力。

他们刚出发，袁政委、刑警大队长和吉主任就赶到局长办公室。刑警大队长很意外，不禁叹道："一下子抓三十多个，把全乡91年之后买媳妇的一网打尽，魄力不小。这是在良庄的，要是换作其他乡镇，派出所早被法制意识淡薄的群众围得水泄不通了。"

最难搞的一个乡，居然成为打击违法犯罪维护社会治安方面工作最好开展的一个乡。这变化太大太快，张局长感觉很好笑。

"联系"的公安特派员干出成绩，吉主任脸上有光，微笑着解释道："所以说公安工作离不开地方党委政府支持，论风险，抓买媳妇的风险不算大，上次抓收茧贩子风险才大。二十多起，涉及全良庄上千户蚕农，大多是没给现金给白条的。涉及成千上万人的血汗钱，要不是老卢有威信，要不是乡村两级机构基本能够保持运转，别说巡警队过去，就算把武警中队拉过去，查获的鲜茧工商和丝绸公司也拉不走。"

刑警大队长点点头，竖起大拇指："能哄住老卢就是本事，这一点不得不服气。"

收回治安裁决权，接管户籍资料，能让乡里支持打击非法经营的收茧贩子，解决治安联防队跨界抓赌的事，现在更是在乡党委政府支持下把买卖人口的涉案人员一锅端。这在两个月前根本无法想象，当时只担心良庄不知道又会闹出什么事。

打击拐卖妇女儿童，局里态度是明确的，每年都会配合拐出地公安机关解救几个被拐卖过来的妇女。但之所以仍有那么多人买媳妇，归纳起来三个原因，一警力不足，二经费不足，三地方党委政府不够支持。归根结底只有一个原因：没钱！

两年前刑警大队顶着压力打过一次拐，在村里解救妇女被骂成“吃里爬外”，根据线索去邻县解救又被当地政府认为“多管闲事”，你又不是拐出地，你同样是拐入地公安局，用得着这么积极？

要异地解救，异地取证、异地抓捕，专案组足迹遍及全国十几个省三十多个市。没专项经费，局里想方设法挤出的20万两个月花完了。到最后把人解救出来，却没钱送人回家，专案组民警只能自己掏钱买车票，让解救出来的妇女自己回去。结果有一个在回家路上又被拐了，其户籍所在地公安机关派人过来询问，搞得局里焦头烂额。

没专项打拐经费，自然不会有专门打拐的队伍。

全国只有西川和南云等几个人口众多，且有跨省婚姻和外出务工传统，拐卖妇女儿童现象比较严重的省，有专门打击拐卖人口犯罪活动和制止妇女盲目外流的领导小组，设立打拐办公室，从公安、检察院、法院、妇联等省级成员单位抽调人员常年办公。

其他省份没有专门队伍，各省专职打拐人员两三人不等，全加起来不足百人。没经费，没专职打拐的人员，人口拐卖形势却在不断发展，妇女儿童被拐、失踪的现象日益突出，成为社会公害。

想到西江省公安系统一位全国赫赫有名的“打拐英雄”、公安部一级英模、全国劳动模范的处境，以及当地公安局的苦衷和做法，张局长眼前一亮，决定依葫芦画瓢。

“三位，看来良庄乡卢书记对我们工作是真支持，前几天刚把一辆进口越野车给警务室使用，今天又为打拐成立工作组，承诺由乡财政出10万善后。换作其他乡镇，别说10万，他们都在外面躲债，找人都找不着。”张局长磕磕烟灰，接着道，“韩博同志有能力有魄力，已经彻底打开局面，办公环境和办案条件，在所有所队中应该是首屈一指的。可以给他批一个打拐中队的牌子，与警务室共用一套人马。有事打拐，没事维护治安。有关于打拐方面的线索，以后全转到他那儿去，给他压压担子，让他把打拐这方面工作负责起来。”

吃力不讨好的刑事案件，没哪个刑警中队会红眼。刑警大队长反应过来，煞有介事说：“良庄紧邻省道，交通便利，不管出省抓捕还是送解救出来的妇女回家，从良庄出发都很方便，打拐中队设在良庄最合适。”

袁政委考虑得更多更远，沉吟道：“挂牌之后，我们极可能是全市乃至全省第一个专门设立打拐中队的县局，不能光有中队长没指导员，应该配一个。办案经费虽然主要靠他自筹，局里也不能一分不出，丝绸公司剩下的几万赞助费，可以以打拐经费名义划拨给他。老卢不是给了一辆车吗，尽快帮他把手续办下来。”

设立打拐中队，让初生牛犊不怕虎的韩博去抓。想闹事去良庄，“西伯利亚”那么远，涉案人闹翻天县里也不会受影响。乡镇领导要是有意见也让他们去良庄，韩博肯定会把老卢请出来好好接待。

至于未来的打拐中队能走多远，全看中队长的能力。有多少钱办多少事，你能搞多少钱，那就查多少案。总之，局里支持，但不可能无限支持，更不能因为打拐影响其他工作。

局长英明，政委考虑得很全面。吉主任忍不住笑道：“张局，政委，小韩同志本来就是公安特派员，再安排一个正式民警去不太合适，王燕同志不错，正好给她解决了事业编制，可以任命她为打拐中队指导员兼良庄警务室副主任。”

良庄警务室的成绩就是局里的成绩，打击一下非法经营的收茧贩子，县里给局里拨款 40 万外加 5 个行政编制和 20 个事业编制。马上要变成全省公安系统第一个打拐中队，将来是要出成绩的。尽管荣誉没拨款和编制来得实在，但有总比没有好。投资不大，未来收益不会小。

张局长觉得值，爽朗地笑道：“那小子是一员福将，有冲劲儿有闯劲儿，让他当打拐队长，说不定真能干出一番成绩。”

局领导体恤下属，知道良庄警务室同志顾不上吃晚饭，特别让大师傅多炒几个菜，人一到直接去食堂，随车押来的嫌犯交由值班民警看管。

崔副书记身份特殊，要热情接待，袁政委作陪，去对面金盾宾馆。其他乡镇党委副书记来没这待遇，说到底一样是沾老卢的光。老卢承诺乡财政出 10 万善后，这包括那些解救出来的妇女接下来一段时间吃喝拉撒睡和回原籍路费。

如果乡里不管，只能由公安局管。

上级越来越不把乡镇当一级党委政府，财权不断往上收，事权不断往下推，乡镇财政紧张得有上顿没下顿，他们自己也不把自己当一级党委政府了，认为刑事案件治安案件全公安局的事，认为派出所和公安特派员要在乡党委政府领导下开展工作就是一句笑话，不管不问更不会出钱。

老卢做事霸道，但是有担当，认为只要是乡里的事全归他管。成立工作组协助打拐，出经费帮着善后，能做到这一点的，全县估计就老卢就良庄，不会有第二个。

警务室关了那么多人，只有安小勇、小任、老王、高亚丽及一帮联防队员，并且要安排一半人去蚕桑指导站守夜，两百多公里外的江阳市有一个随时可能潜逃的拐卖团伙头目等着去抓捕，韩博心急如焚，狼吞虎咽，吃的是“战斗饭”。

“要细嚼慢咽，你这样对胃不好，别急，先口汤，把汤喝完再上楼。”这么敢打敢拼又有能力的小伙子不多，吉主任真为能“联系”这么一个部下骄傲，关心爱护之情溢于言表。

“吉主任，哪能让张局等我。”

“他正同在李大队、王解放一起审你们押来的那个嫌犯，特大案件，要上报市局上报省厅的，他不亲自问问不放心。”

李大队见过一次，刑警大队长，局党委成员，局领导之一。王解放听说过许多次，从没见过，刑警大队两个副大队长之一，思岗县公安局的传奇人物，二十九岁，很年轻。

上上下下全在搞体制改革机构改革，局里去年赶时髦也搞了一次，在系统内公开竞聘刑警大队副大队长、刑警三中队副中队和巡警队长。有资格竞聘的没人去竞争巡警队长，所以高长兴今年有机会“以工代干”，以事业编民警的身份混个中队长。

刑警三中队出过一件事，中队长被立案调查，现在已经判刑了，当时队里情况比较复杂没人竞聘。王解放以副中队长身份过五关斩六将，最终夺魁。退伍军人，在部队是侦察兵，立过二等功，退伍后去省警校进修，大专学历，很能打很能干。

不过许多人说他之所以能竞聘上，与家庭有很大关系。他父亲退居二线前曾先后担任过县公安局副局长和县政法委副书记，要说没关系真没人信。

韩博越想越好笑，鬼使神差地冒出句："主任，张局不放心我办案？"

"怎么可能！"

吉主任点上烟，微笑着解释道："小韩，你要对自己有信心，你办案能力和领导能力有目共睹，既年轻又不失稳重，大事小事不忘向局里请示汇报，局领导对你非常信任。张局之所以亲自问问，一是这属于特大案件，要上报市局和省厅。

"二是我们从来没见过如此猖狂的人贩子，从去年 11 月到今年 11 月，短短一年时间里，光往我们思岗和新庵的柳下镇居然拐卖六名妇女，把未遂的和往其他县市的算上，超过十名，罪恶滔天，骇人听闻，枪毙他一点儿都不冤！"

"您没见过？"

"犯罪分子形形色色，犯罪行为五花八门，我们没见过的多了，比如贩毒的，我们思岗从来没发生过毒案，从来没抓获过毒贩，连吸毒人员都没发现过。"

吃完饭，跟吉主任一起去见张局。公安局长，全县"最可怕"的一个，事实上一点儿不可怕，有些像丁书记，面带笑容，语气平缓，给人一种很和蔼可信赖的感觉。

"韩博同志，能及时发现线索，说明你们警务室工作踏实，你这个公安特派员有责任心。公安部曾颁布过《关于严惩拐卖、绑架妇女、儿童的犯罪分子的决定》的通知，曾明确要求对《决定》公布以后发生的拐卖妇女、儿童案件，都要作为重大案件立案侦查，可是一线的同志又有几个能做到？

"当然，我们不能排除警力不足、经费紧张和出于稳定大局考虑的一系列因素，但作为一名合格的人民警察，知道了就要去做，就要去抓，就要严厉打击这种伤天害理的违法犯罪行为……"

局长从中央说到地方，从上级指示精神说到基层工作的实际困难，最后话锋一转，热情洋溢地宣布要成立"思岗县公安局打击拐卖妇女儿童犯罪侦查中队"！

两块牌子，一套人马。有事打拐，没事维护良庄治安。级别不升，编制一个不增加，经费给三万，不过这三万好像是局里剥的丝绸公司赞助费。并且这个打拐中队和巡警队一样不被县编办承认。

打拐太花钱了，不给经费怎么打，什么不给，就给一块牌子，这算什么委以重任。韩博愁眉苦脸，欲言又止，不知该怎么开口。

张局长笑着看着韩博，心想你以为同工商局瓜分非法经营罚款的事真以为局里不知道。良庄是全县为数不多的无债乡，无债就是有钱，让你待在全县最有钱的地方，你就应该为局里多做点儿贡献。

张局长决心已定，岂能给他叫苦叫难的机会，语重心长说："小韩，实不相瞒，侯厂长要你调过来的时候，我不是很看好，以为年轻人看当公安穿警服威风，想调我们公安局来过把瘾。你用实际行动证明了自己，正应了那句话，是金子在哪儿都发光。

"局里对你的期望很高，不仅局里，县里对你的期望也很高，县委组织部任命的乡长助理，局里那么多特派员你是唯一一个。以前的成绩只能代表以前，明年能不能顺利提副科要看现在，看以后。兼任打拐中队中队长，对你是一个机会也是一个考验，好好干，有前途。"

公安局是个论资排辈的地方，没点儿实打实的成绩真没那么容易晋升，局长的话有一定道理。

经费不足，回头慢慢想办法。韩博想了想，忍不住问："张局，我既是公安特派员又是打拐中队长，那我到底是治安民警还是刑警。"

小伙子有点儿意思，没叫苦叫难，反而问出这么一个令人啼笑皆非的问题。

治安民警和刑警有什么区别，换发一张警察证的事。张局长强忍着笑，故作严肃地说："拐卖妇女儿童是很严重的刑事案件，作为打拐中队中队长，你肯定是刑警。总之，今后治安方面的事找治安大队，打拐方面的事向李大队汇报，其他事找吉主任，遇到特别重要的事也可以直接找我。"

可能是特权思想作祟，也可能是从小到大一直循规蹈矩，被压抑的太久。韩博喜欢具有挑战性、哪怕带有一定危险性的职业，不喜欢千篇一律的工作。

做警察就要做刑警！治安民警从事的大多是重复性工作，要办的全是些鸡毛蒜皮的小案子，哪有干刑警那种职业成就感。

韩博热血沸腾，越想越激动，起身立正敬礼："感谢张局对我的信任，我一定想方设法，竭尽全力，完成上级交代的任务。"

"好，需要的就是你这股闯劲。"

张局长抬起胳膊看了一眼手表，说道："现在是8点12分，从这儿到江阳大概两百一十公里，夜里轮渡可能要多耽误一点时间，路上注意安全，不要开太快，天亮前赶到就行。江阳市局我认识几个人，等会儿我帮你们协调，协调好了我打你的手机。”

“谢谢张局，我们保证完成任务。”

“全是为了工作，不用谢。还有，我让刑警大队副大队长王解放和你们一起去，一是你们今后要经常打交道，早沟通比晚沟通好；二来他对江阳比较熟悉，以前就在那儿当兵的，有他在，夜里至少不会迷路。”

第十六章·“最讨厌的人民警察”

晚上 8 点 20，抓捕小分队出发。

夜里车少，抄近路。从思良公路回良庄，过柳下河大桥上省道，往西南方向走 100 多公里，从七围港过江，再行驶 70 多公里便能抵达目的地江阳。

考虑到抓捕分队出发之后，良庄警务室要羁押那么多嫌疑人，要照看那么多解救出来的妇女，警力严重不足。张局亲自打电话命令李庄、丁湖两个派出所，各安排一名民警和五个联防队员连夜过去增援，直到抓捕分队从江阳回来为止。

王燕到警务室门口下车，领导不在家，她要继续主持工作。事先打过电话，车门一开，老王提着两个大塑料袋往车上塞，香烟、矿泉水、面包、火腿肠、煮鸡蛋，后勤工作无可挑剔。

“韩乡长，家里尽管放心，祝你们一路顺风。”

“好，辛苦各位，等这个案子完了，我们好好放两天假。”

“小俊，刚拿证，你开慢点儿。”高亚丽拍着 7 号车门，一脸关切。

韩博摁两下喇叭，打开转向灯示意他跟上，驶出三四百米，突然笑问道：“老米，小单跟亚丽是不是有情况，她怎么不提醒我们开慢点。”

米金龙回头看看，不无得意问：“韩乡长，这么大的事你不知道？”

“真不知道，怎么回事，他们真对上眼啦？”

“好几天啦，小单母亲不是来过一趟吗，看小高不错，托单支书去小高家提亲。小高的父母找借口跑过来看看，感觉小单可以。双方家长问问俩人，他们没什么意见，这事基本上就定了。”

“他，他是我从丝织总厂带来的，我是他领导，为什么不跟我说？”不把乡长助理当干部，韩博酸溜溜的。

米金龙关上一半窗，生怕躺在后排睡觉的王副大队长着凉，靠在座椅上，哈欠连天地说："你是领导，小单也是你从县里带来的，别的什么事可以都找你帮忙，都可以跟你说，唯独做媒不行。我们良庄有风俗，老人喜欢图吉利，没成家没生小子的不能帮人做媒。"

"我没资格？"

"韩乡长，真没瞧不起你，也没不把你放在眼里，这就是风俗。将来摆喜酒，请你坐主位，跟卢书记坐一块。"

………

两辆车，包括王解放在内四个驾驶员。轮流开，一人一小时。

头一次坐这么好的车，头一次跟传奇人物韩特派打交道，王解放根本睡不着，一直躺在后排闭目养神。

在基层所队，民警与联防队员之间的关系一直很微妙。

在一些老百姓眼里联防队是"伪军"，一些思想有问题的民警也不把联防队员当回事，总认为自己高人一等。同工不同酬，得不到最基本的尊重，有时出了事甚至让联防队员扛，导致许多联防队员对民警表面上尊敬，言听计从，背后却没少发牢骚。

作为一名刑警，察言观色是最基本的职业素养。王解放惊奇地发现，比自己更年轻的正股级民警，与副驾驶上那位年纪不小的联防队员关系融洽，谈笑风生，几乎无话不谈，感觉不到正式民警与临时工之间的隔阂。

他爬起身，好奇地问："韩队，你一共有多少职务？"

韩博乐了，抬头看看后视镜："王大，你这一问我发现我官虽然不大，职务数量却不比局领导少。思岗县公安局良庄公安特派员、思岗县良庄乡人民政府乡长助理、思岗县公安局良庄乡警务室主任、思岗县公安局打击拐卖妇女儿童犯罪侦查中队中队长，三个正职，一个助理，可以吧？"

"可以，比我这副大队长有干头。"

"韩乡长，你少算了一个正职。"老米忍俊不禁地提醒道。

"少算一个？"

"你忘了，你是警务室党支部书记，党内职务比行政职务重要。"

“哎呀，差点儿把支书忘了，党支部书记也是书记，有人称呼韩特派，有人叫韩乡长，王大刚才喊韩队，唯独没人叫我韩书记。”

………

说说笑笑，车驶过柳下河大桥，进入新庵境内。

晚上全黄灯，不用等，确认南北方向没快速行驶的车辆，打转向灯准备左转弯，等在三岔路口的十几个摩托车和面包车司机，突然围向一辆缓缓停在斜对过的长途客车。

“良庄三十，丁湖五十，一直把你送到家，不管哪个村！”

“坐我车，我就是良庄人，你是哪个村的？”

“别挤别拉，我们是老乡，我们是家乡人。”

“钱二，你装什么良庄人，小姑娘，别信他，良庄二十五，丁湖四十，保证把你安全送到家。”

“我不要人送，请你们让让，我家就在桥那边……”

一帮夜里拉活儿的黑车司机，把五六个刚下车提着大包小包的旅客团团围住，死拉硬拽非要人家坐他们车，凶神恶煞般地抢生意，一个十八九岁的女孩吓得快哭了。

别说一个小姑娘，遇到这帮土匪似的家伙，几个明显是从外地打工回来的民工都被吓得手足无措。

“小单、陈猛，打开警灯警笛喊话，警告一下他们！”良庄公安特派员干什么的，岂能眼睁睁看着良庄人被欺负，韩博顺手抓起对讲机。

对讲机里应了一声，7号车突然加速拐过三岔路口，一个急刹停在长途车边。

警灯闪烁，警笛刺耳，高音喇叭里传来陈猛的声音：“靠边靠边，全住手靠边！前面人听着，我们是思岗公安局良庄警务室民警，你们公然拦截乘客、拉客、宰客的行为已严重扰乱社会秩序，严重威胁到我警务室辖区人民群众生命财产安全，根据中华人民共和国治安管理处罚条例及公安部相关规定，我有权依法对你们进行查处……”

良庄没派出所，刚设立了个警务室。良庄警务室的公安比柳下派出所、刑警队和交警队的公安“黑”！

前段时间收茧，抓那么多新庵人，柳下这边不少，一个常停在路口拉货的哥们儿就被抓了，罚两万多。

听说今天下午又去庆丰村带走一外地媳妇。

提起良庄公安，柳下人个个咬牙切齿。恨归恨，面对一辆警车和一辆明显是一伙儿的越野车，黑车司机谁也不敢吱声。

“良庄人全过来，清点一下各自的行李，不要把东西搞丢了。”韩博从储物格里取出纸笔，同老米一起推门下车。

出去打工大半年，对乡里的事一无所知，几个旅客很奇怪，暗想良庄什么时候有警车有这么多公安了。

正犹豫不决，一个眼尖的认出米金龙，欣喜地喊道：“米支书，我长发，六队的长发！”

“我知道你是长发，在车上就认出你了，从东海发财回来的？”

“发什么财，混口饭吃。“

要去江南执行抓捕任务，没时间在家门口耽误。老米到底干过村支书，拍拍手，招呼道：“各位，介绍一下，这位是我们良庄乡长助理兼公安特派员韩博同志，你们大晚上从外地回来要注意安全，不要紧张，帮你们登记个身份，男同志照顾下女同志，过桥之后尽可能结伴而行，长发，往柳南走的你负责送到家，往北走的推选一下………”

平时没什么感觉，直到此时此刻，几个从外地务工回来的良庄群众才发现警察其实蛮好的。

登记完身份，目送他们过柳下河大桥，抓捕分队再次上路。

王解放回头看了看大桥方向，打趣道：“韩队，要是评选最喜爱的人民警察，良庄人一定全投你票。”

“投我票，别开玩笑，选最讨厌的人民警察差不多。”

“怎么可能？”

韩博苦笑道：“真的，不信你问老米，全乡哪个干部最讨厌，说我第二，没人敢当第一。”

7号车上押解一个带去认门的嫌犯，一路不敢开快。

夜里交警少，大货车喜欢夜里过江，渡口排近一公里队，耽误不少时间，210多公里走四个半小时，快凌晨一点时安全抵达江阳市郊的一个出城检查站。

王解放跟检查站执勤的治安员打听完路，跑到车边问：“韩队，怎么办？”

“我们来一趟不容易，顾不上那么多了。”

过江时张局打来一电话，他认识的两位江阳市局朋友暂时联系不上，让找个旅馆先住下，明天一早去市局请人家协助。跟江阳市局协调好估计要到上午九点，战机稍纵即逝，韩博不想拖延。但不跟地方公安部门打招呼直接抓人，王解放犹豫不决。

事急从权，韩博猛地拉开7号车门，朝里面问：“孟世勇，知道这是什么地方吗。”

很熟悉，离二环路不远，孟世勇点点头。

“再强调一次，这是你立功赎罪的唯一机会，要是敢耍花样，让郝力跑了，所有事你和桂素兰扛！”

“知道，明白，韩警官，我带你们去，不会耍花样我也不敢耍花样。”

论心理素质，女人有时候往往比男人强。“嫂子”桂素兰跟他并非夫妻关系，其实是郝力的姘头，死硬分子，拒不开口。

陈月红则是个彻头彻底的法盲，居然振振有词说她没干坏事，做的是好事。这边条件好，这边男人吃苦耐劳，西川老家和西南其他省份的女人嫁过来能过上好日子。

去年回老家路上认识郝力的，只知道一个呼机号，其他一无所知。

孟世勇“进过宫”，跟她们不一样。落网前非常狡猾，落网后发现处境不妙，态度立马来个一百八十度大转弯。积极主动配合，大事小事不管跟他有没有关系交代出一大堆，以至于分不清是真是假。

不跟江阳市局打招呼，在他带领下直接去抓捕，具有很大风险。如果找错地方，要是抓错人，那这个笑话可就闹大了。但孟世勇应该不会拿他的小命开玩笑。

韩博权衡了一番，毅然道：“老米老贾，带他上前面车。陈猛，你开越野车带他认路。小单，跟陈猛保持20米距离，确认目标再跟上去。”

“是！”

越野车后排专门装了一根钢管，嫌犯身上仔仔细细搜过，裤带鞋带全抽掉了，押上车铐在钢管上，有两个联防队员看管，根本跑不掉。王解放没什么不放心的，干脆钻进7号车，打算跟众人一起行动。

江阳市经济发达，有公交车和出租车。治安检查站主要从事出租车出城登记，只有执行围追堵截行动时民警才上岗。三个治安员搞不清情况，又不敢开口问，眼睁睁看着两辆车押着嫌犯消失在夜色中。

根据孟世勇交代，郝力的窝点在江阳火车站南两公里处的一条公路边。如果绕来绕去始终找不着地方，那他的交代就有问题。事实证明他应该没信口雌黄，没进市区，沿二环路直往南，再往东，经过一个十字路口再往南，大约行驶20多分钟，他描述的地方便出现在众人眼前。

两间低矮的门面，后面一个院子，右边一条污染比较严重的小河，右边一片已规划成工业园区的农田。把房子租给他的村民早搬走了，河边拆得一片狼藉，可能因为建设资金没到位一直没动工，渐渐成为一些盲流聚集的地方。

郝力表面上从事废品收购，院子里各种破烂堆积如山，打开车窗从门前经过，能闻到一阵刺鼻的怪味儿。

没路灯，黑漆漆的，周围杂草丛生，地形不熟悉，暂时不能动手，要先观察下环境。

两辆车缓缓停在20米外的一片树荫下，陈猛带着一个联防队员摸到小河边，打算从河岸绕到院子后面。小单带着另一个联防队员从右侧包抄。

老米把孟世勇押下车，韩博和王解放一起动手将他反铐起来，然后推着他慢慢往门面走去。

前两年上级有文件不许养狗，许多地方成立打狗队，三米长的钢管里是细钢丝做的活套，套在狗脖子上，它纵有千般本事也无从施展，只能等待被一顿乱棍打死的命运。

江北不许养更不用说江南，幸好周围没狗，不然狗一阵狂吠肯定会惊动里面的人。

“记住我话，别耍花样。”

“记得。”

韩博回头看看紧攥着嫌犯胳膊的老米，再看看拔出手枪准备往里冲的王解放，低声道：“叫门。”

走到这一步已经没回头路了，孟世勇用西川话喊道：“力哥，力哥，开门，我孟世勇，我们回来了。”

王解放抬起胳膊，很有默契地轻敲两下门。

里面没动静，韩博捅捅胳膊肘，孟世勇又喊两声，灯亮了，依然没人说话。木头门，缝隙大，正准备让开身体，以防被里面人偷窥，后面突然传来小单的吼声：“不许动，往哪儿跑！”

东西摔倒的声音不断传来，王解放抬起脚猛踹大门，第一脚没踹开，紧接着又是一脚，门哐当一声踹开了。

韩博打开手电，紧跟着王解放冲进去。

外间没人，只有一堆破铜烂铁。后门大开，后院左墙下两条人影正在搏斗，右墙角一个人被陈猛死死摁在地上。

“住手，警察！”

韩博刚把手电照过去，王解放已同小单一起将负隅顽抗的嫌犯扑倒在地。

“几个，有没有漏网的？”

“没有，就两个。”

“老贾，老柯，你们从大门绕过来。老米，把孟世勇押进来。”

明明说只有一个人，怎么会冒出两个人。确认两个家伙已被控制住，韩博挨个搜查院里的一排用石棉瓦搭的棚子。

第一个棚子是做饭地方，一张破桌子，桌上一大摞没洗的碗筷。

第二个棚子一堆破烂，第三个棚子里也没什么。

最后一个棚子让人大吃一惊，一个赤身裸体、蓬头垢面、用一块破破烂烂毛毯盖着的女子，被用铁链子锁在角落里的一根钢管上。

她吓得瑟瑟发抖，却不敢发出声音，脸上青一块紫一块，胳膊上有伤痕。

“别怕，别紧张，我们是公安，我们是来救你的。”

韩博用手电照着找到一根灯绳，轻轻一拉，棚子里亮了。被囚禁的妇女比刚才更怕，双手捂着脸，嘴里咿咿呀呀不知想表达什么，系在脖颈皮套上的铁链子哗啦作响。

她三十多岁，体态偏瘦，指甲很长，头发、脸上、手脚和裸露出来的身体上满是污垢，角落里放着搪瓷饭盆和一个塑料痰盂，吃喝拉撒睡全在这不到十平方米的空间里，尽管棚子四处漏风，空气中仍充斥着刺鼻的恶臭。

这帮混蛋，居然把人当狗一样拴着！韩博连忙拉绳关掉灯泡，试图缓解下紧张恐惧的情绪。

“韩乡长，郝力不在。”

“什么？”

陈猛下意识捂着鼻子，沮丧地说：“外面是两个小角色，他们说郝力回老家了，昨天中午走的。”

竟然让主犯给跑了！

韩博啪一声拍了下大腿，后悔不迭地说：“回老家，可能吗？他就在附近，怪我，不该这么仓促的，不然不会打草惊蛇。”

“韩队，这不怪你。”

王解放收起枪，探头看了一眼囚禁在里面的妇女，掏出香烟说：“主犯狡猾，警惕性极高，具有一定反侦查能力，见不到孟世勇和桂素兰一起回来绝不会露面，或许郝力这个名字都是假的。”

“我应该再做做桂素兰工作，哪怕押上车在路上做。”

过去几年，王解放协助拐出地公安部门解救出好几名妇女，非常清楚打拐工作有多难，劝慰道：“放长线钓大鱼是个办法，关键风险太大，况且没那个时间。韩队，别气馁，至少抓获两个同伙，又解救出一名妇女。对我们来说，救跟打同等重要，甚至更重要。”

想想是这个道理，跑掉的将来可以抓，被拐卖的妇女不及时解救出来，她们这一辈子就毁了。

韩博微微点下头，苦笑着说：“没带一个女同志来不方便，老米，老贾，你们是老同志，看上去比较憨厚，给人感觉值得信赖，帮帮忙，进去处理一下。”

“我们去？”米金龙愁眉苦脸。

“你老同志，女儿那么大了，老贾马上抱孙子，你们不去谁去。我们是小伙子，不方便。”

这个理由够充分，米金龙无奈地叹道：“好吧，车上正好带两件衣服，我去拿，不管合不合适，先让她穿上。”

“找找有没有热水，让人家洗洗。”

“知道，这么臭，不洗能上车吗。”

小单将一个刚落网的嫌犯押到门面里，打开电灯搜身，抽掉腰带，让他跪在墙角边，开始审。另一个嫌犯关押在后院的石棉瓦棚里，陈猛审。

孟世勇表现不错，用不着跪，把押上刚开到大门口的越野车，在车上问。

这儿囚禁一个妇女，不知道囚禁多少天，地方没找错也没抓错人，关键这些情况他开始没交代。韩博冷冷地问：“怎么回事，郝力人呢？”

没抓到郝力，事要由他扛，孟世勇更急，用哀求般地语气说：“韩警官，韩警官，我带人走时郝力在这儿，他没说要回老家，天地良心，我说得句句是实话。”

“以前送人回来时他在不在？”

“在啊。”

“那他这次为什么不在？”

想到每次送人桂素兰总有意无意离开一会儿，孟世勇惊呼道：“可能他跟桂素兰约过什么暗号，桂素兰没打电话发暗号，他担心出事先跑了。”

韩博怒火中烧，拍着他脸问：“为什么不早说？”

“韩警官，我不知道，我真不知道，我是猜的。再说桂素兰是他的女人，晚上不跟我住一块儿，干什么事也不告诉我，除了送人拿钱，我什么都不知道。”

“认不认识里面两个人？”

“见过，不知道名字，在这一带捡破烂收旧货的，说是捡是收，其实是偷。看见找工作的、要饭的、捡破烂的、落单的妇女，他们就骗到这儿卖给郝力，郝力再想办法卖出去。”

“囚禁的妇女呢？”

“不认识，不知道，没见过，我从来没去过后院。韩警官，我有工作，有一辆黄包车，能自食其力，不是游手好闲，我是鬼迷心窍上他的当，稀里糊涂帮他送人的。说是送人，是送他的女人，送桂素兰，拐卖那些不关我事……”

这家伙，倒挺会推卸责任。

三个人，同时审，相互验证，想撒谎没那么容易。

结果证明孟世勇依然没信口开河，两个刚落网的嫌犯承认有盗窃和拐骗妇女的犯罪行为，承认在帮郝力做事。

跑掉的郝力比想象中更难缠，利用收购废品的便利条件，有针对性拉拢一些在江阳市流浪的外地人，通过外地盲流拐骗乃至绑架落单的外地妇女，再通过其发展的中间人（比如陈月红），将妇女卖到经济欠发达的江北地区。

不绑架江阳人，不在江阳卖，有废品收购站作为掩护，江阳市公安局很难察觉。并且通过已经掌握的线索可确认，他不光不断发展“下线”，还有“上线”。

从柳下镇庆丰村解救出来的沈秋艳，不是在江阳市被绑架的，是被他及他的同伙在西川老家，以职业介绍为名拐骗到江阳，再从江阳拐卖到柳下的。

组织严密，分工明确。

想打掉这个团伙，只有抓住他，抓这些小鱼小虾没用。正检讨这次行动犯过哪些错误，下次应该注意什么，老米从屋里跑出来说：“韩乡长，那个妇女脑子有问题，可能是疯子，不知道是吓疯的，还是本来就疯。”

“疯子？”

“不信去看，给面包她吃，让她喝了点水，不怕了，笑了，又唱又跳。”

下车进去一看，刚洗干干净净换上男人衣服的妇女，果然在院子里又唱又跳。

“左手锣，右手鼓，手拿着锣鼓，来唱歌。别的歌儿我也不会唱，只会唱个凤阳歌……”

麻烦大了，这怎么搞！带回去，养着她？韩博哭丧着脸，一下子没了主意。

人贩子不但拐卖正常妇女，同样拐卖残疾人。打拐最容易出成绩，那么多办案单位为什么不积极？

一是没经费，二就是怕遇到这种情况。

现在知道打拐中队长不是那么好干了吧，王解放很同情身边这位被局领导忽悠来打拐的同事，故作轻松地说：“吐辞清晰，歌词一字不差，乐感不错，一句没跑调，估计受了点儿惊吓。问题不大，送精神病院看看应该能好。”

张局让王解放一起来，主要考虑到：熟悉道路；加深了解，方便今后沟通；异地抓捕需要两个正式民警，打拐队就韩博一个是正式的，王解放来能凑个数字；打拐队刚成立，牌子没挂，证件没换。请兄弟公安部门协助，刑警副大队长出面比一个乡镇公安特派员出面好说话。

捣毁一个人贩子窝点，善后工作只有交给地方公安部门，联系江阳市局的工作自然让王解放去。

夜里找市局领导（县级市）不合适，也不一定能找到。

先找派出所，开7号车去火车站问路，凌晨两点半左右，他同一个派出所副所长和三个治安员回来了。

动手前没跟人打招呼，大半夜把人叫来收拾烂摊子，韩博尴尬不已，递上香烟一脸歉意地说：“姜所，不好意思，我们实属无奈，要是再拖，或许这两个都抓不着。”

不拜山头，不懂规矩，姜副所长很不高兴，推开香烟，哈欠连天地问：“主犯跑了？”

“我们分析他极可能躲在附近观望。”

姜副所长点点头，里里外外转了一圈，招呼众人先把嫌犯和刚解救出来的妇女带到所里，留下两个治安员看守现场。

两个刚抓获的按规定应该先交给他们，孟世勇不行，孟世勇是在思岗落网的，是思岗县公安局的嫌犯。可以让他们审，但审问时必须有思岗的人在场。

想接手刚解救出来的妇女没问题，正求之不得。结果人家发现不对劲儿，又让留在车上。

派出所不大，一个小院儿，两排老房子。值班的就一个副所长和一个管段民警，在两个办公室分别审刚抓获的两个嫌犯，不知要审到什么时候。会议室几张破椅子，坐着不舒服，韩博干脆回到车上，放下座椅抓紧时间休息。

开车的人辛苦，不睡一会儿回去路上不安全。

老米把孟世勇押上7号车，同另外三个联防队员一起看押嫌犯、照看刚解救出来的女子，让小单和陈猛去越野车上睡觉。安排得井井有条，对工作极负责，王解放倍感意外，不敢相信他是一个临时工。

韩博倒下就睡，小单、陈猛同样如此，一觉醒来天色已大亮，院子里多了五六个人，说着听不懂的江阳方言，围观动物园里猴子似的围着7号车窃窃私语。

“树上的鸟儿成双对，绿水青山带笑颜，随手摘下花一朵，我与娘子戴发间，从今不再受那奴役苦，夫妻双双把家还，你耕田来我织布……”

原来那女人又在唱，人越多唱得越起劲儿，凤阳花鼓换成了黄梅戏，听口音应该是徽省人。

“醒了？”王解放不知道从哪儿走到车窗边，点上根香烟问。

“几点了？”韩博打了个哈欠，看着对面一排办公室。

“8点20。”

王解放回头看了看，用老家话不动声色说：“来了一个副局长，我简单介绍了下情况，他什么没说，进去跟所里人开会。听姜副所长口气，两个嫌犯我们估计带不走。”

“带不走？”

“在这边有十几起案子，好像又交代出几个人，姜副所长和昨晚那个民警带人抓捕刚回来，羁押室关了七八个。”

盗窃案，没线索没办法，一有线索一破就是一串。

昨晚那俩小子交代过，派出所有行动完全是意料之中的事，韩博揉揉双眼，又问道：“暂住证的事他们怎么说，能不能查清郝力身份。”

经济发达又怎么样，做事小气。怕麻烦，不许夜里解救出来的妇女进办公室门。有了线索，净忙着组织力量去抓捕，对兄弟公安部门的同志不管不问。一顿早饭能花多少钱，就是不请，像思岗公安局没来人一样。

你们以后要是去思岗，一样不会给你们好脸色。王解放暗骂了一句，低声道：“特业管理不到位，搞出那么大漏洞，外来人口管理一样存在问题，只有桂素兰的记录，没郝力的登记，孟世勇的也没有。”

废旧物资回收属于特种行业，要经过公安机关审批才能向工商部门申请营业执照，辖区里有一个涉嫌绑架、囚禁、拐卖妇女儿童的无证废品收购站，辖区派出所的特业管理工作存在多大漏洞不言而喻。

工作不到位，辖区窝贼，让一个无证废品收购站成为拐卖妇女的集散地。对这个派出所，韩博一肚子意见。推门下车，正准备找个水龙头洗把脸，一个领导模样的人从会议室走出来，王解放急忙掐灭烟头上前介绍。

江阳市公安局万副局长，也就是张局提到的“朋友”。

“小韩同志，辛苦了，夜里手机充电，没接到你们张局电话，早上才接到的。干得不错，奔波两百多公里，捣毁一个拐卖团伙窝点，协助我们市局破获十几起盗窃案，我要给张局打电话，帮你们请功。”

十几起盗窃案算什么，有拐卖十几可能超过二十名妇女严重？韩博越想越郁闷，不卑不亢说：“报告万局，我们正在调查的犯罪团伙绑架拐卖妇女超过十人以上，属影响恶劣的特大案件，要上报我们南港市局乃至省厅，要向妇联通报，或许过不了几天上级就要挂牌督办。”

年轻人，拐卖妇女儿童案件是很严重，但打拐没想得那么简单。思岗是拐入地，我江阳是中转地，想彻查这个案子，想调查取证，还需要拐出地公安机关参与。被拐卖的妇女来自七八个省十几县市，省厅协调不了，要公安部协调。破这样的案子花钱如流水，经费谁出？所以各地打拐主要以解救被拐妇女为主，想将人贩子绳之以法，难！万副局长懒得跟一个小民警解释，掏出手机笑道：“小韩同志，你先去吃点早饭，我给你们局领导打电话。”

“不用了，我们带了干粮，车上有面包、有火腿肠、有水。”

“行，你们先吃，工作重要，吃饭一样重要。”

回到车上咬了几口面包，张局电话到了，领导在电话里热情洋溢地说：“小韩，干得漂亮，江阳市局领导对你们评价很高，说你们敢打敢拼，没给我们思岗公安局丢脸。主犯跑了下次有机会再抓，夜里抓获的两个嫌犯移交给江阳市局，解救出来的妇女也交给他们，孟世勇带回来，路上注意安全。”

“张局……”

“听我说完，他们有安康医院（公安局精神病院），有专门的收容所。我们没安康医院，我们的收容所就是看守所就是拘留所，把人带回来怎么安排？这是好事，明白吗？”

这估计是条件，把两个嫌犯移交给他们，让他们破一串盗窃案，但要同时接手这个妇女。把人带回去确实是个麻烦。韩博权衡了一番，苦笑道：“张局，我服从命令。”

“想通了？”

“想通了，我首先是良庄乡公安特派员，其次才是打拐队长。继续追查下去不一定能破获，经费也没保证，而且会影响本职工作。家里那么多事，有三十多个买媳妇的要处理，快过年了治安形势越来越严峻，不能在这个案子上投入太多精力。”

“有大局观，果然没让我失望。就像你说的，事有轻重缓急，我们要先做好本职工作。差点忘了，昨夜县委研究决定要联合公检法司、妇联、民政和计划生育等部门，搞一个为期半个月的打拐专项行动。你是主角，赶快回来，具体任务回来之后吉主任会跟你交代。”

来时这几个人，回去依然这几个人。虎头蛇尾，第一次出来执行任务竟是这么个结果，小单越想越郁闷，轮流休息的时候跑到越野车上，愤愤不平地发起牢骚。

“想不通？”韩博躺在副驾驶上，闭着双眼心不在焉地问。

“郝力肯定在江阳，有体貌特征，知道他说话口音，一个外地嫌犯，只要江阳市局协助，抓他并不难。我们辛辛苦苦，没日没夜，还要花经费，来江阳做什么，不就是抓主犯打团伙吗。韩科长，不光我想不通，大家都想不通。”

有什么样的领导，就有什么样的部下。领导敢打敢拼，手下有士气有朝气，联防队员很尽职，良庄警务室的整个精神面貌，让王解放非常羡慕，暗叹这样的队伍才有战斗力，不像一些所队死气沉沉，对依法创收的兴趣远多大于对破案的兴趣。

事实上韩博此刻也想不通，不是想不通此行为什么以“虎头蛇尾”收场，是想不通县里怎么会下定决心联合那么多部门，开展吃力不讨好的打拐专项行动。

良庄打拐打得焦头烂额，全县打拐是什么概念，需要投入多少警力财力，需要准备多少经费？苦思冥想半天，想不出个所以然，干脆不想了，坐起身说：“有什么想不通的，首先，我们这一趟没白跑。捣毁一个拐卖窝点，抓获两个犯罪嫌疑人，解救出一个精神有问题的妇女。江阳市局会留意郝力下落，一发现其踪迹，立即组织抓捕，到时候会联系我们，同我们一起侦办这个案件。

“其次，我们有更重要的工作要做，三十多个买媳妇的要处理，全乡治安要维护，不能顾此失彼；再就是通过这件事看到自己的不足，以前在丝织总厂抓几个小流氓，到良庄又抓回一个顾新贵，感觉很了不起，认为天底下没我们破不了的案子。事实上呢，差远了，一只煮熟的鸭子居然从我们手里飞了，要检讨，要吸取教训。”

前两条有一些道理，最后一条小单想不通。

“韩科长，我们好像没做错什么，从昨天下午孟世勇和桂素兰落网到赶赴江阳抓捕，争分夺秒，一刻没耽误。”为证实这一观点，小单又问道：“王大，您是老刑警，您说我们有没有遗漏。”

“没有。”

王解放拍拍方向盘，说道：“换作刑警队，一样这么干。由于没乡党委政府支持，许多善后工作要占用部分警力和精力，反应速度或许没你们快。”

韩博将信将疑地问：“刑警队真这么办案？”

“速战速决，不这么办能怎么办。”

“是啊，我们没错，不需要检讨。教训倒是有，压根不该去找那个派出所。抓完人，带上那个女的，连夜返回，这会儿已经到家了，哪有后来这么多事。”

“把那个女的带回来怎么安排？”

“我们思岗没安康医院，有神经病医院，在聋哑学校旁边。送去看看，稍微好一点儿，能想起叫什么名字，家在哪儿，不就成了。”

“万一治不好，想不起来呢？”

“找民政局，这种事好像归他们管。”

“小单，我可以很负责任地告诉你，这种事民政局不会管。你也不想想，全县有多少残疾人，该管的都管不过来，老百姓想办个残疾证享受点儿政策难于上青天，他们会去管一个来历不明的外地疯子。”韩博坐直身体，继续说道：“至于案子，我们的部署确实有问题，如果当时再谨慎一点儿，考虑得再全面一些，暂不抓捕孟世勇、桂素兰和陈月红，只要确保那个女孩不受伤害，然后顺藤摸瓜，放长线钓大鱼，一路跟踪孟世勇和桂素兰到江阳，搞清他们跟哪些人接触，结果不会是现在这个样，或许能把整个团伙一举打掉。”

二十三岁，正股级，县委组织部任命的乡长助理。有人认为他靠关系，有侯厂长帮忙。有人说他运气好，帮良庄建筑站要回两百多万工程款，老卢对他很器重，帮他争取到这个准副科级职务；有人说他好大喜功，在丝织总厂治理整顿夜市，到良庄严厉打击收茧贩子……

耳听为虚眼见为实，直到此时此刻，王解放终于意识到他能够被丝织总厂、公安局和良庄乡领导器重是有一定道理的。

同样一件案子，自己这个刑警副大队长没发现侦办过程有什么不妥，他却能在这么短时间内总结出经验教训。顺藤摸瓜，放长线钓大鱼，把一件普通拐卖案件当电视剧里的大案要案办，要是有足够警力和经费，有那样的办案条件，真可能一举打掉这个拐卖团伙。

让王解放更不可思议的是，韩博喝了一小口水，接着道：“通过这件事，我发现我们的取证手段太单一，许多证据没固定下来。郝力这个案子暂时告一段落，要是以后有他线索，成功将其抓获，就需要大量证据将其送上法庭。可是现在三个嫌犯在我们手里，两个嫌犯在江阳，移交检察院起诉法院宣判之后，又不知道会投到哪个监狱服刑。

“如果判得不重，过五六年刑满释放，到时候想找他们都找不着。没证据，明知道郝力是人贩子却拿他没办法。所以要未雨绸缪，要有收集证据、固定证据、保存证据的意识。回去之后，砸锅卖铁也要添置一部摄像机，口供材料要，影像证据也要。

“摄像机要添置，照相机一样要添置，长镜头，单反的，交易时把他们拍下来。不交代没关系，我不需要口供，不怕嫌犯将来翻供。另外再一人配一个记者采访用的小录音机，执法时审讯时打开，全程录音，留下证据。万一嫌犯将来诬陷我们刑讯逼供，屈打成招，可以拿出来自证清白。

“许多影视剧中的侦查手段尤其司法鉴定技术迟早会普及，痕迹检验这一块我们要学，生物物证如何收集保存一样要学。DNA检验技术不是神话，事实存在的，通过一根毛发、一点皮屑、一点儿血渍、一口吐沫就能比对出谁是嫌犯。社会在发展，时代在进步，现在没条件不等于将来没有，只要把证据保存下来，案子现在破不了将来能破。迟来的正义也是正义，至少我们可以做到问心无愧。”

重视证据，倡导“零口供”办案，这哪是一个刚参加工作不久的民警，分明是经验丰富且极具前瞻性的警校老师。他不光会当官，不光能搞钱，一样会当警察。更难的是好学肯钻，两个多月考到律师资格，或许用不了多久，他真能学会刑事侦查和痕迹检验，真能成为公安战线上的一个多面手。

在别人面前，王解放多少有那么点儿优越感。可是此时，在这个年轻的韩博面前，优越感荡然无存，取而代之的是一股强烈的危机感。

抓捕分队安全返回警务室时，铁门大开，传达室坐着一个联防队员。三十多个买媳妇的已经去了看守所，不然安全保卫工作不会如此松懈。

老王同志办事效率极高，“思岗县公安局打击拐卖妇女儿童犯罪侦查中队”牌子已经挂上了。虽然这个中队县编办不承认，但比名不正言不顺的良庄乡警务室强，一到门口看见这牌子便能感觉到这里是公安机关。

令人啼笑皆非的是，打拐中队边上居然加挂一块“思岗县良庄乡人民政府打击拐卖妇女儿童犯罪办公室”的牌子。

颇有点儿宣示主权的意味，似乎想以此告诉所有人，警务室是良庄乡人民政府的，不是县公安局的。绝对是老卢的指示，如果没猜错，这个打拐办主任应该是周正发兼任。

跳下车，走进大厅，一个熟悉的面孔出现在眼前。

“牛部长，您也在。”

“回来了，这一路是不是很辛苦？”

“有车，条件好，算不上辛苦。”

牛青山不无好奇地打量了下王解放，开门见山地说：“小韩，我就是来管你借车的，两个接兵干部要家访，打算去县武装部接一下，再送他们下村转转。”

征兵是大事，鲤鱼跳龙门，在良庄的重要程度仅次于中考。为多争取几个参军名额，老卢和他每年不知道要往县武装部跑多少趟。越野车本来就是乡里的，乡里用一下很正常，再说牛部长对自己一直很照顾，韩博一口答应道：“没问题，我让陈猛送您去。”

“那就不客气了，12 点半我再过来。”

“快到饭点了，回去做什么。忘了介绍，这位是我们公安局刑警大队王解放副大队长，王大队正好要回县里，吃完饭一起走。”

王燕嫣然笑道：“是啊，饭做好了，牛部长，走，我们去食堂。”

食堂里空荡荡的，就抓捕分队几个人，韩博洗完手，端起碗筷问：“王燕，工作组呢，工作组在哪儿吃饭。”

“我们这儿就秦师傅一个人，做不过来。工作组和那些妇女小孩的饭在建材机械厂食堂做，做好直接送蚕桑指导站，丝绸公司来收茧时也是他们做的，王主任在那边照看。”

小单嘀咕道：“七八十个人吃饭，一天三顿，要花多少钱。”

“工作组的饭我们管，那些妇女小孩的饭是要收钱的，每人每天 10 块，我们又不是慈善机构，哪经得住她们吃。”

“刚解救出来的那几个呢？”

“那几个我们管。”

韩博沉吟道：“总这么养着不是事，卢书记和局里有没有什么指示。”

王燕下意识看了看牛青山，苦笑着说：“卢书记给我们开了张空头支票，乡里的 10 万善后款，说是从将来的治安罚款返还中出。说要加大对警务室的支持力度，以后的治安罚款返还全额划拨给我们使用。”

以前每年乡里大概能落 20 万治安罚款，跟公安局达成 40% 返还的协议之后，一年这方面“收入”不会超过 10 万。

老卢算盘打得真漂亮，承诺由乡里出经费善后，赢得一个好名声，事实上一分没出，所谓的善后经费最终还是要警务室自己依法创收。

牛部长忍不住笑道：“小韩，小王，现在你们好像吃了亏，长远看你们沾光。细算起来应该感谢卢书记，要不是他极力争取，你们能拿到 43% 的返还？”

以前是不知道，被忽悠了，现在对局里那些弯弯道道是一清二楚了。韩博摇摇头，夹起一筷子菜说：“牛部长，返还 10% 是局里针对特派员的，局领导认为公安特派员就一个人，用不着那么多经费。我们现在跟派出所差不多，加挂打拐中队的牌子之后，经费压力大过所有派出所，43% 不算多，应该跟交警队一样全额返还。”

“那不成坐收坐支了！”

“收支两条线，先交给局里，局里交给财政局，财政局再返还回来，算不上坐收坐支。”

一些困难到极点、欠一屁股债的派出所，在治安罚款这一块儿局里确实是全额返还。交警队要添置维护交通管理设施，比如在主要路口安装红绿灯、摄像头，又比如路障、路面画线、设置交通警示牌，县里不给经费，必须也只能全额返还，就这样仍然不够。

但良庄警务室不一样，有办公大楼，有两辆车，外面不欠债，条件好，有 43% 不错了，想全额返还无异于痴人说梦，局领导肯定不会同意。

韩博对单位建设有一个很夸张的远景规划，需要几十乃至上百万。王解放知道他非常缺钱，但对局里能否同意治安罚款全额返还表示严重怀疑，一声不吭，笑而不语。

韩博对此同样不抱太大希望，若有所思地说：“过几天收明年的治安联防费，三口之家 20，五口之家也是 20，这么收不科学不合理。回头跟周主任说说，看能不能改成每人 5 块，人多多交，人少少交。”

每户 20 能收 13 万，要是按照每人 5 块，至少能收 17 万。王燕眼前一亮，扑哧笑道：“这个方案好，这个方案公平，韩乡长，我感觉这个工作应该不难做。”

不是自己的创意，是老上司姜国平的。想起“不科学”这个词，韩博就想笑。

这次不算成功的打拐，主要受限于两个方面，一是“后方不稳”，各村警务室没真正搞起来，联防队员数量不够，装备跟不上。不把辖区治安搞好，达不到少发案、少窝赃、不窝赃的基本要求，根本无法心无旁骛地去打拐；二是经费不足，打起拐来花钱如流水，没三五十万垫底别想打出思岗、打出南港、打出江省、打向全国。

钱不是万能的，没钱是万万不能的。韩博决定把创收进行到底，面无表情地说："吃完饭小单和老米把孟世勇送看守所，他们的案子交给小勇办，让小勇负责到底。王燕，你同我一起去老党校，好好问问那些被拐卖过来的妇女，尤其那些跑过没跑掉的，问问当时哪些人参与囚禁过她们。问出一个传讯一个，查实一个处理一个！"

第十七章·法律和人情

吃完饭，韩博去楼里给吉主任打电话，准备汇报工作，但一直没人接。

张局说县里要搞一个为期半个月的打拐专项行动，韩博是主角。但韩博知道一个正股级的小民警，在局里都是配角，哪有资格在县里组织的行动中当主角，况且局里并非不知道这边有多忙。至于打拐中队长要在打拐专项行动中扮演什么角色，根本不用去操心。

这个中队长只是兼职，“有事打拐，没事维护治安”应该反过来。作为乡长助理兼公安特派员，首先要干好乡党委政府安排的工作，维护好全乡治安，然后在有时间和经费的前提下去打拐。

小单押解孟世勇去看守所，陈猛送牛部长和王解放去县里，小任和高亚丽在老党校保护那些“解救”出来的妇女不受骚扰，安小勇在看守所挨个审问买媳妇的人，把材料全整理好才能移交给预审科，预审科确认无误再交给法制科……家里就剩下他跟王燕两个人和一个联防队员。

警务室不能离人，王燕提议她去老党校，让韩博在家值班带休息。询问被拐卖的妇女，女同志去比较方便。韩博坐在接警台里总结起警务室这段时间的工作，考虑接下来的工作该如何开展。

好记性不如烂笔头，想到什么记下来，他正写得投入，柳北村聂支书来了，提着一个上面印有“良庄乡人民政府赠”的公文包。

“韩乡长，忙不忙？”

“不忙，聂支书，请坐，我去倒杯水。”

“不用麻烦，刚吃完饭，喝两大碗汤，不渴。”

聂支书回头看看户籍服务台，有意无意看看大厅两侧的其他办公室，确认一楼就他一个人，从包里取出一鼓囊囊的信封，往接警台里一塞，愁眉苦脸说：“韩乡长，张玉珍是我表嫂，没上过学，没文化，农村妇女，法盲一个，好心办成错事。我表侄在丁中上学，毕业班，明年参加高考，她被关进去了，孩子没心念书，帮帮忙，拜托了。”

张玉山买媳妇的事是他姐姐张玉珍一手操办的，抓的现行，这样的人不太好放。韩博拿起信封掂量了一下，笑道：“聂支书，你这是干什么，没必要，这样不好，收起来。”

“韩乡长，帮帮忙，给我个面子。不怕你笑话，她一家老小昨晚就去我家了，直到现在都没走，我也是没办法。”

吃饭时牛部长提过，在老卢极力建议下，县政法委对买媳妇的人如何处理已经定下调子。作为执法人员要秉公执法，同样要兼顾人情。何况警务室许多工作，离不开他们这些村干部支持，要是没他们帮助，治安联防费都不一定能收上来。

韩博把信封塞回他的包里，诚恳地说：“聂支书，不是我不帮忙，是这个忙帮不上也不能帮。”

“韩乡长，她家情况特殊，我表弟在工程队，年头出去，年尾回来。上有老下有小，家里七亩多地，养四张籽蚕，里里外外全靠她一个人。不能坐牢，她要是坐牢，这个家就完了。”

“坐牢？”

“韩乡长，你别揣着明白装糊涂，早上广播里说了，县领导讲话，买媳妇的要从重从严查处，要判三年！”

县里搞的专项行动声势很大，这么快就上广播，可是这么一来不就打草惊蛇了吗。韩博越想越糊涂，摁住他想再掏信封的手，笑道：“聂支书，你多虑了。张玉珍张玉山姐弟的情节是最轻的，我们及时解救，那个女孩没受到多大伤害，姐弟俩后来的认罪态度也比较好，判刑的可能性微乎其微。”

“不用坐牢？”眼前这位来良庄没多久，六亲不认，心狠手辣却是出了名的，聂支书将信将疑。

“不用，我可以保证。”

韩博微微点了下头，旋即脸色一正：“拘留15天是少不了的，买媳妇的那几千块钱属赃款，要按规定没收上缴国库。我们严格按规定办案，除此之外不会再处以罚金。”

这年头，落到公安手里不坐牢也要大出血。前段时间那些收茧的，一个个被罚得几乎倾家荡产。

表弟媳妇不坐牢，不再罚款，只拘留15天，聂支书终于松下口气。发现眼前这位不是特别难打交道，至少公事公办，不像丁湖派出所吃人不吐骨头。

打发走柳北村支书，红旗村陈会计来了，不是为陈月红，是来帮村里另一个买媳妇的人求情。

那家伙的孩子已四岁，买来的媳妇舍不得走。按县里定下的调子，这种情况先拘15天，再让亲属办取保候审，然后判3至6个月管制，一样不用坐牢。

对收买拐卖妇女的，相关规定没有处以罚金的条款，他不会因为买媳妇被罚款，但要交计划外生育的罚款，罚多少计生办说了算，跟警务室没关系。

陈会计搞清楚情况，千恩万谢，说一大堆好话，直接奔乡政府，去找计生办的人。

走马灯似的，打发走一个又来一个。跟约好一般，轮流进来，不会同时来两个人。

净忙着应付这事，时间全浪费掉了，小单把孟世勇送到看守所，回到警务室正准备汇报安小勇那边情况，手机突然响了，号码很陌生，竟然是长途。

“韩特派，忙不忙，说话方不方便，我下焦派出所老吴，还记得吗？”

区号是北河省林坊市的，韩博反应过来，急忙起身道：“吴所好，您怎么想起给我打电话，是不是要出差来我们这儿。”

“不是我要去，是顾新贵的老婆孩子要去。不知道详细地址，跑所里来问我，哭哭啼啼的，不告诉地址不走。没办法，只能把你的名片给她。她有个亲戚在津门工作，已经帮她娘仨买好了火车票。今天下午出发，两三天估计能到。一个女人，带俩孩子，千里迢迢去探监，看着挺可怜的。韩特派，帮帮忙，跟看守所打个招呼，等到了让她见一面……”

不管顾新贵之前做过什么，他在北河的表现是可圈可点的。村里人对他的印象就是干活，从早干到晚，地里干完去修理铺干，修理铺忙完回去做家务，连洗衣做饭那种女人的活儿都干。

烟酒不沾，不赌不嫖，省吃俭用，吃苦耐劳，没任何不良嗜好。作为一个丈夫，作为一个继父，他非常称职。村里女人无不羡慕他老婆，个个说他老婆捡了个好男人。

现在看来他没白付出，已经这样了，人家依然对他死心塌地，法律不外乎人情，这个忙必须帮，韩博保证道："吴所，您放心，她们到了这我安排，我先去找找顾新贵的亲属，相信他的亲属会热情接待的。"

来回奔波两千多公里，把人家儿子抓回来开公捕大会。盗窃、伤人、潜逃，法院不会轻判，顾新贵不蹲七八年出不来，现在去他家绝对不会受待见。

做人要有自知之明，韩博知道既然得罪了人，就不要去讨人厌。他想了想，干脆让刚回来的小单和老米跑一趟，去做做顾新贵父母工作，让二老过两天接待下从未见过面的儿媳妇及两个没血缘关系的孙子。

顾新贵三十好几，出来估计四十多。坐过牢，有前科，到时候怎么娶媳妇，现在这个媳妇对顾新贵死心塌地，一定要想方设法哄住。可怜天下父母心，两位老人应该会热情接待。

小单刚把7号车开出大院儿，一辆切诺基警车和一辆桑塔纳缓缓开进来了。

难怪办公室电话没人接，原来吉主任在路上。

"联系"自己的局领导亲临，轿车上坐的估计也是领导，韩博急忙跑上去立正敬礼："良庄公安特派员韩博，欢迎吉主任来警务室检查工作。"

搞得很正式，吉主任非常满意，举手回礼："请稍息。"

"是！"

"白主席，介绍一下，这位就是我们的打拐英雄，我们公安局刚成立的打拐中队中队长韩博同志。小韩，这位是我们县妇联白主席。"

一位四十多岁的女干部，白白胖胖的，穿一身得体的风衣，有气质，坐的是轿车，不介绍都知道是领导。

妇联的全称是中华全国妇女联合会，是为争取妇女解放而联合起来的各族各界妇女的群众组织。其基本功能是代表、捍卫妇女权益，促进男女平等，亦同时维护少年儿童权益。虽然被定性为“非政府组织”，其实跟政府部门没什么区别。正科级，跟老卢一个级别，必须表示出足够的尊重。

韩博再次立正敬礼：“白主席好，思岗县公安局打拐中队韩博，欢迎白主席来我中队指导工作。”

“韩博同志，别这么严肃。”

白主席轻握着他手，侧身道：“韩博同志，我是代表广大女同胞来感谢、来慰问你们的，你们以高度的责任感，开展打击拐卖妇女的行动，在破获案件、解救被拐妇女方面取得明显成效，对拐卖妇女的犯罪分子和收买妇女的人以极大震慑。让好几个家庭得以破镜重圆，让广大妇女的人身安全得到有力保障……”

车上居然下来一个县电视台的记者和一个摄像师，一个举着话筒，一个扛着摄像机，招呼都不打就开始采访。不过镜头好像始终对着白主席，她抑扬顿挫，热情洋溢，显然早有准备。

“我们妇联将‘代表和维护妇女权益、促进男女平等’作为基本职能，将一如既往地积极配合公安部门打击拐卖妇女儿童的犯罪行为，共同做好维护妇女合法权益、促进社会和谐稳定的工作。也预祝你们的打拐工作取得更佳战绩，期待更多被拐卖的妇女早日回归温暖的家园。”

“谢谢白主席，感谢白主席的鼓励和支持，我们打拐中队一定坚持不懈，对拐卖妇女儿童的犯罪分子坚决予以打击，在局党委领导下同妇联一起共同维护妇女儿童的合法权益。”

不愧为学生党员、学生会干部，见过大世面。坚持不懈，对犯罪分子坚决予以打击，不忘在局党委领导下，说得多好！要是换作一个不识好歹的，肯定来一句“我们一定再接再厉，再立新功”。

部下应对得当，吉主任很满意，等漂亮的女记者放下话筒，微笑着说：“小韩，我们是从看守所过来的，记者同志刚拍过那几个人贩子，拍过那些收买被拐卖妇女的涉案人员，接下来要采访你们解救出来的妇女，白主席也要慰问一下她们，人在哪儿，带我们过去。”

“报告吉主任，报告白主席，解救出来的妇女暂时安置在蚕桑指导站，在集市，离这大约一点五公里。”

“坐我的车，给我们带路。”

“是。”

记者同白主席上一辆车，警车上就司机和“联系”自己的局领导，韩博坐在后排，趴在副驾驶椅背上问：“吉主任，我们就抓几个人贩子，解救几个妇女，白主席慰问，电视台采访，至于搞这么夸张？”

居功不自傲，这样的小伙子太少了。吉主任回头看了一眼，似笑非笑地说：“平时不至于这么夸张，现在不是平时，现在是打击拐卖妇女儿童犯罪专项行动期间，县里需要树立一个典型，需要一个打拐英雄震慑那些买媳妇的。你破获一个拐卖团伙，解救出那么多被拐卖的妇女，将全良庄买媳妇的人一网打尽，不树立你树立谁，你不是英雄谁是英雄。”

“可是，可是县里怎么会突然想起打拐，而且拐也不是这么打的，应该先摸底，然后组织力量同时行动，这么搞会打草惊蛇。”

在良庄工作，想不到很正常。吉主任低声解释道：“昨晚卢书记去县委汇报，县领导正在召开常委会，研究这个年该怎么过。良庄无债一身轻，什么不用担心。其他乡镇不行，许多乡镇领导已经做好出去躲债的准备。春节即将来临，再过几天就是97年，香港马上要回归，稳定压倒一切。

“大过年的，如果再不发点儿工资，教师会闹事，退休人员会上访。县财政挤出一部分，谢书记和杨县长帮几个问题最严重的乡镇协调到一点银行贷款，但仍有很大缺口。听完卢书记汇报，杨县长认为这是个机会，决定利用打拐的契机，将一些计划外生育的社会抚养费征收上来。”

“买媳妇的？”

“嗯，他们大多没领结婚证，未婚先育就是计划外生育，按规定是要处以罚款的。普通人超生躲躲藏藏，顶多去扒他家房子。买媳妇生孩子不仅违法而且犯罪，他们要是敢逃就是逃犯，就要发通缉令全国追捕。良庄一下子抓几十个，能够体现出县委县政府在打拐上的决心，所以县领导认为只要宣传到位，征收工作应该不难做。”

这哪是打拐专项行动，这分明是罚款专项行动。韩博被搞得啼笑皆非，忍不住问：“买媳妇生孩子的全县能有多少，能罚多少，就算全罚上来又能顶多大事。”

“县里上午安排各乡镇和我们公安局摸过底，全县不少。集中清理一下，没办结婚证的补办结婚证，计划外生育的把罚金收上来，顺便帮那些孩子把户口上了，同时对那些想买媳妇的人能够起到一定威慑作用，一举几得，不是什么坏事。”

光计划外生育罚款不一定能威慑住，韩博又问道：“吉主任，这是不是意味着对那些买媳妇的人来个一刀切，只要缴纳罚款就既往不咎？”

“怎么可能，收买拐卖妇女违法犯罪，我们公安机关一样要查处，态度好的管制，态度恶劣的移送检察院起诉。”

“什么叫态度好？”

“各乡镇要成立工作组，敦促那些买媳妇的人积极主动配合调查，一星期内办理取保候审，逾期不办理的严厉打击。”

同样是打拐，出发点不一样。

不过有一点可以确认，专项行动结束之后，至少两三年内没人再敢买媳妇，除非他做好被公安和计生部门重罚的心理准备，确实能威慑住那些想买媳妇的人，进而达到“没有买，就没有卖”的最终目的。

白主席来慰问不是空口说白话，带来一后备厢慰问品。

橘子、苹果、麦乳精、毛巾、香皂、洗衣粉。有吃的有用的，种类不少，量不大，价值也不高，算下来不超过500块钱，三十多个妇女和二十几个孩子，搞得周正发和王燕不知道该怎么分发。

妇联无权无钱，名副其实的清水衙门。白主席虽然坐的是轿车，但轿车并不是妇联而是县委的，人能来，能带点儿东西已经很不错了，送几个妇女回原籍的路费，以及几个不想留在思岗想打胎的医药费、营养费，实在不好意思跟人家开口。

既然决心打拐，就有吃力不讨好的心理准备。

韩博没王燕那么失望，送走两位领导和电视台的同志，又嘘寒问暖了一会儿，同沈秋艳等几个相对熟悉一点儿的女同胞聊了几句，跟一直守在这里的综治办主任兼打拐办主任周正发走进朱站长的办公室。

“她们的情绪基本能够保持稳定，周主任，要不是有你，要不是有工作组，我真不知道该怎么办。”韩博有感而发，说的是肺腑之言。

三十多个妇女，有的归心似箭，恨不得插上翅膀立即飞回亲人身边。有的患得患失，既想回老家又舍不得孩子。还有一些人同情被关进看守所的丈夫，生怕丈夫被判刑坐牢。

工作组事无巨细全考虑到了，针对性地做思想工作。

焦乡长的爱人颜老师，更是带头把自己和孩子不穿的衣服拿过来送给她们，动员良中良小的教师一起捐赠。

走进老党校，真能感受到这个世界是温暖的，人们是有爱心的，人与人之间关系没那么冷漠。

周正发接过烟，感叹道：“别说了，再说我脸红。行动前，竟认为这是没事找事。看到她们，听到她们的遭遇，特别看到她们跟老家联系上，打电话时哭成那样，心里非常难受，造孽，真是造孽！你出去抓捕一夜没睡，我在这一夜也没睡好，睡不着。”

性情中人，难怪老卢那么器重他。韩博揉了把脸，凝重地说：“说是还欠债，许多人一生已经毁了，这一笔笔债根本没法还，根本还不清。对于她们，能做到这一步已经是我们的极限，现在能做的就是亡羊补牢，对拐卖妇女和收买被拐卖妇女的犯罪行为保持高压态势，想方设法确保不再添新债。”

“这一点我举双手赞成，打拐工作必须坚持下去。发现一个处理一个，毫不手软绝不留情。”

“谢谢。”

“谢什么，你兼任打拐队长，我兼任打拐办主任，打拐是我们的分内事。”

综治办主任没权没钱没兵，许多干部不愿意干。如果有领导重视支持，综治办主任在维护治安上能发挥很大作用，因为他有权组织协调许多部门。

韩博掏出打火机帮他点上烟，说道：“周主任，上级对打拐不能说不重视，只是缺乏全国一盘棋的思维，各地打拐都是‘区域作战’，没有一个全面的规划，具体措施、责任分工不明确。在我看来打拐不只是打击和解救，应该涵盖预防、打击、受害人救助、遣返及康复。不能跟过去一样只讲战果、不讲保护，解救妇女之后，就将她们扔火车上了事。要从受害妇女儿童的生理、心理角度去理解打拐。她们被拐卖之后，身心受创，她们的安置、心理的干预及之后的生活和成长，都应该是我们要关注的问题。”

到底接受过高等教育，从一个案子上竟能想这么多这么远。必须承认他有一套，尤其是政治敏感性，堪称敏锐。上任特派员第一天，就去查文化站电子游戏厅。良庄重视教育，卢书记比较守旧，同时注重民意，顺水推舟坚决予以取缔，最终出现在其他地方可以开，唯独在良庄不行的怪事。

许多人嘴里不说，心里却感觉有点过。结果大前天上午，文化部、公安部和国家工商行政管理局联合下发《关于加强电子游戏机娱乐场所管理取缔有奖电子游戏机经营活动的通知》。

要把治理整顿作为加强社会主义精神文明建设的一项重要工作来抓，要求从1996年12月1日起，对电子游戏机经营场所再从事有奖经营活动的，一律按赌博活动，由各级文化、公安、工商行政管理部门在各自职责范围内，依法予以查处。对业主、经营者按聚众赌博依法查处。

文件措辞强硬，明确提出各级文化、公安、工商行政管理部门不得敷衍了事。良庄走在前面，接过上级下发的文件看看，随手放一边，因为他们早就取缔了。

这次打拐同样如此。本以为会打出大麻烦，没想到再次走在前面。这边刚抓完人，正忙着处理和善后，县里就组织声势浩大的打拐专项行动，没麻烦，只有成绩。

周正发不再认为眼前这位是书呆子，不禁问道：“韩特派，你现在兼任打拐队长，县里又组织多部门联合开展打拐专项行动，你是不是抽不开身，抽不出警力送那几个归心似箭的妇女回原籍？”

“县里的行动暂时没我什么事，警力确实紧张，警务室确实抽不出人送沈秋艳她们回家。周主任，我是这么想的，能不能成立一个打拐志愿者团体，组建一支志愿者队伍，动员工作组的同志成为打拐办的打拐志愿者，协助我们救助和遣返受害人。”

“马上元旦长假，请同志们出趟远门，帮着送几个人应该没什么问题，毕竟这是做善事。关键是经费，教师和医生护士工资不高，日子本来就过得紧巴巴的，不能让人家掏钱买车票。”

韩博早有准备，微笑着说：“周主任，经费没问题，车旅费由警务室承担。另外再挤出两万，作为综治办的活动经费。快过年了，利用严打、公捕大会和打拐这股声势，搞搞法制宣传，做点儿治安防范方面的工作。”

作为一个干部，谁不想干出点儿政绩。关键没钱，没钱什么做不了。

周正发乐了，拍着桌子笑道：“韩特派，只要有经费，我综治办就能发挥作用，这些善后工作和法制宣传就不用你操心。两万就两万，不许反悔！”

人逢喜事精神爽，精神爽了许多事就好说。治安联防费每户收20块钱“不科学”，每人收5块钱多好，周正发深以为然，拍胸脯说这事包给他。

参与囚禁、胁迫被拐卖妇女的村民涉嫌违法犯罪，要追究，要查处，只有这样才能震慑住今后想买媳妇的人，才能从根本上杜绝买媳妇的事在良庄继续发生。

警务室不是能够创造经济效益的企业，乡里和公安局没拨款，基本工资发不全，经费全靠收治安联防费和罚款返还。警务室没钱，综治办打拐办哪有钱？

已经拘三十多个，不在乎多抓几个。工作组就是为打拐成立的，只要与打拐有关的事工作组全有权管。周正发咬咬牙，让放心大胆抓，善后工作他来做。他愿意帮忙，警务室能省很多事。二人就良庄未来的治安防范事宜交换完意见，韩博同王燕一起步行回警务室，召集刚从顾新贵家做工作回来的小单、老米，从蚕桑指导站抽调回来的小任及老王开会，根据王燕提供的涉案人员名单安排传讯工作。

几个做得比较过分、情节比较恶劣的，今晚要组织抓捕。联防队员在食堂待命，没命令不许回家，熬夜有加班补助，不会让他们白加班。

五十六个人，比买媳妇的还多。

中午吃饭时没仔细想，下午光顾着询问做笔录也没考虑该如何处罚，事到临头王燕猛然想到似乎没有法律依据，愁眉苦脸提醒道：“韩乡长，按照《治安管理处罚条例》，违反治安管理行为在六个月内公安机关没发现的，不再处罚。抓捕容易，抓回来怎么办？”

在丝织总厂的两个月苦功没白费，要是没考律师资格，工作起来绝对没现在得心应手。所有法规学得最好的便是刑法，虽做不到倒背如流，但主要条款记得清清楚楚，韩博说道：“这不是治安案件，这是刑事案件，涉嫌非法拘禁。刑法第二百三十八条规定，非法拘禁他人或者以其他方法非法剥夺他人人身自由的，处三年以下有期徒刑、拘役、管制或剥夺政治权利。具有殴打、侮辱情节的，从重处罚。这个拘禁并不只限于有形的、物理的强制方法，要是采取无形的、心理的方法，诸如胁迫被控制对象、利用其恐怖心理或利用其羞耻心理，使其不敢逃亡的，同样属于拘禁行为。”

小单这段时间在拼命学法律，脱口而出道：“他们是帮凶，是同案犯。被拐卖的妇女遭强奸，许多已经生了孩子，也就是说他们不光参与非法拘禁，并且导致很严重的后果。”

王燕反应过来，不禁问道：“先抓回来，然后办取保候审？”

活学活用，只能这么办。虽然手段不是很光明，但他们应该受到这样的惩罚。罚一点儿款，让他们付出一点代价，既能震慑住那些想买媳妇和有可能为别人买媳妇提供帮助的人，又能解决部分经费。一举两得，韩博问心无愧，宣布散会，先去休息，等会吃晚饭，天黑之后行动。小单是主力，昨夜没睡好，必须抓紧时间上楼睡一会儿，老米代他汇报去顾新贵家的情况。

“……其实顾二成夫妇也有去北河找儿媳妇的打算，他说他教子无方，说他儿子坐牢罪有应得，说要不是我们把人抓回来，他可能这辈子都见不到顾新贵了。他不怨我们，只求我们一件事。如果他儿媳妇愿意等，能不能帮他们补办个结婚证，把儿媳妇和两个孙子的户口迁过来。”

果然被猜中了，真是可怜天下父母心。

韩博说道：“婚姻法对结婚限制或禁止条件中，并没有规定服刑人员不能结婚。只要符合结婚条件的公民都有结婚的自由，刑法也没有明文剥夺服刑人员的婚姻权。不过这项权利与人身密切联系，人身不自由的时候，权利行使就很困难。”

米金龙跟顾新贵一个村，因为生二胎支书被撤、房子被拆，实在没安身之地才住到水利站。村里的地仍在，农忙时经常回去，只是没像其他村民一样养蚕。以前跟顾家关系一直不错，想帮这个忙，急切地问：“到底能不能结？”

“理论上可以，事实上结婚也有利于罪犯改造，可能监狱管理部门有顾虑，迄今为止好像没这个先例（第一例是2001年）。好在法院还没宣判，户口还没注销，不需要经过监狱管理部门。”

“对啊，他的户口在我们这儿，只要带他媳妇去看守所帮他们拍个结婚照，在乡里就能办！”

是能办，几乎是举手之劳，但事情不能这么办。不能因为一个罪犯把前途搭上，更不能因此连累到同事，韩博摇摇头：“老米，没有你想的这么简单。所有案件材料上顾新贵全是未婚，一下子变成已婚，上级追究下来怎么解释。”

“不能结？”

这不是知法犯法，这甚至算不上违规。问题是惯例有时候比法律更死板，在各级领导心目中已根深蒂固，多一事不如少一事，谁也不愿意开这个先例，搞这个首例。

韩博权衡了一番，起身道：“我想想办法，看局领导能不能同意。“

他言出必行，说帮忙就会帮忙，米志龙没再说什么。韩博正准备下楼跟联防队员谈谈，小任从隔壁办公室走了出来，欲言又止地问：“韩乡长，那个……那个孟世勇不是交代还有四个被拐卖的妇女吗，全是他跟桂素兰拐卖过来的，我们要不要去解救？”

确实有四名被拐卖到南港几个市县的妇女没解救出来，全是在过去一年内拐卖过来的，最近的一个在三个月前，同沈秋艳应该是一批。

四个人一个在南州市，一个在如岗县，两个在东港县。

孟世勇记得大概位置，记得在什么地方下的车，不知道属于哪个乡镇，不知道属于什么村，更不知道买媳妇的人姓名，只知道郝力在当地有两个“中间人”。桂素兰肯定知道，绝对记得，可惜态度恶劣，死不开口。她开不开口其实没多大关系，四个大活人，有大概位置、体貌特征且口音明显，只要兄弟公安部门愿意协助，查清四人下落，抓捕那两个“中间人”并不难。

事实上昨晚就请局领导协调了。下午吉主任说由于该团伙拐卖的妇女已超过十人，情节严重，影响恶劣，局里不打算请兄弟公安局协助，直接上报市局，请市局刑侦支队协调。

到现在没消息，不知道市局领导怎么想的。韩博拍拍他的胳膊，若无其事笑道："局领导正在想办法，一搞清其下落立即组织解救，到时候带上你，不会再让你看家。"

多参加几次大行动，实习鉴定就会更好看一点。小任咧着大嘴嘿嘿笑道："谢谢韩乡长，我去休息了，不上楼，就在办公室，有事您叫我。"

计划不如变化，一个电话打乱所有部署。晚上有重要应酬，抓捕行动只能由王燕全权负责。司机好找，民警不多，宝贵警力不能耗在接送接兵军官上，请小单那个打算跑出租的战友开越野车，让陈猛回来参加晚上的抓捕行动。

韩博不能喝酒，必须请一位能喝且级别较高的领导作陪。他抱着试试看的心理打电话问问，没想到听说侯厂长要来，老卢非常高兴，要求这顿饭由乡里做东。富嫂酒家档次太低，去柳下宾馆，他有订餐电话，他安排。

老卢来了，焦乡长来了，建筑站汪经理也来了。良庄最有权和最有钱的领导全站在警务室大门口翘首以盼，可见侯厂长有多么受欢迎。

"小韩，跟我说老实话，侯厂下一站去哪儿？"

丝织总厂体制改革取得完满成功，资产重组，减员增效，留下的干部职工入股，县里控股，由之前的思岗国营丝织总厂变成江省思岗丝绸集团股份有限公司。

丁书记被任命为县里刚设立的国有资产管理办公室副主任，代表县里出任集团董事长，余副厂长出任总经理，王副厂长、李工和厂办钱主任出任副总经理。据说县领导希望丝绸集团能够上市，成为思岗第一家上市公司。

厂变成集团，侯厂长的职务自然要免掉，但谁也不认为他会因此靠边站。老卢问出了焦乡长和汪经理同样好奇的问题，韩博被盯得很不自在，笑道："卢书记，我知道的跟您一样多，好像是县委常委、常务副县长。"

"不可能！"

"为什么，外面不都是这么说的吗？"

"现在不比以前，侯厂这么能干这么有前途的干部，一般是异地任用，不可能在老家出任常务副县长。你一定知道，别揣着明白装糊涂。"

任命中午下来的，县里尤其是老单位尽人皆知。良庄太远，消息不灵通，他们也没去刻意打听，不然绝不会问出这个问题。

反正等会儿就知道了，没什么好隐瞒的，韩博笑道："其实我也是刚知道的，被您猜中了，不在县里，去南州，南州市委常委、常务副市长。"

县里那么多领导，老卢最佩服侯厂长，抱着双臂感叹道："常务副市长，嗯，实至名归。这些年全是从外面往我们思岗调，现在终于走出一个领导干部，不容易，不容易。"

"要说走出去的领导干部，我们良庄少吗，您电话本里正处副处不知道有多少位。"

"小韩，这是不一样的。"焦乡长微笑着解释道，"我们良庄走出去的大多是军转干部，而且走得一个比一个远。侯厂长不一样，他是在本地成长，在南港市内任职的领导干部。现在是以经济建设为中心，搞经济的能力有目共睹，有学历、有文化、有能力，又年轻，比军转干部有前途。"

身边这位韩博绝对是侯厂长的嫡系，否则他上任前不可能来"西伯利亚"。

汪经理拍拍他胳膊，半开玩笑地说："小韩，常务副市长管经济建设，有侯市长帮忙，去南州接几个工程应该没多大问题。警务室不是缺经费吗，建筑站赞助5万，接到工程再加，相当于提成。"

老卢哈哈笑道："老汪说得对，人家没条件要创造条件，没关系要找关系，我们有条件有关系就要利用起来。明年500万的工程，就这么说定了。"

其他乡镇的建筑站纷纷倒闭，良庄建筑站一枝独秀，很大程度上与乡里坚持不懈找关系有关。良庄走出去的干部，老卢电话本上的那些人才，建筑站几乎全找过。

有人能帮着介绍工程，有人能提供工程信息，有人能帮着从侧面了解甲方的情况，这些年极少上当受骗。江城那笔工程款之所以没能拿回来，纯属天灾人祸，不是之前的工作不到位。

事关乡里的财政收入，焦乡长深以为然，煞有介事地说："小韩，你不光是公安特派员，也是乡长助理，我们没跟你开玩笑，乡里的事要上心。"

让他找侯厂长帮忙接工程，开什么玩笑。韩博敷衍道："三位领导，侯厂马上到，你们跟他直接说不就行了。走出思岗我们就是家乡人，家乡人的忙他应该会帮的。"

“侯厂关心你，你说比我们说管用。当然，这种事不能操之过急，他刚上任，要注意影响。明年先搞几个小工程，等他站稳脚跟再接大的。政治任务，不许不当回事。”老卢一锤定音，幸好他还知道人家刚上任要注意影响。

正聊着，一辆桑塔纳出现在视线里，开到门口时四人不约而同迎上去，开车门，打招呼，好不热闹。

“卢书记，焦乡长，知道我为什么来良庄找小韩吗，在县里实在没法待，电话一个接着一个，手机接得发烫，全是饭局。去这儿不去那儿不好，本想躲个清静，没想到却被小韩出卖了，真是自投罗网。”

侯秀峰话虽然这么说，语气和表情却没半点儿生气。老卢紧握着他手，侧身笑道：“侯市长，这你真不能怪小韩，他接电话时我正好在场，知道你要来，我卢惠生能不接待？”

他不是其他乡镇的党委书记，他是思岗资格最老的干部之一，并且他的为人值得称道。说句不夸张的话，在思岗，能让他如此热情接待的人并不多，侯秀峰明知道他是在胡扯，仍装着一副追悔莫及的样子苦笑道：“失策失策，给领导打电话总不忘先问一句说话方不方便，给小韩打电话就没想起来，说到底还是犯了官僚主义。”

“侯厂，对不起。”

“没关系，刚才是开玩笑，我跟卢书记焦乡长好久没见，正好聚聚。”

来是临时起意，多少有帮小伙子拜托下乡领导的意思。侯秀峰岂会生气，指了指司机捧着的两个精美包装盒：“一台是丁总的，一台是李工的，去年去日本考察，他们看着新鲜，忍不住买了，当时身上没带多少钱，还是管我借的，结果买回来没什么用。听老钱说你这边需要，他们请我捎过来，说明书是英文的，回头自己摸索摸索。”

索尼磁带摄像机，抓在手上拍摄，小磁带，不是电视台摄像师扛在肩上的那种。这种高档电子产品，思岗没有卖，新庵也没有，只有去大城市才能买到。

警务室经费又比较紧张，想到老单位宣传科好像有一台，忍不住给钱主任打电话，想借过来用几天，没想到侯厂长捎来两台。他们看着新鲜，买回家确实没多大用，对警务室作用就大了。

韩博打开盒子看了看，抬头问："侯厂长，丁书记和李工买时花多少钱？"

对普通人而言这是贵重物品，再说又不是他个人用，是单位用。重视收集证据是好事，侯秀峰决定帮两位老搭档把摄像机卖给他，笑道："不算特别贵，折合人民币八千多，虽然没用几次，终究是二手货，六千一台，卖给你了，什么时候有钱什么时候给。"

"这怎么行？"

"有什么不行的，他们反正没用，小李，我记得好像有三脚架。"

"对不起，差点儿搞忘了，在后备厢，我来拿。"

丝织总厂的人就是有钱，八千多的摄像机说买就买，说便宜卖便宜卖，焦乡长暗暗咋舌。

老卢则很高兴，从这件小事上能看出侯副市长和丝织总厂领导对小伙子有多么关心，只要把这个关系利用好，建筑站能多接几个工程，或许能动员丝织总厂来良庄开办个分厂，这也算招商引资。

老领导不光有文化有能力，做事也让人佩服。他提出思岗人应该在思岗吃饭，在乡里随便找个地方吃农家菜挺好，没必要把钱给新庵人赚。他干那么多年丝织总厂一把手，三天两头出国，参加过人民大会堂的国宴，老卢知道他不在乎吃喝，知道他不想让乡里多花钱，不再勉强，直接去富嫂酒家。

到了饭店，侯厂长问起老曹的近况。丝织总厂分流出来的干部就两个在良庄，老领导来了应该一起接待。韩博很惭愧，急忙给蚕桑指导站打电话，请曹副站长一起过来吃饭。

酒过三巡，菜过五味，老卢进入正题。简单介绍乡里的基本情况，很认真、很虚心、很诚恳、很期待地请侯厂长给良庄经济发展"把脉"。

思良公路西段是良庄自己集资修的，许多人不知道从良庄可直通柳下，可经柳下去江南或往西去江城。再加上几十年的出行习惯，大多司机从北边的思新公路走，只有极少人走思良公路。思新公路车多，经常发生拥堵。为赶时间，侯副市长没少从良庄经过，对良庄地理位置和经济发展情况并非一无所知。

不在其位不谋其政，以前享受副处级待遇却不是县领导，就算有一点儿想法也不会说，应该是不好说。现在情况不一样，而且老卢和焦乡长确实是在虚心请教，他决定畅所欲言，给点不成熟的意见。

“……利用靠近柳下靠近省道的优势，把新庵的锅炉企业引进来是一个非常好的思路，但要吸取新庵的教训，对整个产业最好有一个远景规划，不能只顾眼前利益一下子引那么多，搞到最后恶性竞争，窝里斗，竞相降价。设备价格卖不上去，只能在成本上想办法，偷工减料，以次充好，压榨工人，自己把自己的产业给毁掉。

“其实我们思岗我们丝绸行业存在同样的问题，主要集中在缫丝这一块，以前只有三个缫丝分厂，这两年上七八家，还有人想跟风。全认识，有些是老同事，看在眼里急在心里，想说又不太好说。人家自己筹集资金下海创业，那些乡镇也很欢迎，你不能挡人财路啊。”

侯副市长轻叹一口气，突然举起双拳，比画道：“扯远了，接着说良庄。卢书记，焦乡长，我认为你们步子不妨再迈大一点儿，眼光不妨再看远一点儿，考虑得不妨再全面一些，不要被现在的集市、未来的镇区束缚住手脚。从这儿到柳下河大桥不过三四公里，在柳下河大桥附近发展工业，充分利用省道和柳下河航道的交通优势招商引资。规划一下，形成一个西边是工业区，东边是商业区和住宅区的格局。你们无债一身轻，你们拥有地理优势，党委政府有凝聚力执行力，下定决心好好干几年，完全能实现这个愿景。无农不稳，无工不富，无商不活，想摆脱眼前的困局只有走这条路。”

不愧为全县最有能力的干部，三言两语就给良庄指出一条发展之路。

老卢豁然开朗，连连点头道：“当局者迷旁观者清，侯市长，你说得太有道理了。我把工业区搞到柳下河边上，与柳下镇仅一河之隔，柳下镇给外地客商什么政策，我良庄只会比他优惠，人家为什么不到我这儿来，为什么非要去他那儿？”

焦乡长同样认为有道理，不禁笑道：“柳中离集市远，柳下河大桥东侧、思良公路西段两边没什么人家，征地都比良庄便宜。”

他们是真正想干事的人，侯副市长很高兴能为他们出谋划策，继续说道：“光有地，光给政策是远远不够的，要考虑到服务。南方一些地区为招商引资提出一个口号，一切为了客商，为了客商的一切。听起来虽然有些夸张，但这种服务精神值得我们学习。

“再就是建筑站，汪经理，你这个金饭碗一定要捧好，这棵摇钱树一定要守好，要有危机意识。实不相瞒，我那几位老同事对建筑站的未来并不看好。人往高处走水往低处流，人家明明可以一年赚两百万，为什么要留在建筑站一年赚五万，这一点你们必须考虑到。”

丁书记打过赌，最多两年，建筑站的项目经理全会成为私人老板。作为良庄乡公安特派员，韩博同样为此担忧，一直想提醒老卢，可是光提醒有什么用，关键要拿出解决方案。

老卢三天两头坐奥迪出去开会办事，汪经理一年有半年全国各地跑，他们见过大世面，知道什么叫人往高处走水往低处流，始终有这个担心，只是一样束手无策，事实上已经有两个工程队长跳出去单干了。他们倍感无奈，欲言又止。

侯副市长放下筷子，笑道：“转型，建筑公司一样是企业，一样可以转型。你们获得过建筑界的最高荣誉鲁班奖，完全可以在资质和品牌上下点功夫，申请更高资质，打造‘良庄铁军’品牌，在北京、东海和江城等大城市设立分公司或办事处，跟中字头国企一样参与大项目大工程招投标。项目经理不是想赚钱吗，我接工程转包给你们干。

“允许一些有门路的外地建筑队挂靠，用我们的资质投标，接受我们管理，把好工程质量和安全生产这一关，收管理费；跟建材机械厂来个优势互补，开展建筑机械租赁业务，不是所有建筑队全有吊车、搅拌机、卷扬机的，设备出租能赚钱，又可以吸引他们挂靠……”

想到哪儿说到哪儿，指点迷津，全是金玉良言。老卢、焦乡长和汪经理受益匪浅，恨不得找支笔把他的话全记下来，人家快走了仍意犹未尽。

太厉害了，难怪一向谁都不服的老卢唯独服他。

老领导如此受尊敬，韩博有面子，将他送到车边问：“侯厂，我知道您忙，就不留您了，一晚上光顾着说经济发展的事，对我您有没有什么指示。”

小伙子不错，可惜一门心思扑在公安战线上。

人各有志，不能强求。

再说自己刚上任，连司机都不带，怎可能带一个干部过去。

侯副市长握着他手，语重心长说：“小韩，我打听过，你干得不是不错，是好得让我意外，你们张局和袁政委对你赞不绝口。指示没有，提醒有一个。在公安战线上干得越好，得罪的人会越多。害人之心不可有，防人之心不可无，不要给那些想报复的人可乘之机。”

上任时间不长，大行动不少。先是打击非法经营的收茧贩子，抓一百多个。紧接着打拐，已经关进看守所的和即将处理的加起来也近百。老米中午吃饭时跟小单开玩笑说，李特派在良庄干十几年，得罪过的人加起来没韩特派两个月多。既然选择这个职业，就做好了得罪人的心理准备。

不过老领导说得对，害人之心不可有，防人之心不可无，天知道有没有人想报复，有没有人敢报复。韩博越想越感动，点头道：“谢谢侯厂提醒，我会注意，我会小心的。”

第十八章·踏破铁鞋无觅处

越是新人新单位，办的案子越是要经得起推敲。打电话给待在看守所的安小勇，让他连夜提审周大民。让抓完第二拨人回来的小单和陈猛，按照张霞的交代连夜去胜利村找当时围观的村民做笔录。把受害人、两个嫌疑人和十几个证明人的材料整好，形成一条证据链，办成铁案，不怕嫌疑人将来翻供。

三更半夜砸门不好，夜里办案人也累。关键白天个个有事，不一定能找着人，晚上全在家，一找一个准。连夜快刀斩乱麻，同时能避免嫌疑人亲属与证明人串供。毕竟乡里乡亲的，抬头不见低头见，许多人可能拉不下面子，禁不住哀求，明明有非说没有。

取证的工作量很大，小单和陈猛忙不过来。审到第三个嫌疑人，王燕提议由高亚丽记录，她和小任各带一名联防队员骑摩托车下村取证。

她以警务室为家，老公从丁湖搬过来住在三楼，从报到至今从未休息过；小单家近在咫尺，一样住三楼，也极少回去；安小勇从上班到现在就回去过三次；陈猛结婚了，回家次数多一些，不过每次回去都是公私两便，给群众代办身份证，给局里送材料，从局里往回拿各种文件……好在有摩托车，不然来回近百公里骑自行车会累死。

连高亚丽都把行李搬过来了，现在更是把她这个联防队员当民警使。丁湖派出所作息时间是“铁打”的两班倒。包括所长指导员在内先连续上三天班，然后两个晚上可以回家，然后再上几天。

警务室行动多、任务重、工作压力大，连丁湖派出所都不如，真正的“白加黑”“5+2”。逢年过节是公安最忙的时候，接下来是元旦，然后是春节，想给部下放几天假都放不成。

工作大家干的，由于他们不是正式民警，功劳和荣誉全归自己，韩博很内疚，暗暗决定年底多发点儿福利，按丝织总厂干部的标准：一人一只猪大腿，两条五斤以上的草鱼，三十块钱左右的白酒两瓶，白糖二斤，苹果、橘子各一箱，瓜子、花生各一袋，榨油厂赞助的油票一人来十斤。还生怕忙忘了，在笔记本最后一页记下，明天跟老王说一声，让他提早准备。

审到第五个嫌疑人，惊喜出现了。帮人把逃跑的媳妇抓回家，红旗村村民钱大富意识到好心办成了错事，有可能要坐牢（对老百姓而言劳教也是坐牢），吓得魂飞魄散，想提供一条线索，想以此立功赎罪。

“那天晚上拉肚子，解好几次大手。我家茅缸（茅房）在路边，人来人往难看，习惯把草帘子放下来。路过的人看不见我，我在里面能听见外面的人说话。两个小年轻，一个是五队（村民小组）王军生家的老二，不会听错，他跟我儿子以前一个年级，经常去我家玩。另一个听不出来，不知道哪个大队的（村），骑摩托车，两辆，在我家茅缸边停下来解小手。说塘里鱼真多，一网下去几百斤，把网都拉破了。商量拉到哪儿去卖，盘算能卖多少钱。当时没在意，第二天下午才知道白二家鱼塘被偷了，一定是他们干的，不会是其他人。”

红旗村鱼塘被盗捕案迄今没破，案值不大，影响不小。联防队员反映群众对警务室意见很大，认为新任公安特派员只会罚款搞钱，不会破案不帮老百姓干实事。

踏破铁鞋无觅处得来全不费工夫。韩博乐了，不动声色地问：“我们的民警去走访询问过，你既然知道为什么不报案？”

“韩特派，我就听见，没看见。那小子好像在新庵学厨师，平时不怎么在村里。要是他找个人证明那天晚上没回来怎么办，他老子非得跟我拼命不可。没把握的事不能瞎说，不能瞎报案。”

明哲保身，多一事不如少一事，可以理解。韩博与高亚丽对视了一眼，又问道：“他们有没有说送到哪儿去卖。”

“新庵，王家老二说他认识一个给饭店送鱼的贩子，打算把鱼批发给鱼贩子。另一个小子问多少钱一斤合适，王家老二说鲫鱼起码两块五，草鱼起码两块三。”

“你一点儿没看见？”

“从帘缝里看见车尾，没看见人，一边挂一个装涂料的大塑料桶，里面肯定是鱼。”

“什么样的摩托车。”

“我看见的那辆好像是幸福250，邻居家有一辆，看上去差不多，另一辆没看见。”

“如果我把另一个人带到这儿，让他在门外说话，你能不能听出他声音。”

“这，这很难说，韩特派，我就听他说过一次话，印象不深，没把握的事不能瞎说，不能冤枉好人。”

这么一个老实巴交、胆小怕事的人，居然帮人去抓买来的媳妇，真让他从一片桑地里抓到了，让一个很有希望逃脱的女孩成了一个三岁小孩的妈妈，舍不得孩子，现在想回家都回不去。法盲！

过去这些年乡里净忙着到处找钱，法制宣传工作几乎没做，司法所形同虚设。要是法制宣传到位，能发生这样的悲剧？

综治办和司法所必须发挥作用，两万不够给周正发四万。各村警务室要尽快搞起来，每个警务室门口要有一个法制宣传栏。

………

韩博在笔记本上又记录下几件接下来要办的事，抬头道：“钱大富，你有立功表现，但功不抵过，至少不能完全抵过。因为你的所作所为，已经触犯法律，且造成极为严重的后果。我向上级请示一下，看能不能帮你争取个取保候审。”

“韩特派，取保候审什么意思，要不要坐牢？”

“交保证金，暂时不用坐牢，不过你的表现一定要好。如果再犯事，只能公事公办。”

公安吃人不吐骨头，公安的保证金跟罚款差不多。钱大富忐忑不安地问：“那我要交多少保证金？”

取证工作正在做，到天亮估计差不多。群众认为公安就会罚款搞钱，收现金不太合适，要去跟信用社打个招呼，在信用社开设一个专门账户，开单子让他们自己去信用社交。这么一来至少可表明钱交给政府，没落到个人手里。

韩博想了想，示意小高把笔录拿给他看，看完让他签字摁手印，起身道：“今晚你是回不去了，我们会通知你的亲属明天一早来办理《取保候审申请书》和《保证书》，材料要送到县里请局领导审核批准。获得批准之后，你的亲属拿我们开具的手续去信用社缴纳5000元保证金，再拿信用社的收据过来保你回家。”

5000就5000吧，总比坐牢强，钱大富愁眉苦脸点点头。

“还有，王军生家老二偷鱼的事要保密，你要保密，我们也会帮你保密，明不明白？”

“明白。”

工作永远干不完，二十四小时连轴转对身体不负责，对工作也是一种不负责。

深夜十二点半，结束审讯，下村取证的人全回来吃夜宵，老王和四个联防队员值班，看管那些暂时羁押的涉案人员，其他人要么回家，要么上楼休息。

大家连续几天没休息好，这一觉睡特别香。但是想睡个自然醒不太可能，一大早，传达室门口便聚满来说情、来打探消息的人。

老米跟老王换班，同两个工作组干部给涉案人员亲属动之以情、晓之以理，介绍大概案情，解释法律法规。回头想想，夜里被抓的人当时做得确实太过分。

新任公安特派员“心狠手辣”，要上纲上线，要从严查处，搞不好要判刑坐牢，涉案人员亲属心急如焚，一口一个“米支书”，发烟哀求打招呼，想通过他请新任公安特派员从轻发落。

已经拘三十多个，不能再拘，不然会影响到社会稳定大局。这种事要一个打一个揉，米金龙按计划暗示他们去乡政府找卢书记，韩特派“铁面无私”，别人求情没用，只有卢书记发话才管用。

在良庄，老卢永远是好干部，永远是好书记。

事实再次证明了这一点，听完大概情况，先板着脸骂一顿，犯法的事不能干，干了要承担后果，涉案人员亲属点头称是，一个个信誓旦旦表示把人保回去之后一定会好好规劝，让他们洗心革面、重新做人。

有几个大前年参军的小伙子运气不好，有的没能考上军校，有的关系不到位，连参加考试的资格都没混上。新兵入伍，老兵退伍，他们过几天要回来。城镇户口的退伍兵民政局安置，农村户口的要乡里安置。

老卢一边盘算着警务室这次能搞多少钱，是不是帮乡里安置几个退伍兵，一边“为民做主”，当众人面给韩博打电话，提出不许坐牢、不许劳教的要求。

“卢书记，实在对不起。这件事很难办，他们触犯的是刑法，县里正在严厉打击拐卖妇女儿童的犯罪行为，正在风头上，不判几个，不劳教几个，我没法跟局里交代。”事先没排练过，这种事不需要排练，韩博非常默契地唱起双簧。

果然“心狠手辣”“六亲不认”，涉案人员亲属恨得牙痒痒，又不敢表露出来，一个个噤若寒蝉，竖着耳朵，紧盯着摁下免提的座机大气不敢喘。

老卢敲敲桌子，一脸不快地说：“韩博同志，你要对公安局负责，也要对我良庄乡党委政府负责。一个不抓，一个不判，这是乡里的底线。工作你去做，现在就跟你们局领导请示，我等你电话，等你消息。”

“卢书记……”

“当我是书记就快点儿，这边好多事呢，不要浪费时间。”措辞强硬，语气不容置疑。真是心中装着群众，一心一意为群众办好事办实事的好书记。

电话挂断，顿时马屁如潮，争先恐后敬上的一根根香烟堆得像小山。老卢眉飞色舞，又发表了一通要遵纪守法的长篇大论。等了大约十分钟，韩博电话来了。

“报告卢书记，我们局领导尊重您的意见，取保候审，一人交 5000 元保证金，争取一个不抓一个不判。”

“交 5000 元，能不能少点？”

“不行，真不行，卢书记，他们当帮凶，毁了人家一生，触犯法律，影响恶劣，造成很严重的后果。按照《刑法》要判三年有期徒刑的，能争取到取保候审已经很不容易了。”

“既然这样，就取保候审，快点儿给人办，效率高点儿。他们都拖家带口，上有老下有小，不能总关着，影响也不好。”

“是，我马上安排，争取一天办完。”

老卢撂下电话，痛心疾首地说：“听见没有，取保候审，5000 元，一分不能少。早知今日何必当初，这就是不遵纪守法的下场。去办手续吧，把人早点儿保出来，保回去之后好好说说，要引以为戒，不能再干这么愚蠢的事。”

5000 元虽然有点儿多，但至少不用坐牢，何况这是卢书记极力争取到的。涉案人员亲属再次点头称是，千恩万谢，又敬上一堆香烟。

《亲属取保候审申请书》和《保证书》高亚丽全打印好了，填上名字就行。

集市上有个打字复印店，3块钱一张。这跟拘传证、治安管理裁决书不一样，不属于公安文书，本来就应该由亲属出具。打印纸不是天上掉下来的，打印机需要耗材，按打字复印店标准收费。

大钱要花，谁会在乎这点儿小钱，关键是要把人尽快保出来。一切有条不紊进行，没引起特别大的波澜。

安排完工作，让陈猛开摩托车带着材料去局里找领导审核，韩博带上两个联防队员，开7号车赶到柳下派出所。不会又是来抓买媳妇的吧！看见韩博，宁所长头疼不已，接过香烟问："小韩，是不是为顾俊生的事。要传讯你打个电话，我让人通知，安排人送他去。"

"劳驾您送，这怎么好意思。"韩博坐下笑道，"宁所，无事不登三宝殿，今天来有两件事，第一件确实与顾俊生有关。他没强奸，没造成更严重后果，但非法拘禁人家三个多月是不争的事实。我想请您帮帮忙，安排人做做他工作，拿出点儿诚意，看能不能获得受害人谅解。只要受害人不追究，我这边基本上就这样了。"

良庄打拐，动作很大。一下子拘那么多，紧接着奔赴江阳抓捕，听说夜里又抓好几个帮着看被拐卖妇女的人。韩博辖区的人该抓的抓，该拘的拘，真正的严厉打击，必须承认对柳下人还算比较客气，只是把被拐卖的妇女带走了，没抓顾俊生，没让顾俊生吃苦头。

这么一个为立功无所不用其极的人，能做到这一步已经很给面子了，宁所长笑问道："怎么表示诚意，是不是给人点儿赔偿。"

"我认为赔点儿钱比较好。"

"一个月一千，三千怎么样？"

"行，三千就三千，我再做做受害人发工作，尽快把这事了了。"

相比那些买媳妇的良庄人，这是最好的结果，宁所长点点头，又问道："另一件事呢？"

韩博简单介绍了下红旗村鱼塘被盗捕案的新线索，有嫌疑人，知道其下落，这个案子基本上破了一半。鸡毛蒜皮的小案子，又不是在自己辖区发生的，宁所长对这个案子并不关心，关心的是他在侦办这个案子上的态度。换作其他人，直接跑新庵来抓人，根本不会跟地方公安部门打招呼，他严格按规定办事，再小的案子也事先说一声。

人敬我一尺，我敬人一丈。

宁所长起身拉开门，喊道："小郑，手上的事先放一放，陪韩特派去一趟新庵，就是上次让你们留意的良庄鱼塘被偷的事。"

警车太显眼，开派出所的面包车去。同样23岁，人家已经是乡长助理兼公安特派员，听说又兼任思岗公安局的打拐中队长。小郑很羡慕，扶着方向盘套起近乎："韩队，你们思岗有我的一个同学，永阳派出所的李会斌在警校时跟我上下铺。"

江省公安系统就一所警校（市局的那些警校属培训性质），学员一般是从哪儿来分配回哪儿，只有特别优秀的有机会进入省厅或留在江城，更不可能被分到省外。江省很大，江省公安系统不大，在邻县有同学很正常，算起来小任是他学弟。

"永阳派出所不熟，我认识永阳乡组织干事，老单位同事的爱人，有时间我们一起去永阳找他们聚聚。新庵我也有一个同学，分得比较远，去了大西北，不知道春节回不回来。比上不足比下有余，比起分到老少边穷的，我算比较幸运的啦。"

"韩队，你们是本科生，你那位同学再差也差不多哪儿去，就是离家有点儿远。"

"一直忙，没顾上联系，不知道他混得怎么样。确实远啊，几千公里，坐火车几天几夜。"

比上不足的已经是准副科级，那好的会好成什么样，小郑好奇地问："韩队，你们同学中工作分配最好的在什么单位。"

"走仕途的进了省委机要局，胆大的去了南方经济特区，用功的考上研究生，最能闯的出了国。大多数人分配到国有企业，专业对口，搞技术。进入公安系统我是唯一一个，他们不敢相信。”

公安又苦又累，工资待遇又低。每年春节，企业发福利，职工鸡鸭鱼肉往家扛，给老丈人送年礼不用自己掏钱买。公安局不行，柳下派出所在新庵公安局所有基层所队中算不错的，年底一人一袋糖果和一箱水果。

宁所长打听过他的经历，原来在哪个单位，怎么进公安系统的，所里人全知道，小郑惋惜地说：“韩队，你待在你们县丝织总厂多好，农村跟县城是没法比的。”

城乡差距太大。同样正科级，许多干部宁愿在县里当副局长都不愿意到农村当乡长。乡镇派出所民警想往县里调，农村教师想去城里工作，回头想想，自己真挺傻的。

良庄距柳下三公里，柳下距新庵同样三公里。

正聊着，车已不知不觉驶入城区。早上让人打听过，王军生家老二王红兵在磁性材料厂对面的四喜饭店学厨师。小郑本就是新庵人，又在城关派出所实习过，对这一带非常熟悉，轻车熟路开到磁性材料厂门口。

新庵同思岗一样，许多企业的保安来自公安局的保安公司，小郑认识其中一个，低声说了几句，让保安去对面把老板或老板娘不动声色请过来。

饭店不大，一楼大厅，大概四五张桌子，二楼包厢，装修怎么样从外面看不出来。招牌上的电话号码不错，尾号四个 7，似乎开饭店的都喜欢用几个 7 作为订餐电话。

粗略观察了一下，韩博目光最终停留在饭店门口一辆悬挂安乐牌照的摩托车上。良庄人来这比去思岗方便，许多人来新庵买摩托车，在新庵拿驾驶证，挂安乐市牌照，这辆车极可能是王红兵的。

正准备给警务室打电话，让小单问问耳目嫌疑人摩托车上的是什么地方牌照，一个四十多岁穿着比较讲究的妇女，同保安一起快步走过来。

“几位要订餐，去店里说，去店里喝口茶。”全没穿制服，保安可能也是这么跟她说的，她信以为真，竟从外衣口袋里掏出一盒香烟，热情招呼起来。

小郑带上门，出示证件：“老板娘，我们不是来订餐的，我是柳下派出所民警郑玉城，这几位是思岗公安局的同志，我们想找你了解点情况。”

“找我，我一开饭店的，我能知道什么情况。”

“别紧张，跟你没关系，是了解你店里的一个人，良庄乡红旗村的王红兵是不是在你店里学徒。”

老板娘大吃一惊：“公安同志，小王犯事了！”

“没多大事，就是了解一下。”

要是真有问题，这样的人留在店里是祸害，老板娘反应过来，连忙道：“你们问吧，我绝不隐瞒。”

韩博招呼她坐下，掏出纸笔问：“他这会儿在不在店里。”

“在，在后厨配菜。”

“他平时跟谁处得比较好，跟谁走得比较近。”

“我这是小饭店，就一个师傅两个配菜的和一个刷碗的阿姨，小王是春节时见我们招人自己找来的，学得挺快，现在配菜。另一个配菜的是我亲戚，跟我亲戚关系一般，处得不算好。要说跟谁走得比较近，这两个月真有一个小年轻经常来找他，叫什么名字忘了，好像姓赵，对，小赵，在汽车站一带上班。”

“姓赵的小年轻有没有摩托车。”

“有，每次都是开摩托车来，在我店里吃过两次便饭。”

就是他们的干的，八九不离十。韩博接着问：“老板娘，有没有人专门往你店里送鱼。”

“有，东丰路菜市场老杨，卖水产的，专门给周围饭店送水产，他家有电话，要什么打个电话一会儿送到。”

“麻烦你打个电话，请他过来一趟，不要去饭店，直接来这儿。”韩博掏出手机，解开键盘锁，微笑着递给她。

有大哥大的公安，应该是领导，可是领导怎么会如此年轻。老板娘满腹狐疑，忍不住多看了几眼。

开饭店的，八面玲珑，见人说人话，见鬼说鬼话，该怎么说不用教，水产老板同样以为是送鱼，五分钟不到就风风火火骑着一辆旧摩托车到了。

出示证件，直入正题。韩博紧盯着他双眼问：“杨老板，上月底，王红兵有没有卖过鱼给你？”

既没偷又没抢，按批发价从那小子手上批发的，水产老板自然不会隐瞒，点点头：“有这事，鲫鱼草鱼，600 多斤，批过来好几天才卖完。”

“怎么批的？”

“鲫鱼两块四，草鱼两块二，给了他一千二，零头没算。”

“当时几个人？”

“两个，一个小伙子没见过，个挺高，一脸青春痘。”

那小子果然有问题，幸好公安找上门，老板娘脱口而出道：“小赵！韩警官，就是我刚才跟你说的那个小赵。”

证据确凿，嫌犯想赖也赖不掉。警务室一摊事，没那么多时间浪费。韩博起身道：“老板娘，我们去大厅找张桌子坐下，你找个借口把他叫出来。厨房有刀，这样稳妥点。杨老板，你先别急着回去，我抓完人要给你做个笔录。放心，不知者不罪，你事先并不知情，这不算销赃。”

饭店不大，生意不错。中午有三桌，厨房忙得热火朝天。

王红兵把切好的肉丝洗净挤干，打鸡蛋，放淀粉，酱好放到案子上，剁起肉馅虎皮尖椒里需要的碎肉。左手一把刀，右手一把刀，左右开弓，剁出有节奏的马蹄声。

熟能生巧，看上去很投入，心思却不在这儿。工人文化宫边上开一家溜冰场，晚上好多小姑娘。赵辉说好几次，今晚下班一定要去看看。小姑娘其实很好哄，只要有钱。

配菜赚不到几个钱，但可以捞点儿外快，王红兵打心眼里瞧不起那些撬门溜锁的小偷，去人家里偷东西，被人撞上怎么办，就算没被撞上，人一样会报案，公安一样会查。但他花一二十块钱，买两口网多好。找个没人看的鱼塘，一网下去上百斤，鱼在水里，到底丢多少谁知道。搞点儿鱼而已，公安懒得管，既安全，收入又不低。快过年了，没钱不行，过几天叫上赵辉找个鱼塘再去弄点……

正暗自得意，老板娘趴在传菜口喊道：“小王，把手洗一下，出来帮个忙。”

“来了。”又要搬什么东西，王红兵没往别处想，放下菜刀洗手开门。

从传菜口只能看见一张桌子，没必要按原计划坐在桌子边等，韩博和小郑守在门边，他刚走出来，尚未注意到两侧有人，胳膊就被死死攥住了。

“不许动，老实点儿，我们是公安！”

韩博右手抓着他胳膊，左手掐着他脖颈，将整个人死死顶在墙上，小郑很默契地给他戴上手铐。两个联防队员迎上来，仔仔细细检查他身上的物品，摩托车钥匙放一边，腰带抽掉。

王红兵拼命挣扎，嚷嚷道：“你们干什么……”

“我们干什么，王红兵，我姓韩，叫韩博，有没有听说过？要让人不知，除非己莫为，我们来抓你，就说明有足够的证据，都这个时候了还敢嘴硬。”

原来是把顾新贵抓回来开公捕大会的良庄新任公安特派员，对王红兵而言“韩博”这个名字如雷贯耳，顿时吓得魂飞魄散。

韩博回头看看后厨，同联防队员一起将他架到对面磁性材料厂传达室。人家是开饭店的，不能影响人家做生意。

卖水产的杨老板在，赖不掉了。王红兵吓得魂不守舍，问什么回答什么，对偷鱼的事供认不讳。

将嫌犯押上车，给杨老板做完笔录，按照嫌犯的交代，众人马不停蹄赶赴汽车站，抓捕在汽车站修理厂学徒的新庵籍嫌犯赵辉。一听说是公安，赵辉腿软了，束手就擒，对犯罪行为一样供认不讳，抓捕行动顺利得难以置信。

赶到柳下派出所，按惯例将两个嫌犯先交给所里审。审小毛贼这种事不需要宁所长亲自出马，二人坐在所长办公室聊起眼前的打拐。

思岗县领导太厉害了，居然能想到利用良庄打拐这个契机征收计划外生育的社会抚养费，思岗县公安局也能顺水推舟依法创收。或许良庄打拐就是县里布置的任务，让眼前这位在最边远的乡镇放个样，将良庄买媳妇的人一网打尽，以此震慑其他乡镇买媳妇的人。

县里有好处，局里有好处，又能刹住买媳妇的风，一举三得！宁所长越想越有这种可能，正展开丰富联想，韩博手机响了。

“韩乡长，我小勇，耗一上午，终于把桂素兰的嘴撬开了，交代出两个中间人的姓名和联系方式，交代出四个被拐卖妇女的下落！”

“干得漂亮，郝力呢，她有没有交代郝力的情况？”真是好事连连，韩博欣喜若狂。

“交代了，二人是前年在江阳认识的，她从没去过郝力老家，对郝力不是特别了解，只知道他在老家西川省会山市，在老家有个媳妇，具体家庭住址不知道，哪个县都不知道，从来没见过郝力身份证。”

“我向局领导汇报，请局里给会山几个县局发协查函，看能不能搞清其身份。”

安小勇同样激动，兴高采烈说：“韩乡长，我这边基本上完事了，中午把材料给预审科。交接完之后是回警务室，还是在局里等你，一起去解救另外四名妇女。”

“我先汇报，等我电话。”

“是。”

刑警大队只能领导有名无实的打拐中队，管不到良庄警务室，这么大事自然要跟“联系”自己的领导汇报。

吉主任听完汇报很高兴，笑道：“小韩，你不打电话，我一样要给你打。市局有回音了，市局王副局长指示南州、东港和南岗公安局协助我们解救。现在掌握另外两个嫌犯和受害人下落，行动起来会更顺利。你是打拐队长，案子是你办的，你带人去，电视台同志跟你一起去，把整个解救过程拍下来。”

“电视台去？”

“宣传工作很重要，这是政治任务，这是配合县里的专项行动。”县里的打拐是打算“不战而屈人之兵”，说白了就是吓唬那些买媳妇的。

采访打拐中队的行动，回来放一下，告诉他们，打拐队其他地方买媳妇的都抓，更不用说自己辖区内的。只是暂时腾不出手，等打击完人贩子、解救出该团伙拐卖到南港各县的妇女，就要杀回来清理思岗各乡镇的问题，能够起到一定威慑作用。

韩博明白过来，想了想又苦笑道：“吉主任，我这边有几十个前几天解救出来的妇女，有几十个涉嫌非法拘禁的人要传讯，要给他们办取保候审，刚刚又抓获两个涉嫌盗窃的嫌犯，警力太紧张，实在抽不出人。”

有几十个人要传讯，要给他们办取保候审，这是一二十万取保候审保证金！

局里缺什么，局里最缺的是经费。解救被拐卖的妇女重要，按照县里指示去拍一段录像回来和依法创收一样重要。

依法创收工作不能耽误，吉主任权衡了一番，斩钉截铁说：“抽不出人没关系，你来就行，我给高长兴打电话，让巡警队配合。”

回到警务室，把嫌犯关进羁押室。又抓回两个，从新庵抓回来的。

早上传讯的涉案人员，紧随而至的涉案人员亲属，正在办理取保候审手续的涉案人员亲属，看在眼里急在心里，一个个坐立不安，感觉这里跟“白公馆”“渣滓洞”差不多，是全良庄最恐怖最可怕的地方。

吃一堑长一智，出去解救妇女一定要带上两个女同志。王燕要主持警务室工作，高亚丽也不能离开户籍服务台。

韩博不管别人怎么想，他直接跑上二楼办公室给蚕桑指导站打电话，向“打拐办主任”兼打拐工作组实际负责人周正发求援。即将解救的不是被拐卖到本乡的妇女，这种事应该归县里管。周正发不是很积极，在电话里推脱道：“韩特派，工作组的女同志全是从各单位临时抽调的，大多是良中良小教师。人家上完课过来，快上课赶紧回去，忙里偷闲在老党校帮帮忙没关系，出远门比较困难，会影响本职工作的。”

良庄重视教育，每到小升初考试、中考和高考，乡里都会当成同征兵一样的头等大事。教学质量也不错，良中升学率在全县初级中学中排前列。其他乡镇乃至县里一些望子成龙、望女成凤的家长，甚至找关系把孩子送过来借读。十年树木百年树人，教书育人的工作不能耽误，关键工作组里不光有教师。

他跟老卢一样，地方保护主义，只扫自己门前雪，不管他人瓦上霜。对他只能“以利诱之”，韩博示意刚走进办公室的小单等等，抓住电话笑道：“周主任，这次行动跟去江阳抓捕不一样。市局协调，电视台全程采访，不光能上思岗新闻，或许能上南港新闻。这个机会可不多，完全可以借这次解救行动，把我们良庄打拐办、打拐志愿者的名气打出去。”

“电视台采访？”

“骗你做什么，我们吉主任因为这件事亲自给我打电话。”

能露脸就不一样了，良庄这些年成绩不少，可是一直得不到宣传，周正发一下子来了精神：“能上电视啊，你等等，我向卢书记汇报。不就是去几个人吗，想想办法，应该没什么问题。”

老单位领导没说错，不能跟老卢及老卢信任的乡干部顶着干，必须采用迂回战略。韩博感觉很是好笑，放下电话问：“小单，是不是那俩小子的事。”

人贩子的案子安小勇负责，红旗村鱼塘盗捕案小单要负责到底，当然要来请示一下该如何处罚。他苦笑着问：“韩乡长，现在基本可确定他们是初犯，没其他犯罪行为，案值不大，这个尺度怎么把握。”

要是落前任公安特派员李顺承手里，直接申请劳教，不会有二话。如果在严打期间，移送检察院起诉，判他们两三年。仔细想想，基层民警的权力真不小。是批评教育让其赔偿再罚点儿款放人，是拘留，还是劳教，办案民警态度往往能起决定性作用。

但一念之间，对别人却是一辈子的事。韩博沉思了片刻，一边收拾东西准备出发，一边说：“你先审，等他们父母到了好好谈谈。如果嫌疑人认罪态度较好，他们的父母愿意赔偿损失，同时积极配合我们规劝，就按《治安管理处罚条例》处罚，拘 15 天，罚点儿款，批评教育放人。”

“韩科长，按治安管理处罚条例，偷窃、骗取、抢夺少量公私财物的，只能单处或者并处二百元以下罚款，要不也让他们办取保候审。”

为这个案子跑断腿，这么高高举起轻轻放下，小单感觉太轻。他们跟那些帮人看媳妇的不一样，没造成特别严重后果。依法创收重要，但不能为创收而创收，不然以后一个个无心办案，只知道搞罚款。不过只拘留 15 天，罚两百，让他们赔偿，确实太轻。不给他们点儿教训，极可能会从初犯变成惯犯。

韩博沉吟道：“按规定作案用的交通工具要罚没，两辆摩托车值不少钱，车被罚没，他们应该能吸取点儿教训。”

“好的，我知道该怎么办了。”

送走小单，在办公室等五六分钟，周正发电话到了。老卢指示他和乡妇联许主席，同乡卫生院的一个女医生和良中的一个女教师参与解救行动。要求医生带上出诊用的医疗箱，要求准备多点饼干矿泉水。要让市公安局领导和电视台记者感受到良庄乡党委政府对公安工作的支持，对打拐及保护妇女儿童合法权益工作的重视。

要两位女同志，来四位。越野车被武装部长牛青山征用了，只能开7号车去局里。先去乡政府接上周正发、许主席，再去良中和卫生院接人。

老卢每次去县里办事，看见有人站在丁字路口等中巴，不管认不认识总会喊一下，让人家搭顺风车去思岗。如果人多，紧年纪大的和带小孩的上车，人少挤挤一车带走。反正他坐副驾驶，后排不管怎么挤也挤不到他。

久而久之，形成一个习惯。焦乡长、马主席、崔副书记、张副乡长等乡领导，只要用建筑站或建材机械厂的车去县里办事，只要车上能坐下，都会顺路带上几个老百姓。举手之劳，又不用自己掏一分钱，所带来的正面影响却是巨大的。

良庄人经常跟丁湖亲戚吹牛，我们良庄干部多么多么好，上个月我是坐卢书记车去县里的，他一直把我送到百货大楼，你们丁湖搞成现在这样就是干部不行，不光腐败而且脱离群众。

入乡随俗，作为乡长助理不能搞特殊化。韩博开到丁字路口停车，摇下车窗朝站在水果摊边的几个人喊道："同志们，有没有人顺路去思岗的，三个空位置，去赶快上。"

警车，不是乡里的轿车，几个提着行李的人犹豫不决。周正发摇下车窗催促道："老蒋，云云，韩特派喊你们呢，走不走，再不走等会儿一个人要花六块钱的车票。"

不怕得罪人，不等于喜欢得罪人。这种能改善警民关系，能缓和干群矛盾的事为什么不做。韩博干脆开门下车，帮一个四十多岁的男同志提起行李，微笑着招呼道："公安也是人，公安不吃人，上车吧，能省一块是一块。"

叫云云的小丫头胆子大，扑哧一笑道："韩特派，周主任，我要坐前面！"

"你个死丫头，要求还挺高，坐前面就坐前面，不过要系安全带。"周正发不光知道她名字，看样子还比较熟，竟然真爬到后排把副驾驶让给她。

全乡最可怕的人看来没那么可怕，行李被提上的中年人反应过来，急忙道："韩特派，不好意思，麻烦你了。"

"顺路，不麻烦。"

“轿车坐过，警车头一次坐，韩特派，今天沾你光。”

“不是沾光，是应该的。看见那个牌子没有，人民警察为人民，我们公安民警就应该为人民服务，再说你们交过治安联防费，你们是我们的衣食父母。”

“谢谢周主任，谢谢韩特派。”小丫头十七八岁，白皙的皮肤，大大的眼睛，秀气的鼻子，梳着一马尾辫，上身一件鹅黄色毛衣，下身一条黑色紧身踏脚裤，脚上一双耐克鞋，背着个小包，极具青春气息。她解下包，爬上副驾驶，乖巧地打起招呼：“许阿姨好，吴医生好，陈老师好。对不起，我晕车，我只能坐前面。”

谁家丫头，认识人挺多，韩博有些好奇，不禁多看了几眼。周正发扶着驾驶座椅靠背，解释道：“韩特派，不认识吧，介绍一下，富嫂家的千金，乡里最漂亮最懂事最出息的丫头，下半年刚考上中师，再过两年就参加工作，就能赚钱了。”

难怪都认识，落落大方，原来是富嫂酒家的“小老板”。

车上有个古灵精怪的丫头，妇联许主席和卫生院吴医生总拿她开玩笑，一路多了许多笑声。

四十五公里，一会儿就到了。把搭顺风车的人送到他们想去的地方，赶到局里正好是饭点。周正发和妇联许主席没袁副书记的待遇，没人请他们去对面金盾宾馆，韩博让等候已久的安小勇带他俩及另外两位“打拐志愿者”一起去食堂吃便饭，自己则捧着一个盒子跑上二楼。

“小韩，到了，有没有吃饭？”

吉主任正在看材料，头一次见他戴老花镜，看上去有点儿怪。

“没呢，等会去。”

韩博放下包装盒，半开玩笑地说：“吉主任，我是来给您行贿的，这会人儿少，等会儿人多，被看见影响不好。”

吉主任被逗乐了，摘下眼镜调侃道：“行贿应该送我家去，送办公室，你让我下班怎么往家带。”

“我忘了问您家住哪儿，我错了，我检讨。”韩博打开盒子，取出摄像机，掰开液晶显示屏，摁下电源键，打开卡仓，装进一盒小磁带，一边拍摄一边不无得意地说："吉主任，喜欢吧，有了它政治处的宣传工作就能上一个新台阶。开大会，拍摄下来。搞活动，拍摄下来。有重要行动，把行动过程拍摄下来。上级来检查工作，不用看材料听汇报，直接看录像，能很直观地看到我们思岗县公安局的成绩。"

"哎呀，真是好东西！"吉主任小心翼翼接过摄像机，喜形于色地问："小韩，这东西要花不少钱吧，从哪儿搞的。"

"这段时间警务室案子不是挺多吗，我琢磨着审讯嫌疑人时边上架个摄像机，显得很正式很正规，能够起到一定威慑作用。就给老单位领导打电话，打算借宣传科的那台用几天。结果宣传科那台没借到，丁书记和李工倒把他们去日本考察时买的两台借给我了。

"在日本这就是家用电器，比国内便宜，当时花八千多，在国内要一万多。他们看着新鲜好奇，脑袋一热买的，买回来发现没什么用，侯厂长做主让卖给我，一台六千元，两台一万二。警务室只需要一台，这一台您用，就当我们警务室支持政治处的工作。"

单位要搞建设，部门同样要搞建设。那么多基层所队，谁能想到给政治处送点儿有用的东西。

日本的电子产品确实不错，并且正如他所说，有这东西政治处的宣传工作真能上一个新台阶。崭新的，几乎没怎么用过，吉主任爱不释手。

"小韩，这个贿行的好，这个贿我喜欢，政委肯定也喜欢，却之不恭了。哎呀，听说大城市的人结婚也摄像，以后有干警结婚我安排人去拍拍，帮他们拍下来作留念，这也是一种关心，有利于队伍建设。"

警务室工作离不开乡里支持，更离不开局里支持。花六千块钱"行贿"，给局领导留个好印象，以后工作会更好开展。更重要的是，万一四个部下明年考不上公务员，编制问题只能找局里解决。

近水楼台先得月，"联系"自己的领导是政治处主任，在人事和编制问题上的发言权仅次于局长和政委，主任的话比其他局党委成员管用多了。

吉主任高兴，他高兴韩博更高兴。教会他怎么用，告诉他小磁带可以找县电视台的人帮忙转录成大磁带或刻录成光盘，便高高兴兴去食堂吃饭。

下午一点，电视台的同志如约而至。

要上电视的，采访从出发前就开始，参加行动的人在警车前列队，张局亲自下楼布置任务，韩博代表解救分队保证完成任务。随着张局一声令下，参战人员上车，打开警灯，拉响警笛，气势汹汹，浩浩荡荡驶出公安局大院。

巡警队总共来八个人，高长兴带队。他们有一辆面包车，要留在单位待命，参与解救行动的一辆依维柯警车和一辆 O 牌桑塔纳是局里的。

刚才有领导，不方便叙旧，不能开玩笑。车队一出城，高长兴就让驾驶员把警车开到前面，打转向灯停到路边，跑下来爬上 7 号车。

“老领导，你这几天连续作战，一定很累，别疲劳驾驶，我来开吧。”

是挺累的，韩博爬到后排，笑骂道：“无事献殷勤，非奸即盗。”

上次去良庄抓收茧贩子时见过乡干部，高长兴接过方向盘，看着后视镜笑道：“周主任在这儿呢，别说这么难听，给我留点儿面子好不好。”

巡警队是经费最紧张的一个单位，只有现场处置权，没案件管辖权，更不用说治安管理辖区。这么一个单位，局里居然下达依法创收任务。

如果在大城市，晚上去住宅区转转，或许能抓几个赌。可思岗是一个偏僻的小县城，经济不发达，交警天天待路上都罚不到几个款，哪有多少人去赌去嫖。

巡警不巡，不是他们不想巡，是根本没时间巡。平时留几个人和一辆车值班，负责 110 出警，其他人专门干局里安排的各种杂事。

刑警队人手不够叫他们去蹲点布控，治安大队摸排要他们去帮忙，交警队查车忙不过来要他们去帮着布口袋阵。

哪个乡镇开不出工资，教师和退休人员跑县里来上访，要去县政府门口维持秩序，要打不还手骂不还口；时不时还要协助烟草公司查走私烟，协助税务局查偷税漏税，协助工商局查假冒伪劣产品，或同文化部门一起扫黄打非。

活儿不少，好处没有，有时候去帮忙连顿饭都混不上，在局里地位连保安公司都不如。正因为如此，去年搞公开竞聘，有竞聘资格的正式民警没人愿意竞聘巡警队长。

去良庄协助打击非法经营的收茧贩子尝到甜头，韩博岂能不知道他打什么主意，摇头笑道："高队，打拐是赔钱的买卖，你别开口，开口也没用。"

高长兴扶着方向盘，跟上前面的依维柯，一脸谄笑着说："老领导，您财大气粗，可怜可怜我们这些老部下吧。我不狮子大开口，你看着给我们发点儿加班费。"

"又不是我要你们来的，谁让你们来找谁去。"

"在食堂我问过张局，他说打拐行动归打拐中队管，行动产生的费用找打拐中队报销。"

张局够狠，居然以打拐行动由打拐中队负责为由敷衍高长兴。

明知道"老领导"被坑了，高长兴仍振振有词："什么事找什么部门有这个先例，不是先例是惯例。比如上半年严打，破大案抓逃犯。基层所队经费紧张，没那么多钱跨省追捕逃犯。为完成上级下达的打击任务，局里统一部署，追逃经费全去刑警大队报销。"

"高长兴，你真拿着鸡毛当令箭。"

韩博彻底服了，咬牙切齿地说："就算有先例有惯例，人家那是大队，大队长是局党委成员，是局领导。并且经费是局里出的，只是走刑警大队的账，由刑警大队审核，最后由大队统一报销。我是中队，还有名无实，就一个正式民警和一块牌子。经费说是给三万，那三万是我拉的赞助，且空口说白话到现在一分没看见。"

打拐中队经费紧张，巡警队经费更紧张，高长兴快被经费逼疯了，顾不上那么多，苦笑道："韩乡长、韩特派、韩队、韩科长，那是你们领导之间的事，再说我没多要。"

周正发知道他俩关系，不禁打趣道："高队长，你们巡警队太牛了，收出警费收到我良庄警务室头上。"

"让周主任见笑了，是辛苦费，跑腿费，出警费我哪敢收，不想混了？"

受理报警，及时出警，是公安机关的义务，老百姓不需要交出警费。前几年为解决经费，一些基层所队竟然管老百姓收。报警要交钱，穷人就报不起警了，这是非常不公平也是很荒谬的事情。老百姓怨声载道，严重影响公安形象。

张局不是公安出身，也是半路出家。曾在南港市的一个区担任过镇党委书记，后调任区委办副主任，然后才调入公安系统，被任命为思岗县县长助理兼公安局代局长。可能在乡镇担任过党委书记，了解老百姓的疾苦。也可能处理过与出警费有关的上访，一上任就严令禁止再收取出警费或办案费。有一个派出所顶风违规，所长和指导员同时被撤，一个调到看守所当管教民警，一个调到交警队当普通交警。

紧接着又处理了几个知法犯法的民警，把一个刑警中队长送进监狱。他虽然不是公安出身，但担任公安局长这几年，确确实实做过许多事，队伍管理越来越严，警风警纪比之前好很多。除了协助工商和丝绸公司截堵蚕茧外流，思岗公安极少参与其他非警务活动。

高长兴在公安局干六七年，经历过张局新官上任时的三把火，所以有此一说。他不能管老百姓收，不等于不能管兄弟部门收。巡警队不仅困难，有一半人还是丝织总厂时的老部下，吴永亮和小颜就坐在前面的警车上，他们兴冲冲跑过来给帮忙，不能没点儿表示。

辛苦费，没问题。

思岗距南岗县不到三十公里，不知不觉就到了。市局领导打过招呼，张局打过电话，南岗县公安局苏局长正好在家，坐在办公室等。

其他人留在院里，电视台记者上去也不合适，让他们先休息一下，韩博带上案件材料随值班民警上楼。

“成立专案组了？”

苏局长四十多岁，看上去比张局年轻一些，看了几眼材料，听完汇报，淡淡地问了一句。古井不波，看不出是高兴还是不高兴。

“是的。”

韩博从包里翻出一份通知，低声解释道：“根据上级相关规定，对《决定》公布以后发生的拐卖妇女、儿童案件，要作为重大案件立案侦查，其中一次拐卖妇女、儿童三人以上的和具有《决定》第一条第三、四、五、六项情节的案件，要立为特大案件，落实专案人员，加强侦察措施，力争尽快破获。”

规定是规定，要是什么规定都能得到落实，会有那么多人买媳妇吗。接到市局通知，就让法制科研究相应法律法规。不研究不知道，一研究吓一跳。上级明文规定“不管是一道贩子，还是二、三道贩子或者是中转、接送受害妇女、儿童的犯罪分子，都要及时查清其罪行，依法惩处”。

换言之，中间人跑不掉了，同案犯，他们肯定要抓。解救一个被拐卖过来的妇女，抓一个中间人也就罢了。由于妇女拐卖过来时间不长，侧面调查发现刚怀孕还没生，人在这儿，心不在这儿，也就是说买她的人涉嫌强奸，搞不好要判好几年。

法不责众，其他买媳妇的怎么办。把人都抓走，他们怎么办！之前协助过拐出地公安局解救，但主要是以解救为主。同样是拐入地公安局，想到有可能因此带来的连锁反应，苏局长头疼不已，面无表情问：“韩博同志，买媳妇的非要抓？”

局里不愿意找他们，直接向市局汇报，请市局协调就是担心这个。韩博知道他为难，可法律就是法律，并且县里需要抓几个外地买媳妇的回去震慑一下，在这个问题上不能妥协。

深吸一口气，一脸歉意地说：“苏局，真对不起，该犯罪团伙拐卖妇女超过十人，属特大案件，已上报省厅，已联系过西南几个省份的打拐办。上级对这个案子很关注，我们只能硬着头皮彻查，我们县委县政府甚至因此组织公检法司、妇联、计生和民政等部门，在全县范围内联合开展打击拐卖妇女儿童犯罪的专项行动。

“政法委郭书记亲自兼任专项行动总指挥，各乡镇成立工作组，声势浩大。截至我们出发前，已抓捕三十多个买媳妇的，已传讯二十多个参与囚禁妇女，涉嫌非法拘禁的涉案人员。”

事已至此，只能敷衍那个买媳妇的人亲属，要怨只能怨他运气不好，稀里糊涂撞到一个大案要案上。人是思岗公安局抓的，要找要闹去思岗。苏局长打定主意，拿起电话道：“好吧，我安排人带你们去，兵分两路，同时抓捕，动作快点儿，别拖泥带水。”

第十九章·重心转移

买媳妇这种事几乎公开化，只要上级重视，只要公安想管，很容易查。南岗县公安局按照市局领导要求，根据思岗县公安局提供的大概情况，秘密摸排出来的人，与桂素兰上午交代的完全吻合。

张桂山，三十四岁，家在大东镇禾庄村。瓦工，有手艺，不是那种好吃懒做的人。兄弟三个，他排行老三，大哥务农，二哥在镇上开批发部，虽然已经分家，两个哥哥对他这个弟弟很照顾，盖楼房时一人出过三千元。父母健在，同他一起过，经济条件不算差。由于患有白癜风，脸上有一大块很恐怖很瘆人的斑，一直没找到媳妇，于是通过中间人买。

市局打过招呼，没人敢通风报信。大东镇派出所民警带着几个联防队员，上依维柯警车，一直把解救分队领到距张桂山家一公里左右的桥口。车开不进去，只能步行。

农忙刚刚结束，一些村民无所事事，聚集在桥口的小店门口玩牌，看见来好多穿警服的，急忙收起钱，生怕被抓赌。派出所民警指了指他们，什么没说，带着众人从门口穿过。

来这么多公安，还有扛摄像机的电视台记者，出什么事了，村民们七嘴八舌地跟在后面看热闹。走过两座小桥，快到一栋楼房门口时，一个脸上有白斑的男人推着自行车迎面而来。

体貌特征太明显，韩博厉喝道：“张桂山！”

张桂山一愣，小颜同两个巡警已冲上来抓住他双臂，接过自行车。

“干什么？”他倒不是很害怕，白得有些怕人的脸上流露出茫然的神情。

派出所民警上前道：“张桂山，这几位是思岗县公安局的同志，来找你了解点儿情况，先回家，回家再说。”

“思岗公安局，公安同志，我没去过思岗。”

派出所民警有些同情他，只是在摄像机镜头前不太好流露出来，干脆转过身，严肃警告道：“公安办案，有什么好看的。该干什么干什么去，别在这儿妨碍公务。”

“公安同志，我家就在这儿，我回家，不妨碍你们。”

“桂山多老实一个人，他能有什么事？”

……

看热闹的村民议论纷纷，有的找借口不走，有的给张桂山打抱不平。

有派出所的人在，韩博没什么好担心的，回头看了一眼，带着周政发、许主席、吴医生和陈老师快步走进涉案人员家，电视台记者和摄像师小跑着跟上来。

客厅没人，东房放一堆农具同样没人，西房一看便知道是老人的房间，沿楼梯冲上二楼，只见一个六十岁左右的老妇女，正坐在房间门口做小孩穿的衣服。

“你们，你们做什么，桂山……”

一下子上来这么多人，老妇女吓坏了，韩博推开门，确认一个十八九岁的女孩坐在床边看电视，终于松了口气。

“别怕，我是思岗县公安局民警韩博，我们是来救你的。”

女孩目光呆滞，傻傻地坐在床边一动不动。

许主席、吴医生和陈老师跟进房间，掏出帮沈秋艳在老党校拍的照片，搂着她慢声细语地劝慰道：“孩子，别怕，你安全了。沈秋艳认识吧，她已经脱险了，过两天送她回家。”

过去三个多月，像是一场噩梦。整天跟囚犯似的被关在这儿，眼泪都哭干了。女孩缓过神，看看好朋友的照片，再看看韩博的警察证，“哇”的一声痛哭起来。

吴医生打开医疗箱，掏出听筒帮她检查身体。许主席帮她收拾衣服，陈老师在旁边轻声安慰，场面好感人，电视台的女记者跟着流泪。

吴医生低声问：“多长时间没来月经了？”

“一个多月，肯定怀上了，我不想结婚，不想嫁给他，不要孩子。他强迫的，他打我。”女孩梨花带雨，伤心欲绝。

老太太在门口大吵大闹，派出所民警没办法，干脆把她关进楼上东房，让一个联防队员看着。

不是每个被拐卖的妇女都有沈秋艳那样的好运，不是每个买媳妇的人都像顾俊生一样良心未泯，韩博摸了摸下巴，侧身道："许主席，这里交给你了，收拾好再下楼。"

"你去忙，我们马上好。"

刚跑下二楼，对讲机里传来高长兴的声音："韩队韩队，嫌犯已落网，抓捕行动顺利，请指示。"

"把人先带派出所，我们马上到。"

"是。"

中间人落网，南岗县的行动基本上成功了，仍有三名妇女需要解救，没时间浪费。

韩博先向张桂山出示证件，紧接着从包里掏出一份拘留证，冷冷地说："张桂山，我是思岗县公安局民警韩博，你因涉嫌收买、囚禁、强奸被拐卖妇女已被我公安机关立案侦查。根据《中华人民共和国刑事诉讼法》第六十一条之规定，我思岗县公安局将依法对你执行拘留，这是拘留证，签字摁手印！"

"公安同志，我不是强奸，她是我媳妇。"

"你媳妇，有结婚证吗？告诉你，别说人家没打算跟你结婚，就算有结婚证，发生性关系一样要建立在双方自愿的基础上，否则就是强奸。老实点儿，别狡辩了，签字。"

买个媳妇过日子居然要拘留，张桂山急了，声嘶力竭地嚷嚷道："她是我花钱买的，买媳妇的人多了，那么多人不抓，凭什么抓我？"

"我们的政策是坦白从宽，抗拒从严！张桂山，我警告你，再大呼小叫，再不配合，就要对你从重！"韩博啪一声猛拍桌子，声色俱厉。

张桂山被吓住了，但依然不在拘留证上签字，不摁手印。

记者下来了，正在拍摄，不能在镜头前动手。

老太太在楼上撒泼，声音越来越高，动静越来越大，安小勇眼前一亮，背对着摄像机镜头说："张桂山，祸不及父母，你要是再不配合，我们就要追究你父母的刑事责任。他们涉嫌非法拘禁，造成极其严重的后果，按规定要判三年有期徒刑，要我们抓一个还是抓三个，你自己好好想想。”

思岗公安局一下子来这么多警察，有记者跟着，看来是躲不过去了。不能让六十多岁的父母坐牢，张桂山不敢再嚷嚷，接过笔，老老实实在拘留证上签字画押。

押上两个嫌犯，带上刚解救出来的女孩，马不停蹄赶到东港县。打着特大案件专案组的幌子，吹着上级很重视很关注的牛，嫌犯和受害人在车上，同行的有地方政府特别设立的打拐办主任，有打拐志愿者，有妇联和电视台的同志，市局领导又确确实实打过招呼。本来多少有些不情愿的东港县局领导看这架势，只能硬着头皮协助。

晚上 7 点 36 分，第二个被拐卖过来的女孩顺利解救出来。情况与第一个女孩差不多，至少怀孕一个月。她性子比较刚烈，一直没放弃逃跑，由于被看得比较紧，逃一次被抓回一次，被虐待一次，身上伤痕累累，不仅要抓买她、强奸她的人，参与囚禁和虐待的“嫂子”一样要抓。

没拘留证有空白拘传证，填上名字，先带回去，拘留手续回思岗再办。

依维柯警车上有四个嫌犯，7 号车上有两个解救出来的女孩，南州市局（县级市）的工作更好做，局领导上车看看，当即表示全力协助，组织力量协助“专案组”连夜分头解救及抓捕。

凌晨 2 点 23 分，中间人和收买妇女的两名嫌犯顺利落网，同沈秋艳一批被拐卖过来的女孩至此全部脱险。

晚饭没顾上吃，他们都饥肠辘辘的。好在车上有饼干矿泉水，垫一下肚子。回到思岗已将近 4 点，将嫌犯送看守所，安小勇留下。案子越办越大，嫌犯越来越多，他熟悉情况，他要负责到底，一时半会儿回不了警务室。

解救出来的女孩请局里司机直接送到良庄老党校，周正发、许主席、吴医生和许老师一起回去，不用担心大半夜没人帮着安置。

多少天没回家，韩博干脆开 7 号车回丝织总厂小区休息。说是休息，其实只睡两个多小时，早晨一上班就赶到局里汇报。

按规定，拐卖妇女儿童十人以上属特大案件。不过规定是1991年的，既没死人又没造成特别巨大的经济损失，而且买媳妇这种情况虽算不上普遍但绝不会少，在一些人看来算不上什么大案要案。比如闽省，有一个村的媳妇全靠买的，多少地方的公安部门去解救过，牵扯太广，顾忌太多，问题始终没得到解决。

良庄打拐打到现在这一步，张局长感觉很意外。

快过年了，各乡镇财政紧张，不想点儿办法这个年过不安生，他稀里糊涂送上一个解决办法，县领导眼前一亮，下定决心打拐。别人打拐打出一堆麻烦，他打拐竟打出成绩。

不得不承认两眼全是血丝的小伙子是一员福将，运气好得令人惊叹。从这件事上同样能总结出许多问题，张局长一边招呼他坐下，一边同袁政委、分管治安的石副局长及吉主任说："各位，我发现我们之前太保守，遇到一些事，前怕狼后怕虎，动不动拿'稳定压倒一切'当借口。打击非法经营的收茧贩子如此，打击拐卖妇女儿童的犯罪行为同样如此。事实上呢，只要能获得党委政府支持，只要组织得当，严格按法律法规办事，天塌不下来。"

天是塌不下来，关键要先获得党委政府支持。要是没老卢撑腰，没老卢帮着擦屁股，不管打击收茧贩子还是打拐都不可能如此顺利。

局长已经定了调子，这些话只能放在心里，小伙子辛苦帮局里出成绩，不能泼冷水，必须鼓励。袁政委点上香烟，感叹道："是啊，回头想想我们现在最缺的就是冲劲儿闯劲儿，或者说最缺小韩这样有责任心、敢打敢拼敢啃硬骨头的同志。"

"张局，政委，您二位别表扬了，我是来汇报工作的。"

不骄不躁，难怪侯副市长那么器重，张局长微笑着点点头："好吧，先汇报，刚打一场攻坚战，很累，汇报完赶紧回去休息，好好睡一觉。"

"是！"

韩博起身立正敬礼，旋即坐下来掏出一叠材料，简明扼要汇报案情。

"……以招工名义从西川省拐卖至新庵及我南港市的六名妇女已全部解救出来，根据嫌犯桂素兰的交代，过去两年里，该团伙还向海港市几个区县拐卖过七名妇女，其中四名精神有问题，一名是因家庭矛盾离家出走的，两名是利用外地盲流在江阳绑架的落单妇女。

“对四名精神有问题的，如果没遭到收买她们的人虐待，我打算以取证为主。对另外三名妇女能解救则解救，若她们有了孩子舍不得走只能取证。总之，救比打重要，先解救，再固定证据，然后筹集经费组织力量追捕该团伙主犯郝力，以及其在西川省的其他同伙。”

以前县里对打拐不是很支持，担心影响社会稳定，没钱打也不敢打。现在县里搞声势浩大的打拐专项行动，能够想象到行动结束之后的未来三五年内，全县二十六个乡镇没人敢再买媳妇。这是成绩，思岗县公安局的成绩。

全省那么多县，哪个能像思岗一样做到，哪个公安局跟思岗公安局一样设有专门的打拐中队？小伙子憋着一股劲要追查到底，这是好事。提供打拐经费比较困难，其他方面可以支持，必须支持。

张局长抬头道：“小韩，鉴于良庄警务室警力紧张，离看守所又比较远，来回不太方便，后续工作这一块可以交给刑警队，我安排专人接手。需要给哪个兄弟公安局发协查函，需要办理哪些手续，局里对你们打拐中队也特事特办……”

领导对打拐不可谓不重视，唯独没提经费。正准备问问良庄警务室的治安罚款能不能全额返还，张局长接着道：“各乡镇打拐工作刚刚开始，基层派出所是主力，接下来可能会收集到一些与人贩子有关的线索。这些线索全移交给你们打拐中队。小韩，全县的打拐案件管辖权移交给你，这是局里对你们的信任，要做好打硬仗，打持久战的心理准备。”

县里要树立打拐典型，局里更要树立。已经解救出那么多妇女，抓获那么多犯罪嫌疑人，立功受奖是板上钉钉的事。

有了线索，不等于立刻去查，有多少经费办多少事，全国一样。成立打拐中队，把线索移交给打拐中队，主要表明局里对打拐工作的重视。吉主任正在整事迹材料，生怕“得意部下”叫苦叫难，提醒道：“小韩，维护辖区治安跟打拐同样重要，轻重缓急自己把握。局里对你们打拐中队，对你们良庄警务室，不下达依法创收任务，也不下达打击任务。事实上就算下达对你们来说也不困难，依法创收放一边，光打击这一块，你们已经走在所有基层所队的前头。”

打一次拐，抓那么多嫌犯，现在基本可以确定至少有十人要判刑。走完所有程序，缓刑、拘役和拘留的不下三十个，打击任务的硬指标对良庄警务室真算不上什么。局领导态度明确，其他好谈，要钱没有。县里不给局里经费，基本工资都给不全，他们也不容易。

韩博打消了治安罚款全额返还的念头，退而求其次，愁眉苦脸地说："张局、政委、石局、吉主任，别的我什么都不要，只要一个政法专项编制，打拐中队就我一个正式民警太不方便。去北河抓逃犯，要是卢书记没帮着找关系，要是兄弟公安部门同志公事公办，别说不一定能查清顾新贵下落，就算能查清，能成功抓获，人家也不会让我把顾新贵押解回来，手续不全啊！

"昨天的解救行动同样如此，拘留证上写着我和王解放的名字，出示证件的就我一个人，要是人家问王解放呢，把证件亮出来，我怎么办，没法解释。不管去哪儿，不管办什么案，全要两名正式民警，总这么下去不行，迟早会闹出笑话，迟早会被人灰头土脸赶回来。"

上级有明文规定，公安机关在执行一些诸如异地抓捕等任务时，必须要有两名正式民警。这个要求不算过分，可以说合情合理，问题是编制太紧张，张局若有所思，袁政委看着窗外假装没听见，石副局长再次捧起案件材料。

"联系"的部下昨天刚"行过贿"，不能让人失望而归。吉主任想了想，提议道："张局、政委，形势发生巨大变化，再由事业编民警担任打拐中队指导员不太合适，要不把归家豪同志调良庄去，担任打拐中队指导员兼警务室副主任，协助小韩工作。"

局领导一个比一个忙，说完事，散会。刑警大队副大队长王解放兼任"11.26"专案组副组长，接手后续工作，安小勇没必要再待在看守所，接了他一起回良庄。

他们先到老党校，探望昨天下午和夜里解救出来的女孩。周正发也熬了好几天，回家休息去了，妇联许主席、良东村妇女主任和联防队副队长米金龙在这儿值班。

有吃有喝有电视看，能在朱站长办公室接到老家的电话，乡领导时不时来慰问，建筑站早上还送来好几筐水果，安抚工作无可挑剔，整个"被拐卖妇女之家"。

“她们老家的经济条件不好，到现在只有王小菊的家人打算过来接。周主任安排好了，过几天放假我们送，车票请建筑站帮着买，东海和江城有工程队，他们去买很方便。”

“章兰和陈小娟她们舍不得孩子舍不得走，老家亲属基本上能谅解，这边亲属表示会好好待她们，担心被关在看守所里的男人，不放心家里，求我们高抬贵手放她们男人一马，求我们让她们回去。几个怀孕的一个比一个急，不想肚子里怀个孩子回家，什么时候打，去哪儿打，就等你回来做主……”

做妇女工作妇联主席有优势，许主席事无巨细，介绍这边的情况。韩博举手朝朱站长打了个招呼，低声道：“送人的事周主任安排，想回这边家的只要把这边亲属工作做好，随时可以带孩子回去。打胎涉及遭受强奸的取证问题，在乡卫生院不太合适，我跟局里汇报一下，安排个时间送她们去县人民医院做手术。”

“行，我等你消息。”

说完正事，同安小勇一起走出大门，米金龙不声不响跟了上来，扶着车门说：“韩乡长，顾新贵的媳妇和俩孩子到了，昨天下午到的，上午来过警务室，这会儿应该在顾二成家。”

“没什么文化，带着俩孩子千里迢迢找到这儿真不容易。”

“是啊，千里寻夫，千里探监，好多人同情，卢书记都知道了，亲自给村里和小高打电话，说如果她愿意留下，让特事特办，帮她们娘儿仨把户口迁过来。”

韩博岂能听不出他的言外之意，笑问道：“她愿意留下吗？”

“愿意。她说了，愿意等顾新贵出来，愿意帮顾新贵赡养老人。其实这边条件比她老家好，顾二成老两口身体不错，再干十年没问题，顾新军的几个兄弟姐妹也不会坐视不理，完全可以帮她把俩孩子抚养成人。”

户籍迁移总得有个由头，毫无疑问，结婚是先决条件。

韩博笑了笑，轻描淡写地说：“今天跟局领导汇报过，局领导认为他们情况特殊，一起生活五六年，组建过一个家庭，共同抚养孩子，不属于服刑人员结婚，应该属于事实婚姻，同意补办结婚证。”

这件事说大不大，说小不小。不极力争取，不帮着去做工作，公安局领导是不会同意的。米金龙很直接地认为他是给自己面子，是在帮自己忙，一脸歉意地说：“韩乡长，麻烦你了，我保证下不为例，这是第一次也是最后一次。”

“法律不外乎人情，有什么麻不麻烦的。对了，等会回警务室吃饭，我有件事要宣布。”

“好的，我安排一下，马上回去。”

回到单位，传讯工作仍在继续。周正发、许主席、吴医生和陈老师夜里带回来的消息太震撼，韩特派居然跑其他几个县抓买媳妇的和帮着囚禁外地媳妇的人，抓一车，全关进看守所，据说要判刑。

坦白从宽，抗拒从严！遇上这么个心狠手辣的主儿，谁敢抱侥幸心理，谁敢胡搅蛮缠。

今天传讯的涉案人员，好几个是同亲属一起带着现金来的，一进门就主动认罚，生怕被拘留，判刑。

王燕也算老同志，办案办成这样头一次见，嘻嘻笑道：“韩乡长，我说取保候审要局里审批，只有手续全办下来才好去信用社交保证金，他们不信，非要先交钱。没办法，只能收下，先给他们打收据。下面做笔录的是最后一批，保证金加起来已经二十六万五千了。”

既然是保证金，就是要退的。但要是最终退给他们，就起不到震慑效果，况且上级对警务室没拨款，只有通过吃“杂粮”解决办案经费。

韩博关上办公室门，坐下笑道：“刚才在老党校，许大姐说一些妇女要回家，回我们这儿的家，你安排人留意留意，只要他们与那些回家的妇女发生口角，就再次传讯他们，并以此罚没其保证金。”

被“出卖”了，被公安罚了，那些参与囚禁的人肯定怀恨在心，至少很生气。农村的邻里之间抬头不见低头见，屁大点儿事都可能发生争执，何况这么大事。发生口角就是骚扰甚至威胁受害人，就是违反取保候审的相关规定，就有理由罚没其保证金，王燕掩嘴轻笑道：“你放心，我知道该怎么办。”

尽管那些人根本没打算把保证金要回去，但这终究不是什么光彩的事。要是有“皇粮”谁愿意吃“杂粮”，韩博暗叹了一口气，岔开话题，将局领导的指示先跟她通报了一下。

“从指导员变成副指导员，警务室副主任干脆撤了。人家的官越当越大，我的官越当越小，局领导太过分了，一点儿不顾及人家感受。”

话虽然这么说，她的脸上却没有半点儿失落的神情。事业编民警，干部都不是，那两个职位本来就有名无实。何况即将上任的归家豪一样不被组织人事部门承认，打拐中队是“黑户”，他担任指导员依然是普通民警，不会因此提正股。

她没什么想法，或者说没资格有想法。韩博有想法，苦笑道：“我本打算给你争取个行政编制，结果局里把归家豪塞过来了。吉主任提议的，张局和政委好像有些舍不得。对他不是很了解，回来路上问小勇才知道，我们未来的指导员不简单，喝遍公检法司无敌手，一有接待任务局领导就把他叫去挡酒。”

在思岗公安系统，归家豪同王解放一样是名人。王燕早有耳闻，见过好几次，不禁笑道：“他家祖籍在东山，不是我们思岗人，爷爷是老革命，父亲是部队转业干部。他爷爷四十好几生的他父亲，他父亲也是四十好几生的他，老来得子，娇生惯养，部队子弟，公子哥一个。大学没考上去参军，在部队干不下去回来分配到商业局。

“坐办公室挺好的，工资又高，结果没干几天又找人调到公安局。不求上进，就会喝酒吹牛。有那么硬关系到现在依然是普通民警，人高马大，满脸络腮胡子，整个一大老粗，怎么看怎么不像指导员，把他安排过来，局领导到底怎么想的。”

“我在路上打电话问过吉主任，他说归家豪粗中有细，没别人说得那么不堪。说我们打拐中队打出了成绩，今后可能会有上级领导过来慰问、检查指导或记者过来采访，有归家豪同志在，一些迎来送往的接待工作就不用我们操心。”

“我看是来镀金的。”

“别乱说，人三十多岁，是老同志，在刑警队干好几年，前年才调到城关派出所，会办案，据说审讯有一套。多一个人总比少一个人好，到了之后要热情，要尊重。”

“他是干部，是指导员，我当然要尊重。”王燕想了想，忍不住问，“韩乡长，打拐后续工作交给刑警队，思岗以外的解救、抓捕和取证工作由我们负责，解救出来的妇女由我们暂时安置和遣返，局里这不是明摆着把打拐经费转嫁给我们警务室吗？”

韩博点点头又摇摇头，意味深长地说：“可以这么认为，不过应该反过来想，难道刑警队不接手后续工作，我们就不打拐了，那些经费就不用花了？刚从蚕桑指导站搬过来时我就说过，我们要干出一点成绩证明自己。局里看上去既想要马儿跑又不给马儿草，同时也给了我们证明自己的机会，并且在其他方面还是很支持的。”

吃午饭时，正式宣布要来一位正式民警担任打拐中队指导员兼警务室副主任。警务室成立以来行动一个接着一个，警力严重不足，一个个累得跟狗似的，来一个人多少能分担一些。

老卢不止一次明确表示警务室是乡里的，人事归乡党委管，财务归乡政府管，局里不承认老王这个副主任，乡里一样不会承认归家豪。至于打拐中队指导员，就是一个笑话。

中队本来只有一个中队长和一块牌子，他来指导谁。或许在乡领导心目中他就是局里派过来临时帮忙的，不算警务室的人，不算乡里的干部，可以想象到他上任之后处境会有多么尴尬。

昨夜就睡两个多小时，韩博太累太困，顾不上想这些，吃完饭直接上楼睡觉。人终究是正式的，老王不管乡里怎么看，同王燕商量了一下，先收拾一间办公室，三楼准备一间宿舍。老耐火材料厂办公楼够大，别说来一个人，就算来十个都有地方安排。

与此同时，吉主任正在政治处办公室，同刚从城东派出所匆匆赶来的归家豪谈话。

性格真能影响一个人的前途。吉主任跟他家关系不错，对他很了解。工作没少干，事没少做，在刑警队时没日没夜，经常十天半月不回家，以至于他儿子指着他叫叔叔，根本不认识他。换作别人，早提正股，早干上所队长了。但他就是因为性格太外向，太豪爽，太能喝，太能说，加之领导总喜欢叫上他参加各种饭局帮着挡酒，给人留下一个酒囊饭袋的坏印象。

提拔干部要注意方方面面影响，他只会喝酒吹牛的名声在外，想帮都帮不上。

“韩博是局里学历最高也是唯一一个有律师资格的民警，精通法律，原则性强。在大学时是学生党员、学生会干部，参加工作后直接担任丝织总厂保卫科副科长兼经警分队长，参加过青干班培训，是县委组织部重点培养的后备干部。不仅有学历有文化，不仅政治觉悟高，并且非常有能力。

“治理整顿人民西路夜市，严打期间抓获两名拦路持刀抢劫的嫌犯，调入我们公安系统之后又联合工商、物价、税务和丝绸公司开展过一次打击非法经营的专项行动，堵住良庄丁湖等几个乡镇的秋茧外流，县领导对他评价很高……”

归家豪嘻嘻哈哈惯了，一脸谄笑着说：“吉主任，我知道您是为我好，但是，但是这样的人不太好相处。有学历有文化有能力，年轻有为就是年轻气盛，我怕胜任不了，要不您考虑考虑别人吧。”

真是抓不上手粘不上墙，吉主任气得咬牙切齿，指着他道：“归家豪，别以小人之心度君子之腹！告诉你，韩博是我见过的最会处世的年轻人，既坚持原则又会变通，你要是有他三分之一，早是刑警队长了。”

“真不难相处？”

“跟你说还不信，自己去打听打听，高长兴在他手下干过，问问高长兴他是什么样的人。或者私下问问王燕同志，问问安小勇。归家豪，我明确告诉你，这是你进步的最后一个机会，别狗咬吕洞宾不识好人心。”

办公室没外人，归家豪没什么好顾忌的，嘀咕道：“打拐中队指导员，说起来好听，级别又不提，算什么进步。”

从县城调到“西伯利亚”，光提一个有名无实的职务却不提级别，换谁都不乐意。吉主任比他站得高，自然比他看得远，低声解释道：“你知道什么，良庄现在是乡，马上要升格为镇。一个镇怎可能不设派出所，那么多人的户口本上怎可能永远加盖人民政府户籍专用章？以前不想上交治安罚款，老卢不着急。现在治安管理处罚裁决权已被韩博同志收回，治安罚款返还也归警务室专款专用，又要升格为镇，他能不急，能不积极？”

吉主任笑了笑，继续说道：“只要老卢想办的事，几乎没办不成的，县领导不愿跟他计较。县编办的工作我们不用去做，他会去找，建所是早晚的事。韩博在良庄已站稳脚跟，已打开局面，换其他人不一定能处理好与乡党委政府之间的关系，所长肯定是他，只能是他。指导员呢，派出所不能没指导员，明白我的意思吗？”

近水楼台先得月，谁早点儿去，谁能跟年轻的公安特派员搞好关系，谁就有机会成为良庄派出所第一任指导员。

归家豪大学没考上只能靠家里关系去当兵，不是没考上，是压根儿没能参加高考。正拼命复习准备高考，中央下来一个文件，首先要预考然后再参加高考。一个班70多人只有18个高考名额，考了个第19名，只能眼睁睁看着别人去考。

在部队也不是干不下去，是运气差到极点，服役的部队在裁军名单上。军官就地转业，更不用说士兵。在商业局又看不惯那些人钩心斗角……总之，走到今天这步一是运气太差，二是事出有因。

吉主任说到这份上了，岂能不识好歹，归家豪连忙道："吉主任，太谢谢了，我服从组织安排，下午交接工作，明天一早去报到。"

"要摆正心态，别倚老卖老。"

"是，摆正心态，摆正位置，尊重领导，早请示晚汇报，协助韩队开展工作。"

吉主任不耐烦地摆摆手："走吧，顺便去王科长那儿把新工作证和一副车牌带过去。"

清早起来，浓重的霜涂白了地面。思良公路两侧的杨树叶子在冷风中纷纷落下，每吹过一阵寒风，经霜的树叶，像一群蝴蝶一样在空中飞舞。地面，花坛和远处的农田，一片白蒙蒙的。

首都下过一场大雪，李晓蕾在电话里说已经开始供暖了。韩博迎着凛凛寒风，想起她在江城过的第一个冬天。南方的冬天也冷，阴冷潮湿，不像北方虽然温度低，但是空气中水分少，更不像北方一样有暖气，给人感觉比北方冷。耳朵冻了，双手冻得像小馒头，脸蛋冻破了，躲在宿舍不敢出来见人。今年冬天她不用挨冻，或许今后所有冬天都不用再挨冻。天各一方，过着各自习惯的生活，似乎本来就应该这样，可心里却很不是滋味儿。

正触景生情，建筑站的奥迪缓缓拐进大院，非常霸气地停在大厅门口。

"卢书记，您怎么来了。"

"顺便过来跟你说几件事，外面风大，走，进去说。"

都说老卢是泥腿子干部，从外表根本看不出他哪里像泥腿子。头发又染过，乌黑发亮，梳得一丝不苟。上身一件棕色皮大衣，大毛领蓬蓬的，风一吹掀起一阵小波浪，一看就忍不住想摸摸。下身黑色西裤，脚上老人头皮鞋，夹着大哥大包，不愧为“思岗县良庄乡农工商开发总公司”董事长兼总经理。

暴发户做派，估计韩家老头回来过年也是这装束。韩博强忍着笑，好奇地问：“卢书记，您搞得这么……这么帅气，这是要去哪儿？”

“去柳下，找柳下的纪书记和洪镇长，如果一切顺利，还要去一趟新庵交通局。你不能喝酒，要是能喝，叫上你一起去。”老卢眉飞色舞，看上去心情不错。

韩博糊涂了，一脸不解地问：“您去找他们做什么？”

“你没发现今天门口跟以前有什么不一样。”

“早上挺吵的，又放炮又敲锣打鼓，刚开始没反应过来，推开窗一看才知道是送新兵，其他没什么不一样。”

“小韩，你是公安特派员，怎么能没一点儿注意力。”老卢笑骂了一句，解释道，“车，中巴车，全从你门口过。以后终点站不再是丁字路口，要一直开到柳下河大桥。西部大开发，交通很重要，先让中巴车开到柳下河边，先解决交通问题。”

良庄的“西部大开发”第一步原来是这个。韩博彻底服了，想想又问道：“可是这跟您去柳下有什么关系，难道您想让中巴车一直开到柳下，开到新庵？”

“聪明，到底见过大世面！”老卢拍拍他胳膊，不无得意地笑道，“中巴车不行，只能开到柳下河大桥，再远就成市际班车了。公交车可以，乡里打算开一家公交公司，买一辆大城市的那种公共汽车，上车两块钱，不多要。东边跑到与丁湖交界，西边跑到新庵汽车站，以后老百姓去柳下去新庵就方便了，上车就走。”

县里都没公交车，新庵也没有，太超前，太骇人听闻。韩博忍不住提醒道：“卢书记，老百姓去柳下要么骑自行车，要么骑摩托车，有急事去丁字路口叫车，开公交公司能赚钱？”

“不赚钱，没打算赚钱，乡党委研究决定每年补贴。重要的不是带多少客，是解决交通问题，是让客商感受到我们良庄工业园区交通有多么便利，感受到我良庄招商引资力度有多大。”

车身上刷上广告，跟大城市一样，搞得很上档次，在新庵柳下跑来跑去，打着客运的幌子挖人墙脚。韩博反应过来，立马竖起大拇指：“卢书记，高，您这一招真高。”

“心里明白就行，不要说出去。”

老卢狡猾地笑了笑，说起正事：“小韩，新兵走了，老兵马上回来，他们全给老牛打过电话，一共五个，其中两个是预备党员。你这边不是缺人吗，一回来我就让他们来警务室报到。”

警务室是缺人，可是更缺钱，没钱怎么养人。断然回绝肯定不行，韩博苦笑道：“卢书记，按照《乡镇治安联防队管理暂行规定》我们已经超编了，规定最多 12 名联防队员，我们现在是 18 个。”

老卢从来不打没把握的仗，理直气壮地说：“乡治安联防队是满了，村治安联防队没有，良庄、良东可以各建立一支村级联防队，合理合法。全乡二十多个行政村，别说再来五个人，就算再来五十个都不会违反那个什么规定。”

联防队员没前途，年轻人不一定能干下去，或许干几天就嫌工资低跑了。韩博不想因为这点儿小事影响到好不容易建立起来的关系，欣然答应道：“行，我听您的，再成立两个村级联防队。”

小伙子给面子，老卢很高兴，决定给个甜枣。

“小韩，侯市长说得对，我们胆子不够大，眼光看得不够远，思想不够解放。乡里打算组织一些干部去江南考察，看看人家是怎么搞经济建设的。车租好了，新庵汽车站的大客车，剩几个位置。你们警务室这段时间挺辛苦，给你们三个名额，后天早上 5 点，乡政府集合，过时不候。”

人家是去考察，警务室的人去考察什么，说白了是去旅游。这种好事傻子才会拒绝，王燕有身孕仍加班加点坚持工作，应该出去散散心。小任实习期马上结束，也让他出去玩玩。最后一名额留给联防队员，算是一种激励。

韩博忙不迭地感谢。

“只要服从乡党委领导，全心全意为乡里办事，乡里会为你们考虑的。”这些全是小事，老卢笑了笑，说正事大事，“西部大开发，搞工业园区，要搞一些基础设施建设，要征地，道路要拓宽，水电问题要解决，需要大量资金。信用社归县里管，说到最后只答应贷七八十万，七八十万够干什么。

“其他乡镇全有农村合作基金会，我担心会出问题一直不敢搞。现在要搞经济建设，不能没启动资金，只能把合作基金会搞起来，相当于开银行。我正在托外地的地方领导和部队首长帮着物色行长、副行长人选，高薪聘请专业的人，风险防范，正规化经营，不能跟其他乡镇一样瞎搞乱搞……”

良庄不欠债，很大程度上与没搞“农村合作基金会”有关。说是农民入股，农民发起，互助互利，结果农民股东说了不算（说了算也不会搞金融），村里说了也不算，几乎全成了乡镇经管站的“银行”。

经管站要听乡镇领导的，乡镇政府对合作基金会行政干预多，监督机制弱，管理水平低，资金投放风险放大，经营效益明显下滑，不仅单纯追求高收益导致资金投放的非农化趋势发展到十分严重的地步，而且许多地方已出现小规模的挤兑风波。

全县那么多乡镇几乎个个搞，几乎个个存在问题。贷款收不回来，农民拿不回存款，想关都关不掉，他竟然迎难而上，搞他之前一直不敢搞的。好在前车之鉴摆在那里，他有一定风险防范意识。

这时候，老卢话锋一转：“基金会成立之后，全乡企事业单位包括你们警务室，经费不能再存信用社，不能再存农行和邮政储蓄，只能存基金会。个人不要求存太多，一人不低于2000，政治任务，党员干部要带头，你可以先动员动员，做做同志们思想工作。”

说一大堆，搞来搞去是来拉存款的，韩博被搞得哭笑不得。

存就存吧，又不光警务室民警和联防队员。全乡那么多单位那么多人，都要存。何况相比其他乡镇，良庄不算过分。

丁湖不是要求干部存款，是要求干部贷款。镇政府没任何信用可言，去银行贷不到，要求镇干部以个人名义去银行借，然后借给镇里给教师及退休人员发工资。少则五六千，多则三五万。

结果镇里别说归还贷款，利息都还不上，银行三天两头逼债，把几十个干部搞得苦不堪言。韩博很庆幸被局里“发配”到良庄，要是安排到其他乡镇，现在不知道会狼狈成什么样。

老卢走了，走前留下一份刚调整的乡领导班子成员工作分工文件，让把该抓的工作抓起来，为即将大发展的良庄经济保驾护航。

卢惠生（乡党委书记）：负责乡党委的全面工作。

焦汉东（乡党委副书记、镇长）：主持乡政府全面工作，协助书记负责乡党委工作，负责经济发展、基建工程和审计工作。

………

文件下最下面一行赫然打印着：

韩博（乡长助理、公安特派员）：分管公安、消防、安全生产、应急、户籍管理工作，协助崔志坚同志（崔副书记）负责政法、综合治理、信访、法制宣传、纠纷调解工作。

上了红头文件，由半个乡领导变成名副其实的乡领导。抓顾新贵回来时，他们提过，可以说这个乡长助理就是因为即将“分管”和“协助负责”的工作任命的，不过当时没提安全生产，更没提综治。

安全生产倒没什么，关键是综治，这么安排把周正发置于何地。

正看着文件发愣，二楼办公室的电话响了。跑上楼一接，原来是老家的陈所长。

“韩博，我就说你是干这一行的料！昨晚新闻我们看了，抓那么多买媳妇的，解救出好几名妇女，雷厉风行，正气凛然，像模像样。老颜（他爱人颜老师）说那么多学生就你最出息，回丝河记得来家坐坐，她想看看你，上次中奖她不在，没见着。”

“一定一定，我也好久没看见颜老师了。”

“就这样，看你上电视高兴，打电话说一声，你那边搞完了，我们这边刚开始，等会儿还要用你的名字，用你们打拐中队，吓唬吓唬那些买媳妇的。”

正式调入公安局前在丝河派出所实习过一星期，人家是倾囊相授。要是没那一个星期，没他的指点和教导，现在的工作不会这么得心应手。

职务级别差不多，但不能不尊敬长辈前辈，韩博放下电话，提醒自己下次回丝河一定要去所里看看，顺便给他带几瓶酒。

昨天忙着补觉，晚饭没吃，一直睡到天亮，自然不会看电视。可能局里通知过，看得人真不少。刚翻开留守民警的工作日志电话又响了，这次是城西派出所所长，聊得同样是抓捕解救行动上电视的事。紧接着是丁湖派出所所长，然后是刑警四中队程文明。

"韩局，你这次不是功臣，是英雄，打拐英雄！解救出那么多妇女，照这势头，公安部一等英模、全国劳动模范指日可待，将来高升了发达了别忘兄弟……"

对这个刑警中队长韩博谈不上多反感，也没什么好感，敷衍道："程队，借您吉言，真要是有那一天，我一定提两瓶好酒登门致谢。"

"我又不是庙里的菩萨，用不着登门还愿。"

………

越扯越没边，他的嘴跟马志功有一拼。

想到即将上任的指导员也以"能喝酒会吹牛"著称，韩博不禁皱起眉头。

其他事先放一边，先做好本职工作。

上任公安特派员以来一直忙这忙那，根本抽不出多少时间下村，研究王燕、小单、陈猛和安小勇的工作日志，成为现阶段了解辖区情况的唯一办法。可能是刚调到一个新地方，也可能与他们想进步、想尽快"转正"有关，从工作日志上能够看出他们工作做得比较踏实，发现辖区存在不少问题。

人家管不管是人家的事，自己辖区不能不管。韩博打开笔记本，列出一个提纲，然后去学习室拿来十几本法律书籍，针对存在的问题查找可适用的法律条款，但并没有找到相应的文件。

给一起参加律师资格考试，前段时间刚调入县法制办的"老同学"沈如明打电话，各种法律法规他那边比较全面。他很帮忙，听完大概的情况，迅速找出一些能适用的文件，用传真机传真过来。

韩博忙得不亦乐乎，不知不觉已经是中午。老王敲敲门，低声提醒道："韩乡长，11点了，指导员没到，可能被什么事耽误了，要不我们先吃。"

"11点，这么快。"

"是你太投入。"

老王不提醒没感觉，一提醒发现肚子真有点儿饿。韩博收拾好一堆传真件，笑问道："指导员办公室收拾好没有。"

"昨天就收拾好了，再安一部电话不划算，我从接警台拉上一根线，安装了一部分机，跟传真机一个号，反正平时没什么人打。"

"走，看看去。"

指导员办公室在内勤办公室隔壁，办公桌椅是现成的，有沙发茶几，有文件柜，打扫干干净净，墙角边还放着两个开水瓶，跟特派员办公室没什么区别。

老王的后勤工作无可挑剔，韩博回头笑道："王主任，辛苦了，要是没你，警务室不知道会乱成什么样。"

王治刚嘿嘿笑道："本职工作，不辛苦。"

老王的话音刚落，楼下大厅传来一阵爽朗的笑声。只听见一个人哈哈笑道："新娘子，上次去长港派出所说过结婚别忘了请我，你也答应了，结果到今天都没收到请柬，喜酒没喝成，喜糖没吃上，是不是要补？"

"指导员，哪有你这样的，一来就开人家玩笑。韩乡长在楼上，走，我陪你上去，小任，帮指导员拿行李。"

一个彪形大汉迎头上楼，最大号的警服穿他身上仍显小。满脸络腮胡子，刮过，胡茬没刮干净，下巴还刮破了，有一道明显的伤痕，果然很粗犷。

"打拐中队新任指导员归家豪报到，请韩队指示！"带来一副公安民用专段的车牌和几本打拐中队民警的工作证，其中队长的是警察证，由治安民警变成刑警。上面有照片，归家豪一眼便认出了韩博，站在台阶下立正敬礼。他的身材高大，站在台阶下正好与韩博平视。

韩博回礼，随即紧握着他手笑道："老归，我是队长，你是指导员，从现在开始要一起搭班子，用不着这么客气，再说你是老同志。走，我带你去办公室，王主任刚收拾出来的，看满不满意。"

果然不难相处，没有一点儿盛气凌人，反而给人感觉很温和，不像一个杀伐果断打拐队长。能在良庄混得风生水起，能在这么短时间内干出那么多成绩，能让那么多领导器重，一般人可做不到，归家豪不会因为他被自己小一轮而小视，由衷地说：“韩队，这办公环境太夸张，下车时以为看错了，太满意了，真是你栽树我们乘凉啊。”

当初孤身上任，要什么没什么。现在的办公环境和办案条件，在所有基层所队中首屈一指，回头想想，他这个比喻很恰当。

韩博笑了笑，指着办公室谦虚地说：“不是我栽树你们乘凉，是乡党委政府栽树我们乘凉。没有卢书记、焦乡长、崔副书记等乡领导支持，不可能有这么好的办公环境，不可以有我们警务室的今天。”

居功不自傲，一开口就把领导扛在前面，难怪领导那么喜欢。吉主任说得对，要是有他三分之一会做人，自己绝不至于混到今天仍是个普通民警。

那么多年白活了，归家豪暗骂了一句自己，急忙掏出新工作证和警察证：“韩队，这是吉主任让我带来的，越野车的牌照和行驶证在楼下，正规手续，以后哪儿都可以跑。”

“太好了。”

韩博接过证件，回头道：“王主任，有时间联系下保险公司，把越野车的保险上上，现在车越来越多，你不撞人人撞你，有保险稳妥点儿。”

“好的，我这儿正好有电话。”

……

一个刚参加工作没多久、没结婚、没组建家庭的新人，总不能去跟一个已参加工作十年、孩子能去打酱油的老同志谈心，去关心人家的工作生活。

初次见面，只能客套客套，没什么好谈的。考虑到接下来许多工作离不开综治办支持，给蚕桑指导站打电话，请周正发一起过来吃饭，既为归家豪接风，也介绍他们认识一下。

令人警务室众人倍感意外的是，接风宴上归家豪居然滴酒不沾，说要跟队长学习，队长不喝酒指导员更不能喝。一身酒气做妇女工作不太好，周正发干脆也不喝，接风宴不到三十分钟就结束了。

吃完饭开会，研究部署下一阶段工作。包括高亚丽和米金龙在内的警务室主要人员，全围坐在椭圆形会议桌边。

请周正发列席，坐主位，他坚决不坐。可能老卢说过什么，也可能与那份乡党委政府的工作分工文件有关，中午吃饭时称呼都变了，跟警务室民警一样一口一个“韩乡长”，不再是“韩特派”。

再次欢迎归家豪的到来，请他说了几句场面话，进入正题。

“同志们，接下来工作重心要往维护治安上转移，工作分工要进行相应调整，指导员是老刑警，参与侦办过数以百起刑事案件，打拐工作接下来主要由指导员负责，安小勇同志配合。我对乡里情况相对熟悉一些，由我负责治安这一块。”

归家豪认认真真做笔记，大老粗舞文弄墨，看上去有些滑稽。

这么分工是意料之中的事，王燕、小单和陈猛并不意外，只有安小勇欲言又止。

韩博知道他想问什么，笑道：“另外七名被拐卖妇女的取证和解救工作，不会因为我暂时把精力转移到治安上受影响。小勇，散会后你向指导员汇报下案情，由指导员制定行动计划，然后安排下时间带两名联防队员过去。海港市不算远，争取春节前完成取证及解救工作。”

没虎头蛇尾半途而废，安小勇很受鼓舞，起身道：“是！”

“指导员，一来就让你出远门，家里有没有问题，嫂子会不会有意见。”

“11·26”案越查越大，政治处正在整材料，将来是要表彰的。特大案件，能进入专案组，能参与侦办，这样的机会可遇不可求。归家豪没有因为工作安排事先没商量不高兴，毕竟人家是领导，别说自己这个指导员有名无实，就算正股级指导员一样要听所队长的，反而认为这是一个机会，抬头道：“没问题，能有什么问题。韩乡长放心，我行李都带来了，随时可以出发。”

“那就辛苦你了，如果兄弟公安部门一定要公事公办，非要求两名正式民警，给我打电话，我第一时间赶过去。”一个刚参加工作不久的正式民警，带领事业编民警和联防队员去北河抓捕回一个逃犯，前天更是带一帮事业编甚至地方编的民警去南港、东港和南州解救出四名妇女，抓捕回六个嫌犯。

又不是出省，他韩博能做到，我这个老公安为什么做不到。归家豪不想被新单位的新领导和新同事小瞧，拍着胸脯保证道：“韩乡长，海港我去过，认识好几个人，只要经费没问题就不会有问题，该抓的抓，该救的救，杀鸡焉用牛刀，用不着你亲自出马。”

“行，等你们的好消息。”

图书在版编目（CIP）数据

韩警官 / 卓牧闲著. — 南京：江苏凤凰文艺出版社，2018.8

ISBN 978-7-5594-1939-2

Ⅰ.①韩… Ⅱ.①卓… Ⅲ.①长篇小说－中国－当代 Ⅳ.①I247.5

中国版本图书馆CIP数据核字（2018）第084100号

书　　名	韩警官
作　　者	卓牧闲
责任编辑	丁小卉　姚　丽
选题策划	刘　柳
出版发行	凤凰出版传媒股份有限公司 江苏凤凰文艺出版社
出版社地址	南京市中央路165号，邮编：210009
出版社网址	www.jswenyi.com
经　　销	凤凰出版传媒股份有限公司
印　　刷	三河市中晟雅豪印务有限公司
开　　本	880毫米×1230毫米　1/16
字　　数	500千字
印　　张	24
版　　次	2018年8月第1版　2018年8月第1次印刷
标准书号	ISBN 978-7-5594-1939-2
定　　价	39.80元

江苏文艺版图书凡印刷、装订错误可随时向承印厂调换